ro
ro
ro

ro
ro
ro

Lady Anne Glenconner wurde 1932 als älteste Tochter des 5. Earl of Leicester geboren. Aufgewachsen im britischen Norfolk, zog sie 1958 mit ihrem Ehemann Lord Glenconner auf die Karibikinsel Mustique. 1971 wurde Anne Glenconner Hofdame von Prinzessin Margaret, die ein Anwesen auf der Insel hatte. Bis zu deren Tod begleitete sie die Prinzessin auf zahlreichen Staatsempfängen und Auslandsreisen. Heute lebt sie wieder in Norfolk. «Lady Blake und das Grab im Meer» ist ihr erster Kriminalroman.

Stefanie Kremer, geb. 1966 in Düsseldorf, arbeitet freiberuflich als Übersetzerin für Sachbücher und Belletristik aus dem Englischen und Französischen. Sie lebt südlich von München.

«Ein charmantes Buch, durchdrungen von der originellen und faszinierenden Persönlichkeit seiner Autorin.» *Sunday Telegraph*

«Lady Blake vereint umwerfenden Charme und beeindruckendes Ermittlungstalent.» *Daily Mail*

«Wie ein warmes Bad nach einem langen, kalten Tag.»
ipaper

Anne Glenconner

LADY BLAKE UND DAS GRAB IM MEER

Kriminalroman

Aus dem Englischen
von Stefanie Kremer

Rowohlt
Taschenbuch Verlag

Die Originalausgabe erschien 2020 unter dem Titel
«Murder on Mustique» bei
Hodder & Stoughton / Hachette UK Company, London.

Deutsche Erstausgabe
Veröffentlicht im Rowohlt Taschenbuch Verlag,
Hamburg, Januar 2022

Redaktion Petra Müller
Coverabbildung und -gestaltung
Hafen Werbeagentur, Hamburg
Satz aus der Dante MT
bei hanseatenSatz-bremen, Bremen
Druck und Bindung CPI books GmbH, Leck, Germany
ISBN 978-3-499-00602-9

Für Colin,
der Mustique allseits bekannt gemacht hat.

«Wir müssen weitergehen,
weil wir nicht zurückkönnen.»

Robert Louis Stevenson, *Die Schatzinsel*

ERSTER TEIL

Wettervorhersage für die Tropen

National Hurricane Center, Miami, Florida

Freitag, 13. September 2002

Nordatlantik und Karibisches Meer

Das National Hurricane Center warnt vor dem tropischen Wirbelsturm Cristobal, der sich derzeit hundert Meilen östlich der Küste von South Carolina befindet.

Der Zyklon bewegt sich Richtung Südosten, gegenwärtige Risikostufe: gering

PROLOG

Freitag, 13. September 2002

Es ist fünf Uhr morgens, als Amanda Fortini in einem roten Bikini an den Palmen vorbei zur Britannia Bay hinabspaziert. Sie ist barfuß und nach der Party der vergangenen Nacht noch ein wenig betrunken. Ihre Haut ist gebräunt von den Tauchgängen zum Korallenriff der Insel und dem Faulenzen an den Swimmingpools ihrer Freunde, und die blonden Haare sind zwei Nuancen heller als noch vor sechs Wochen, bei ihrer Ankunft auf Mustique. Sie bleibt einen Moment stehen und atmet tief ein. Der Duft der Insel nach Kletterorchideen, Hibiskusblüten und Abenteuer hebt ihre Stimmung, und sie folgt dem Pfad weiter durch schulterhohen Farn. Sie ist dreiundzwanzig Jahre alt und hat das erste Mal in ihrem Leben das Gefühl, die Dinge im Griff zu haben. Sicher, sie hat Fehler gemacht und sich die falschen Männer ausgesucht, obwohl sie als Mitglied der feinen New Yorker Gesellschaft viele begehrte Junggesellen kennengelernt hat – aber damit ist jetzt Schluss. Als das Meer vor ihr auftaucht, glitzerndes Türkis bis zum Horizont, spürt sie eine starke Entschlossenheit in sich.

Lächelnd lässt die junge Frau den Blick über den Strand mit seinem pinkfarbenen Sand schweifen, der sich in weitem Bogen vor ihr erstreckt. Schon steigt die Hitze wieder hoch, selbst hier auf der Westseite der Insel. Die gerade erst aufgegangene Sonne wärmt ihr den Rücken. Es ist noch früh, und keine Menschenseele ist zu sehen. Das Meer lockt sie, sie ist versucht, wie ein übermütiges Kind in die Wellen zu rennen. Hier kann sie tun, was immer ihr gefällt. Hier verstecken sich keine Reporter hinter den Bäumen wie in Manhattan, hier lauert ihr niemand auf und lässt sie gehemmt und unsicher agieren. Ihre Prominenz ist nun mal der Preis, den sie dafür zahlt, zu einer reichen Familie zu gehören, und das ist auf Dauer enorm anstrengend. Jedes Detail ihres Lebens wird auf den Seiten der Hochglanzmagazine minutiös seziert. Mustique ist der einzige Ort auf der Welt, an dem sie entspannen kann, ohne beobachtet zu werden. Mit einem berauschenden Gefühl der Freiheit dreht sie sich einmal um die eigene Achse und genießt den Anblick des üppigen Urwalds, der makellos weißen Villa oben auf dem Hügel und der Lichtflecken, die die Sonne aufs Wasser tupft. Die Karibik liegt ruhig vor ihr wie ein Pool mit tiefblauem Wasser und wartet nur darauf, sie willkommen zu heißen.

Amanda macht die ersten Schritte ins Meer, langsam zunächst, und lässt sich die Hitze der vergangenen Nacht, als sie im Schein eines Feuers am Strand tanzte, von der Haut spülen. Vor ihr am Horizont liegt eine riesige Yacht, deren Decks in der Sonne glänzen. Von der nächsten hohen Welle lässt sie sich emporheben. Ihre Muskeln sind locker und entspannt, und mit schnellen Kraulbewegungen entfernt sie sich vom Strand, ihre Arme und Beine durchpflügen das Wasser.

Nur einmal dreht sie sich für eine kurze Atempause um. Mustique sieht aus wie eine Werbung für Urlaub in der Karibik: Gesäumt von hohen Bäumen und menschenleeren Stränden ragen die Hügel der Insel empor. Amanda rollt sich auf den Rücken und lässt sich eine Weile treiben, das Gesicht zur Sonne gewandt.

Während sie noch immer den grandiosen Anblick der Insel bewundert, weht plötzlich ein schwaches Geräusch zu ihr herüber. Das hässliche Brummen eines Motorboots wird mit jeder Sekunde lauter. Das könnte ein hiesiger Fischer sein oder der Eigentümer der Yacht, aber warum rast der so? Jeder weiß doch, dass hier den ganzen Tag über Menschen im Wasser sind und schwimmen. Erschrocken wirbelt sie herum und sieht das Motorboot direkt auf sich zurauschen. Sie taucht instinktiv unter, bis ihre Lunge brennt. Der Propeller des Außenbordmotors verfehlt ihr Gesicht nur um wenige Zentimeter. Hat der Fahrer denn nicht gesehen, dass sie wie eine Wahnsinnige gewinkt hat, damit er den Kurs ändert? Jetzt wendet das Boot in einem engen Bogen, und zunehmend panisch taucht sie erneut. Doch als das Boot ein drittes Mal auf sie zurast, kann sie nicht mehr schnell genug reagieren.

Wie eine Stoffpuppe wird sie vom Bug des Boots durch die Luft und zurück ins Wasser geschleudert. Die Gesichter der Menschen, die sie liebt, ziehen vor ihren Augen vorüber: ihre Mutter, ihre besten Freunde. Als Amanda wieder an die Wasseroberfläche kommt, ist sie kaum mehr bei Bewusstsein, in ihren Ohren tosen die Wellen. Ihr Blick fängt noch einmal die Insel ein, wie ein Kameraobjektiv, das eine letzte Aufnahme vom Paradies macht.

1

Samstag, 14. September 2002

Meine Hände schweben über dem kleinen Karton, auf dessen Deckel «Prinzessin Margaret» gekritzelt steht. Ich bin zu Hause auf meinem Landsitz in Norfolk, und heute Vormittag widme ich mich einer Aufgabe, die ich schon seit Monaten vor mir herschiebe. Den Inhalt des Kartons kenne ich gut: Darin sind sämtliche Geschenke, die mir die Prinzessin im Verlauf der vier Jahrzehnte gemacht hat, die ich ihr als Hofdame diente. Seit ihrer Beerdigung vor sieben Monaten stand der kleine Karton oben auf dem Speicher.

Nun liegen Prinzessin Margarets Briefe fein säuberlich gebündelt vor mir, geschrieben in ihrer extravaganten Handschrift und adressiert an Lady Veronica Blake, wie mein offizieller Titel lautet. Bei ihrem Anblick schnürt sich mir die Kehle zu. Immer wenn wir aufgrund von Krankheit oder wegen familiärer Verpflichtungen voneinander getrennt waren, hat mir die Prinzessin geschrieben. Aber ich bringe es einfach noch nicht über mich, ihre Briefe erneut zu lesen. Stattdessen will ich heute nur eine Kleinigkeit für den einundzwanzigsten Geburtstag meiner Patentochter Lily Calder auswählen, die von dem glamourösen Leben der Prinzessin seit jeher fasziniert ist. Beim Betrachten so vieler Geschenke ist mir, als würde die Zeit zurückgedreht. Zierliche Eierbecher aus weißem Porzellan mit Goldrand, ein türkisblauer

Seidenschal und eine aus Ebenholz geschnitzte Seifenschale. Die Prinzessin verschenkte gern Dinge mit praktischem Nutzen und wählte jedes einzelne Stück mit großer Sorgfalt aus. Die Gegenstände rufen Erinnerungen an die Reisen mit ihr hervor, an das Blitzlichtgewitter, von dem sie stets umringt war, was anfangs schmeichelhaft schien und später dann, in den Monaten vor ihrem Tod, zu einer grausamen Tortur wurde. Ich nehme den Seidenschal heraus, um ihn noch einmal zu bewundern. Das war das erste Geschenk, das die Prinzessin mir machte, nachdem Jasper aus einer Laune heraus Mustique gekauft hatte, im Jahr 1955, lange bevor es auf der Insel Strom und fließendes Wasser gab. Der Schal ist perfekt für Lily, vor allem wenn sie von seiner Herkunft erfährt. Ich weiß, die Prinzessin hätte nichts dagegen, dass er weiterverschenkt wird. Sie sah es immer gern, wenn die Dinge sinnvoll genutzt wurden.

Als um halb zehn das Telefon läutet und mich davor bewahrt, vollkommen in der Vergangenheit zu versinken, bin ich erleichtert. Eigentlich habe ich mit meinem Mann gerechnet, der mir mal wieder sein Leid klagen will, doch dann höre ich am anderen Ende der Leitung die Stimme meiner Patentochter. In den vergangenen sechzehn Jahren, seit dem Tod ihrer Mutter, habe ich mich um Lily gekümmert. Momentan wohnt sie in unserer Villa auf Mustique, und ihr Anruf kommt recht überraschend. Die Insel liegt fünf Stunden hinter der britischen Zeit, Lily muss also noch vor dem Morgengrauen aufgestanden sein. Sie klingt aufgewühlt, will mich aber offenbar nicht beunruhigen, deshalb höre ich ihr erst einmal zu. Zunächst berichtet sie von ihrer Arbeit, dem Naturschutzprojekt, das ihre Mutter vor so vielen Jahren ins Leben gerufen hat, um das Korallenriff vor der

Insel zu retten. Schon als Teenager hat Lily jeden Sommer mit unerschöpflicher Energie für das Projekt gearbeitet, und nun, nachdem sie im Juli ihren Abschluss in Meeresbiologie gemacht hat, ist ein Vollzeitjob daraus geworden. Mit Hilfe von Freiwilligen verpflanzt sie Ableger gesunder Korallen an Stellen, die durch die Umweltverschmutzung oder die Meereserwärmung bereits ausgebleicht sind. Während sie erzählt, spüre ich eine Sorge in ihrer Stimme, die einem weniger sensiblen Gehör wohl entgangen wäre.

«Ansonsten gibt es nichts Neues, Vee. Ich wollte mich nur mal wieder bei dir melden.»

«Aber du bist doch schon so schrecklich früh wach, Liebes. Ist wirklich alles in Ordnung?»

Sie zögert einen Herzschlag zu lang. «Alles prima. Ich freue mich nur schon so darauf, dich zu sehen. Du und Jasper, ihr kommt doch zu meinem Geburtstag, oder?»

«Den lassen wir uns um nichts in der Welt entgehen. Ich komme nächstes Wochenende, dann haben wir eine ganze Woche Zeit zu überlegen, was du gern machen möchtest, und Jasper hat versprochen nachzukommen.»

Ich höre, wie sie tief Luft holt, als hätte sie Mühe, nicht loszuweinen.

«Du hast doch was, oder?» Geduldig warte ich auf ihre Antwort. Schweigen ist das beste Mittel, um Lily aus der Reserve zu locken.

«Amanda wollte gestern Abend vorbeikommen, ist aber nicht aufgetaucht.»

«Vielleicht hat sie's vergessen. Du kannst doch nachher mal bei ihr vorbeischauen.»

«Diese Woche war überhaupt so komisch, darum habe ich kein gutes Gefühl. Vor ein paar Tagen habe ich abends auf dem Heimweg von Basil's Bar hinter mir Schritte gehört. Ich glaube, dass mir jemand gefolgt ist.»

«Bist du sicher? Das könnte doch sonst wer gewesen sein, der mit ein paar Cocktails zu viel im Blut nach Hause getorkelt ist.»

«Vielleicht hast du ja recht», sagt sie mit schon etwas festerer Stimme. «Gib mir Bescheid, um wie viel Uhr du hier landest, sobald du es weißt. Dann hole ich dich ab.»

«Unternimm heute mal was mit deinen Freunden, Lily. Dich so ganz allein in diesem riesigen Haus zu wissen, gefällt mir gar nicht.»

«Mir geht's gut, ehrlich. Außerdem bin ich noch längst nicht fertig mit den Arbeiten an meinem Boot.»

«Du darfst ab und zu ruhig mal eine Pause einlegen, Liebes. Vom Augenblick meiner Landung an werde ich dich mit Picknicks und Klatschgeschichten von allem ablenken.»

Sie lacht leise. «Das ist genau das, was ich brauche. Du fehlst mir.»

«Du mir auch, aber bald sind wir ja wieder zusammen.»

Zum Abschied sage ich Lily noch, dass ich sie liebe, dann beende ich das Gespräch. Die Anspannung in ihrer Stimme beschäftigt mich auch noch nach unserem Telefonat. Lily macht kein großes Aufheben um die Dinge, solange es nicht wirklich ernst ist. Aber wenn sie glaubt, an einem der sichersten Orte der Welt verfolgt worden zu sein, hat sie bestimmt nur zu viel gearbeitet. Sie neigt dazu, sich mehr um andere zu sorgen als um sich selbst, weshalb ich auch vorhabe, zu Ehren ihres Geburtstags eine große Überraschungsparty zu geben. Ich möchte, dass sie weiß, wie viel sie Jasper und mir und unseren inzwischen erwachsenen Kindern bedeutet. Sie großzuziehen, war die reinste Freude, dennoch scheint sie sich, was ihren Platz in unserer Familie angeht, immer noch nicht ganz sicher zu sein.

In Gedanken weiterhin bei Lily, werfe ich erneut einen Blick in den kleinen Karton und nehme eine Kette mit Citrinen heraus, die glücklichere Erinnerungen weckt. Prinzessin Margaret schenkte sie mir, weil sie fand, dass die Steine wunderbar zu meinem Lieblingskleid passen würden. Gerade will ich den Karton zurück auf den Speicher bringen, da läutet das Telefon schon wieder. Das grimmige Schweigen am anderen Ende der Leitung verrät mir, dass es diesmal tatsächlich mein Mann ist. Jaspers Naturell ist so sprunghaft, dass er binnen Sekunden aus bester Laune heraus in einen abscheulichen Wutausbruch geraten kann.

«Jasper, bist du's?»

«Wer soll es denn sonst sein?», knurrt er.

«Eine Freundin vielleicht oder eins von den Kindern.»

«Himmelherrgott, Vee, hier draußen geht alles schief. Ich sollte das ganze Projekt begraben.»

«Was meinst du damit?»

«Dieser verdammte Architekt ist total unfähig, die Villen sind eine Katastrophe, und die Kängurubäume, die verschont werden sollten, wurden alle gefällt. Ich könnte sofort das Handtuch werfen.» Seine Stimme wird hoch und schrill, was zeigt, dass er kurz davor ist, zu explodieren.

«Du bringst das schon alles wieder in Ordnung», sage ich ruhig. «Jasper, bitte hör mir mal zu. Ich fliege nächsten Samstag nach Mustique, um alles für Lilys Geburtstagsparty vorzubereiten. Versprich mir, dass du die Kostüme abholst und rechtzeitig auf die Insel bringst. Das ist nicht bloß eine kleine Familienfeier, da fliegen Leute aus der ganzen Welt ein.»

«Großer Gott, bis dahin sind noch vierzehn Tage Zeit. Seit Monaten redest du von nichts anderem mehr.»

«Und vergiss nicht, dass es eine Überraschung sein soll. Du darfst kein Sterbenswörtchen sagen, zu niemandem, und vor allem nicht zu Lily.»

«Ich kann Geheimnisse für mich behalten, Vee, das weißt du doch. Ach, ich wünschte, du könntest jetzt die Karibik sehen, der Himmel ist heute strahlend blau, kein Wölkchen in Sicht. Wie damals, als wir auf Mustique im Zelt geschlafen haben. War das nicht herrlich?»

«Abgesehen von den elenden Moskitos.»

Jasper lacht. «Du Arme, ein Stich, und schon ist der ganze Schwarm über dich hergefallen.»

«Erinnere mich bloß nicht dran.»

«Phillip ist übrigens auch hier und heitert mich auf. Vermisst du uns denn gar nicht?»

«Doch, natürlich.»

«Weißt du noch, wie alles anfing auf Mustique? Wie wir in der Lagune die Hummer mit bloßen Händen gefangen und uns den Rest des Tages in der Sonne geaalt haben? So habe ich mir immer das Paradies vorgestellt.»

Der Stress in Jaspers Stimme ist jetzt der Nostalgie gewichen, seine sanfte Seite tritt hervor. Mein Mann ist seit vierzehn Tagen auf St. Lucia, wo er sein jüngstes Projekt beaufsichtigt: eine Villenkolonie am Strand, die es an Exklusivität durchaus mit Mustique aufnehmen kann. Die Frage, was das alles kostet, verkneife ich mir, denn das Projekt hat bereits einen gewaltigen Teil seines Vermögens verschlungen. Seit unserer Hochzeit lebe ich nun schon mit seinen Stimmungsschwankungen, erfreue mich an den Höhen und versuche, die Tiefen zu überstehen. Es ist besser, nicht an das Geld zu denken, das ihm so leicht durch die Finger rinnt, und sich auf die Zukunft zu konzentrieren.

Als ich den Hörer auflege, fällt mein Blick auf die Apfelbäume vor dem Fenster, die bereits ihre Blätter verlieren. Der Herbst neigt sich seinem Ende zu. Diese Zeit des Jahres mag ich am wenigsten, erinnert sie mich doch daran, dass ich inzwischen siebzig bin. Aber meine Eltern haben sich bei meiner Geburt von der außergewöhnlich standhaften Heldin von H. G. Wells' Roman *Ann Veronica* dazu anregen lassen, mir deren zweiten Vornamen zu geben: Veronica. Ich versuche immer, diesem ehernen Vorbild gerecht zu werden. Jetzt sagt mir mein Instinkt, dass ich meine Pläne ändern und noch heute Nachmittag nach Mustique fliegen sollte, um bei Lily zu sein. Weshalb ich nun unverzüglich ein Ticket buchen und mich auf den Weg machen werde.

2

Detective Sergeant Solomon Nile sitzt in seinem Büro und fragt sich, was er bloß den lieben langen Tag tun soll. Er hat diesen Posten erst seit drei Monaten inne und fühlt sich reichlich unwohl damit, hier auf Mustique der einzige ausgebildete Polizeibeamte zu sein. Aber seit er im Juni aus Großbritannien hierher zurückgekehrt ist, gab es nicht den allerkleinsten Vorfall, der ihm einen Vorwand geboten hätte, zur Gewährleistung der Sicherheit auf der Insel einen Stellvertreter anzufordern. Der Polizeipräsident auf St. Vincent würde bestimmt lauthals loslachen, sollte Nile behaupten, auf Mustique werde ein weiterer Polizist gebraucht. Die Insel, auf der er geboren wurde, ist nur drei Meilen lang und anderthalb Meilen breit, und die Verbrechensrate hier liegt bei null. Wer sich auf Mustique etwas zuschulden kommen ließe, würde im Gefängnis von St. Vincent landen und dürfte die im Privatbesitz befindliche Insel nie wieder betreten.

Dummerweise ist Nile noch in der Probezeit und darum gezwungen, einen guten Eindruck auf seinen Vorgesetzten zu machen. Sein Vater ist krank, und er selbst ist mit dreißig Jahren der ältere der beiden Söhne. Ein Großteil seines Gehalts wird für die Medikamente des alten Mannes gebraucht. Der Posten bei der hiesigen Polizei ist nicht gerade Niles Traumjob, er hat die Stelle eher aus einem Gefühl der Loyalität heraus angenommen und weil er ohnehin eine Entscheidung über seine Zukunft treffen musste. Als er sieben Jahre alt war, starb seine Mutter, und seither hat er seinem

Vater geholfen, Lyron, den jüngeren Bruder, großzuziehen. Der Job jetzt verschafft ihm etwas Luft zum Atmen, selbst wenn sein Büro gerade mal groß genug ist für einen ramponierten Schreibtisch und zwei Plastikstühle. Die Klimaanlage brummt den ganzen Tag über, ohne die Temperatur auch nur um ein Grad zu senken. Und seine Uniform mit dem steifen weißen Hemd und der schwarzen Hose mag ja schick aussehen, ist bei Außentemperaturen von fast siebenundzwanzig Grad Celsius aber denkbar ungeeignet.

Der junge Sergeant wirft einen Blick durch die halb offen stehende Bürotür auf seine Kollegen Winston und Charlie Layton, die gerade beim Kartenspielen sind. Die Brüder sind zehn Jahre älter als er und, da sie neunzig Prozent ihrer Zeit im Sitzen verbringen, schon ordentlich aus dem Leim gegangen. Auf ihren gelben T-Shirts prangt das Wort «Security». Im Fall der Fälle möchte Nile auf keinen von beiden bauen müssen.

Plötzlich läutet das Telefon auf seinem Schreibtisch, zum ersten Mal seit Wochen. Nile ist einen Moment lang völlig überrumpelt, aber dann nimmt er ab und lauscht schweigend Lily Calders leiser, eindringlicher Stimme. Als er erfährt, dass jemand vermisst wird, ist er sofort auf den Beinen. Ihre Freundin Amanda Fortini habe sie gestern Abend besuchen wollen, berichtet Lily, sei aber nicht aufgetaucht und gehe auch nicht an ihr Telefon. Die junge Frau sollte leicht aufzuspüren sein; jetzt, am Ende der Saison, sind nur noch ein paar Dutzend Villenbesitzer auf der Insel. Die meisten sind bereits in ihre jeweiligen Heimatländer geflogen, um dem Wirbelsturm zu entgehen, der sich langsam, aber stetig über den Atlantik voranschiebt. Für sie ist der Aufenthalt auf Mustique nur eine vorübergehende Auszeit von der Realität.

Die Brüder Layton sind viel zu sehr in ihr Pokerspiel vertieft, um sich zu verabschieden, als Nile aufbricht. Beim Blick zurück auf das Reviergebäude verspürt er erneut einen schmerzhaften Stich der Enttäuschung. Als ihm mit achtzehn ein Stipendium für das Geschichtsstudium an der Oxford University gewährt wurde, hatte er geglaubt, ihm würde von nun an die Welt zu Füßen liegen. Doch seit seiner Rückkehr in die Heimat beurteilt er seine Aussichten nicht mehr ganz so euphorisch. Die Fenster seines Büros schließen schlecht, das Revier hat nur zwei behelfsmäßige Arrestzellen aus Betonblocksteinen, und das Wellblechdach wird spätestens mit Ankunft der Herbststürme seine undichten Stellen offenbaren. Wenn seine Probezeit in sechs Monaten um ist, wird er den Polizeipräsidenten auf St. Vincent darum bitten, das Gebäude zu modernisieren.

Die Laune des Detectives hebt sich, als er in den geländetauglichen Strandbuggy steigt, der zur Stellenbeschreibung gehört. Mit dem Buggy kommt man auf dem abwechslungsreichen Gelände der Insel am schnellsten voran, und außerdem ist er das Beste an diesem Job, selbst wenn der Motor erst beim dritten Mal anspringt. Natürlich könnte Nile auch zu Fuß zur Villa der Fortinis gehen, aber die leichten Passatwinde sind längst abgeflaut, und als er jetzt anfährt, spürt er die brütende Hitze. Das Revier liegt in einem Teil der Insel, in den sich für gewöhnlich nur wenige Feriengäste verirren. Die meisten nisten sich einfach in ihren Villen ein und lassen sich nur auf ein paar Cocktails in Basil's Bar, dem Firefly oder dem Cotton House blicken, bevor sie wieder nach Hause düsen.

Aufmerksam lässt Nile seine Blicke durch die dichte Vegetation wandern, die den steingepflasterten Weg säumt. Seit seiner Kindheit hat die Insel sich sehr verändert, doch die Bauherren haben darauf geachtet, die Illusion eines tropischen Urwalds aufrechtzuerhalten, obwohl beinahe einhundert Villen versteckt zwischen den Bäumen liegen. Als er ein kleiner Junge war, krabbelten noch Meeresschildkröten auf die Strände, um dort ihre Eier abzulegen, und im Dschungel gab es Köhlerschildkröten. Immerhin gehören noch zahlreiche Vogelarten zur Tierwelt der Insel, und als Nile Britannia Bay passiert, flattert ein Papagei mit grünen Schwanzfedern über seinen Kopf hinweg. In der Bucht baden ein paar Urlaubsgäste. Ihre Strandtücher bilden die einzigen Farbtupfer auf dem hellen Sand.

Der Detective stellt den Buggy vor dem Feriendomizil der Fortinis ab und spürt, wie seine Neugier wächst. Mit seinen in den Hang gemauerten riesigen Terrassen ähnelt das Gebäude eher einem Märchenpalast als einer Villa. Es ist eins der beeindruckendsten Anwesen auf Mustique, was aber nicht weiter überrascht. Das Kaffeeimperium der Fortinis zählt schließlich zu den größten weltweit. Nile hat sich schon immer gefragt, wie es drinnen wohl ausschauen mag, und heute wird er es endlich mit eigenen Augen sehen.

Als er die Stufen zur Eingangstür hochsteigt, fegt gerade eine seiner Nachbarinnen aus Lovell die Veranda. Obwohl Nile die etwa fünfzigjährige Frau schon sein ganzes Leben lang kennt, weicht sie plötzlich seinem Blick aus. Nicht zum ersten Mal beschert ihm seine Polizeimarke eine frostige Begrüßung. Auf seine Frage hin, ob Amanda Fortini zu Hause sei, verweist die Frau ihn an die Haushälterin.

«Im Moment werkelt sie wahrscheinlich in der Küche herum.»

Sie scheucht ihn mit einer Handbewegung ins Haus und

widmet sich, noch bevor er ihr danken konnte, wieder ihrer Arbeit, die darin besteht, unsichtbaren Staub von der Veranda zu kehren.

Ein Blick auf sein Spiegelbild in einem der Fenster ruft ihm abrupt in Erinnerung, wie sehr seine äußerliche Erscheinung und sein Selbstbild auseinanderklaffen. Er ist ein Meter vierundneunzig groß, fast so groß wie Usain Bolt, und hat dank der Tatsache, dass er das ganze Jahr über im Meer schwimmt, breite, muskulöse Schultern. Aber da hören die Ähnlichkeiten auch schon auf. Nile mag denselben Körperbau haben wie der berühmte Sprinter, die siegessichere Lässigkeit fehlt ihm. Mit der runden zarten Goldrandbrille, die seine braunen Augen bedeckt, sieht er zudem eher aus wie ein Studiosus, nicht wie ein Athlet. In seinem Blick liegt neugieriges Interesse, aber nur wenig Selbstbewusstsein. Beim Betreten der Eingangshalle unterdrückt Nile einen leisen Pfiff der Bewunderung. Er fühlt sich beinahe, als stünde er in einer Kathedrale und nicht in einem privaten Wohnhaus. Marmortreppen mit goldenen Handläufen schrauben sich spiralförmig durchs Herz des Gebäudes, und aus in großer Höhe liegenden Fenstern ergießt sich das Tageslicht ins Innere. Als er nach der Haushälterin ruft, antwortet ihm nur das Echo der eigenen Stimme, das von den Wänden widerhallt.

Die Pracht des Gebäudes erscheint ihm mit jedem Schritt überwältigender. Allein das Wohnzimmer ist größer als das ganze Haus seines Vaters, und auch wenn die Aussicht von der Veranda dort genauso schön ist wie hier, wirkt sie in dem Rahmen aus perfekt designten Bogenfenstern ganz anders. Im Garten gibt es einen Infinitypool, in dessen Fliesen sich der helle Himmel spiegelt, zwischen den Palmen hängen

Lichterketten, und auf dem Rasen verstreut liegt Konfetti aus den Blütenblättern der Bougainvilleen. Nile war noch nie besonders an Kunst interessiert, aber die Gemälde, mit denen die Wände übersät sind, sehen wertvoll aus. Der einzige Malstil, den er erkennt, ist ein Seestück von Mama Toulaine, die in Lovell Village gleich neben seinem Vater wohnt. Vor ihrem Aquarell der Gelliceaux Bay bleibt er kurz stehen, der Sonnenuntergang ist meisterlich eingefangen, das Meer austernschalenrosa.

Erst nachdem er sich im gesamten Erdgeschoss umgesehen hat, entdeckt Nile eine offen stehende Tür, die hinunter in den Keller führt, dem wohl einzigen Ort in der Villa der Fortinis, wo nicht alles blitzt und funkelt. Auf dem nackten Betonfußboden stehen lange Regalreihen, in denen Hunderte Flaschen Wein lagern. Als Nile die letzte Stufe erreicht hat, sieht er sich einer Frau gegenüber, die in jeder Hand ein Staubtuch hält.

Die Haushälterin besucht dieselbe Kirche wie sein Vater. Sie ist um die sechzig, hat ihre rundliche Gestalt in einen Hauskittel gehüllt und wischt emsig den Staub von den Flaschen. Ihre Begrüßung fällt entschieden wärmer aus als die der Frau mit dem Besen oben auf der Veranda.

«Solomon Nile», strahlt sie ihn an. «Du siehst aber schneidig aus in dieser Uniform! Komm Sonntagnachmittag doch mal bei mir vorbei. Meine Töchter suchen beide noch einen anständigen Mann. Du kannst dir eine aussuchen.»

«Das würde ich ja gern, Mrs. Jackson, aber das wäre nicht fair. Lieber würde ich mit Ihnen einen Spaziergang am Strand machen, wann immer Sie wollen.»

«Das ist eine faustdicke Lüge.» Sie legt den Kopf in den Nacken und bricht in ein herzhaftes Lachen aus.

Wie von selbst findet Nile in die harmlosen Neckereien und das fröhliche Lachen zurück, das er noch aus seiner Kindheit kennt. Er vermisst das gute Gefühl, einfach so akzeptiert zu werden. Nach der langen Zeit, die er in Großbritannien verbracht hat, muss er darum kämpfen, hier wieder dazuzugehören.

«Ich bin auf der Suche nach Miss Fortini», erklärt er. «Lily Calder hat vergeblich versucht, sie zu erreichen.»

«Ach ja?» Die wohlwollende Miene der Haushälterin wird plötzlich kühl. «Diese junge Dame hört ja auf niemanden. Sie macht sich ihre eigenen Regeln.»

«Was meinen Sie damit?»

«Miss Amanda kommt aus einer guten Familie, aber sie kennt keine Grenzen. Kaum sind ihre Eltern nach Hause geflogen, verbringt sie jede Nacht in den Bars. Und ich darf nichts sagen, obwohl ich früher mal ihr Kindermädchen war, lang ist's her. Wenn sie meine Tochter wäre, ich würde sie in ihr Zimmer einsperren.»

«Wann haben Sie sie zuletzt gesehen?»

«Donnerstagnachmittag, so um zwei. Sie wollte Langusten und Safranreis zum Mittagessen, keinen Nachtisch und auch keinen Wein, bitte, nur eiskaltes *Eau naturelle*. Weil sie einen Kater hatte, darauf würde ich wetten.»

«Und seither nicht mehr?»

Die Frau blickt nachdenklich drein. «Gestern habe ich ihr zwar das Frühstück gemacht, aber sie ist nicht aufgetaucht, und in ihrem Bett hat sie auch nicht geschlafen. Daraus kannst du deine eigenen Schlüsse ziehen.»

«Darf ich mir ihr Zimmer ansehen?»

«Nur zu. Es liegt im obersten Stock, vom Treppenabsatz aus die letzte Tür rechts.»

Nile bedankt sich bei der Haushälterin und verabschiedet sich. Als er wieder nach oben steigt, wirkt das Anwesen plötzlich beunruhigend auf ihn, wie ein Geisterhaus, obwohl die Räume lichtdurchflutet sind. Alles ist so steril, jeder Quadratzentimeter Boden scheint auf Hochglanz poliert. Die Schlafzimmermöbel im obersten Stock sind modern, nur hier und da wurden ein paar Antiquitäten eingestreut, um der Einrichtung Stil zu verleihen. Beim Betreten von Amanda Fortinis Zimmer erreicht Niles Neugier ihren Höhepunkt. Das Bett ist frisch gemacht, verborgen hinter Moskitonetzen, die von der Zimmerdecke hängen, um Amandas Schlaf zu beschützen. Er wirft einen Blick in ihren Schrank, wo Flipflops und Espadrilles, dünne Röckchen und ein mit Pailletten übersätes Kleid bunt durcheinander auf einem Haufen liegen. Fotos an einer Pinnwand zeigen die junge Frau umringt von Freunden, ihre blonden Haare und ihr Lächeln strahlen um die Wette. Sie sieht aus, als hätte sie in ihrem ganzen Leben noch nie den geringsten Zweifel verspürt, doch Nile weiß aus eigener Erfahrung, dass die äußere Erscheinung täuschen kann. Noch einmal lässt er den Blick durchs Zimmer schweifen, auf der Suche nach einem Hinweis auf Amandas Persönlichkeit. Neben einer Ablage mit Make-up-Utensilien auf dem Toilettentisch steht eine Schatulle voll Schmuck, ein Handy entdeckt er nicht.

Auf dem Nachttisch liegt eine Broschüre mit Informationen zu Lily Calders Projekt zur Rettung des Korallenriffs, über das die ganze Insel spricht. Die Fischer bemühen sich seit Jahren, das Korallenatoll vor der Zerstörung zu bewahren, doch das ist ein aussichtsloser Kampf. Schon bald wird es keine Brutgebiete mehr geben für die Schnapperfische, Hummer und Langusten, die auf den Kleinen Antillen auf jeder Speisekarte stehen. Sterben die Korallen, geht auch die Existenzgrundlage der Fischer verloren. Die meisten von ihnen sind dankbar, dass die junge Frau sich für eine gute Sache engagiert.

Nile blickt sich ein letztes Mal in Amanda Fortinis Zimmer um, es fällt ihm schwer, sich ein Bild von ihrer Persönlichkeit zu machen. Die junge Amerikanerin hat ihr Portemonnaie liegengelassen, es ist voller Kreditkarten, dennoch soll sie beim Wiederaufbau des Riffs höchstpersönlich mit angepackt haben.

Erst als er das Moskitonetz beiseitezieht, springt Nile etwas Merkwürdiges ins Auge. Auf dem frisch gemachten Bett liegt ein großes etwa dreißig Zentimeter langes Stück Koralle und verteilt seinen Sand auf dem Betttuch. Es ist blütenweiß und fühlt sich spröde an, als er es in die Hand nimmt. Die zarten Tentakel zerfallen bereits. Die Koralle riecht intensiv nach Salzwasser, und in die Oberfläche hat jemand mit einem Messer zwei sich kreuzende Pfeile geritzt. Aber wieso sollte Amanda Fortini ihr Bett mit einem sandverkrusteten Stück Koralle schmutzig machen? Sie hätte es doch auch auf den Toilettentisch legen können. Nile hält die Koralle noch immer in der Hand, als er das angrenzende Bad inspiziert. Auch hier findet sich nichts Persönliches, abgesehen von einem Hauch Parfum, ein Zitrusduft, der bereits langsam verfliegt.

Als der Detective die Villa verlässt, schwirren ihm so viele Fragen im Kopf herum, dass er völlig vergisst, sich von der Frau zu verabschieden, die noch immer die Veranda fegt. Sie bemerkt die Kränkung sehr wohl und schickt ihm einen Schwall kreolischer Verwünschungen hinterher.

3

Mit Ach und Krach erwische ich die Mittagsmaschine von Gatwick nach St. Lucia. Mir ist klar, dass Jasper sich über meinen überstürzten Aufbruch fürchterlich aufregen wird. Ihm wäre es bestimmt lieber, ich würde seinem Bauprojekt einen Besuch abstatten, anstatt Hals über Kopf den letzten Flug nach Mustique zu nehmen. Aber Lily beizustehen und dafür zu sorgen, dass bei den Vorbereitungen für ihre Überraschungsparty alles nach Plan läuft, hat nun einmal Vorrang für mich. Sobald ich sicher sein kann, dass alles seine Ordnung hat, werde ich nach Herzenslust baden und in der Sonne liegen, bis Jasper eintrifft, um mir zu helfen.

Beim Abheben liegt England grau und düster unter uns, dennoch wird mir augenblicklich leichter ums Herz. Prinzessin Margaret begriff jeden ihrer Flüge als Auszeit von ihren Pflichten und ihrer öffentlichen Rolle, und ich habe vor, es ganz genauso zu halten. Also lausche ich einem Hörbuch von *Verstand und Gefühl* und genieße die Ablenkung, doch nach ein paar Stunden lässt meine Konzentration nach, und die Vergangenheit drängt sich in den Vordergrund.

Daran, wie es dazu kam, dass Lily in unser Leben trat, erinnere ich mich, als wäre es gestern gewesen. Vor sechzehn Jahren war ich gut mit Dr. Emily Calder befreundet, einer frisch geschiedenen Frau, die eine Villa ganz in unserer Nähe gemietet hatte. Emily war Mitte dreißig, hatte in Harvard promoviert und machte sich zusehends einen Namen als bahnbrechende Meeresbiologin und Umweltschützerin. Sie verbrachte jeden Sommer auf Mustique und widmete sich dem Korallenriff. Alle auf der Insel hatten sie gern, denn sie war humorvoll und klug und besaß eine ganz besondere Ausstrahlung. Ich freute mich sehr, als sie mich bat, Patin der fünfjährigen Lily zu werden. Die Kleine war ein so bescheidenes, liebenswürdiges Kind, stets zufrieden damit, am seichten Ende unseres Pools vor sich hin zu planschen, während Emily und ich nach einem ihrer langen Arbeitstage auf dem Meer miteinander plauderten. Ihre Scheidung erwähnte sie kaum, aber vielleicht hat sie ihr doch schwerer zu schaffen gemacht, als alle ahnten. Ich mache mir jedenfalls Vorwürfe, nicht auf mögliche Warnzeichen geachtet zu haben. Eines Abends muss Emily nach ihrem letzten Drink mit mir Lily in ihrer Villa ins Bett gebracht haben und dann ins Meer gegangen sein. Sie hat nichts zurückgelassen, was ihren Selbstmord erklären würde. Abgesehen von ihrem Sarong, den man ordentlich zusammengelegt am Macaroni Beach fand, ist sie einfach spurlos verschwunden. Ich kann es bis heute nicht begreifen. Emily war jung und schön und hatte so viele Freunde, denen sie von ihren Nöten hätte erzählen können, und trotzdem hat sie das alles einfach weggeworfen und Lily ihrem Schicksal überlassen. Ich kann nur vermuten, dass sie insgeheim mit Depressionen zu kämpfen hatte. Falls sie einen Abschiedsbrief hinterlassen hat, wurde er nie gefunden, und so blieben ihrer Tochter nicht einmal ein paar Worte des Trostes.

Jasper war sofort damit einverstanden, Emilys Tochter großzuziehen. Dank seines jungenhaften Charakters ist er immer gern mit Kindern zusammen, und unser eigener Nachwuchs war damals bereits flügge. Unsere Kinder akzeptierten Lily ohne Wenn und Aber als Teil der Familie, aber Lilys Kindheit war dennoch überschattet vom Tod ihrer Mutter und dem Desinteresse ihres Vaters. Henry Calder ist ein Ölmagnat, der seine Verpflichtungen als Vater offenbar darin erfüllt sieht, einen kleinen Treuhandfonds angelegt zu haben. Sonst bemüht er sich kaum um Kontakt zu seiner Tochter. Lily hat genügend Geld, um ihren Lebensunterhalt zu bestreiten, reich wird sie allerdings nie sein, und außer Jasper und mir gibt es niemanden, auf den sie sich wirklich verlassen kann. Trotzdem ist sie eine unerschütterliche Optimistin. Sie ist fest entschlossen, das Korallenriff zu retten, und ich habe das Gefühl, dass nichts und niemand sich ihr in den Weg stellen kann.

Nach einer Weile falle ich in einen unruhigen Schlaf. Als ich wieder aufwache, verkündet der Flugkapitän, dass es nur noch eine halbe Stunde bis St. Lucia sei, der Anflug aufgrund von Turbulenzen allerdings ein wenig holprig werden könne. Die Maschine wackelt und ruckelt, während ich meine Uhr um fünf Stunden zurückstelle. Hier ist es kurz nach fünf Uhr nachmittags.

Flüchtig überlege ich, Jasper anzurufen, doch der Flug war anstrengend genug. Ich beschließe, den Anruf auf morgen früh zu verschieben, wenn ich wieder frisch und ausgeruht bin. Auf dem kleinen Flughafen wimmelt es von Verwandten, die ihre Familienmitglieder abholen wollen, von Taxifahrern und Gepäckträgern, die mir anbieten, für ein geringes Entgelt meinen Koffer zu tragen. Gerade als ich für meinen Anschlussflug einchecken will, entdecke ich in der Menge ein bekanntes Gesicht. Es gehört Dr. Simon Pakefield, dem britischen Arzt, der unseren geliebten Dr. Bunbury vertritt, während dieser Verwandte in England besucht. Die ganze Insel vermisst Dr. Bunbury, wenn er auf Reisen ist. Er verarztet unsere Wehwehchen und Beschwerden nun schon seit Jahrzehnten so fürsorglich.

Dr. Pakefield erwidert mein Winken nicht, obwohl wir uns bestimmt schon ein halbes Dutzend Mal begegnet sind. Er ist ein bleicher, eigentümlicher Mann mit einer undurchdringlichen Miene und einem kohlrabenschwarzen Haarschopf. Seltsam, dass er so gut mit Kranken umgehen kann, obwohl ihm jede gesellschaftliche Geschmeidigkeit fehlt. Mit Menschen scheint er besser auszukommen, wenn sie lediglich seine Patienten sind und nicht seine Freunde werden wollen.

Da ruft eine andere Stimme meinen Namen, und schon ist Dr. Pakefield wieder in der Menge verschwunden. Die Hand zum Gruß erhoben, stürzt mein alter Freund Phillip Everard auf mich zu. Phillip stammt aus Kanada, ist Schauspieler und inzwischen Mitte sechzig, was aber nie jemand vermuten würde. Sein Gesicht sieht noch fast genauso aus wie in den Achtzigern, als er die Welt mit einem halben Dutzend Komödien im Sturm eroberte. Er zählt zu der Sorte Mensch, die die Aufmerksamkeit von Männern und Frauen jedes Alters auf sich ziehen, und seine offen gelebte Bisexualität erhöht sein Charisma nur. Heute trägt Phillip ein blaues Leinenhemd, das seine Sonnenbräune betont, das graue Haar ist raspelkurz geschnitten und lässt seine gepflegten Züge klarer hervortreten denn je.

«Du siehst noch immer derart umwerfend aus, Phil, du bist der perfekte Begleiter.»

«Nicht halb so umwerfend wie du.» Er grinst und nimmt mich fest in die Arme. «Wie machst du das nur, dass deine Haut so jugendlich strahlt?»

«Gute Gene und die Gesichtscreme von Harrods. Was in aller Welt hast du denn hier verloren?»

«Lily hat mir verraten, dass du kommst, weshalb ich meinen Rückflug umgebucht habe. Ich war bei Jasper, um ihm bei den Verhandlungen mit diesem schrecklichen französischen Architekten zu helfen.»

«Du bist ein Schatz. Geht's Jasper gut? So mutlos habe ich ihn noch nie erlebt.»

«Er will, dass du kommst und ihm die Tränen trocknest, und flippt regelmäßig aus, also alles wie immer.» Phillip blickt belustigt drein. «Ich habe den ganzen Nachmittag nach einem Geburtstagsgeschenk für Lily gesucht.»

«Und, bist du fündig geworden?»

«Ohrringe mit Süßwasserperlen und ein dazu passender Armreif. Ist das zu langweilig?»

«Sie wird den Schmuck lieben.»

«Gott sei Dank kommst du direkt nach Mustique und meidest dieses scheußliche Resort, das Jasper da hochzieht.» Man hört den weichen französischen Einschlag, der Phillip von seiner Kindheit in Quebec geblieben ist.

«Davon will ich überhaupt nichts hören, mein Lieber. Erst mal brauche ich einen Wodka.»

«Die Drinks müssen leider warten. Es gibt jede Menge Verspätungen, und wir sind auf den letzten Flug gebucht. Sobald wir gestartet sind, machen sie den Flughafen dicht. Anscheinend zieht ein Wirbelsturm in unsere Richtung. Weiß der Himmel, weshalb sie so ein Brimborium darum machen, das verdammte Ding ist doch noch meilenweit weg.»

Phillip packt meine Hand und führt mich mit raschen Schritten durch den Flughafen. Wir sind jetzt seit dreißig Jahren befreundet, seit er damals eine der kleinsten Villen auf Mustique kaufte, obwohl er genug Geld aus dem Filmgeschäft gehabt hätte, um sich einen Palast zu bauen. Er wollte eine Zuflucht haben, wo er den Paparazzi entkommen konnte, war aber bescheiden genug, nicht zu prunken und zu protzen. Phillip war stets der strahlende Mittelpunkt jeder Party und jedes Kostümfests, doch in letzter Zeit ist es ruhiger um ihn geworden. Ich kann mich gar nicht erinnern, wann er zuletzt gedreht hat. Während ich ihm zusehe, wie er, ganz geschäftsmäßig und ernst, alles für unseren Anschlussflug regelt, stelle ich mir vor, wie er einen ehrbaren Anwalt für Menschenrechte gibt oder einen US-Präsidenten mit altmodischen Wertvorstellungen. Doch als wir auf die Maschine zugehen, die auf dem Flugfeld wartet, schlägt seine heitere Stimmung plötzlich um.

«Habe ich dir eigentlich schon erzählt, dass Jose sich in letzter Zeit ziemlich merkwürdig benimmt? Natürlich kümmert er sich nach wie vor hervorragend um unsere Gärten, aber seit kurzem geht er mir überallhin nach, morgens, mittags und abends.»

«Das klingt aber gar nicht gut. Wenn du möchtest, spreche ich mal mit ihm.»

«Ich will dem armen Jungen keine Angst einjagen, aber er muss aufhören, sich wie mein Leibwächter aufzuführen.»

Jose Gomez arbeitet seit fünf Jahren für Phillip und mich und widmet seine Zeit unseren beiden Gärten. Der junge Mann ist mit einem grünen Daumen gesegnet, jedoch von Geburt an stumm. Manchmal höre ich ihn bei der Rasenpflege pfeifen, aber ein Wort hat er mir gegenüber noch nie von sich gegeben. Phillip wirkt erleichtert, dass er sich die Sache von der Seele geredet hat. Während der Inselflieger startklar gemacht wird, greift er wieder nach meiner Hand.

«Am liebsten hätte ich Lily schon von dem Geburtstagsfest erzählt, aber natürlich habe ich mir auf die Zunge gebissen.

Sie ist fasziniert von der guten alten Zeit, nicht wahr? Die Partys auf Mustique erscheinen ihr geradezu legendär.»

«Ja, aber ihr Fest muss alle anderen in den Schatten stellen. Lily hat sich eine Aufmunterung verdient, und es sind nur noch zwei Wochen. Jasper und ich haben zwei Designerinnen auf St. Lucia damit beauftragt, Dutzende von einzigartigen Kostümen für unsere Gäste zu schneidern, übrigens auch eins für dich.»

«Gibt es ein Motto?»

«Wir wollen es den Mondball nennen, weil an dem Abend Vollmond ist, und ich bete für einen wolkenlosen Himmel. Ich will, dass die ganze Insel zu Lilys Ehren erstrahlt.»

«Niemand nimmt die Planung einer Party so ernst wie du und Jasper. Ich weiß noch, wie ihr vor Jahren extra nach Kerala geflogen seid, um Kostüme und Requisiten für eine Party zu besorgen. Ihr hattet sogar eine Yacht gemietet, damit die Gäste sich auf See umkleiden konnten und perfekt zurechtgemacht am Strand ankamen. Es muss doch Wochen gedauert haben, diesen Palast auf dem Rasen zu errichten, oder?»

«Lilys Geschmack ist bescheidener als unserer, aber das ist mir egal. Alle werden kommen: Mitglieder des Königshauses, Supermodels, Rockstars und du natürlich.» Wieder schenke ich ihm ein Lächeln.

«Es ist nie zu spät, mich zu heiraten.»

«Jasper würde niemals in die Scheidung einwilligen, und du würdest mich für den erstbesten hübschen Kerl oder das erste junge Mädchen verlassen, das dir über den Weg läuft.»

Dr. Pakefield sitzt drei Reihen vor uns. Phillip und ich necken uns weiter, während der Vertretungsarzt in Gedanken versunken aus dem Fenster blickt und die Flugzeugmotoren aufbrüllen. Das Abheben in der zehnsitzigen Maschine fühlt sich an, als würde man in die Luft katapultiert, aber das Wissen, dass am Ende dieser Reise Mustique auf mich wartet, lässt mich jede Unbequemlichkeit ertragen. Die Dämmerung bricht bereits herein, und der Flugkapitän wird bestimmt alles geben, um die Insel noch rechtzeitig zu erreichen, denn bei Dunkelheit dürfen wir dort nicht landen. Die Lichter von St. Lucia verblassen, als wir Richtung Süden abdrehen. Viele Meilen weit unter uns liegt das sich kräuselnde Meer.

Ich weiß nicht, warum mich auf einmal fröstelt, als die Insel schließlich in Sicht kommt. Noch immer wachsen die Bäume und Sträucher so dicht, dass Mustique aussieht wie ein schimmernder Smaragd auf einem Kissen aus dunkelblauem Samt. In meiner Erinnerung ist die ursprüngliche Flora und Fauna der Insel noch sehr lebendig, mit den wild lebenden Kühen und Ziegen im Urwald und der Luft voller Moskitos. Unsere Maschine überfliegt jetzt Mustiques höchsten Punkt, und dann greift Phillip wieder nach meiner Hand, als wir wie ein Stein auf die winzige Landebahn herabfallen.

4

Nur Minuten nachdem wir gelandet sind, bricht die Nacht herein. Ich kann gerade noch die Ebene im Herzen von Mustique ausmachen, die einst zu einer Baumwollplantage gehörte und noch immer von zweihundert Jahre alten Palmen gesäumt wird. Als wir aus dem Flieger steigen und uns die warme Luft und der Duft nach Orchideen begrüßen, wird mir leicht ums Herz. Die Mitarbeiter des Flughafens warten vor dem kleinen Gebäude und heißen uns willkommen. Der Bau selbst erzählt bereits alles darüber, wie entspannt es auf der Insel zugeht. In der Hochsaison reisen hier Mustiques berühmte Besucher täglich an und ab, doch das bescheidene Gebäude bleibt, wie es ist. Palmblätter bedecken sein spitzes Dach, und über zwei kleinen Durchgängen stehen die Wörter «Ankunft» und «Abflug» auf ungelenk von Hand beschrifteten Schildern. Der Flughafendirektor macht eine Verbeugung vor mir, die Mühe, meinen Ausweis zu überprüfen, spart er sich, ganz als würde mir die Insel noch gehören. Mit ausgesuchter Höflichkeit erkundigt er sich nach Lord Blake, und obwohl ich es sehr schätze, dass man mir auf Mustique so viel Freundlichkeit entgegenbringt, dauert der Austausch von Nettigkeiten diesmal doch so lange, dass ich beim Hinaustreten aus dem Gebäude Erleichterung verspüre.

Unser Butler hat meinen Strandbuggy zum Parkplatz bringen lassen, der lediglich Stellfläche für eine Handvoll Wagen bietet, was aber für die gesamte winzige Fahrzeugflotte der Insel reicht. Unter normalen Umständen genieße ich es, überall auf Mustique zu Fuß hinzugehen, doch heute Abend bin ich froh, dass Phillip und ich den Buggy haben. Mit meinem Koffer auf dem Rücksitz brechen wir zu seiner Villa auf. Während der Fahrt atme ich tief die Gerüche der Insel ein: den süßlichen Duft von moderndem Laub, von Meersalz und von Paprika, das aus irgendeiner Küche heranweht. Ich spüre, wie sich langsam die Spannung in meinen Schultern löst. Allerdings hat sich Mustique in den sechs Monaten seit meinem letzten Besuch verändert. Die Wege durch Kängurubäume und üppiges Gebüsch wurden gepflastert, und bald wird die ganze Insel mit behördlich gebauten Trottoirs überzogen sein anstelle der sandigen Pfade, die ich doch so liebe. Von den Feriendomizilen meiner Freunde sind viele zurzeit unbewohnt. Auf Mick Jaggers Anwesen brennt kein Licht, es wird auf der Insel also viel weniger los sein als sonst und auch keine von den Cricketmatches geben, die er immer so gern spontan ausrichtet. David Bowies Haus liegt ebenfalls im Dunkeln, womit die Ausflüge zu Basil's Bar wohl weit weniger amüsant ausfallen werden als üblich. Zumindest solange, bis die beiden Männer zu Lilys Party wieder einfliegen.

Phillips Anwesen liegt westlich von unserem und blickt über die Plantation Bay. Es ist eines der wenigen Häuser auf Mustique ohne Schutzzäune gegen die Stürme, die die Insel in der Hurrikansaison heimsuchen. Seinen Namen hat es von den Jacarandabäumen, die es, noch schwer mit violetten Blüten behangen, umringen. Jacaranda ist im Grunde ein einfaches Cottage, verkleidet mit gebleichtem Holz und gekrönt mit einem Dach aus Schiefer. Es verrät eine Menge über Phillip, dass er gerade die Schlichtheit dieses Ortes schätzt und auch nur zwei Angestellte beschäftigt – ein älteres Hausmädchen und Jose, der sich um den Garten kümmert. Er bittet mich auf einen Drink herein, aber ich kann es kaum noch erwarten, endlich Lily zu sehen, weshalb ich ihn stattdessen für morgen auf ein spätes Mittagessen zu mir einlade. Er wünscht mir gute Nacht und verspricht, frische Papayas von seinem Baum mitzubringen.

Die letzte Etappe meiner Reise durch dichte Baumgruppen fahre ich langsamer, um die friedliche Stille zu genießen. Nichts weist darauf hin, dass es hier Menschen gibt, man hört nur die Moskitos, nach denen die Insel benannt wurde, und die Zikaden, die so laut zirpen, als wollten sie jemandem applaudieren. Es sind diese Geräusche, die ich mir immer ins Gedächtnis rufe, wenn ich in England bin, dieses feine Sirren und Brummen, das mich hier in den Schlaf wiegt. Plötzlich aber höre ich ein neues Geräusch: Schritte hinter mir auf dem Weg, langsam und gleichmäßig, doch als ich mich umdrehe, sehe ich nur die dunklen Umrisse der Palmen und die leuchtenden Sterne über mir. Die Schritte setzen kurz aus, dann kommen sie wieder näher.

«Treten Sie vor und zeigen Sie sich, wer Sie auch sind!», rufe ich laut.

Aus dem Unterholz stolpert Dr. Simon Pakefield hervor. Schon aus zwanzig Yards Entfernung sehe ich, wie unangenehm ihm die Situation ist, er hat die Schultern hochgezogen wie ein Schuljunge, der erwartet, bestraft zu werden.

«Ist alles in Ordnung, Doktor? Ich habe Sie schon auf dem Flughafen gesehen und versucht, Ihre Aufmerksamkeit zu erlangen, aber Sie waren offenbar ganz in Ihre Gedanken versunken.»

«Das tut mir leid, Lady Blake.» Der Mann lächelt schief. «Ich habe Sie gar nicht bemerkt.»

«Nicht weiter schlimm. Darf ich Sie nach Hause bringen?»

Als der Vertretungsarzt in den Buggy steigt, wirkt er schon etwas entspannter. Wir haben dieselbe Richtung, denn er wohnt während Dr. Bunburys Abwesenheit in dessen Villa. Dr. Pakefield erzählt mir von seinen Plänen. In den zwei Monaten, die er auf der Insel verbringen wird, will er die Arbeit unseres Arztes weiterführen, Spenden für eine neue Röntgenanlage eintreiben und die kleine Krankenstation der Klinik mit modernen Betten und Möbeln ausstatten.

«Das klingt phantastisch, ich werde eine Benefizveranstaltung organisieren. Ist Ihre Frau dieses Mal denn nicht mitgekommen?»

«Chloe ist bei den Kindern geblieben, wir wollten sie nicht schon wieder aus ihrer gewohnten Umgebung reißen.»

«Wie schade. Sie müssen bald zum Abendessen vorbeikommen. Es ist nicht gut, wenn man zu viel Zeit allein verbringt.»

«Das ist sehr freundlich von Ihnen, aber meine Patienten halten mich ganz schön auf Trab. Mir geht es gut, ehrlich.»

«Wir sollten trotzdem demnächst etwas verabreden, wir würden Sie so gern bei uns begrüßen.»

Als wir an der nächsten Weggabelung halten, wünscht mir der Vertretungsarzt eine gute Nacht und geht die letzten Schritte zur Villa von Dr. Bunbury zu Fuß. Ich bleibe voll Mitgefühl zurück. In gesellschaftlichen Belangen ist Dr. Simon Pakefield ganz auf seine Frau angewiesen. Während seines Aufenthalts auf der Insel wird er wohl etwas Unterstützung benötigen, wenn er nicht völlig vereinsamen soll. Die Begegnung mit ihm hat mich in meiner Meinung bestärkt, dass Lily es sich bestimmt nur eingebildet hat, diese Woche auf dem Heimweg verfolgt worden zu sein.

Es erstaunt mich immer noch, dass sie im Sommer nach ihrer Rückkehr aus Kalifornien beschlossen hat, auf Mustique zu bleiben. Die Insel muss viele schmerzhafte Erinnerungen in ihr wachrufen, trotzdem macht sie genau dort weiter, wo ihre Mutter aufgehört hat: mit der *Reef Revival Charity*, der Stiftung für den Wiederaufbau des Riffs, und dem Kutter, den ihre Mutter ihr hinterlassen hat. Natürlich würde es mir nicht im Traum einfallen, ihr das alles zu entreißen, aber manchmal wünschte ich mir, sie könnte die Vergangenheit hinter sich lassen.

Als ich jetzt durch das Dickicht der Äste Eden House erblicke, geht mir das Herz auf. Jasper hat unserer Villa diesen Namen noch vor der Grundsteinlegung gegeben, und tatsächlich erschien mir das Leben in so viel Luxus von Anfang an paradiesisch, zumal wir hier die ersten Wochen in Zelten hausen mussten. Das dreistöckige Gebäude sticht einem schon von weitem ins Auge, vor allem nachts, wenn die Fassade in dem Licht funkelt, das aus Dutzenden hohen Fenstern fällt. Entworfen wurde die Villa von Oliver Messel, einem Architekten, der für seine Bauten im Zuckerbäckerstil und sein Gespür für Theatralik berühmt ist. Der schneeweiße Bau in dem für Messel typischen Mix aus modernen und klassischen Elementen wartet mit verschnörkelten Schnitzereien an den Dachüberständen und zierlichen Balkonen im obersten Stock auf. Der Anblick wirkt so romantisch, die Villa könnte auch als Filmkulisse für Romeo und Julia dienen. Die Marmorterrasse zu ebener Erde begrüßt mich mit ihrem weiten Schwung. Der Garten sieht phantastisch aus, die Außenbeleuchtung spiegelt sich im Pool jenseits des Rasens, und unser hölzernes Poolhaus ist frisch gestrichen.

Schon beim Betreten des Hauses rufe ich Lilys Namen,

bekomme aber keine Antwort, was mich nicht überrascht. Unser Flug hatte Verspätung, und unsere Angestellten haben bereits Feierabend. Die ruhige Eleganz der Räume wirkt wie immer einladend, trotzdem verspüre ich plötzlich ein seltsames Unbehagen. Das liegt vielleicht daran, dass ich selten allein hier bin, in dem Haus, das Jasper und ich seit so vielen Jahren lieben. Denn abgesehen von der langen Reise sehe ich keinen Grund für meine innere Unruhe. Also schiebe ich das Gefühl beiseite und schlendere durchs Erdgeschoss, das ich, mit ein wenig Hilfe von meinem Freund Nicky Haslam und seinem untrüglichen Geschmack, selbst eingerichtet habe. Alle Zimmer haben hohe Decken und weiße Wände, um das hereinflutende Tageslicht zur Geltung zu bringen. Überall liegen oder stehen Kunstgegenstände, die ich auf meinen Reisen mit Jasper und Prinzessin Margaret durch Indien und die Karibik erworben habe. An den Wänden hängen hohe Spiegel, deren Silberrahmen mit mythischen Figuren verziert sind, geschnitzt vor hundert Jahren von Kunsthandwerkern in Jaipur. Während ich nach oben gehe, hellt meine Stimmung sich wieder auf. In meinem Schrank hängen die Kleider, die ich bei meinem letzten Besuch hier zurückgelassen habe, und die Gemälde an unseren Wänden bereiten mir nach wie vor große Freude. Das farbige Landschaftsbild über dem Bett, das ich bei einer hiesigen Künstlerin erstanden habe, sprüht vor Lebendigkeit. Die zerbrechliche Vase, die ich einmal in Japan entdeckt habe, steht wie immer auf meinem Toilettentisch und wartet nur darauf, mit Blumen gefüllt zu werden.

Natürlich könnte ich jetzt zur Britannia Bay hinuntergehen und in Basil's Bar Ausschau nach Lily halten, aber irgendwie scheue ich die Mühe, mir die Haare zu kämmen und ein frisches Kleid anzuziehen. Lieber gehe ich ganz in Ruhe ein wenig herum und nehme Gegenstände in die Hand, die ich schon monatelang nicht mehr gesehen habe. Ich werfe einen Blick durch die offene Tür von Lilys Zimmer, wo es gar nicht mehr so chaotisch aussieht wie früher. Auf dem Boden liegen ein altes Paar Sandalen und einige achtlos fallen gelassene Badetücher, doch alles Übrige macht einen sauberen und aufgeräumten Eindruck. Seit ihrer Kindheit hat sie an der Einrichtung nichts mehr verändert, und ihre Leidenschaft für die Flora und Fauna der Meere zeigt sich überall. Von einem Plakat über ihrem Bett stürzt sich ein riesiger weißer Hai auf mich, und an der Wand hängt neben dem Unterwasserfoto einer blühenden Korallenbank ein Schaubild mit den verschiedenen Arten tropischer Fische.

Zurück im Erdgeschoss schalte ich die Lichter am Pool aus und mache es mir in einem Liegestuhl bequem. Das Licht der Sterne ist und bleibt doch die allerbeste Beleuchtung. Über mir funkelt das Universum, eine Million Sterne, wie Diamantsplitter auf einer riesigen schwarzen Tafel, und mittendrin der Mond, der ein breites Band übers Meer wirft. Das Einzige, was noch zu hören ist, sind einige aus der Zeit gefallene Calypso-Klänge, die von irgendeiner Villa herüberwehen, entferntes Gelächter und der nächtliche Chorgesang der Schlangenhalsvögel. Es ist herrlich, sich in der tropischen Luft zu aalen, statt der Herbstkälte in Norfolk ausgesetzt zu sein. Meine Erinnerungen helfen mir, mich zu entspannen. Wie oft haben Prinzessin Margaret und ich hier gesessen und den Sonnenuntergang betrachtet, den Blick fest auf den Horizont gerichtet, in der Hoffnung, jenen sagenumwobenen grünen Blitz über dem Meer zu sehen, der genau in dem Moment aufleuchten soll, in dem die Sonne verschwindet.

Obwohl wir ihn nie erhaschten, hatten wir eine Unmenge Spaß, wenn wir auf der Lauer saßen und dabei über Gott und die Welt plauderten.

Als ich die Schritte auf dem Pfad höre, weiß ich sofort, dass etwas nicht stimmt. Der Rhythmus ist viel zu schnell. Einen Augenblick später rennt meine Patentochter auf mich zu und bleibt erst am Fußende meines Liegestuhls stehen, nach Atem ringend. Selbst dabei sieht sie noch aus wie ein junger Filmstar. Sie hat sich zu einer wahren Schönheit entwickelt und ähnelt in der weißen Caprihose und dem schwarzen, ärmellosen Top einer hochgewachsenen Ausgabe von Audrey Hepburn. Das schwarze Haar trägt sie kurz geschnitten, und die ozeanblauen Augen sind vor Schreck weit aufgerissen. Doch im Bruchteil einer Sekunde wechselt Lilys Gesichtsausdruck zu Entzücken. Als ich aufstehe, nimmt sie mich fest in die Arme, dann schiebt sie mich ein Stück von sich, um mich anzusehen. Ihre Hände liegen auf meinen Schultern.

«Ich bin so froh, dass du gekommen bist.»

«Geht es dir gut, mein Liebes?», erkundige ich mich. «Warum bist du denn so gerannt?»

«Auf dem Heimweg bekam ich plötzlich Angst. Mir ist wieder jemand gefolgt.»

Lily sieht so zerbrechlich aus, dass ich mir erst ins Gedächtnis rufen muss, dass sie mittlerweile erwachsen ist. Immerhin war sie die letzten drei Jahre in Amerika und kam dort, ganz auf sich allein gestellt, bestens zurecht.

«Ich wünschte, du hättest mir gesagt, wann du landest, dann hätte ich am Flughafen auf dich gewartet. Ich hoffe nur, du bist nicht meinetwegen Hals über Kopf hergekommen.»

«Aber nein, allerdings hatte ich schon Sehnsucht nach dir und der Insel.»

«Bitte besorg dir ein Handy. Das würde das Leben so viel einfacher machen.»

«Ich kann diese schrillen Klingeltöne nicht ertragen. Warst du noch in Basil's Bar?»

«Ich war beim Cotton House, um Amanda zu suchen, aber dort hat sie auch keiner gesehen.» Ihre Stimme hat wieder diesen unüberhörbar besorgten Klang angenommen.

«Habt ihr euch denn oft gesehen, seit sie wieder hier ist?»

Lily nickt eifrig. «Sie hat sich nicht verändert – ist impulsiv und sprüht nur so vor Energie, der redseligste Mensch, den ich kenne.»

«Hast du schon mit der Polizei gesprochen?»

«Heute Morgen habe ich angerufen, aber als ich mittags auf dem Revier war, war keiner da. Wusstest du, dass es für die ganze Insel nur einen einzigen Polizeibeamten gibt?»

«Das liegt daran, dass hier keine Verbrechen geschehen. Jasper und ich kennen ihn übrigens gut, er heißt Solomon Nile, hat in Oxford studiert und ist vermutlich der intelligenteste Mann auf ganz Mustique.»

«Am Telefon klang er jedenfalls ein wenig zu entspannt für meinen Geschmack. Amanda hat mich noch nie versetzt, sie hätte es mir gesagt, wenn sie etwas anderes vorgehabt hätte. Diesen Sommer haben wir beinahe jeden Tag zusammen verbracht.» Lily schaut zu Boden. «Vor ein paar Tagen hat jemand eine hässliche Nachricht auf mein Boot geschmiert: *Verschwinde von Mustique oder stirb wie die Korallen.*»

«Warum in aller Welt hast du mir davon nichts erzählt? Dann wäre ich doch viel eher hergekommen.»

«Wozu hätte ich dich beunruhigen sollen? Die Layton-Brüder haben sich den Schaden angesehen, bevor ich das

Geschmiere weggeputzt habe. Allerdings machten sie nicht gerade den Eindruck, als würde ihnen das viel Kopfzerbrechen bereiten.»

«Solomon ist anders, er wird Amanda im Handumdrehen finden.»

«Hoffen wir's.» Lily lässt sich in den Liegestuhl neben meinem fallen und streift ihre Strandschuhe ab genau wie damals als Kind.

«Phillip hat mir erzählt, dass Jose sich in letzter Zeit eigenartig verhält. Stimmt das?»

Lily blickt überrascht drein. «Mir kommt er ganz normal vor, er erweist sich sogar als wahrer Segen. Den größten Teil seiner freien Zeit verbringt er damit, mir mit dem Kutter zu helfen.»

«Nimm dich in Acht, Liebes. Er hat schon immer ein Auge auf dich geworfen.»

Nun schmunzelt sie belustigt. «Unsinn, Vee. Er benimmt sich völlig normal, nur dass er nicht sprechen kann.»

«Ich mache mir eben Sorgen um dich.»

«Erzähl mir lieber, wie es dir so ergangen ist», wechselt sie das Thema und drückt meine Hand. «Erzähl mir alles, was in der Familie so passiert ist. Ich vermisse die ganze Bande wie verrückt.»

Lilys Gesicht leuchtet vor Freude, während ich ihr von unserer Familie berichte. Sie wird begeistert sein, wenn alle zu ihrer Party einfliegen. Als ich eine Pause mache, blickt sie mich an, wach und klar wie stets.

«Bestimmt habe ich überreagiert wegen dieser Geräusche auf dem Heimweg. Ich bin nur ein wenig abgespannt zurzeit. Es gibt Probleme mit meiner Bewerbung um finanzielle Zuschüsse. Wenn die Oceanographic Society uns keine weiteren Gelder mehr gewährt, ist die Stiftung künftig ganz auf private Spenden angewiesen.»

«Jasper und ich könnten unsere Zuwendung erhöhen.»

«Ihr seid ohnehin schon viel zu großzügig.» Sie blickt hinaus aufs Meer. «Es hört sich vielleicht komisch an, aber jetzt, wo ich mehr Zeit auf ihrem Boot verbringe und ihr Projekt in die Tat umsetze, fühle ich mich Mum um so vieles näher. Glaubst du, das hätte ihr gefallen?»

«Emily hat sich zwar genau wie du voller Leidenschaft für die Meeresorganismen der Insel eingesetzt, aber sie besaß auch ein großes Herz. Welchen Weg du auch einschlägst, sie wäre damit einverstanden gewesen, solange es dich nur glücklich macht.»

«Warum fehlt sie mir manchmal so sehr, obwohl ich mich doch kaum noch an sie erinnern kann?»

«Das ist ganz normal.»

«Du bist meine wahre Mutter, Vee, und Jasper ist auch großartig. Wie genial und verrückt er auch ist, er ist immer so liebevoll.»

«Du machst es einem eben leicht, dich zu lieben, Lily.»

Sie lehnt sich an mich und mustert mein Gesicht. «Als Prinzessin Margaret starb, warst du so traurig. Geht es dir inzwischen etwas besser?»

«Ich denke jeden Tag an sie, aber das war zu erwarten. Unsere gemeinsame Zeit dauerte länger als die meisten Ehen.»

Wir verfallen in Schweigen und lauschen dem Summen der Insekten. Dabei blicken wir in dieselbe Richtung, auf das Glitzern der Sterne auf der Meeresoberfläche. Jasper und ich haben monatelang über den Standort unserer Villa gestritten. Ich wollte auf der geschützten Seite der Insel wohnen, die auf die Karibik hinausgeht, doch er bestand darauf, sich dem

Toben des Atlantiks zu stellen. Jasper wollte jeden Sturm, der sich am Horizont zusammenbraut, sehen können, bevor er die Insel erreicht. Ich gebe es nur ungern zu, aber er hatte recht. Das Schauspiel auf dem Atlantischen Ozean ist immer wieder faszinierend. Zahllose Abende habe ich schon auf unserer Terrasse gesessen und zugesehen, wie sich der Himmel über der Küste unterhalb unserer Villa verdunkelt, doch heute drückt mir das unerwartete Verschwinden von Lilys Freundin aufs Gemüt. Vielleicht droht der Insel ja etwas völlig Neues, Unvorhergesehenes, das aus jeder erdenklichen Richtung über uns hereinbrechen kann.

Aber einen solchen Gedanken schiebe ich entschlossen beiseite und konzentriere mich ganz auf Lily. Ich necke sie mit der Frage, wann sie sich endlich einen Freund zulegt. Ihr Geplauder gleicht dem ihrer Mutter, humorvoll und lebendig. Ihrer Schönheit ist sie sich überhaupt nicht bewusst, was viel zu ihrem Reiz und ihrer Ausstrahlung beiträgt. Als ich wieder auf meine Armbanduhr schaue, sind zwei Stunden vergangen wie nichts. Langsam machen sich die Strapazen der Reise bemerkbar. Natürlich wäre es verlockend, länger hier zusammenzusitzen, aber wir haben ja noch den ganzen Monat vor uns. Ich ermahne Lily, die Haustür abzusperren, bevor sie nach oben geht, dann wünsche ich ihr gute Nacht. Als ich in meinem Schlafzimmer stehe, bin ich zwar erschöpft, aber auch froh, dass Mustique sich seinen alten Zauber bewahrt hat.

Bevor ich ins Bett schlüpfe, werfe ich einen letzten Blick aus dem Fenster, weil wunderschönes Mondlicht durch einen Spalt in den Vorhängen fällt. Der Nachthimmel ist so klar, dass ich die Einschlagkrater auf der Mondoberfläche erkennen kann, viel deutlicher als in England. Alles scheint still und friedlich, bis ich plötzlich eine Bewegung im Garten bemerke. Zuerst halte ich es für Pflanzen, die sich im leichten Wind wiegen, aber dann erkenne ich, dass jemand vorsichtig über unseren Rasen schleicht, noch halb im Schutz der Bäume, wie eine Raubkatze. Ich halte den Atem an, bis die Gestalt aus dem Schatten hervortritt. Es ist Jose Gomez, unser junger Gärtner. Er bleibt kurz auf dem Kiesweg stehen, das Gesicht silbern im Mondlicht, und blickt hoch zu meinem Fenster. Einen Augenblick später ist er wieder verschwunden, ohne dass ich noch sehen könnte, wo er sich versteckt. Warum aber sollte ein Angestellter mitten in der Nacht um unsere Villa herumschleichen? Stunden nachdem er seine Arbeit erledigt hat?

5

Sonntag, 15. September 2002

Im Morgengrauen erwacht Solomon Nile aus einem Albtraum. Beinahe jede Nacht durchlebt er die Szene an jenem Tatort in Oxford aufs Neue, obwohl ihn sein Detective Chief Inspector damals gezwungen hat, einige Wochen lang einen Therapeuten aufzusuchen. Er war bereits nah dran, den Dienst zu quittieren, und dieser neue Job hier soll ihn bei der Entscheidung unterstützen, ob er dem Beruf treu bleiben oder sich doch etwas anderes suchen soll.

Noch immer fühlt es sich komisch an, wieder in dem Zimmer aufzuwachen, in dem er aufgewachsen ist. Das Haus seines Vaters steht mitten in Lovell Village, einer Gemeinde aus kleinen Holzhäusern, die sich über den ganzen Hügel verteilen. Das Erste, was Nile an diesem Morgen ins Auge fällt, ist das Stück Koralle aus Amanda Fortinis Zimmer. Es liegt auf dem Fensterbrett und verströmt einen unangenehmen Geruch nach Seetang. Jetzt ist es brüchig und spröde wie ein getrockneter Knochen, doch früher einmal pulsierte es vor Leben, jeder einzelne Polyp bildete ein eigenes Lebewesen. Sorgfältig betrachtet Nile die Korallenstruktur, streicht mit der Fingerspitze über die eingekerbten Pfeile und legt das Stück dann zurück aufs Fensterbrett. Bevor er sich ein Handtuch vom Stuhl schnappt, blickt er sich noch einmal prüfend in dem kleinen Raum um. Dieses Zimmer war das Heiligtum und der Zufluchtsort seiner Kindheit, hier verbrachte er ungezählte Stunden, lernte für Prüfungen und träumte von seiner Zukunft. Der Schreibtisch, den sein Vater ihm aus alten Bananenkisten gezimmert hat, steht nach wie vor eingequetscht zwischen der Tür und dem schmalen Bett, das für einen Zwölfjährigen gemacht ist und nicht für einen erwachsenen Mann. Abgesehen von dem Haken hinter der Tür gibt es keine Aufbewahrungsmöglichkeit für seine Sachen. Kein Vergleich zu der komfortablen Wohnung im Zentrum von Oxford, die er sich mit zwei Kollegen geteilt hat. Dennoch ist ein Teil von ihm froh, wieder zu Hause zu sein. Die schmutzige Luft in der Stadt hat oft einen säuerlichen Geschmack auf seiner Zunge hinterlassen, und statt des nächtlichen Rumpelns der Fernlaster auf der Umgehungsstraße hört er viel lieber den langsamen Herzschlag des Meeres, der ihn hier in den Schlaf wiegt. Die Einbuße an Raum und Bequemlichkeit empfindet Nile zudem als angemessen: In Großbritannien wurde er nie für seinen Fehler bestraft, also ist das hier eine Art ausgleichende Gerechtigkeit.

Auf dem Weg ins Badezimmer hört er ein leises Stöhnen. Nur in Boxershorts gekleidet geht er nach draußen, wo er fast über Lyron stolpert, der ausgestreckt auf der Veranda liegt und im Schlaf vor sich hin murmelt. Es ist nicht das erste Mal, dass sein dreiundzwanzigjähriger Bruder nach einer durchzechten Nacht hier eingeschlafen ist. Nile geht zurück ins Haus, holt einen Krug Wasser und wirft noch ein paar Eiswürfel aus dem Kühlschrank hinein. Das eiskalte Wasser über Lyrons Kopf zu gießen, verschafft ihm eine gewisse Genugtuung. Sein Bruder schießt wie eine Rakete in die Höhe und stößt wilde Flüche aus.

«Halt die Klappe, Ly. Du weckst noch die Nachbarn auf.»

«Verdammter Mistkerl!»

«Mach nicht so einen Krach, um Himmels willen.»

Nile lehnt sich gegen die Hauswand und sieht zu, wie Lyron versucht, wieder auf die Beine zu kommen, und sich das Wasser aus den Augen reibt. Sie sind beide nur sieben Jahre auseinander, aber Lyron benimmt sich immer noch wie ein Kind. Nile hat sich damit abgefunden, dass sein Bruder der Gutaussehende ist und er selbst der mit den Muskeln. Lyron ist ein paar Zentimeter kleiner als er, hat den schlanken Körper eines Basketballspielers und hohe Wangenknochen. Doch dies ist sicher nicht der passende Moment, seinem unentwegt fluchenden Bruder Komplimente zu machen.

«Irgendwann verprügele ich dich noch mal so, dass du nicht mehr weißt, wie du heißt.»

«Das hast du doch noch nie geschafft.» Nile schenkt Lyron ein gewinnendes Lächeln.

«Inzwischen schaffe ich's, du verdammter Idiot.»

«Dad ist krank, erinnerst du dich? Und davon, dass du jede Nacht besoffen nach Hause kommst, geht's ihm bestimmt nicht besser.»

«Sag mir bloß nicht, was ich tun soll, Sol. Du bist nicht mein Aufpasser.»

«Jetzt hör mir mal zu, nur ausnahmsweise. Du schmeißt deinen Lohn raus für Alkohol und Mädchen, und ich bezahle mit meinem Dads Medikamente. Wann willst du mal was dazu beisteuern?»

Lyron sieht plötzlich zerknirscht aus, langsam verebbt seine Wut. «Wie viel kosten die denn?»

«Sechshundert im Monat.»

«Jeden Monat?»

Nile nickt. «Und das Essen kostet auch Geld, und am Haus müsste ebenfalls dringend mal was gemacht werden.»

«Das ist ja fast mein gesamter Lohn.»

«Meiner auch. Wenn dir was Besseres einfällt, sag's mir.»

Das wütende Feuer in Lyrons Blick erlischt nach und nach, er greift nach Niles Handtuch, trocknet sich Gesicht und Haare und wirft es dann auf den Boden. Die beiden Männer hocken sich schweigend nebeneinander auf die Verandastufen. Nile betrachtet das Profil seines Bruders. Er sieht plötzlich älter aus, das spöttische Grinsen auf seinem Gesicht ist verschwunden. Nile muss an die Tränen denken, die sein Bruder damals am Flughafen vergossen hat, als er nach Großbritannien geflogen ist und den Elfjährigen allein zurückließ. Es schmerzt ihn, dass sie sich nicht mehr so nahestehen wie früher, doch die Kluft zwischen ihnen ist offenbar zu groß geworden, unüberwindlich groß. Zu gern würde er die alte Verbundenheit wieder aufleben lassen, aber mittlerweile sprechen sie zwei verschiedene Sprachen.

«Warum vergeudest du deine Zeit, Ly? Du bist zu schlau, um in einer Bar zu arbeiten. Ich dachte, du wolltest mal Pilot werden.»

«Und wer zahlt mir die Ausbildung? Nur falls dir das noch nicht aufgefallen sein sollte: Hier gibt's keine guten Jobs. Cocktails zu mixen ist noch das Beste, was ich tun kann, und da kriege ich wenigstens eine Menge Trinkgeld.»

«Zieh nach St. Vincent und geh auf die Abendschule. Einer von uns beiden muss doch anständig verdienen.»

«Ich bin der Dummkopf unter uns, weißt du nicht mehr? Der mit den Superzeugnissen, das warst immer du.»

«Was redest du da? Du bist doch nicht dümmer als ich, du benutzt deine faule Birne nur nie.» Nile versetzt der Schulter seines Bruders einen leichten Stoß. «Du bist dran, Papa zur

Kirche zu fahren, aber dusch vorher. Du stinkst nach Whisky und billigen Kippen.»

Lyron ignoriert die Anweisung. «Ich habe gehört, da wird eine Frau vermisst. Stimmt das?»

«Ja, stimmt, Amanda Fortini. Sie wollte Freitagabend eine Freundin besuchen, ist aber nicht aufgetaucht.»

«Was ist denn passiert?»

«Mit ein bisschen Glück finde ich das heute heraus.»

«Aber ihr wird doch nichts zugestoßen sein, oder? Hier passiert doch nie etwas Schlimmes.»

Nile ist überrascht, wie angespannt die Miene seines Bruders auf einmal aussieht. Bisher hat Lyron nie ein besonderes Interesse für die Besitzer der Villen erkennen lassen. Aber vermutlich war die kleine Fortini diesen Sommer oft bei Basil's und Ly hat ihr an den meisten Abenden die Cocktails gemixt. Doch bevor Nile ihm dazu irgendwelche Fragen stellen kann, steht sein Bruder abrupt auf und geht hinein.

Nile will Lyron gerade folgen, als er bemerkt, dass ihm jemand von gegenüber aus Zeichen gibt. Das Haus von Mama Toulaine ist anders als alle anderen in Lovell Village. Dass sie eine Künstlerin ist, zeigen schon allein die pinken Geranien, die ihre kleine Veranda zum Leuchten bringen. Das Haus selbst ist in allen Farben des Regenbogens gestrichen. Obwohl sie mit seinem Vater befreundet ist, weiß Nile nicht mal, wie sie mit Vornamen heißt. Von den Kindern in Lovell wird ohnehin erwartet, dass sie die Älteren mit Mama oder Papa anreden, als Zeichen des Respekts. Nile hat keine Ahnung, weshalb Mama Toulaine ihn zu sich winkt, doch er hebt die Hand, um ihr zu antworten. Dann geht er zurück ins Haus. Schließlich kann er ihr kaum einen Besuch in seinen mitternachtsblauen Boxershorts abstatten.

Er wäscht sich rasch und schlüpft in seine Uniform, obwohl es erst sieben Uhr morgens ist und er vor acht nicht zum Dienst erscheinen muss. Dabei wandern seine Gedanken immer wieder zu Mrs. Fortini, mit der er gestern telefoniert hat und die ihn anflehte, ihre Tochter zu finden.

Mama Toulaine gießt gerade ihre Blumen, als er bei ihr ankommt. Die füllige Frau im scharlachroten Kaftan, deren Gesicht von einer Wolke grauer Locken umrahmt wird, ist immer noch eine Schönheit, trotz ihres Alters. Ursprünglich stammt sie aus St. Lucia, was man hört, als sie ihn in ihrem Französisch-Kreolisch auffordert, Platz zu nehmen. Etwas an ihrer Art macht es einem unmöglich, ihren Worten nicht Folge zu leisten. Majestätisch stolziert sie ins Haus, um Kaffee zu holen, und Nile hat Gelegenheit, sich in aller Ruhe auf ihrer Veranda umzusehen. Die Leute in Lovell erzählen sich, Mama Toulaine würde Obeah praktizieren, eine auf St. Lucia noch weit verbreitete Form des Voodoo. Tatsächlich entdeckt Nile einen mit Federn und aufgemalten Totenschädeln verzierten Wanderstock in einer Ecke, bei dem es sich ziemlich sicher um einen sogenannten Coco-Macaque-Stab handelt, einen magischen Gegenstand, der für Zaubersprüche benötigt wird. Wo er auch hinschaut, überall offenbart sich Mamas künstlerisches Talent. An einer Wand lehnt ein Gemälde der Britannia Bay, der Sand funkelt hell in der Sonne. Nile hätte schon immer gern eins ihrer Bilder für seinen Vater gehabt, doch Mamas Kunstwerke erzielen in den großen amerikanischen Galerien mittlerweile Tausende Dollar.

Er macht es sich auf einem türkisfarbenen Liegestuhl bequem und wartet darauf, dass Mama wiederkommt. Als sie ihm dann eine Tasse mit einer breiigen schwarzen Flüssigkeit in die Hand drückt, ist es zu spät für das Geständnis, dass er den Kaffee inzwischen mit Milch trinkt und nicht mehr nach Art der Kreolen. Das Gebräu schmeckt derart bitter nach Zichorie, dass Nile beim ersten Schluck zusammenzuckt, aber Mama plaudert so angeregt vor sich hin, dass sie es überhaupt nicht bemerkt. Sie erzählt ihm von ihren Kindern, die drüben auf St. Vincent und Grenada arbeiten, und ihrer jüngsten Ausstellung, und schließlich ist er überzeugt, dass sie sich tatsächlich nur mit ihm unterhalten wollte.

«Es ist schön zu erfahren, was es Neues gibt, Mama, aber jetzt muss ich langsam zur Arbeit. Danke für den Kaffee.»

«Bleib noch eine Minute.» Sie bedeutet ihm, sitzen zu bleiben. «Freitag war ich mit meiner Staffelei unten bei der Britannia Bay, um das Meer bei Sonnenaufgang zu malen. Und da war auch dieses Mädchen von den Fortinis.» Sie nimmt das Gemälde, das an der Wand gelehnt hat, und reicht es ihm. «Sie sah so hübsch aus, dass ich sie mit ins Bild gemalt habe.»

Als Nile das Gemälde ein zweites Mal betrachtet, nimmt er tatsächlich eine kleine Gestalt mit golden schimmernden Haaren wahr, die einen roten Bikini trägt. Und er bemerkt die riesige Yacht, die vor dem sich mit rosafarbenem Licht überziehenden Himmel am Horizont liegt.

«Was hat sie da gemacht?»

Mama Toulaine runzelt die Stirn. «Sie ist auf diese Yacht zugeschwommen, und ich habe weitergemalt. Als ich wieder aufblickte, war sie weg. Ich habe angenommen, dass sie an Bord geklettert ist oder in die nächste Bucht geschwommen.»

«Sie ist nicht wiedergekommen?»

«Ich war zwei Stunden in der Bucht, und abgesehen von einem Motorboot, das mit irrwitziger Geschwindigkeit übers Wasser gerast ist, war dort keine Menschenseele. Ich wusste gar nicht, dass die so schnell sein können.»

«Gehörte es zur Yacht?»

«Das konnte ich nicht erkennen, dafür schien die Sonne zu hell. Es könnte auch zu Basil's Bar oder einer der Villen gehört haben.»

«Danke für Ihre Hilfe.»

«Eins noch, bevor du gehst.» Ihre Stimme senkt sich plötzlich, und ihre Miene wird finsterer. «Ich bin froh, dass du unser neuer Gesetzeshüter bist, auf deinen Schultern sitzt ein kluger Kopf, doch du solltest vorsichtig sein.»

«Mir passiert schon nichts, Mama, aber ich muss jeder Spur nachgehen, wohin sie auch führt.»

Unversehens springt die Künstlerin auf. Nile weiß nicht, wie er reagieren soll, als sie ihm die Hand auf die Stirn legt, als wollte sie Fieber messen, doch er ist zu höflich, um zurückzuweichen. Von ihren Lippen ergießt sich ein Sturzbach kreolischer Wörter, zu leise, als dass er sie verstehen könnte. Als sie ihre Hand endlich wieder sinken lässt, glänzt Panik in ihren Augen.

«Ich habe versucht, in deiner Seele zu lesen, doch stattdessen habe ich Ghede gesehen. Er kann sich nicht entscheiden, ob du leben oder sterben sollst. Es ist ganz gleich, ob du an Obeah glaubst oder nicht, die Götter werden dich jedenfalls nicht beschützen. Du musst dich selbst beschützen, bis die Gefahr vorüber ist. Hast du gehört?»

«Ja, Mama.»

Noch einmal studiert sie sein Gesicht, ehe sie sich wieder beruhigt. «Lauf jetzt nicht einfach davon, Solomon. Das Leben ist zu kurz, um zu hetzen. Trink erst noch deinen Kaffee aus.»

Nile wappnet sich tapfer, bevor er die letzten Tropfen in sich hineinkippt. Er hat schon vor Jahren aufgehört, an Gott zu glauben, doch die Angst in Mama Toulaines Augen wirkte echt. Irgendwie schafft er es, sich zu verabschieden, auch wenn es sich anfühlt, als hätte er den Mund voller Sand.

6

Trotz des nächtlichen Besuchers in unserem Garten wache ich mit einem Lächeln auf den Lippen auf. Ich habe lange geschlafen und wurde nur einmal vom wütenden Sirren eines Moskitos gestört, der mich wegen des Netzes über dem Bett nicht stechen konnte. Die Viecher lieben mein blasses britisches Fleisch, egal, wie viel Knoblauch ich esse oder wie viel Gift ich mir auf die Haut sprühe. Ich bin fest entschlossen, heute mit Jose zu sprechen und seinem seltsamen Verhalten ein Ende zu setzen. Aber vorher will ich unbedingt schwimmen gehen. Das Alter ist bloß eine Zahl, und Bewegung hält mich fit. Ein kurzes Bad im Meer zählt zu meinen größten Freuden.

Ich ziehe mir den Badeanzug an und darüber einen Sarong, schnappe mir ein Handtuch und trete in den Korridor, wo mich allerdings etwas vollkommen Unerwartetes begrüßt. Auf dem Boden vor Lilys Zimmer liegt ein großes Stück Koralle, es ist weiß und kalzifiziert und schon dabei zu zerbröseln. Wollte sie mich damit etwa daran erinnern, weshalb ihr die Rettung des Riffs so am Herzen liegt? Aber merkwürdig, dass sie ein so zierliches Muster aus kreuz und quer verlaufenden Linien in die Oberfläche gekerbt hat. Der Anblick erfüllt mich mit Traurigkeit. Jasper und ich haben früher viel Zeit mit Schnorcheln und Taucherbrillen im Meer verbracht und Oktopoden beobachtet, die auf der Jagd nach Nahrung über Bänke aus rosafarbenen Korallen dahinglitten. Lily ist bestimmt schon wieder dort draußen und taucht. Ihr Zimmer, in das ich einen kurzen Blick werfe, ist jedenfalls leer.

Als ich nach unten gehe, halte ich die Koralle weiter fest umklammert. In der Halle wartet unser Butler auf mich, in militärischer Haltung wie ein Wachtposten. Wesley Gilbert ist seit zwanzig Jahren unsere rechte Hand und noch immer eine imposante Erscheinung. Ich weiß noch, wie sehr er mich schon als junger Mann beeindruckt hat, als ich damals das Bewerbungsgespräch mit ihm führte. Er hatte als Soldat in der Armee von Grenada gedient und war erst kürzlich auf seine Geburtsinsel zurückgekehrt. Mir war sofort klar, dass er einen tadellosen Butler abgeben würde. Er beantwortete jede Frage mit einer so ruhigen Autorität, dass ich das Gefühl hatte, er wäre derjenige, der das Gespräch lenkte. Gleichzeitig gab er mit keinem Wort etwas über sein Privatleben preis. Die Entscheidung, ob er für uns arbeiten werde oder nicht, lag eindeutig bei ihm, ganz gleich, wie sehr ich ihn darum gebeten hätte. Mittlerweile ist er Mitte fünfzig, er ist durchschnittlich groß und hat einen wachen Blick. Über den klar geschnittenen Gesichtszügen glänzt sein kahler Kopf im von oben in die Halle fallenden Licht. Sein kleines aus einem Gärtner und zwei Teilzeithausmädchen bestehendes Team regiert er mit eiserner Hand. In puncto Dickköpfigkeit kann er sogar meinem Mann das Wasser reichen, und nach wie vor wahrt er strikt die Grenze zwischen Privatleben und Beruf. Jetzt allerdings ist er verstimmt, das erkenne ich daran, dass er sich weigert, meinen Blick zu erwidern. Eine unangenehm lange Pause verstreicht, bevor er das Wort an mich richtet.

«Sie sollten mich doch ein paar Tage vorher von Ihrer Ankunft in Kenntnis setzen, Lady Vee, und nicht erst wenige Stunden, bevor Sie landen. Nur so kann ich dafür sorgen, dass wir alles vorrätig haben, was Sie brauchen. Das wissen Sie, aber Sie denken nie daran.»

«Es tut mir leid, Wesley, ich habe mich kurzfristig dazu entschlossen, früher zu kommen. Danke, dass Sie den Buggy am Flughafen gelassen haben. Wie geht es Ihnen und Ihrer Familie? Wir haben uns ja schon Monate nicht mehr gesehen.»

«Sehr gut, danke der Nachfrage. Was darf ich Ihnen zum Frühstück bringen lassen?»

«Ich gehe erst noch eine Runde schwimmen. Aber wenn ich zurückkomme, wären eine Scheibe Toast und etwas Saft ganz wunderbar.»

«Saft? Toast?», schimpft er, sein Blick wird noch finsterer. «Wie wollen Sie denn damit den Vormittag überstehen? Miss Lily hat Eier, Speck und gebratene Tomaten gefrühstückt, bevor sie zu ihrem Boot gegangen ist.»

«Ich esse doch nie Gebratenes zum Frühstück.»

Wesley schnaubt missbilligend. «Gehen Sie ruhig ausgiebig schwimmen, Lady Vee. Wir finden schon etwas Annehmbares für Sie, wenn Sie uns nur ein wenig Zeit geben.»

Damit scheucht er mich hinaus auf die Terrasse, wo ein neues Hausmädchen gerade dabei ist, einen Tisch mit meinem besten Besteck einzudecken und Passionsblumen in meiner Lieblingsvase zu arrangieren. Ich begrüße sie mit einem Lächeln, doch sie ist zu schüchtern, um meinen Blick zu erwidern, und schlägt die Augen nieder. In aller Seelenruhe lasse ich das Stück Koralle in einen Blumentopf gleiten. Ich weiß aus Erfahrung, dass Wesley sich trotz seines Gepolters freut, mich zu sehen, er hat eben einen Ruf als gestrenger Griesgram zu verteidigen. Bestimmt lässt er sich mit meinem Frühstück eine kleine Ewigkeit Zeit, aber danach kann der Prozess der Versöhnung beginnen. Ich überlasse das Haus und unsere wenigen Angestellten ganz allein seiner Verantwortung, und er hat mich nie enttäuscht. Die meisten Gespräche zwischen uns gleichen einem Spiel mit dem Feuer, doch ich bin mir so gut wie sicher, dass wir bald wieder zur alten Herzlichkeit zurückkehren. Ich bereue es nicht, einen so respekteinflößenden Mann zur Führung des Haushalts eingestellt zu haben. Abgesehen von mir selbst ist er der einzige Mensch auf Mustique, der den Mut hat, sich Jasper gegenüber zu behaupten.

Voller Vorfreude eile ich die Stufen zum nächstgelegenen Strand hundert Meter unterhalb von Eden House hinunter. Er ist menschenleer, wie üblich, ein heller, von Palmen gesäumter Streifen Sand. Kletterpflanzen halten die Palmen so dicht umschlungen, dass kaum noch Licht hindurchfällt. Das Meer liegt heute still vor mir. Auf Mustique gibt es keine Gezeiten, der Ozean wagt sich jeden Tag nur ein paar Meter vor, bevor er sich wieder zurückzieht, wie ein scheuer Verehrer, der fürchtet, das Land in die Arme zu schließen. Während ich ins Wasser steige, fallen die Sorgen von meinen Schultern ab. Es ist nur wenig kälter als Körpertemperatur, gerade kühl genug, dass meine Haut kribbelt. Beim Hinausschwimmen stupst mich etwas gegen die Rippen. Es ist eine grüne Meeresschildkröte, die wenige Zentimeter vor mir an die Oberfläche taucht. Sie blickt mich überrascht an, bevor sie im türkisblauen Wasser wieder verschwindet. Ich lasse mich auf dem Rücken treiben, und die Zeit dreht sich zurück. Damals, als ich unseren Kindern hier das Schwimmen beibrachte, lebten noch Tausende Schildkröten in diesen Gewässern, und stundenlang suchten wir Muscheln am Strand, die wir zu Ketten auffädelten.

Die Sonne wärmt meine Haut, meine Glieder entspannen sich und auch mein Geist ist wieder frisch und belebt. Nachdem ich schließlich ans Ufer zurückgeschwommen bin, aale ich mich noch eine Weile in der warmen Luft. In all den Jahren hat sich an meiner Liebe zu diesem Ort nichts geändert, sie wird höchstens noch stärker durch die Erinnerungen. Auch im Herzen der Queen nimmt Mustique einen besonderen Platz ein. Ich weiß noch gut, wie sehr sie ihr Bad in der Macaroni Bay genoss, im sicheren Bewusstsein, dass hier niemand Fotos machen würde. Sie hatte nie wieder die Gelegenheit, so ausgiebig auszuspannen, was der Insel in ihren Augen einen außergewöhnlichen Zauber verleiht.

Noch auf dem Heimweg fühle ich mich richtig euphorisch. Zurück im Eden House ist Jose nirgends zu sehen, doch es ist noch nicht der rechte Augenblick, Wesley zu bitten, den Jungen zu holen. Im Moment würde jede meiner Bitten nur zu einer weiteren Zurechtweisung führen. Ich nutze die Zeit, um ins Haus zu gehen und meinen Mann anzurufen, der es tatsächlich immer wieder schafft, mich zu überraschen. Sein gestriger Unmut über mein Fernbleiben ist schierer Verzweiflung gewichen. Als Jasper erfährt, dass ich früher als geplant nach Mustique geflogen bin, bricht er in Tränen aus, denn bevor die Sturmwarnung nicht aufgehoben wird, kann er nicht nachkommen. Unversehens verspüre ich Gewissensbisse. Es ist bestimmt furchtbar, seinen Emotionen so ausgeliefert zu sein, dass schon der kleinste Schubser einen völlig aus der Bahn wirft. Ich höre ihm zu, bis sein Schluchzen langsam abebbt, dann murmele ich ein paar ermutigende Worte, denn ich will nicht auflegen, solange ich nicht sicher bin, dass er wieder einigermaßen stabil ist.

Dann gehe ich nach oben, kleide mich an und mache einen Spaziergang durch den Garten, der überreich von Joses

Können zeugt. Neben den Blumen pflanzt unser Gärtner auch Obst an: Limonen und Zitronen, Maracujas und Avocados, die fast schon reif zum Essen sind. Als wir damals hier ankamen, habe ich versucht, Rosen anzupflanzen, aber das war vergebliche Liebesmüh. Nur die robustesten Pflanzen überleben unter tropischen Bedingungen, wie die Bougainvillea, deren leuchtend rosarote Blütenblätter den Rasen übersäen. Vom Zaun aus blicke ich hinüber zur Villa der Fortinis, die von Baumfarnen verdeckt wird, kann aber kein Lebenszeichen erkennen. Die Fenster sind alle geschlossen, und auf dem Wasser im Pool treibt eine Handvoll Laubblätter. Erst in diesem Moment wird mir Amandas Verschwinden richtig bewusst. Wir sind gut mit Paulo und Giovanna Fortini befreundet, deren große italienisch-amerikanische Familie regelmäßig nach Mustique kommt. Die beiden sind namhafte Philanthropen und spenden, seit ihre Geschäfte florieren, üppige Geldsummen. Doch der gewaltige Vermögensunterschied zwischen Amanda und Lily hat nie eine Rolle gespielt. Seit ihrer Kindheit sind die beiden unzertrennlich, jeden Sommer haben sie miteinander gespielt und sind zum Strand hinuntergelaufen, um dort ihre Freunde Sacha und Tommy zu treffen. Kinder können hier seit jeher nach Herzenslust herumstromern. Wenn mal einer meiner Sprösslinge fehlte, gab es immer jemanden, der wusste, in wessen Haus sie waren oder an welchem Strand sie gerade Sandburgen bauten. Zu den Dingen, die Mustique so anziehend machen, gehört auch die Tatsache, dass seine kleinsten Bewohner hier absolut sicher sind. In der Hoffnung, Amanda doch noch in einem der Fenster zu erspähen, werfe ich einen letzten Blick hinüber zur Villa der Fortinis, sehe jedoch nur die Sonne, die sich in den Scheiben spiegelt.

Sobald ich mich an den Tisch auf der Veranda gesetzt habe, erscheint Wesley mit ernster Miene. Er begleitet das neue Hausmädchen, deren Blick fest auf die makellose Tischdecke geheftet bleibt. Wesley erwartet von seinen Leuten, dass sie gesehen werden, aber nicht gehört, wie artige Kinder in der viktorianischen Zeit. Kaum hat sie das Tablett abgestellt, schickt er sie mit einer Handbewegung zurück in die Küche. Trotz seiner Schimpfereien sieht das Frühstück, das sie zubereitet hat, köstlich aus: Mangoscheiben, griechischer Joghurt mit reichlich Honig und zwei große Croissants.

«Das ist phantastisch, vielen Dank, Wesley.» Unser Butler ist schon auf dem Rückweg ins Haus, als ich ihn noch mal anspreche. «Können wir beide uns bald einmal über Lilys Party unterhalten?»

«Ich stehe ganz zu Ihrer Verfügung. Das Cotton House kümmert sich ums Catering und wird für Beleuchtung und Musik in der Britannia Bay sorgen. Außerdem habe ich alle Zimmer im Firefly reserviert, entsprechend Ihrer Anregung.»

«Bestens, an den Einzelheiten können wir später noch feilen. Alles muss laufen wie am Schnürchen, und ich möchte unbedingt mit den Planungen vorankommen, solange Lily nicht im Haus ist. Ach, und könnten Sie Jose bitten, sich bei mir zu melden, wenn Sie ihn das nächste Mal sehen sollten?»

«Stimmt denn etwas nicht, Lady Vee?»

«Aber nein, ganz im Gegenteil, ich möchte ihn nur kurz loben. Der Garten sieht einfach herrlich aus.»

«Freut mich, dass er Ihnen zusagt.»

«Haben Sie eigentlich schon gehört, dass Amanda Fortini vermisst wird? Ich habe mich gefragt, ob Sie da vielleicht etwas drüber wissen.»

Er schüttelt den Kopf. «Die junge Lady richtet kaum einmal das Wort an mich. Sie hilft Miss Lily bei der Arbeit am Riff, das ist alles, was ich über sie weiß.»

Wesley steht Amanda offenbar ablehnend gegenüber, doch unsere Verständigung ist noch zu fragil, um weitergehende Fragen zu stellen, weshalb ich ihm nur Bescheid sage, dass Phillip Everard zum Mittagessen kommen wird. Dann stolziert Wesley davon. Es wird noch Stunden dauern, bis er mir wenigstens ein Lächeln schenkt, aber vielleicht ist er heute Nachmittag ja geneigter, mit mir ein paar Informationen zu teilen.

Während ich esse, bleibe ich ganz in den Anblick des Meeres versunken. Noch deutet nichts darauf hin, dass Sturm Cristobal sich der Insel nähert, die Karibik liegt da wie ein glänzender Streifen zartblauer Seide. Ich fand es schon immer seltsam, dass die Meteorologen Wirbelstürmen so hübsche Namen geben, obwohl sie so schreckliche Verwüstungen anrichten. In der Regel kriegen wir hier nur die letzten Ausläufer der heftigen Stürme mit, die in der Hurrikansaison über den Atlantik wirbeln, aber Cristobal könnte eine Ausnahme sein. Er fegt noch immer die amerikanische Ostküste hinunter, und Lily neigt dazu, die Wettervorhersagen zu ignorieren. Vermutlich wird sie solange zum Korallenriff hinaussegeln, bis ein Sturm der Stärke neun droht.

Ich habe fast fertig gefrühstückt, als Jose auf dem Rasen auftaucht. Er beugt sich über ein Blumenbeet, um Unkraut zu zupfen, und ich gebe ihm ein Zeichen herüberzukommen. Als der junge Kreole zu mir eilt, behält er die Hacke in der Hand, ganz als habe er vor, sie zur Selbstverteidigung zu nutzen. Von nahem sieht er sehr jungenhaft aus, obwohl er schon fünfundzwanzig ist, er besitzt feine Gesichtszüge und einen athletischen Körperbau, seine Haut schimmert golden in der Sonne, und die braunen Locken reichen ihm bis zu den Schultern. An den Tag, als seine Mutter ihn zu unserer Villa brachte und an seiner Statt auf meine Fragen antwortete, kann ich mich noch gut erinnern. Sie versicherte mir, dass er ein fleißiger Junge sei und Anweisungen verstehe, auch wenn er selbst nicht sprechen könne. Heute jedoch empfinde ich den Blick aus seinen bernsteinfarbenen Augen als verstörend. Als ich ihm für die hervorragende Pflege des Gartens und des Pools danke, lächelt er nicht, und auch während ich ihm erkläre, dass er Phillip nicht folgen oder sich ohne triftigen Grund spätnachts in unserem Garten aufhalten dürfe, bleibt seine Miene unbewegt. Ich bin mir sicher, dass er jedes meiner Worte versteht, doch die einzige Gefühlsregung, die er erkennen lässt, ist Erleichterung, als ich ihn schließlich entlasse. Der junge Gärtner läuft schnell davon, das Gartenwerkzeug noch immer wie eine Muskete umklammernd. Nach dem Gespräch bleibt ein Unbehagen in mir zurück. Ich hoffe jedenfalls, dass er mit diesem merkwürdigen Verhalten aufhört und ich nicht erst mit seiner Mutter darüber reden muss, die mit der Fürsorge für ihre große Familie ohnehin schon genug unter Druck steht.

Während ich meinen Kaffee austrinke, trifft ein weiterer Besucher ein. Ich brauche einen Augenblick, um in Solomon Nile den jungen Mann wiederzuerkennen, dem Jasper und ich das Studium an der Universität finanziert haben. Es ist schön, ihn wiederzusehen. Allerdings fühlt er sich in seiner Polizeiuniform so offensichtlich unwohl, dass ich unwillkürlich lächeln muss. Sein Hemd wurde so gewissenhaft gebügelt, dass die Ärmelumschläge rasiermesserscharf sind. Und die zarte Goldrandbrille wirkt geradezu fehl am Platz, sieht er doch ansonsten eher aus wie ein Schwergewichtsboxer.

«Solomon Nile, als wir uns das letzte Mal sahen, waren Sie noch ein schlaksiger Teenager. Sie sehen großartig aus, das freut mich sehr.»

Er reicht mir die Hand, doch statt sie zu schütteln, stelle ich mich auf die Zehenspitzen und gebe ihm einen Kuss auf die Wange.

«Willkommen zurück, Lady Blake. Sie waren viel zu lang nicht mehr hier.»

«Bitte nennen Sie mich Vee. Ich habe schon von Ihrem ausgezeichneten Abschluss erfahren und auch von Ihrer Entscheidung, zur Polizei zu gehen. Setzen Sie sich doch und erzählen Sie mir alles. Jasper und ich hatten eigentlich gedacht, Sie würden an der Universität bleiben.»

Er lässt sich auf einen Stuhl sinken. «Ich hatte sogar schon ein Thema für meine Doktorarbeit, aber dann wurde mir klar, dass ich lieber etwas Praktisches machen möchte, und außerdem wollte ich der Gesellschaft von Nutzen sein. Die Polizei von Oxfordshire hat mich zur verkürzten Ausbildung zum Polizeibeamten zugelassen.»

«Ich selbst war nicht mal auf der Universität. Wir sind beide so stolz auf Sie.»

«Das habe ich alles nur Ihnen und Lord Blake zu verdanken.»

«Bitte, Solomon, Sie müssen sich nicht bedanken. Sie haben uns Dutzende Briefe und Weihnachtskarten geschrieben, und das schätze ich außerordentlich. Ihr Abschlussfoto steht noch immer bei uns auf dem Kaminsims. Sie sehen umwerfend aus, mit Barett und Talar.»

«Ich hätte nicht gedacht, dass ich so viel erreiche.»

«Miss Eveline meinte immer, Sie wären das klügste Kind gewesen, das sie je unterrichtet hätte. Sie erinnern sich doch noch an sie, oder?»

Seine Augen funkeln vor Freude. «Wir stehen immer noch in Kontakt. Sie ist milder geworden mit den Jahren. Miss Eveline war immer so besorgt um ihre Einserschüler, dass sie mir jedes Mal mit ihrem Lineal auf die Fingerknöchel klopfte, wenn ich nicht bei der Sache war. So habe ich gelernt, mich zu konzentrieren.»

«Ich finde es fabelhaft, dass Sie auf die Insel zurückgekehrt sind, auch wenn es mich ein wenig überrascht.»

«Die Umstände haben sich geändert, Lady Vee. Meinem Vater geht es nicht besonders gut.»

«Tut mir leid, das zu hören.»

«Er beklagt sich zwar nicht, hat mit dem Parkinson aber ziemlich zu kämpfen.»

«Das ist bestimmt schwer für einen so resoluten Mann. Sicher hat er sich das Herz eines Kriegers bewahrt, auch wenn sein Körper geschwächt ist. Er war bekannt dafür, für die Fischereirechte der Insel zu kämpfen. Ich weiß noch das eine Mal, als die konkurrierenden Fischer von Bequia herübergesegelt kamen und von Hosea und seinen Kollegen ziemlich handgreiflich in die Schranken gewiesen wurden. Ich komme ihn bald besuchen, versprochen, Hosea ist ein guter Freund. Aber eigentlich sind Sie doch wegen Amanda Fortini hier, nicht wahr?»

Nile zieht einen Notizblock aus der Tasche. Sein Blick ist plötzlich hoch konzentriert, so scharf wie ein Laserstrahl. «Was wissen Sie über sie, Lady Vee?»

«Amanda hilft Lily bei dem Projekt zum Wiederaufbau des Korallenriffs. Sie ist eine der besten Freundinnen meiner Patentochter und wohnt außerdem quasi nebenan.»

«Können Sie mir mehr über Miss Fortini erzählen?»

«Nun ja, weil die Hochglanzmagazine ständig über sie

berichten, halten die Leute sie für ein Partygirl, aber sie ist trotz ihrer Jugend auf dem besten Wege, eine hervorragende Geschäftsfrau zu werden. Sie betreibt eine florierende Kunstgalerie in New York und kommt jeden Sommer hierher, um sich zu erholen. Amanda zählt nun mal zu den jungen Frauen, die alle Aufmerksamkeit auf sich ziehen wie das Licht die Motten. Sie wirkt wie die klassische Schönheit, aber sie ist sehr intelligent und außerdem eine interessante Gesprächspartnerin.»

«Hat sie einen Freund?»

«Das müssen Sie Lily fragen. Sie ist unten am Old Plantation Harbour. Um die Liebesaffären der jungen Leute mache ich mir schon lange keinen Kopf mehr, dazu fehlt mir die Energie.»

«Das kann ich Ihnen nicht verdenken, Lady Vee. Dann gehe ich mal und spreche mit Ihrer Patentochter.»

«Bitte bleiben Sie doch noch einen Augenblick, das Gespräch mit Ihnen bereitet mir solche Freude. Vermissen Sie Ihre Geschichtsbücher denn gar nicht, Solomon?»

«Jeden Tag, Lady Vee, aber die Vergangenheit ist nun mal nicht so wichtig wie die Gegenwart.» Zum ersten Mal leuchtet ein Lächeln in Niles Gesicht auf und lässt seine Augen hinter dem Schutz der Brillengläser strahlen.

«Erzählen Sie mir von Ihrer Zeit in Oxford.»

«Herzlich gern, wenn Sie mir vorher noch etwas verraten. Wissen Sie zufällig, welche Leute hier auf der Insel große Motorboote haben?»

Die Frage zwingt mich, mein Gedächtnis zu durchforsten. «Eins gehört zu Basil's, mein Freund Phil Everard besitzt eins und Dr. Bunbury und Keith Belmont auch. Ich selbst kann die schrecklichen Dinger nicht ausstehen, sie verbrauchen so viel Sprit und machen einen Höllenlärm. Warum fragen Sie?»

«Das gehört zu meinen Ermittlungen.»

Ich beobachte, wie er die Namen auf seinen Block kritzelt, dann bombardiere ich ihn mit Fragen, und er erzählt mir von seiner Zeit in Großbritannien. Sein ernsthafter Blick und seine präzise Wortwahl zeugen von seiner Intelligenz. Sollte es ihm gelingen, Lilys Freundin wohlbehalten wieder nach Hause zu bringen, schulden wir ihm ewigen Dank.

7

Nachdem DS Nile noch ein paar Fragen zu Amanda Fortini gestellt hat, verabschiedet er sich. Lady Blake hat sich seit seinem letzten Schultag, an dem sie ihm sein Zeugnis überreichte, nicht verändert. Sie muss nun doch schon auf die siebzig zugehen, trotzdem ist ihr Gesicht so jung geblieben, dass man sie für Anfang fünfzig halten könnte. Noch immer kleidet sie sich mit unnachahmlicher Eleganz. Heute ist sie ganz in Weiß, sie trägt eine weit geschnittene Tunika, eine dazu passende Stoffhose und einen Strohhut zum Schutz vor der Sonne. Wie früher strahlt sie eine heitere Resolutheit aus. Ihre Haut, auf die sie bestimmt sorgfältig achtet, ist sehr hell und ihr Blick wach und aufmerksam. Beim Abschied fühlt er den Druck, die verschwundene junge Frau zu finden, schwerer auf sich lasten denn je. Gerade Lady Vee und Lord Blake, die ihn so großzügig unterstützt haben, darf er nicht enttäuschen.

An diesem Morgen ist Nile zu Fuß unterwegs, er hofft, mehr wahrzunehmen, wenn er sich Zeit lässt. Sein Marsch führt ihn durch den nördlichen Teil der Insel, die am stärksten besiedelte Gegend von Mustique: Alle paar hundert Meter steht eine Villa. Als Kind ist Nile hier gern mit dem Rad herumgefahren, fasziniert von den ganzen Prachtbauten. Einige von ihnen sehen aus wie Märchenschlösser, andere wie Landsitze in der Toskana oder englische Herrenhäuser. Wer hier eine Villa besitzt, schwimmt im Geld, und doch fühlt es sich an wie in einer Geisterstadt. Die meisten Rockstars,

Adeligen und Millionäre nutzen ihre Feriendomizile nur einmal im Jahr und sind bereits wieder Richtung Heimat geflogen. Die Villen haben hübsche Namen wie Hummingbird, Peace oder Lotus Flower, sind aber alle mit hässlichen Fensterläden aus Aluminium verbarrikadiert.

Lily Calders Boot liegt an der geschützten Westseite der Insel, der Karibik zugewandt, nicht dem rauen Atlantik. Old Plantation Harbour ist der kleinste Hafen von Mustique, am Anlegesteg sind etwa ein Dutzend Fischerboote vertäut. Fast jeder hier besitzt irgendein Boot, vom Paddelboot bis zur neun Meter langen Yacht ist jede Dimension vertreten. Alles, was größer ist, muss draußen auf dem Meer vor Anker gehen, da es kein Hafenbecken gibt, das tief genug wäre. Die Besitzer der Megayachten brauchen Beiboote, um an Land zu schippern, wenn sie hierher eingeladen werden. Calders Boot, die *Revival*, ist ein umgebauter Fischkutter, der auch schon bessere Tage gesehen hat. Als Nile sich dem Anleger nähert, kann er Lily nirgends entdecken, aber er will ohnehin zuerst die zwei Motorboote überprüfen, die links und rechts des Stegs festgemacht sind. Es sind beides gewaltige Bayliner XR7, ausstaffiert mit Ledersitzen und schimmernden Handläufen aus Chrom, in denen mindestens zehn Fahrgäste Platz haben. Die Schiffskennzeichen am Bug der Boote verraten Nile, dass sie zwei dauerhaften Bewohnern der Insel gehören: Phillip Everard und Keith Belmont. Beides Männer aus dem Showbusiness, von denen der Detective allerdings noch keinen persönlich kennengelernt hat. Ihre Boote sehen schnittig und unschuldig aus, nicht ein Kratzer auf den Fiberglasrümpfen. Da es keine Villa gibt, die auf diese Bucht hinausgeht, wird sich kaum jemand finden, der bezeugen könnte, ob eins der beiden Boote am Morgen, an dem Amanda Fortini verschwand, draußen auf dem Meer war. Aber vielleicht ergibt die Überprüfung der beiden anderen Boote mehr.

Als Nile laut rufend um Erlaubnis bittet, an Bord von Lily Calders Kutter kommen zu dürfen, erhält er zunächst keine Antwort. Doch dann taucht eine junge Frau aus der Kabine auf, deren Anblick ihn abrupt verstummen lässt. Sie ist groß und langbeinig, mit schimmerndem schwarzem Haar und den geschmeidigen Bewegungen einer Balletttänzerin. Unter dem T-Shirt, das ihr bis zu den Oberschenkeln reicht, lugt ein gelber Bikini hervor, die Sonnenbrille hat sie auf den Kopf geschoben. Sie mustert ihn eingehend aus strahlend blauen Augen, die sie dann hinter der Brille verbirgt. Nile ist froh, dass er seine Sonnenbrille bereits trägt. Hoffentlich ist ihr nicht aufgefallen, wie sehr ihr Anblick ihn aus dem Konzept gebracht hat. Er ist vollkommen sprachlos, bis sie einen Schritt auf ihn zumacht und ihm die Hand entgegenstreckt.

«DS Solomon Nile?»

«Ganz recht. Miss Calder, Sie hatten angerufen, wegen Ihrer Freundin.»

«Lily, bitte. Ich hatte eigentlich gehofft, Sie gestern schon kennenzulernen.»

«Ich war hier, um mit Ihnen zu sprechen, und bei Ihnen zu Hause. Wir müssen uns verpasst haben.» Ihre Miene bleibt wachsam. «Könnten Sie mir den Sachverhalt bitte noch einmal schildern, von Anfang an?»

Lily lässt sich auf eine Bank am Heck des Kutters fallen und bedeutet ihm, sich dazuzusetzen. «Amanda wollte mich Freitagabend besuchen, ist aber nicht aufgetaucht, und das sieht ihr überhaupt nicht ähnlich. In all den Jahren, die ich sie kenne, hat sie mich nicht ein einziges Mal versetzt. Gestern Morgen war ich in aller Herrgottsfrühe bei der Villa der Fortinis, aber sie hat nicht dort geschlafen. Und an ihr Handy geht sie auch nicht.»

«Jemand aus Lovell hat sie am frühen Freitagmorgen in der Britannia Bay beim Schwimmen beobachtet. Seither wurde sie nicht mehr gesehen.»

Als Lily ihre Sonnenbrille wieder hochschiebt, erkennt Nile, dass sie Angst hat und überhaupt nicht unnahbar wirken wollte. In ihren türkisblauen Augen spiegelt sich Entsetzen. «Ertrunken ist sie auf keinen Fall. Den ganzen Sommer über ist sie mit mir beim Riff getaucht, sie kann meilenweit schwimmen.»

«Möglicherweise ist sie zu dieser Riesenyacht rausgeschwommen, die man von hier aus sieht. Wissen Sie, wem die gehört?»

«Leider nicht. Aber wenn Freunde von ihr hergekommen wären, hätte sie mir das erzählt.»

«Zu der Zeit, als Amanda in der Bucht schwimmen war, wurde außerdem ein großes Motorboot gesehen. Wissen Sie, ob eins der beiden Boote hier manchmal schon am frühen Morgen unterwegs ist? Der Fahrer könnte Amanda im Wasser gesehen haben.»

«Die werden beide nicht oft benutzt. Ich weiß gar nicht, wieso Phil überhaupt noch eins hat, er ist nicht mehr besonders sicher auf See. Keith fährt mit seinem ab und zu noch raus, aber dann reibe ich ihm immer unter die Nase, dass die Dinger viel zu viel Sprit verbrauchen.»

«Danke, das hilft mir weiter. Wissen Sie, ob Amanda einen Freund hat, hier auf Mustique?»

«Bis vor etwa einem Monat war sie mit Tommy Rothmore zusammen, was nicht ganz einfach war. Wir sind schon seit

Jahren miteinander befreundet: Amanda, Sacha, Tommy und ich. Als Kinder waren wir fast wie Geschwister. Tommy hat auch mitgeholfen bei meinem Projekt für das Riff, aber nachdem die beiden sich getrennt haben, ist er nicht mehr mit uns rausgefahren. Amanda hat angedeutet, dass sie jemand anderen kennengelernt hätte, doch das habe nicht funktioniert. Vielleicht war's aber auch bloß ein Flirt, von dem sie nicht wollte, dass alle davon wissen.»

«Warum nicht?»

«In Amerika ist Amanda berühmt, und Tommy stammt ebenfalls aus einer bekannten Familie. Ich glaube, sie wollte diesmal ihr Liebesleben geheim halten und vermutlich auch Tommys Gefühle nicht verletzen. Die beiden hatten im Frühjahr davon gesprochen, sich zu verloben.»

«Hat Amanda in letzter Zeit irgendetwas Ungewöhnliches getan? Etwas, das überhaupt nicht zu ihr passt?»

Lily blickt nachdenklich drein. «Vor ein paar Wochen habe ich sie in der Bamboo Church gesehen, das war schon ein bisschen merkwürdig. Ihre Eltern sind sehr gläubig, aber sie selbst geht ausgesprochen selten zur Kirche. Ihr Gespräch mit Pastor Boakye wirkte ziemlich ernsthaft. Sie saßen nebeneinander in einer der Kirchenbänke. Aber als ich sie danach gefragt habe, ist sie mir ausgewichen.»

Die Bamboo Church, ein einfacher Außenpavillon, in dem jedes Jahr Dutzende Zeremonien abgehalten werden, liegt ganz in der Nähe des Flughafens. Nile ist dem neuen Geistlichen Pastor Boakye erst ein paarmal begegnet, doch auf die hiesige Gemeinde scheint er einen guten Eindruck zu machen.

«Dann sollte ich dem Pastor wohl mal einen Besuch abstatten.» Nile kritzelt ein paar Notizen auf seinen Block. Als er wieder hochblickt, betrachtet Lily ihn mit einer solchen

Konzentration, dass er das Gefühl hat, unter einem Mikroskop zu liegen. «Ich finde heraus, was mit Ihrer Freundin los ist, das verspreche ich.»

In ihren Augen glitzern jetzt Tränen, die sie schnell wegblinzelt. «Ich mache mir wirklich Sorgen, deshalb bin ich auch die ganze Zeit hier und schufte. Amanda ist mehr als nur eine Freundin für mich, sie ist wie eine Schwester. Wie kann ich Ihnen bei der Suche helfen?»

«Vielleicht können Sie mir sagen, ob sie Feinde auf Mustique hat.»

Lily schüttelt den Kopf. «Nein, niemanden, allerdings haben Sacha und sie kürzlich gestritten. Die beiden kamen gut miteinander aus, bis Tommy dazwischengeriet. Ich glaube, Sacha war eifersüchtig auf Amanda, als sie letztes Jahr anfing, mit Tommy auszugehen. Und seit die Beziehung vorbei ist, besucht sie ihn ständig.»

«Hat Amanda hier viele enge Freunde?»

«Alle lieben sie. Amanda ist ein Glückskind, jemand, der auf Konventionen pfeift und dem die Welt zu Füßen liegt, aber sie ist sich immer treu geblieben. Sie glaubt an mein Projekt, weshalb sie mir auch ehrenamtlich dabei hilft. Wochenlang sind wir zusammen getaucht.»

«Wie geht es denn voran?»

«Wir verpflanzen lebende Korallen auf ausgebleichte Bänke. Es gibt bereits erste Anzeichen einer Erholung.» Doch mit einem Mal erlischt die Begeisterung auf ihrem Gesicht. «Allerdings sind nicht alle mit meiner Arbeit einverstanden. Haben Sie von der Schmiererei gehört, die letzte Woche auf mein Boot gesprüht wurde?»

«Habe ich. ‹Verschwinde von Mustique oder stirb wie die Korallen.› Wer könnte das gewesen sein, was glauben Sie?»

Sie schweigt kurz, bevor sie antwortet. «Wahrscheinlich Tommy, um Amanda wütend zu machen. Als Freund liegt er mir sehr am Herzen, aber er ist einfach unglaublich empfindlich. Normalerweise trinkt er nicht viel, aber seit der Trennung greift er fast pausenlos zur Flasche.»

«Gibt es sonst noch etwas, das ich wissen sollte?»

«Donnerstagabend auf dem Heimweg ist mir jemand gefolgt und gestern Abend wieder. Als ich zwischen den Bäumen langging, habe ich Schritte gehört. Aber jedes Mal wenn ich mich umdrehte, war auf dem Weg hinter mir niemand zu sehen.»

«Bitte gehen Sie abends und nachts nicht mehr allein aus dem Haus, bis Amanda wieder wohlbehalten aufgetaucht ist.»

Erneut lässt sie ihren lebhaften blauen Blick über Niles Gesicht wandern. «Sie glauben, dass sie in Gefahr schwebt, nicht wahr?»

«Das werde ich bald herausfinden», antwortet er und steht auf. «Haben Sie vielen Dank für Ihre Zeit.»

«Bitte rufen Sie mich an, wenn Sie etwas Neues wissen.»

«Sie sollten heute im Hafen bleiben, Miss Calder. Wenn der Sturm hier langzieht, wird es ungemütlich.»

«Im Radio heißt es, dass es noch Tage dauert, bis er kommt.» Ein kleines Lächeln huscht über ihr Gesicht. «Ich muss nur mal nachsehen, ob meine jüngsten Anpflanzungen angewachsen sind. Das dauert nicht lang.»

Nile spürt, dass es nur Zeitverschwendung wäre, sie ein weiteres Mal zu warnen. Lily Calder ist bereits dabei, die Atemluftflaschen zu verstauen und sich für ihren nächsten Tauchgang vorzubereiten. Die junge Frau ist so schön, dass ihr Anblick sich ihm wohl für immer einprägen wird, aber sie kommt aus einer ganz anderen Welt. Also schiebt er ihr Bild beiseite, bevor es zu tiefe Spuren in seinem Gedächtnis hinterlässt, und doch – während er zurück ins Inselinnere marschiert, muss er immer wieder an Lilys türkisblaue Augen denken.

8

Basil's Bar gehört zu meinen Lieblingsplätzen hier auf Mustique, und anstatt den Buggy zu nehmen, gehe ich für meinen Vormittagskaffee zu Fuß dorthin, froh über ein wenig Bewegung. Auf dem mäandernden Weg sind es nur zwanzig Minuten hinunter zur Britannia Bay. Ich kann mich noch an die Zeit erinnern, als die Bar lediglich eine heruntergekommene Strandhütte mit einer Handvoll Tischen, lauwarmem Bier und einer offenen Feuerstelle für abendliche Grillfeste war. Heute ist sie entschieden schicker und mondäner. Und auch die Bucht sieht einladender aus denn je, das Meer ein stilles blaues Band, das sich am Horizont mit dem Himmel verbindet.

Als ich mich auf einen der Barhocker setze, halte ich mir noch einmal vor Augen, wie es damals hier ausgesehen hat, ganz zu Beginn. Man feierte die Nächte durch, tanzte Limbo und badete nackt im Morgengrauen. Zu jener Zeit war die Insel wie ein einziges großes Anwesen, jeder kannte jeden und niemand hatte Sorgen. Die Bar gibt es nur, weil Jasper in St. Vincent zufällig einen jungen Mann am Straßenrand auflas. Basil Charles war von einem Auto angefahren worden, also brachte Jasper ihn ins Krankenhaus, und die beiden blieben in Kontakt. Wir mochten den charismatischen jungen Mann so gern, dass wir ihn schließlich nach Mustique holten und ihm halfen, die Bar zu gründen. Verstohlen blicke ich mich um und halte Ausschau nach seinem unverwechselbaren weißen Haarschopf und dem legendären Lächeln, kann ihn aber nirgends entdecken. Basil hat inzwischen so viele verschiedene Geschäfte laufen, dass man ihn beinahe nur noch auf Mustique antrifft, wenn das jährliche Blues Festival stattfindet, das er vor einiger Zeit ins Leben gerufen hat.

Stattdessen erkenne ich in einem der Männer an der Bar Dexter Adebayo. Dex ist auch schon Mitte fünfzig, aber ich weiß noch, wie gut er als junger Tauchlehrer aussah, der gerade erst die Genehmigung erhalten hatte, Hotelgäste zur Erkundung des Korallenriffs mit hinaus aufs Meer zu nehmen. Inzwischen leitet er seine eigene kleine Tauchschule und hat außerdem einige Kilos zugelegt, ein stattlicher Mann mit würdevollem Auftreten, das sich allerdings mit seinen bunten Klamotten beißt. Heute trägt er ein grell gemustertes Hawaiihemd und reichlich abgetragene Jeans zu seinen dicken grauen Dreadlocks. Seine ruhige Art hat ihm einen Ruf als guter Zuhörer eingebracht. Würde Dex die Geheimnisse all der wohlhabenden Feriengäste verkaufen, die sich ihm auf den gemeinsamen Bootsfahrten draußen auf dem Meer anvertraut haben, er wäre zweifellos Millionär. Irgendwie sieht er älter aus als bei unserer letzten Begegnung, aber als er mich jetzt entdeckt, überzieht ein Grinsen sein Gesicht, und die Jahre fallen plötzlich von ihm ab.

«Willkommen zurück, Lady Blake. Sie sind noch immer die schönste Frau auf ganz Mustique.»

«Dex, Sie alter Schmeichler.»

«Was darf ich Ihnen zu trinken bestellen?»

«Wie nett von Ihnen.» Ich ziehe auf den Barhocker neben ihm um. «Espresso und ein Mineralwasser, bitte. Ich vertrage nicht mehr so viel wie in den alten Zeiten und muss mit Alkohol ein bisschen kürzertreten.»

«Ich auch. Kein Alkohol vor sechs Uhr abends und an den

meisten Tagen überhaupt keinen. Das Gewimmel hier an den Cocktailabenden allerdings liebe ich nach wie vor. Aber jetzt bin ich nur da, weil ich mit einer Gruppe Touristen verabredet bin, mit denen ich nachher zum Tauchen fahre.»

«Fahren Sie denn immer noch selbst mit ihnen raus?»

«Wann immer ich die Möglichkeit dazu habe.»

«Dürfte ich Sie, bis die Touristen kommen, ganz für mich in Beschlag nehmen? Ich würde so gern erfahren, was in meiner Abwesenheit so alles passiert ist.»

«Stets zu Diensten, Lady Blake.»

Dex bestellt zwei Espresso, die der Barkeeper mit einer Seelenruhe zubereitet, die man in Großbritannien niemals dulden würde. Schließlich stoßen Dex und ich mit unseren Espressotässchen an und trinken auf unsere Gesundheit. Als Dexter den ersten Schluck nimmt, spüre ich seinen prüfenden Blick auf mir ruhen. Er gehört zu den Menschen, bei denen man nie so richtig weiß, was in ihnen vorgeht.

«Viel zu berichten gibt es nicht», beginnt er. «Die Landschaft verändert sich ja nicht, und die Leute kommen immer noch her, um sich zu amüsieren. Aber was ist mit Ihnen? Warum haben Sie uns so lange vernachlässigt?»

«Ich war wegen der Beerdigung von Prinzessin Margaret in England. Es gab einiges zu regeln.»

Dexter deutet mit dem Kinn auf ein gerahmtes Foto der Prinzessin, das über der Bar hängt. Es wurde aufgenommen, als sie etwa Mitte dreißig war und eher wie ein Filmstar aussah, als wie ein Mitglied der königlichen Familie. «Wenn sie herkam und mit Ihnen und Lord Blake tanzte, war hier wirklich Leben.»

«Was ist eigentlich aus ihrem Haus geworden?»

«Les Jolies Eaux wurde vor ein paar Monaten an einen

französischen Unternehmer verkauft. Der Kerl lebt wie ein Mönch.»

«Wie schade, das Haus wurde gebaut, um dort zu feiern.»

«Die ganze Insel freut sich schon auf die Party für Miss Lily in zwei Wochen. Ich habe gehört, dass zusätzliche Leute eingestellt wurden, um den Strand rechtzeitig fertig zu schmücken und die Bühne für die Musik aufzubauen. Sie wird sich großartig amüsieren. Nicht jedes Mädchen bekommt ein Ständchen von Mick Jagger zum einundzwanzigsten Geburtstag.»

«Anscheinend hat er extra einen Song für sie geschrieben.»

«Ja, auch Mr. Jagger bringt diesen Ort hier zum Vibrieren.» Wieder blickt er mich aufmerksam an. «Wie ich höre, geht es mit Miss Lilys Projekt gut voran. Es gab einen Bericht darüber im Radio, in dem es hieß, dass es der hiesigen Wirtschaft helfen würde.»

«Stehen denn alle hier hinter dem Projekt?»

«Ein paar Fischer in Lovell sagen, sie hätten sich schon ihr Leben lang um das Riff gekümmert, dann wäre das Wiederaufbauprojekt erneut aufgepoppt und jetzt würde Miss Lily die ganzen Lorbeeren dafür einheimsen, dass sie die Arbeit ihrer Mutter macht. Klingt aber nur nach engstirniger Verbitterung für mich.»

«Könnte zumindest erklären, weshalb jemand ‹stirb wie die Korallen› auf ihr Boot geschmiert hat.»

Dexter blinzelt mich überrascht an. «Jeder, der auch nur einen Funken Verstand hat, weiß, wie sehr ihr das Riff am Herzen liegt, genau wie ihrer Mutter. Sie versucht, mit ihrem Expertenwissen den Korallen zu helfen. Jedes Mal wenn ich tauche, sehe ich doch, was für eine gute Arbeit sie da macht.»

«Diese Schmiererei war letzte Woche auf ihrem Boot, bevor Amanda Fortini verschwunden ist.»

«Darüber habe ich auch schon Gerüchte gehört. Ist sie denn noch nicht wieder aufgetaucht?»

«Nein, immer noch nicht. Sie waren doch den ganzen Sommer über hier auf der Insel, Dex. Wurde Amanda je von irgendwem belästigt, ist Ihnen da mal etwas aufgefallen?»

Dex zögert, als würde er erwägen, was für das Erzählen der Wahrheit spricht und was dagegen. «Einmal, von Tommy Rothmore. Der Junge kam sturzbesoffen in die Bar und warf ihr Beleidigungen an den Kopf und fuchtelte mit den Fäusten herum. Dabei ist er sonst doch immer so seriös und höflich, aber nachdem seine Eltern zurück nach Großbritannien geflogen sind, hatte er sich nicht mehr unter Kontrolle. Er tat mir leid, deshalb habe ich ihn nach Hause gebracht. Seither beherrscht er sich, allerdings beobachtet er sie manchmal.»

«Was meinen Sie damit?»

«Wie ein kleiner Junge, der in die Sonne schaut. Weil er sich für immer an diese goldene Schönheit erinnern möchte, selbst wenn ihn der Anblick blind macht. Nur noch einen winzigen Moment länger hineinschauen – das könnte es doch wert sein.» Er sieht bekümmert aus.

«Sie haben ja verborgene Talente», meine ich. «Das klingt sehr poetisch.»

«Er sollte den Blick nach vorn richten, kann sich aber einfach nicht von ihr losreißen.»

Unser Gespräch findet ein abruptes Ende, als Dexters Tauchschüler eintreffen, ausgerüstet mit Neoprenanzügen und Schnorcheln und voller Ungeduld, endlich loszulegen. Ich wechsle erneut den Platz und setze mich nach draußen in den Schatten einer Strandhütte, wo ich in kleinen Schlucken mein eiskaltes Wasser trinke. Dex Adebayos Worte hallen in meinem Kopf nach. Die Rothmores kenne ich schon seit Jahren, sie gehörten zu den ersten Paaren, die uns damals eine Villa abkauften. Ich kann mir nicht vorstellen, dass ihr einziger Sohn es fertigbringen sollte, seiner Freundin etwas anzutun oder eine bösartige Botschaft auf Lilys Boot zu schmieren. Allerdings ist es durchaus möglich, dass der junge Mann die Orientierung verloren hat. Als ich wenig später nach Hause eile, um in der Villa der Rothmores anzurufen, rumort in meinem Magen eine Mischung aus Neugier und Besorgnis.

Mitten in einem dichten Waldstück packt mich plötzlich eine unerklärliche Anspannung. Normalerweise liebe ich den süßlichen Duft hier und das Gefühl, wenn die Farne, die den Pfad überwuchern, über meine Knöchel streifen. Aber jetzt merke ich genau, dass ich beobachtet werde. Das ist eine Art sechster Sinn, den ich in der Zeit entwickelt habe, in der ich für Prinzessin Margaret verantwortlich war. Meine Antennen waren immer ausgefahren, für den Fall, dass jemand ihr unwillkommene Aufmerksamkeit schenken wollte. Doch als ich nun stehen bleibe, ist niemand auf dem Pfad, weder vor noch hinter mir, kein Windhauch regt sich im Unterholz. Erst nachdem ich eine Weile konzentriert in die Tiefen des Urwalds gespäht habe, sehe ich ihn. In dem Meer aus Grüntönen erkenne ich sein Gesicht. Jose Gomez blickt eindringlich zu mir herüber, doch als ich seinen Namen rufe, löst er sich in Nichts auf, wie eine Rauchwolke.

9

Wieder sitzt DS Nile im Revier fest. Die Klimaanlage gibt ihr übliches Husten und Keuchen von sich, ohne für kühle Luft zu sorgen. Der Lärm ist so nervtötend, dass er die Anlage am liebsten von ihrem Brett reißen und aus dem Fenster schleudern würde, aber das wäre dann vermutlich das dramatische Ende seiner Probezeit. Seine Ermittlungen kommen einfach nicht voran, ein frustrierendes Hindernis nach dem anderen stellt sich ihm in den Weg. Zum Beispiel müsste er dringend mit Tommy Rothmore sprechen. Falls Amanda Fortini tatsächlich etwas zugestoßen ist, sollte man doch am besten bei ihrem wutschnaubenden Exfreund anfangen, aber der junge Mann geht nicht ans Telefon.

Darüber hinaus wartet Nile nun schon eine geschlagene Stunde darauf, dass sein Chef in St. Vincent ihm eine E-Mail mit einem Durchsuchungsbeschluss für die Yacht schickt, die immer noch in der Britannia Bay liegt. Um sich abzulenken, vertieft er sich erneut in die Daten des Schiffs. Die *Aqua Dream* wurde in Monte Carlo gebaut. Sie ist sechzig Meter lang, eine exklusive Megayacht, hochseetauglich und mit einem riesigen Tank, der häufige Küstenbesuche überflüssig macht. Verkauft wurde sie vor zwei Jahren für dreißig Millionen Dollar, und registriert ist sie auf eine Gesellschaft namens Aqua Dream Ltd. Das Unternehmen hat zwar eine Gewerbeerlaubnis aus Südamerika, aber keine Internetseite. Die Zulassungen der beiden Bayliner Motorboote von Dr. Bunbury und Basil's Bar hat er ebenfalls überprüft, doch das Boot, das Mama Toulaine an dem Morgen gesehen hat, an dem Amanda Fortini in der Britannia Bay schwimmen war, kann genauso gut zur Yacht gehören. Es könnte sogar extra losgefahren sein, um Amanda aufzunehmen, und die junge Frau ist womöglich genau in diesem Moment auf der Yacht, während ihm hier die Hände gebunden sind. Nile zuckt ungeduldig mit den Schultern und starrt auf den Ausdruck. Durch die geschlossene Bürotür kann er die beiden Laytons vor Lachen brüllen hören und ist sich fast sicher, dass er die Zielscheibe ihres Spotts ist. Aber es bringt auch nichts, hier Däumchen zu drehen, bis der Durchsuchungsbeschluss endlich eintrudelt, und deshalb bricht Nile nun auf, um mit dem einzigen Geistlichen der Insel zu reden.

Die Kirche liegt auf dem Plateau in der Mitte der Insel, nicht weit vom Flughafen entfernt. Beim Anblick der Bamboo Church verspürt Nile regelrecht Neid angesichts eines solchen Arbeitsplatzes. Sie steht im Schatten jenes berühmten Affenbrotbaums, der in jedem Reiseführer erwähnt wird. Der Baobab muss Hunderte von Jahren alt sein, sein gewaltiger Stamm neigt sich bedenklich zur Seite. Die Rinde ist vom Alter ganz grau und brüchig, und ein langer Ast biegt sich hinab bis auf den Boden, wie der Rüssel eines Elefanten, der aus einem Tümpel trinkt. Nile erinnert sich daran, wie er als Kind beim Kirchgang auf den Baum geklettert ist und gespielt hat, er wäre ein Elefantenführer, der auf seinem Tier durch den Dschungel reitet, bis der alte Pastor ihn dafür schalt, dass er an einem Sonntag so herumalberte. Die Kirche selbst ist eine simple, zu allen Seiten offene Konstruktion mit einem Dach aus Bambusrohren zum Schutz der Gemeinde, falls während des Gottesdienstes ein tropisches Gewitter niedergeht. Das einzige Mobiliar darin besteht aus einem einfachen Tisch, der als Altar dient, und dreißig oder vierzig Holzbänken.

Nile trifft den Geistlichen auf einer Wiese neben der Kirche an. Pastor Boakye streicht gerade eine Kirchenbank. Er hat seinen schwarzen Anzug mitsamt dem Priesterkragen abgelegt und trägt Shorts und ein mit Farbe bekleckstes T-Shirt. Als der Detective näher kommt, blickt er ein wenig verlegen drein, als wäre es ihm peinlich, bei einer derart prosaischen Tätigkeit erwischt zu werden. Nile kennt den Pastor nicht besonders gut, obwohl sie etwa gleichalt sind, doch er hat bereits einigen seiner Predigten beigewohnt, da sein Vater den Weg zur Kirche nicht mehr allein bewältigen kann. Boakye ist vor sechs Monaten von Lagos aus hierhergekommen, weil, wie er erzählt hat, sein Bischof von ihm verlangt habe, Nigeria zu verlassen und im Rahmen seiner Mission an abgelegenen Orten zu arbeiten. Der Geistliche wirkt auf Nile geradezu übertrieben bemüht, es allen recht zu machen und sich hier um jeden Preis zu bewähren.

Pastor Boakye streckt dem Sergeant die Hand entgegen, als wolle er ihn in die Kirchengemeinde zurückziehen, doch Nile ist ein hoffnungsloser Fall. Bis jetzt konnte er seinen Atheismus ganz gut verbergen, aber es ist bloß eine Frage der Zeit, bis sein Vater die Wahrheit herausfindet.

«Wie nett, Sie zu sehen, Solomon. Sind Sie etwa gekommen, um mir bei der Verschönerung der Kirche zu helfen?»

«Heute nicht, fürchte ich. Eher brauche ich Ihre Hilfe, Pater, wenn Sie kurz Zeit hätten.»

«Aber natürlich, alle Zeit der Welt.» Der Pastor geleitet ihn zu einer Bank im Schatten.

«Ich bin auf der Suche nach Amanda Fortini. Soweit ich weiß, war sie kürzlich hier, um mit Ihnen zu sprechen.»

Der Pastor nickt knapp. «Sie war ein paarmal da, dabei ist sie doch katholisch und unsere Kirche hier baptistisch. Amanda hat mich um geistlichen Beistand gebeten, allerdings sind diese Gespräche, wie ich fürchte, vertraulich.»

«Bitte sprechen Sie frei heraus. Amandas Freunde machen sich große Sorgen.»

«Ich kann Ihnen nur sagen, dass sie Schwierigkeiten hatte.»

«Amanda wird jetzt seit fast achtundvierzig Stunden vermisst, Pater. Vielleicht ist sie in Gefahr.»

«Ich möchte Ihnen ja wirklich gern helfen, aber ich kann unmöglich all ihre Geheimnisse mit Ihnen besprechen.» Der Geistliche wirkt unangenehm berührt. «Amanda war beunruhigt wegen ihrer Verbindung zu einem Mann. Sie hatte sich von einem Freund getrennt, weil sie sich zu jemand anderem hingezogen fühlte, und dieser Freund habe sich das sehr zu Herzen genommen. Sie sagte, er wäre unberechenbar, gefährlich sogar. Sie versuchte, den Mut aufzubringen, sich nicht mehr mit ihm zu treffen.»

«Sagte sie auch, wie er heißt?»

«Nein, leider nicht», antwortet der Geistliche mit bedauernder Miene und versucht, seine Augen mit der Hand vor der Sonne zu schützen.

Nile wechselt das Thema. «Im Vergleich zu Lagos muss Ihnen unsere Insel ja winzig vorkommen.»

Pastor Boakye lächelt. «Jeder verdient die Liebe Gottes, ganz gleich, wo er wohnt. Sollen wir gemeinsam ein Gebet für Amanda sprechen und darum bitten, dass Er sie wohlbehalten wieder nach Hause bringen möge?»

Nile erstarrt. «Ich bin nicht gläubig. Ich bringe zwar meinen Vater zu den Gottesdiensten, aber ich selbst gehe schon seit Jahren nicht mehr zur Kirche.»

«Gibt es dafür einen Grund?»

«Ich habe meinen Glauben über Nacht verloren.»

«Das klingt schmerzlich, Solomon. Denken Sie daran, ich bin immer da, wenn Sie einmal reden wollen.» Der Geistliche beugt sich vor. «Möchten Sie, dass ich Gott in Ihrem Namen um Beistand bitte?»

«Wenn Sie unbedingt wollen, Pater. Ich muss jetzt zurück an die Arbeit.»

«Sie können jederzeit wiederkommen, wenn die Vergangenheit Ihnen zur Last wird.»

Der Detective steht auf und stößt ein rasches «Danke» hervor, ehe er sich wieder auf den Weg macht. Zu erklären, weshalb er seinen Glauben verloren hat, wäre zu schrecklich. Nach Amanda Fortini zu suchen, ist einfacher, als in der Vergangenheit herumzuwühlen.

10

Bei meiner Rückkehr ins Eden House wirkt alles friedlich, und schnell habe ich das merkwürdige Verhalten unseres Gärtners in den hintersten Winkel meines Gedächtnisses verbannt. Als ich verkünde, mich vor dem Mittagessen noch rasch frisch machen zu wollen, bringt Wesley sogar ein professionelles Lächeln zustande. Zuerst allerdings rufe ich in der Villa der Rothmores an. Bestimmt gibt es eine ganz einfache Erklärung dafür, dass Tommy nicht drangeht, auf Mustique ist doch jeder schnell zu finden. Aber als ich es im Cotton House versuche, teilt mir die Geschäftsführerin in bedauerndem Ton mit, der junge Mann habe sich schon ewig nicht mehr dort blickenlassen. Das letzte Mal habe er das Restaurant zusammen mit seinen Eltern besucht, bevor diese vergangenen Monat zurück in die Heimat reisten.

Dennoch habe ich vor, das Mittagessen mit Phillip zu genießen, ganz gleich, was als Nächstes passiert. Ich laufe noch Gefahr, mich völlig von Amandas Verschwinden absorbieren zu lassen, statt mich auf die Organisation von Lilys Party zu konzentrieren. Ungelöste Rätsel halte ich nur schwer aus. Auf dem Weg nach oben schiebe ich auch diese Sorge beiseite. Ich habe mich schon immer gern geschminkt wie eine Schauspielerin, die sich für den Auftritt auf der Bühne fertig macht, und mein Lieblingslippenstift von Chanel hebt meine Laune wieder. Mit dem fertigen Make-up bin ich sehr zufrieden, meine Unruhe ist mir nicht mehr anzusehen.

Als ich wieder nach unten komme, wartet Phillip dort

schon auf mich. Er ist nach wie vor der eleganteste Mann in unserem Freundeskreis. Kein Wunder, dass ihm Frauen wie Männer, Jung und Alt, zu Füßen liegen. Sein schwarzes Leinenhemd, die graue Hose und die Strandschuhe mögen lässig aussehen, haben aber bestimmt ein Vermögen gekostet. Der Schrank dieses Mannes platzt schier vor Anzügen von Balmain und Pullovern aus italienischer Merinowolle. Phillip lehnt an der Balustrade und schaut hinaus aufs Meer, bei meinem Erscheinen hellt sich seine Miene auf. Auch Wesleys Seelenfrieden scheint seit der Ankunft unseres Gastes wiederhergestellt. Mit großer Geste stellt er den Eiskübel mit einer Flasche Champagner auf den Tisch und zieht sich diskret wieder zurück. Mit den Jahren ist mir klargeworden, dass Wesley nur deshalb so außer sich gerät, weil er ein Perfektionist ist und die Dinge stets penibel plant. Spontane Planänderungen rufen eine ausgewachsene Panik bei ihm hervor. Phillip, der es sich jetzt auf einem Stuhl bequem macht, wirkt dagegen wunderbar entspannt.

«Wie schön, dass du wieder hier bist, Vee. Alle anderen langweilen mich zu Tode oder haben schon vergessen, dass es mich gibt. Versprich mir, nie wieder abzureisen.»

«Das klingt durchaus verlockend, aber ich bin nun mal tief in der Erde von Norfolk verwurzelt.»

«Ich lass dich die nächsten Monate einfach kein Flugzeug mehr besteigen. Hast du Jose schon gesehen?»

«Er ist gestern Nacht hier im Garten herumgegeistert. Heute Morgen habe ich mit ihm gesprochen, aber das hat offenbar überhaupt nicht gefruchtet. Vorhin erst ist er mir auf dem Weg von Basil's nach Hause gefolgt.»

«Was ist denn bloß in ihn gefahren? Er war doch immer so verlässlich.»

«Hoffen wir, dass bald Schluss damit ist. Erzähl mir, was hier alles los war, Phil. Ich war so lange fort.»

Die Augen meines Freundes funkeln. «Alles, was man sich an Mätzchen und Eskapaden nur vorstellen kann, meine Liebe», sagt er mit gespielt finsterer Miene. «Affären, Streitereien, illegale Geschäfte. Habe ich übrigens schon erwähnt, dass ich mit Yoga angefangen habe?»

«Steckst du etwa in einer Midlife-Crisis?»

«Die habe ich schon seit Jahren hinter mir, Gott sei Dank.» Er blickt belustigt drein. «Mach doch einfach mit bei unserem Kurs, jeden Freitagvormittag bei Keith Belmont.»

«Es überrascht mich, dass er noch die Energie dafür hat. Seine letzte Verlobte war doch erst achtzehn, oder?»

«Der Mann hat sogar noch mehr Leichen im Keller als ich.»

«Nur dass du über deine nie sprichst, dabei würde ich so gern etwas darüber erfahren.»

«Niemals würde ich dich mit den schmutzigen Einzelheiten behelligen. Ich war ein grässliches, unausstehliches Kind. Meine armen Geschwister sind durch die Hölle gegangen.»

«Unsinn, bestimmt warst du anbetungswürdig.»

«Ich war ein Monster, glaub mir. Der Himmel allein weiß, warum meine Eltern mich erst verstoßen haben, als ich sechzehn war. Ich kann es ihnen nicht verübeln.»

Ich erinnere mich an den Tag, an dem Phillip mir erzählte, dass er noch als Teenager von seiner Familie aus dem Haus geworfen wurde, aber ich weiß auch, dass es ihm weh tut, darüber zu sprechen, weshalb ich lieber zu unserem ursprünglichen Gesprächsthema zurückkehre.

«Ich begreife immer noch nicht, wieso du überhaupt Zeit mit Keith Belmont verbringst.»

Phillip verbeißt sich ein Lachen. «Ich bewundere den alten Schwerenöter einfach, auch wenn du nicht besonders viel von ihm hältst. Während deiner Abwesenheit habe ich mich mit ihm verbündet, allerdings hat der alte Knabe jetzt ein neues Kapitel aufgeschlagen. Er will Lilys Projekt zum Wiederaufbau des Korallenriffs unterstützen und hat eine beachtliche Spende in Aussicht gestellt, wenn er dafür bei der Stiftung mitreden darf.»

«Das würde ich mit Vorsicht genießen. Ich traue seinen Beweggründen nicht.»

«Keith ist wie ich, immer auf einen neuen Zeitvertreib aus. Alte Rockstars werden genauso ausgemustert wie alte Schauspieler», sagt Phillip mit plötzlich bitterem Unterton in der Stimme.

«Bist du nicht bald in den Staaten? Ich habe gelesen, dass du was ganz Großes in Hollywood planst.»

«Die Produktion kommt nicht zustande, was wirklich schade ist, obwohl die Zeiten, in denen ich das Zugpferd war, ohnehin längst Vergangenheit sind. Der Regisseur hat mich als Vater des Hauptdarstellers besetzt.» Sein Lächeln verschwindet. «Und hier ist es genau das Gleiche. Offenbar bin ich ratzfatz aus der Mode gekommen. Immerhin bedeutet das, dass ich bis Jahresende hierbleiben kann.»

«Und wenn du den Film auf eigene Faust realisierst?»

«Ach, auf die Filmwirtschaft ist kein Verlass mehr! Ich halte lieber die Füße still und warte, bis ein oscarverdächtiges Drehbuch in meinem Briefkasten landet. Ich habe keine Lust darauf, von irgendeinem blöden Regisseur als alter Narr besetzt zu werden.» Phillips Augen funkeln vor Wut, was mich wieder daran erinnert, wie empfindlich er doch ist, eine einzige unfreundliche Bemerkung kann ihn bis ins Mark verletzen. Doch er gewinnt seine Fassung rasch zurück.

«Übrigens ist mir aufgefallen, dass du heute gar keine Schachtel Zigaretten auf dem Tisch liegen hast. Sonst hast du doch immer damit herumgespielt und dir ab und zu auch eine angezündet. Hast du jetzt endgültig aufgehört?»

«Vor drei Monaten, aber ich habe immer noch eine Schachtel im Haus liegen, falls mich die Verzweiflung packt. Und was Alkohol betrifft, trete ich inzwischen auch kürzer.»

Phillip berührt mein Handgelenk. «Erzähl mal, wie es dir geht, Vee. Jetzt bist du endlich frei und keine Hofdame mehr. Du kannst selbst ins Rampenlicht treten.»

«Es fühlt sich noch ganz unwirklich an. Ich erwarte jeden Moment, wieder vom Palast einbestellt zu werden.»

Mein alter Freund mustert mich prüfend. «Was nimmst du aus deinem Job mit?»

«Die Kunst der Beobachtung, hauptsächlich. Ich musste jede Situation blitzschnell abschätzen können, um sicherzustellen, dass die Prinzessin den richtigen Kaffee bekam, weiße Baumwollhandschuhe und ihren Lieblingswhisky. Ich war es sogar, die ihr Roddy Llewellyn vorgestellt hat.»

«Hast du es je bereut, ihr diese ganze Zeit geopfert zu haben?»

«Meistens war es ein Vergnügen. Wir waren schon als Kinder gut miteinander befreundet, und dank ihr habe ich so viel erlebt. Auf den königlichen Reisen habe ich Dutzende fremde Länder besucht, und außerdem hatte sie einen wunderbaren Humor.» Der Blick meines Freundes bleibt ernst.

«Können wir heute Nachmittag schwimmen gehen, Phil?», frage ich schließlich. «Ich war heute Morgen zwar schon kurz baden, aber ich brenne darauf, wieder ins Wasser zu steigen.»

«Ich begleite dich gern an den Strand, aber nur zum Sonnenbaden. Seit ein paar Wochen habe ich so eine elende Ohrenentzündung. Der Arzt will, dass ich auf dem Trockenen bleibe, und hat mir auch Langstreckenflüge untersagt.»

«Das klingt ja furchtbar, du Ärmster.»

«Alles verändert sich viel zu schnell, Vee. Unglücklicherweise bin ich nicht alterslos so wie du. Auf Partys fühle ich mich inzwischen uralt. Die jungen Leute sehen bestimmt einen abgewrackten Dinosaurier in mir.»

«Was für ein Unsinn, mein Lieber. Männer gewinnen im Alter an Distinguiertheit.»

Mit einem Mal ist er wieder ganz entspannt und lacht sein ansteckendes Lachen. «Du würdest eine ausgezeichnete Diplomatin abgeben.»

Nachdem wir noch etwas mehr Champagner getrunken haben, wird unser gemeinsames Mittagessen sehr unterhaltsam, doch trotz des Lachens und Flirtens merke ich, dass Phil nicht ganz auf der Höhe ist. Also lasse ich das Gespräch locker dahinplätschern. Er ist die beste Adresse für Klatsch und Tratsch auf Mustique und erzählt mir von Affären zwischen Villenbesitzern, ihren finanziellen Fehleinschätzungen und den Plänen für die Insel. Der Zauber dieses Ortes liegt in seiner Ruhe und Beschaulichkeit, und ich hoffe nur, dass das so bleibt.

Erst als wir bei der Nachspeise sind, kommen wir auf Amanda Fortini zu sprechen. «Hast du sie diesen Sommer oft gesehen, Phil?»

«Ich habe ihr Französischstunden gegeben. Sie möchte nach Paris, um Kunst für ihre Galerie einzukaufen. Es würde mich so reizen, sie zu begleiten. Sie spricht schon ziemlich flüssig, die Kleine ist ein helles Köpfchen.»

Als ich Phillip berichte, dass ich vergeblich versucht habe,

Tommy Rothmore zu erreichen, macht er große Augen. Er hat die unschöne Szene vor ein paar Wochen bei Basil's, von der Dexter mir erzählt hat, selbst miterlebt. Tommy war wohl wirklich fuchsteufelswild über das Ende der Beziehung mit Amanda.

«Tommy würde einer Frau doch niemals etwas zuleide tun, oder?»

Phillip wendet den Blick ab. «Jeder kann mal handgreiflich werden, wenn er unter Druck steht.»

«Was willst du denn damit sagen?»

«Seine Eltern haben ihm die Leitung der Rothmore Foundation anvertraut, die mehrere Milliarden wert ist. Das ist eine schwere Bürde für einen so jungen Kerl. Vielleicht hat Amanda auch deshalb mit ihm Schluss gemacht. Sie genießt ihr Erbe, aber Tommy wird von der Verantwortung niedergedrückt. Und dann hat sich die Frau, die er liebt, auch noch von ihm getrennt. Ich weiß aus eigener Erfahrung, dass Liebeskummer jeden von uns zum Ungeheuer werden lassen kann.»

«Ich habe mich bemüht, nicht nach Carlos zu fragen. Wo steckt er denn jetzt?»

«Wieder in Rio, wo er mit einem Kerl, der gerade mal halb so alt ist wie ich, den Bossa nova tanzt. Ich bin fest entschlossen, mich nächstes Mal in eine Frau zu verlieben, die älter ist als ich und sehr anschmiegsam.»

«Ach, du Armer, ich weiß doch, wie sehr du ihn geliebt hast.» Ich greife über den Tisch hinweg nach seiner Hand.

«Er hat mir das Herz in Stücke gerissen. Mittlerweile bin ich darüber hinweg, aber ich kann mir durchaus vorstellen, dass jemand, der verlassen wurde, auf den anderen losgeht. Tommy stand nach der Trennung kurz vor dem Zusammenbruch.»

«Los komm, statten wir ihm einen Besuch ab.»

«Ist das so schlau, Vee? Das ist Sache der Polizei.»

«Ich habe doch nur ein paar unschuldige Fragen. Er wird ja nicht gleich mit der Waffe auf uns losgehen, oder?»

Nach zwei Gläsern Champagner ist meine Neugier in Sachen Amanda nur noch größer geworden. Ohne auf den Kaffee zu warten, machen Phillip und ich uns in meinem Buggy auf den Weg zur Villa der Rothmores, die zehn Minuten Fahrt entfernt liegt. Der Alkohol und Phillips Gesellschaft haben meinen Mut beflügelt. Während wir uns einer der schönsten Besitzungen auf Mustique nähern, komme ich mir vor wie eine tropische Version von Miss Marple. Sunset House steht seit den Sechzigern auf dem höchsten Hügel der Insel, ein heller Steinbau im Stil französischer Landhäuser, mit kobaltblauen Fensterläden und einem üppigen Garten voller exotischer Orchideen und Lilien. In Relation zu dem immensen Reichtum der Rothmores ist es ein geradezu bescheidenes Gebäude, aber dafür haben sie von hier oben die schönste Aussicht. Wenn man auf der Terrasse steht, liegt einem die gesamte Karibikküste von Mustique zu Füßen, von der Endeavour Bay bis hin zu Old Plantation Harbour.

Schon als wir vor der Villa parken, spüre ich, dass etwas anders ist als sonst. Die Fensterläden sind geschlossen, und auf Phillips Läuten hin kommt seltsamerweise niemand an die Tür. Jeder Villenbesitzer beschäftigt das ganze Jahr über eine kleine Gruppe von Angestellten, die sich um die Anwesen kümmern, aber hier wirkt alles verlassen. Wieder kommt mir der Gedanke, dass Familien wie die Rothmores auf Mustique ein außergewöhnliches Maß an Sicherheit genießen. Ihr Zuhause in Großbritannien muss bestimmt rund um die Uhr bewacht werden, hier auf der Insel dagegen ist alles eine Frage des gegenseitigen Vertrauens. Es gilt als ungeschriebenes Gesetz, dass auf Mustique jeder sicher ist, weil niemand Grund für einen Diebstahl oder ein Verbrechen hat. Jetzt allerdings stimmt irgendetwas nicht.

«Es wirkt wie ein Geisterhaus», kommentiert Phillip.

Er späht durch ein Fenster in die Küche, die direkt aus einer Hochglanzzeitschrift für Inneneinrichtung zu stammen scheint. Der runde Tisch und die endlosen glänzenden Oberflächen sehen nicht so aus, als wären sie kürzlich benutzt worden. Ich merke, wie viel Spaß es Phillip macht, die Rolle des berühmten Fassadenkletterers zu spielen, begleitet vom Surren imaginärer Kameras. Es gelingt ihm, eins der Fenster im Erdgeschoss aufzustoßen, ohne es zu zerbrechen, aber mein vom Champagner befeuertes Draufgängertum hat sich mittlerweile wieder verflüchtigt.

«Phil, wir können hier doch nicht einfach einbrechen.»

«Jetzt sei nicht so langweilig, immerhin warst du es, die herkommen wollte. Na los, du bist so schlank, du passt da durch den Spalt.»

Noch immer murrend, lasse ich mir von ihm auf das Fensterbrett hinaufhelfen, was meiner Neugier neuen Zündstoff gibt. Jetzt möchte ich doch unbedingt wissen, was da los ist. Schlagartig fühle ich mich wieder jung und voller Abenteuerlust. Sobald ich in der Küche bin, schließe ich Phillip, der grinst wie ein übermütiger Schuljunge, die Hintertür auf. Wir einigen uns darauf, erst einmal im Erdgeschoss nach möglichen Hinweisen darauf zu suchen, dass Tommy seiner Exfreundin etwas angetan haben könnte.

Eigentlich kennen wir beide das Haus gut, schließlich waren wir schon auf unzähligen Geburtstagsfeiern, Partys,

Abendessen und sonstigen Festivitäten der Rothmores hier. Aber heute sieht alles ganz anders aus. Die Zimmer sind düster, die antiken Polstermöbel wurden zum Schutz vor Staub mit Tüchern abgedeckt. Vielleicht hat Tommys Abwesenheit ja einen ganz simplen Grund, und er ist einfach nur zu einem Freund gezogen, bis er über seinen Liebeskummer hinweg ist. Zwar sind viele Villenbesitzer schon nach Hause geflogen, aber ein paar von ihren erwachsenen Kindern bleiben immer noch eine Weile hier und haben weniger Eile, in ihren Alltag zurückzukehren.

«Allmächtiger», murmelt Phillip, «ist das etwa ein echter Picasso?»

«Ich glaube schon.»

Ehrfürchtig betrachten wir das abstrakte Porträt einer Frau, deren Gesicht zergliedert und dann in kräftigen Blau- und Rottönen wieder zusammengesetzt wurde.

«Ganz egal, wer es gemalt hat, es ist großartig! Aber wo stecken eigentlich die Angestellten?»

«Vielleicht haben sie einen freien Tag?»

Im Erdgeschoss finden wir jedenfalls keinerlei Hinweis auf etwaige kriminelle Machenschaften. Alles sieht aus, als wäre das Haus winterfest gemacht worden und die Rothmores hätten nicht die Absicht, dieses Jahr noch einmal zurückzukehren. Als wir uns oben umsehen, habe ich dasselbe Gefühl. Die geräumigen Schlafzimmer wirken wie in einem Luxushotel, die Badezimmer blitzen vor Sauberkeit. Wie ist es möglich, dass der junge Mann nicht die kleinste Spur hinterlassen hat? Während ich im Korridor stehe, ertönen plötzlich Schritte im Treppenhaus. Phillip hat sie auch gehört. Mit panischem Gesichtsausdruck kommt er aus einem der Schlafzimmer.

«Versteck dich!», flüstert er.

«Red keinen Unsinn. Das wird Tommy sein. Wir können ja sagen, wir hätten seine Mutter gesucht.»

«Das ist eine glatte Lüge. Du bringst uns noch ins Gefängnis, Vee.»

«Entspann dich, mein Lieber, und mach's genauso wie ich.»

Prinzessin Margaret hat mir beigebracht, sich niemals geschlagen zu geben. Sprechen die Umstände gegen einen, dann heißt es, Kopf hoch und lächeln. Also recke ich mein Kinn in die Höhe und setze einen freudigen Blick auf, bevor ich die Treppe hinunterstolziere, um die Suppe auszulöffeln, die wir uns eingebrockt haben.

11

Nile ist überrascht, dass die Küchentür der Rothmores nur angelehnt ist, aber als er Schritte im Obergeschoss hört, glaubt er zu wissen, warum. Offenbar ist Tommy zu Hause, oder die Angestellten der Villa sind oben bei der Arbeit. Doch als nun Lady Veronica mit strahlendem Lächeln, gefolgt von einem gut aussehenden grauhaarigen Mann, über die Haupttreppe auf ihn zuschwebt, fällt ihm vor Verblüffung die Kinnlade herunter.

«Was machen Sie denn hier, Lady Vee?», fragt er.

«Ich hatte gehofft, Tommy Rothmore anzutreffen. Ich bin gut mit seinen Eltern befreundet, aber er geht nicht ans Telefon.»

«Und deshalb haben Sie sich einfach so Zutritt verschafft?»

Eine Frage, die sie schlicht überhört. «Haben Sie Phillip Everard schon kennengelernt?»

Nile schüttelt dem Mann die Hand, als der Groschen bei ihm fällt. Der Kerl ist Schauspieler. Er hat ihn in einigen alten Filmen gesehen und in letzter Zeit auch öfter in Fernsehwerbungen, in Fleisch und Blut ist er ihm aber noch nie begegnet. Ganz offensichtlich ist er gut in Form, auch wenn er weniger selbstsicher wirkt als auf dem Bildschirm. Nile ist zwar auf einer Insel aufgewachsen, wo man alle naselang über berühmte Musiker, Politiker und königliche Hoheiten stolpert, aber einen großen Star zum ersten Mal aus nächster Nähe zu sehen, bringt ihn immer noch leicht aus der Fassung, vor allem dann, wenn er ihn gerade bei einer Gesetzesübertretung ertappt hat.

«Schön, Sie kennenzulernen, Sir. Ich habe schon viele Filme mit Ihnen gesehen.»

Das Gesicht des Schauspielers hellt sich auf. «Wie nett, dass Sie das sagen, danke sehr.»

«Wenn Sie beide dann so freundlich wären, mir nach draußen zu folgen, bitte?»

Draußen ermahnt Nile die zwei höflich, sich an die Grenzen des Gesetzes zu halten und nicht auf eigene Faust zu ermitteln. Wenn sie sich Sorgen um befreundete Inselbewohner machten, sollten sie zuerst ihn benachrichtigen. Phillip Everard besitzt wenigstens den Anstand, zerknirscht dreinzublicken, doch Lady Vee mustert den Sergeant mit kühlem analytischem Blick. Sie weiß, dass Nile gerade einen schwierigen Drahtseilakt vollzieht zwischen seiner Pflicht, das Gesetz zu verteidigen, und dem Respekt gegenüber einer Frau, deren Großzügigkeit so viel Gutes in sein Leben gebracht hat. Sie lugt unter dem Rand ihres Strohhuts zu ihm empor.

«Verzeihen Sie uns, Solomon, aber es geht hier nicht nur um Amanda. Jemand hat Drohungen auf Lilys Boot geschmiert. Ich werde nicht zulassen, dass das so weitergeht.»

Der Detective ist überrascht vom Stimmungswandel seiner Gönnerin. Er hat sie immer für durch und durch sanftmütig gehalten, eine vornehme Vertreterin des britischen Adels. Ihre kämpferische Ader hat sie bisher gut verborgen. Jetzt aber hat Lady Vee die Hände zu Fäusten geballt, als wollte sie sich höchstpersönlich für Lily Calders Sicherheit prügeln. Allerdings hat Nile unten am Hafen den Eindruck gewonnen, dass die junge Frau sich sehr gut selbst verteidigen kann.

«Warum setzen wir uns nicht zusammen und sprechen ganz in Ruhe darüber?», schlägt er vor.

Ein kleiner Pavillon am Pool bietet ihnen Schutz vor der Sonne.

«Wir alle wollen Miss Fortini wiederfinden», beginnt Nile. «Dabei hilft mir Ihr Insiderwissen über die Villenbesitzer, deren Vertrauen Sie genießen. Aber die Leitung des Ganzen muss bei mir liegen. Wenn mein Chef in St. Vincent Wind von diesem Gespräch bekommt, werde ich sofort suspendiert.»

«Wir werden Stillschweigen bewahren, keine Sorge, aber wir wollen beide die Ermittlungen unterstützen.» Lady Vee nickt Nile zu, und ihr Begleiter brummelt bekräftigend. «Bis jetzt wissen wir nur, dass Amanda weiterhin vermisst wird, und wir haben uns ein wenig im Haus der Rothmores umgesehen. Scheint, als wäre Tommy schon ewig nicht mehr da gewesen.»

«Seinen Nachbarn zufolge hat er vor drei Tagen sämtliche Hausangestellten gefeuert.»

Everards Miene hellt sich mit einem Mal auf. «Was ist mit dem Gartenhaus? Ich kann es von hier aus sehen, da drüben, in den Büschen. Das ist der einzige Platz, an dem wir noch nicht gesucht haben.»

Alle drei springen gleichzeitig auf, und Nile verspürt einen Anflug von Panik. Eigentlich ist die Durchsuchung der *Aqua Dream* sein vordringlichstes Anliegen, doch der Beschluss ist noch immer nicht eingetroffen, und jetzt läuft er Gefahr, vom Kurs abgebracht zu werden. Lady Blake und Phillip Everard sehen in ihrem tadellosen Aufzug nicht gerade aus wie Hilfspolizisten, aber sie verfügen über das Einzige, was ihm fehlt: das Vertrauen jedes einzelnen Millionärs auf Mustique. Nile glaubt immer noch, dass die Antwort auf Amanda Fortinis Verschwinden entweder auf der Yacht zu finden ist oder auf einem der großen Motorboote der Insel. Wenn er diese ganzen Ungereimtheiten doch nur auflösen könnte!

Der kürzeste Weg zum Gartenhaus führt quer über den Rasen. Nile geht voran. Das kleine Gebäude aus Holz ist fast vollständig verborgen hinter Passionsblumen, Elefantenfuß und Jasmin. Als Nile einen Blick über die Schulter wirft, sieht er Lady Vee, die ihm vorsichtig folgt und bei jedem Schritt darauf achtet, ihre Kleider nicht zu beschmutzen. Jetzt, wo sie ihren Willen bekommen hat, ist sie wieder ganz Vornehmheit und Sanftmut. Noch ist Nile sich nicht sicher, ob er gerade eine hervorragende Entscheidung getroffen oder aber einen Riesenfehler begangen hat.

Doch als er das Gartenhaus erreicht, sind seine Sorgen hinsichtlich der Missachtung von Ermittlungsvorschriften vergessen. Das Häuschen sieht aus, als hätte dort ein Einbrecher gewütet. Die Tür ist aus den Angeln getreten, und die Gartenmöbel sind zu Kleinholz verarbeitet worden. An der Wand liegt eine Matratze mit zerknüllten Laken, und überall auf dem Boden kullern leere Whiskyflaschen herum. Das Ende der Beziehung zwischen Tommy Rothmore und Amanda hat den jungen Mann offenbar völlig abstürzen lassen.

«Der arme Junge», murmelt Lady Vee erschrocken.

Sie hat den Hut abgenommen, als wollte sie einem Toten am Grab die letzte Ehre erweisen, und tatsächlich schwebt eine gewisse Todesahnung über dem Holzhaus. Unter den Schritten des Detectives knacken die Trümmer der Bambusmöbel, und der Knoten in seinem Magen zieht sich immer fester zusammen. Er hält abrupt inne, als er an der Wand gegenüber der Matratze ein halbes Dutzend großer Fotos von

Amanda Fortini erblickt, ein jedes beschmiert mit Farbe, roter Farbe wie bei der Botschaft auf Lily Calders Boot. Amandas Züge wurden mit wenigen Pinselstrichen übermalt und ausgelöscht.

12

Ich erinnere mich noch gut an die Zeit, als Tommy Rothmore ein kleiner Junge war und mit Lily und ihren Freundinnen im Pool herumplanschte oder ihnen zum Strand hinunter nachrannte. Schon damals war er ein ruhiges, höfliches Kind, intelligent genug, um zu begreifen, was seine Rolle als Spross einer weltbekannten Bankiersdynastie bedeutet. In all den Jahren ist er sich stets treu geblieben, ein stiller, umsichtiger Bursche, dem, anders als vielen seiner Altersgenossen, Partys nicht viel bedeuteten. Das letzte Mal habe ich ihn vor sechs Monaten gesehen, Arm in Arm mit Amanda Fortini. Er war unversehens zu einem gutaussehenden jungen Mann herangewachsen. Dass ausgerechnet die beiden sich gefunden hatten, überraschte mich, doch Tommys Ernsthaftigkeit war vielleicht das perfekte Gegengewicht zu Amandas lebenshungriger Art. Schwer zu glauben, dass er in so kurzer Zeit so heftig abgestürzt sein soll. Ja, jemand hat viel Energie darauf verwendet, im Gartenhaus alles kurz und klein zu schlagen, aber doch gewiss nicht Tommy? Auch Phillip wirkt erschüttert angesichts der Verwüstung: Schlagartig wieder nüchtern, betrachtet er die ruinierten Fotos an der Wand. Schließlich erbarme ich mich seiner und sage, dass es nichts bringt, noch länger zu bleiben. Solomon stellt ihm noch ein paar Fragen, wann er zuletzt mit seinem Motorboot hinausgefahren sei, das schon monatelang im Hafen vor sich hin dümpelt, dann stürzt mein Freund hinaus, als wäre Chaos eine ansteckende Krankheit.

Solomon Nile macht mit seinem Handy eifrig Fotos von

dem Trümmerfeld, wobei er sorgfältig und akkurat vorgeht. Ein wenig bedaure ich es nun, ihn vorhin so in die Ecke gedrängt zu haben, jedoch nicht genug, um meine Meinung zu ändern. Solange Lily in Gefahr ist, will ich um jeden Preis so eng wie nur möglich in seine Ermittlungen eingebunden werden. Ich bleibe im Türrahmen stehen und betrachte das Schlachtfeld aus zersplittertem Mobiliar und schmutzigen Laken, in denen wohl tatsächlich jemand geschlafen hat. Gut möglich, dass Tommy überhaupt nichts mit Amandas Verschwinden zu tun hat. Während ich noch darüber nachgrübele, wo er bloß stecken könnte, tritt Nile neben mich.

«Ich muss mit Sacha Milburn sprechen. Sie hat Tommy vor kurzem besucht, geht aber nicht an ihr Telefon.»

Ich blicke zu ihm hoch. «Ich weiß genau, wo sie jetzt ist, wir können meinen Buggy nehmen.»

«Danke, aber das kriege ich auch allein hin.»

«Tatsächlich, Solomon? Sie brauchen meine Beziehungen, schon vergessen?»

Nile verschränkt die Arme vor der Brust, als wollte er sich für einen harten Schlag wappnen. «In Ordnung, Lady Vee, aber nur dieses eine Mal, und dann versprechen Sie mir bitte, nach Hause zu gehen.»

Anstatt ihm mein Wort zu geben, schenke ich ihm ein Lächeln und sage, dass Sacha Milburn vermutlich im Firefly ist. Dort versammeln sich die jungen Leute immer für die ersten Drinks des Tages, komme, was da wolle. Während wir von der Villa aus Richtung Süden fahren, mitten durch die Insel hindurch, wirkt Nile noch immer verstimmt.

Als wir an dem modernisierten Krankenhaus vorbeikommen, wird mir erneut bewusst, wie sehr sich Mustique gerade verändert. Das Ensemble besteht aus zwei Bauten, die aussehen wie luxuriöse Bungalows: auf der einen Seite die Arztpraxis und auf der anderen eine kleine Krankenstation sowie einige Privatzimmer, für den Fall, dass jemand nicht sofort nach St. Vincent ausgeflogen werden kann. Die Sportanlagen haben ein neues Clubhaus bekommen, und selbst das Stallgebäude wurde vergrößert, um mehr Pferde aufnehmen zu können. Es sieht idyllisch aus, auf der Koppel grasen gerade drei arabische Stuten und warten darauf, dass jemand sie für einen Galopp über die Rutland Bay aufsattelt.

Solomon gibt einen schweigsamen Beifahrer ab, zufrieden mit der sich zwischen uns ausdehnenden Stille. Vermutlich legt er sich die Fragen zurecht, die er Sacha Milburn stellen will. Als endlich das Firefly in Sicht kommt, dieses in einen Hain aus Kokospalmen gebettete Hotel mit freiem Blick auf die Britannia Bay, bin ich erleichtert. Die entspannte Atmosphäre dort war mir schon immer angenehm. Es gibt nur sieben Gästezimmer, weshalb in der Patrick's Bar nie zu viel los ist, und außerdem mixen sie perfekte Martinis. Ich hoffe inständig, dass auch Tommy Rothmore mit seinen Freunden dort ist, doch bei unserer Ankunft wirkt die Veranda leer.

«Kommen Sie oft hierher, Solomon?», frage ich.

«Nie.»

Der Detective taxiert die tropische Gartenanlage mit den künstlichen Wasserfällen, und plötzlich sehe auch ich den Ort mit anderen Augen. An der Bar warten leere Kübel darauf, mit Champagner befüllt zu werden, der dreihundert Dollar die Flasche kostet, im Speiseraum hängen überladene Kronleuchter, und die Tische sind eingedeckt mit blütenweißen Servietten.

Gerade will ich einen Kellner fragen, ob Sacha Milburn in letzter Zeit einmal hier war, als Nile mich antippt.

«Das dahinten, das ist sie doch, oder?»

Nun erblicke auch ich die junge Frau allein an einem Tisch, ich erkenne Sacha an ihrem üppigen kastanienroten Haar. Sie stammt aus einer bekannten böhmischen Familie, ihre Mutter ist eine berühmte Hutmacherin und ihr Vater ein Lifestyle-Berater, der ein Selbsthilfebuch nach dem anderen über das Erlangen inneren Friedens schreibt. Sacha kritzelt gerade so konzentriert etwas in ein Notizbuch, dass sie unser Eintreffen überhaupt nicht bemerkt. Als ich ihren Namen rufe, erschrickt sie heftig. Mir springt als Erstes ins Auge, dass ihr Notizbuch einen knallroten Einband hat, passend zum Stift. Hastig lässt sie beides in einer Tasche verschwinden. Sie wirkt nervös, als wir zu ihr an den Tisch treten. Sacha ist auch nicht mehr das unbeschwerte kleine Mädchen, das den ganzen Sommer über mit Lily und Amanda gespielt hat. Ihre Mutter erzählte mir, sie habe an der Universität schwerwiegende Probleme mit ihrem Selbstvertrauen gehabt. Bestimmt ist es nicht leicht, so vornehme, erfolgreiche Eltern zu haben, die alle eigenen Bestrebungen immer in den Schatten stellen. Sachas Haare sind schlecht geschnitten, ihre Haut ist von Sommersprossen übersät und ihr mausgraues Sommerkleidchen so unauffällig, dass sie darin vollkommen unscheinbar wirkt. Es ist jammerschade, dass sie so wenig Wert auf ihr Äußeres legt, nur ein paar kleine Veränderungen hier und da, und sie wäre eine präraffaelitische Schönheit.

«Willkommen zurück, Vee», murmelt sie. «Wie schön, Sie zu sehen.»

«Gleichfalls, Sacha. Dürfen wir uns zu dir setzen? Dies ist ein Freund von mir, DS Solomon Nile. Er ist gerade erst zum neuen Polizeibeamten der Insel ernannt worden.»

Die junge Frau schenkt uns ein unbeholfenes Lächeln. «Gott sei Dank, endlich jemand, der dafür sorgt, dass wir auf dem rechten Pfad bleiben.»

«Wie geht es dir, meine Liebe?», erkundige ich mich.

«Eigentlich wollte ich schon früher nach England zurückfliegen, aber wegen der Party für Lily bin ich noch geblieben. Ist allerdings echt komisch in unserer Villa ohne meine Familie und den ganzen Trubel.»

«Du kannst jederzeit zu uns kommen, Sacha. Du weißt doch, wie sehr Lily sich freuen würde, dich zu sehen.»

Sacha lächelt mir dankbar zu und wendet sich dann an Solomon. «Und, gefällt Ihnen Ihr neuer Job?»

«Gerade jetzt habe ich ziemlich viel zu tun, Miss Milburn. Ich bin auf der Suche nach Amanda Fortini.»

Aus Sachas Gesicht verschwindet mit einem Schlag jedes Lächeln. «In letzter Zeit haben wir uns nicht oft gesehen. Ich fürchte, ich habe keine Ahnung, wo sie ist.»

«Und Tommy Rothmore? Der wird auch vermisst.»

«Das ist wirklich besorgniserregend», murmelt sie. «Er hat sich das alles so zu Herzen genommen.»

«Was wollen Sie damit sagen?», fragt Nile.

«Seit Amanda ihm den Laufpass gegeben hat, ist Tommy ein Wrack. Er war vor vielen Jahren mein allererster Freund. Seitdem ist eine Menge Wasser die Themse runtergeflossen, aber ich möchte trotzdem, dass es ihm gut geht. Deshalb wollte ich ihn auch dazu überreden, mal mit Pastor Boakye zu sprechen. Ich bin ja nicht gläubig, aber mir und vielen anderen Leuten hier hat es sehr geholfen, mit dem Pastor zu reden. Ich dachte, das wäre vielleicht auch was für Tommy, aber schon als ich das bloß erwähnte, ist er komplett aus der Haut gefahren.»

«Wann war das?»

«Samstagnachmittag, und seither habe ich ihn nicht mehr gesehen. Er hat mich angebrüllt, ich solle ihn in Ruhe lassen.»

«Wissen Sie, weshalb Amanda sich von ihm getrennt hat?»

«Sie war fies zu ihm, schon vom ersten Tag an. Ich verstehe nicht, wieso die Leute ihr das durchgehen lassen.» Ihr Blick ist finster und voller Missbilligung. «Tommy kümmert sich so gewissenhaft um all die wohltätigen Stiftungen, die er finanziell fördert, da bleibt eben nur wenig Zeit fürs Privatleben. Aber Amanda ist viel zu verzogen, um ihn zu unterstützen. Sie fühlte sich vernachlässigt und fing was mit einem anderen an. Sie wollte nicht mal sagen, mit wem, obwohl Tommy und sie über ein Jahr lang zusammen waren. Das ist unverzeihlich, finden Sie nicht auch? Er ist so wütend, dass alle, die ihm nahestehen, in die Schusslinie geraten.»

«Hat er dich körperlich bedroht?», frage ich.

«Ich hatte zumindest Angst, länger dazubleiben. Er hat die Möbel kurz und klein geschlagen, und davor hatte er schon eine seiner Angestellten geohrfeigt. Die anderen haben auf der Stelle gekündigt.»

«Hast du denn nicht daran gedacht, die Polizei zu rufen?»

«Das fand ich illoyal, wo Tommy doch so leidet.»

Ich greife nach Sachas Hand. «Du hast absolut keine Schuld an dem Schlamassel, Liebes. Aber wir müssen ihn finden. Tommy darf sich oder Amanda nichts antun.»

«Ich habe ja versucht, ihn zu beschützen, aber es hat nicht funktioniert.» Sacha sieht plötzlich verbittert aus. «Amanda hat ihn überhaupt nicht verdient. Wenn ihr was zugestoßen ist, ist das ganz allein ihre Schuld.»

«Und wieso das?», will Nile wissen.

«Ich sehe doch, was hier läuft. Tommy hat nichts mit ihrem Verschwinden zu tun. Sie treibt sich nachts immer in Lovell rum, ganz allein.»

«Woher wissen Sie das?»

Sacha heftet den Blick auf die Tischplatte. «Das wissen doch alle, dass sie sich mit den falschen Leuten trifft.»

Augenscheinlich will sie ihre Quelle nicht preisgeben, obwohl Solomon mehrfach nachhakt. Wir müssen Amanda Fortini wirklich bald finden. Es ist immer leicht, anderen die Schuld in die Schuhe zu schieben, wenn bei einem selbst etwas schiefläuft.

«Bitte entschuldige, dass wir dich gestört haben, Sacha», sage ich. «Du warst offenbar ganz ins Schreiben vertieft.»

Die junge Frau ringt sich ein Lächeln ab. «Das waren nur ein paar Notizen, aber ich beabsichtige, ein Kinderbuch zu schreiben.»

«Wie wunderbar», meine ich, schon im Aufbruch begriffen. «Komm uns bald einmal besuchen, und bestimmt können wir auf Lilys Party auch ein wenig plaudern, aber bitte halte das geheim. Ich vertraue auf die Verschwiegenheit von euch allen. Jetzt lassen wir dich aber weiterarbeiten.»

Auf dem Weg hinunter zur Hotelterrasse sieht Nile ziemlich besorgt aus. Der Himmel spiegelt sich in den Fliesen des Pools, und das Meer liegt unbewegt vor uns, obwohl es im Wetterbericht hieß, dass der Wirbelsturm weiter südwärts zieht, aber der Detective ist ganz eindeutig nicht in der Stimmung, den Ausblick zu bewundern. Er nickt mir kurz zu, bedankt sich für meine Hilfe und geht zu Fuß davon.

13

Als Nile den Hafen der Britannia Bay erreicht, ist sein Frust kurz vorm Überkochen. Es ist sieben Uhr abends, und die Sonne geht bereits unter, aber noch immer ist er, was Amanda Fortinis Verschwinden betrifft, keinen Deut weitergekommen. Am Anlegesteg liegt, abgedeckt unter einer Persenning, das Motorboot der Polizei, das schon seit Monaten nicht mehr benutzt wurde. Es ist etwas größer als eine übliche Jolle, auf dem Bug prangt das verblasste Logo der Polizei von St. Vincent, und die Glasfaserhülle des Rumpfes ist mit Kratzern und Schrammen übersät. Nile hat die Erlaubnis, der *Aqua Dream* einen Besuch abzustatten, immer noch nicht erhalten, aber jetzt ist er mit seiner Geduld am Ende. Die knapp außerhalb der Bucht vor Anker liegende Yacht beherrscht weiterhin den Horizont. Es überrascht ihn, dass der Motor des Polizeiboots sofort anspringt, als hätte es nur auf ein neues Abenteuer gewartet.

Nile braucht zehn Minuten bis hinaus zur Yacht, deren Seitenwände beim Näherkommen turmhoch neben ihm aufragen. Abgesehen von einigen gelblichen Lichtern, die aus ein paar Bullaugen fallen, deutet nichts darauf hin, dass Menschen an Bord sind. Die Yacht ist blitzsauber und funkelt im Licht der untergehenden Sonne. Sicher an Deck festgemacht liegt eine Bayliner XR7, dasselbe Modell wie die beiden Boote im Old Plantation Harbour, dazu ein hydraulischer Lift, um sie zu Wasser zu lassen. Gerade als

Nile beginnt, sich zu fragen, ob wirklich niemand an Bord ist, taucht ein junger Mann an Deck auf, gekleidet in die für eine Besatzung übliche Uniform: marineblaue Shorts, ein weißes T-Shirt und Segelschuhe. Er zeigt nicht die Spur eines Lächelns, als Nile darum bittet, an Bord kommen zu dürfen. Nachdem der Detective über die Leiter an Bord geklettert ist, sieht er, dass sein Gegenüber doch einige Jahre älter ist, als es aus der Entfernung den Anschein hatte. Er muss Ende dreißig sein. Sein Gesicht ist kantig, die Haut wettergegerbt, und das bis auf den Kragen reichende blonde Haar weist erste graue Strähnen auf. Irgendwie hat Nile das Gefühl, dass dies genau der Typ Mann ist, zu dem sich eine junge Frau wie Amanda Fortini wider besseres Wissen hingezogen fühlen könnte.

«Ich bin der Kapitän dieser Yacht», sagt der Mann in einem rauen, schleppenden Englisch. «Was wollen Sie?»

Noch bevor Nile antworten kann, hört er Schritte, und jetzt taucht hinter der Luke ein weiterer Mann auf und starrt ihn an. Die beiden sind so stämmig wie die Türsteher eines Nachtclubs, tragen die gleiche minimalistische Uniform und beäugen ihn, als wäre er der Vertreter einer fremden Spezies. Der Pistolengürtel, den Nile, dem hiesigen Polizeireglement entsprechend, tragen muss, ist ihnen nicht entgangen, und Nile ist ausnahmsweise froh, die Waffe dabeizuhaben. Die ganze Atmosphäre ist ausgesprochen feindselig.

«Ich bin Detective Sergeant Solomon Nile und habe ein paar Fragen an Sie.»

Der Kapitän der Yacht nickt langsam. «Wir hören?»

«Sind Sie öfter hier auf Mustique?»

Der Mann schüttelt den Kopf. «Dies ist mein erster Besuch der Kleinen Antillen, seit ich meine Kapitänslizenz habe.»

Nile nickt und macht sich eine Notiz. «Auf Mustique wird eine junge Frau vermisst. Sie wurde Freitag bei Morgengrauen gesehen, wie sie auf Ihre Yacht zuschwamm. Ihr Name ist Amanda Fortini. Vielleicht ist sie einem von Ihnen beiden ja aufgefallen?»

«Bis zu uns raus ist niemand geschwommen.»

«Normalerweise verbringen die Yachten ein oder zwei Nächte in unseren Gewässern und segeln dann weiter zu ihrem nächsten Ziel. Gibt es einen besonderen Grund dafür, dass Sie länger hier sind?»

«Wir suchen hier Schutz, bis sich der Tropensturm verzogen hat.» Der Kapitän zeigt auf ein paar Neoprenanzüge, die auf den Streben der Reling hängen. «Um uns die Zeit zu vertreiben, waren wir ein bisschen tauchen.»

«Wem gehört die Yacht eigentlich?»

«Einer Gesellschaft namens Aqua Dream Ltd. Die Namen der einzelnen Gesellschafter kenne ich nicht. Wir bringen das Schiff für sie nach St. Kitts.»

«Und Ihr Name, Kapitän?»

«Dan Kellerman.»

«Haben Sie Freitagmorgen in aller Frühe ein Beiboot hinüber nach Mustique geschickt, Mr. Kellerman?»

«Das Boot haben wir die ganze Woche über nicht benutzt, abgesehen von ein paar Ausflügen nach Lovell, um Proviant zu besorgen.»

«Mustique ist eine Insel in Privatbesitz. Ohne Genehmigung dürfen Sie nicht an Land gehen.»

«Wäre es Ihnen lieber, wir würden verhungern?»

Nile wirft einen Blick durch ein Bullauge in einen einfach möblierten Speiseraum. «Ich müsste mich hier mal umsehen.»

«Ohne Durchsuchungsbeschluss geht das leider nicht.»

Der Detective versucht es anders. «Die vermisste Frau ist dreiundzwanzig Jahre alt, Mr. Kellerman. Zuletzt wurde sie vor zwei Tagen dabei gesehen, wie sie auf Ihre Yacht zuschwamm. Während ein großes Beiboot kreuzte, genauso eins wie Ihres.» Er zieht ein Foto von Amanda Fortini aus seiner Jackentasche und hält es ihm hin. Der Kapitän wirft kaum einen Blick darauf, bevor er es an seinen Kompagnon weiterreicht. Der gibt es eilig wieder zurück, als wäre es mit einer Substanz bestrichen, die ihm die Hände verbrennt.

«Von uns hat sie keiner gesehen», knurrt er.

«Sie könnten sich eine Menge Zeit sparen, wenn Sie mich die Yacht jetzt durchsuchen ließen.»

«Zeigen Sie mir die erforderlichen Papiere, dann überleg ich's mir.»

Der Kapitän rückt Nile jetzt auf die Pelle, als wollte er ihn über Bord stoßen, aber Nile lässt sich nicht einschüchtern. Immerhin, bei physischen Bedrohungen dieser Art ist es hilfreich, wie ein Kleiderschrank gebaut zu sein.

«Wir sehen uns bald wieder, Mr. Kellerman.»

Als Nile zum Revier zurückkehrt, herrschen im Gebäude zweiunddreißig Grad. Er durchsucht eilig die Datenbank der Polizei nach Dan Kellerman, dem Kapitän der *Aqua Dream*, und setzt sich dann zum Durchblättern seiner Notizen nach draußen auf eine Bank. In der Datenbank war kein Eintrag zu einem Seemann namens Kellerman zu finden. Entweder hat der Kerl also nie ein Kapitänspatent erworben oder aber einen falschen Namen genannt. Während Nile noch dabei ist, an diesem Problem zu knabbern, unterbricht ihn ein Anruf von seinem Vorgesetzten in

St. Vincent. Er blickt hinaus auf den Horizont und lauscht Detective Inspector Fenton Blacks Worten. Black ist ein korpulenter, onkelhafter Mann mit einem freundlichen Lächeln, heute allerdings liegt in seiner Stimme kein Funken Wärme.

«Nile, Amanda Fortinis Eltern haben mich vorhin angerufen. Ohne meine vorherige Erlaubnis sprechen Sie nie wieder mit ihnen, hören Sie? Von jetzt an teile ich den Fortinis mit, was es Neues gibt. Von Ihren Problemen, das Mädchen zu finden, sollen die gar nicht erst erfahren. So, und jetzt brauche ich was Aufbauendes, was ich denen morgen erzählen kann.»

Nile gibt ihm einen kurzen Überblick, erklärt, dass er mit allen aus Amanda Fortinis Umfeld gesprochen hat, die er erreichen konnte. «Klingt, als könnte ihr Exfreund was damit zu tun haben: Er hat seine Angestellten gefeuert und randaliert, hat sogar die eigenen Gartenmöbel zu Kleinholz geschlagen.»

«Na, dann verhaften Sie ihn. Lassen Sie uns den Fall abschließen.»

«Er ist ebenfalls nicht aufzufinden, und außerdem glaube ich, dass die *Aqua Dream* in die Sache verwickelt ist. Amanda Fortini wurde an dem Morgen ihres Verschwindens gesehen, wie sie durch die Bucht auf die Yacht zuschwamm. Es ist immerhin denkbar, dass sie an Bord festgehalten wird. Ich brauche dringend einen Durchsuchungsbeschluss.»

«Das könnte sich schwierig gestalten.» Es folgt ein langes Schweigen, bevor Black fortfährt. «Das liegt nicht in meiner Hand, Nile. Mein Vorgesetzter wartet auf die Erlaubnis von ganz oben.»

«Wo liegt denn das Problem?»

«Er kümmert sich drum, okay? Was haben Sie sonst noch rausgefunden?»

«Dem örtlichen Geistlichen zufolge hatte Amanda eine Beziehung, von der niemand etwas wusste. Wenn ich diesen neuen Freund nur finden könnte, vielleicht ist sie ja bei ihm.»

«Die Insel ist gerade mal drei Meilen breit, Nile. Wie schwer kann das sein? Bis morgen haben Sie ihn.»

«Ich tue mein Bestes.»

«Ihnen ist schon klar, dass die Fortinis zu den reichsten Familien der Welt gehören, oder?»

«Das weiß ich, Sir. Könnte ich vielleicht Verstärkung bekommen, die mich bei der Suche unterstützt?»

«Nicht bevor die Sturmwarnung aufgehoben wird. Die Flieger haben Startverbot, und die Küstenwache hat jeden nicht zwingend notwendigen Schiffsverkehr untersagt.»

«Der Sturm ist noch Hunderte Meilen weit weg. Auf dem Seeweg wäre die Verstärkung doch in zwei Stunden hier.»

«Gerade wir sollten uns an die Vorschriften halten, meinen Sie nicht auch?» Black seufzt hörbar auf. «Lassen Sie mich nicht im Stich, Nile. Morgen erwarte ich Ergebnisse.»

Ohne ein weiteres Wort legt DI Black auf und lässt Nile vor einem postkartenreifen Panorama zurück, das dem Detective allerdings nicht den geringsten Trost spendet. Wieder in seinem Büro stürzt Nile sich mit neuer Entschlossenheit in die Arbeit. Er geht ein weiteres Mal die Liste der Villenbesitzer durch, die noch auf Mustique sind, und gleicht sie mit dem Wählerverzeichnis ab. Einige Namen kann er sofort wieder streichen, weil sie zu alt oder zu gebrechlich sind, um eine durchtrainierte junge Frau zu überwältigen. Im nächsten Schritt überprüft er die Passagierlisten des Flughafens. Am Morgen des Verschwindens von Amanda Fortini waren über ein Dutzend der prominenten Inselbewohner auf St. Vincent oder St. Lucia, darunter auch Phillip Everard. Solange die Übrigen kein überzeugendes Alibi vorweisen können, darf er keinen von ihnen mehr ausschließen.

Lovell hat annähernd dreihundert Einwohner und der Rest der Insel derzeit noch einmal etwas weniger als hundert. Mit einem unguten Gefühl im Magen erinnert er sich an Sacha Milburns Andeutung, dass Amanda Fortinis geheimnisvoller Liebhaber gerüchteweise aus seinem eigenen Umfeld stammen könnte. Eine Verbindung zwischen zwei Welten. Diese gesellschaftliche Spaltung war für Nile einer der Beweggründe gewesen, zur Polizei zu gehen, anstatt sein Studium fortzusetzen. Er wollte versuchen, sich diesem Ungleichgewicht entgegenzustemmen. Jetzt schüttelt er ungläubig den Kopf: Hatte er wirklich geglaubt, er könne ganz allein den Status quo verändern? Nach Hause zurückzukehren, war eine Gewissensfrage gewesen. Einerseits beeinflusst durch einen herzzerreißenden Anruf von Mama Toulaine wegen des schlechten Gesundheitszustands seines Vaters und andererseits aus der Angst heraus, die Fehler zu wiederholen, die eine Frau das Leben gekostet hatten. Aber sind all diese Motive auch stark genug, ihn langfristig auf diesem Posten zu halten, auf der untersten Sprosse der Leiter?

Als Nile wieder auf die Uhr schaut, sind Stunden über seiner verbissenen Arbeit vergangen. Er hat Nackenschmerzen vom Starren auf den Computerbildschirm. Es ist zehn Uhr abends, eigentlich sollte er jetzt heimgehen und nachsehen, ob Lyron es ihrem Vater auf der Veranda bequem gemacht hat. Als er das Revier abschließt, wirft er noch einen Blick gen Norden – und lässt die Schlüssel rasselnd zu Boden fallen. Die Sonne ist schon vor Stunden untergegangen, trotzdem kann er eine Rauchwolke erkennen, und jetzt schießen Flammen in die Höhe und lassen den Himmel rot glühen. Auf der Suche nach seinen Schlüsseln muss er kurz im Staub wühlen, dann ruft er die Freiwillige Feuerwehr an. So schnell er kann, rennt er zu seinem Strandbuggy, um herauszufinden, wessen Villa da lichterloh brennt.

14

Es ist der erste Abend seit Monaten, den ich mit Lily allein verbringe, und ich genieße ihn sehr. Wir sitzen im Wohnzimmer, mit Blick aufs Meer. Als sie von unserer Suche nach Tommy Rothmore erfährt, ist Lily sehr beunruhigt, das spüre ich. Jetzt sind es schon zwei Freunde, um die sie sich Sorgen machen muss, aber sie versucht ihr Bestes, ihre Angst zu verbergen. Die letzte halbe Stunde hat sie mich mit Geschichten über das Riff unterhalten.

«Ich denke darüber nach, mir das Apnoetauchen beizubringen», meint sie jetzt.

«Was in aller Welt ist denn das?»

«Früher war Dex Adebayo mal Spezialist dafür. Da taucht man ohne Druckluftgerät. Es gibt Leute, die können mit nur einem Atemzug zweihundert Meter tief tauchen und wieder zurück an die Wasseroberfläche kommen.»

«Nein, mein Liebes, bitte nicht. Das würden meine Nerven nicht aushalten.»

Lily grinst mich an, ganz wie früher zu jedem Unfug bereit. «Lass es uns zusammen lernen, Vee. Als ich noch klein war, bist du in Schottland einmal nach Austern getaucht. Du hast das Meer doch schon immer geliebt.»

«Im seichten Wasser fühle ich mich sicher, aber zwischen Mut und Wahnsinn liegt nur eine schmale Grenze.»

«Das klingt ganz nach Jasper. Er ist die perfekte Mischung aus beidem, findest du nicht?»

Bevor ich antworten kann, kommt Wesley ins Zimmer

gestürzt. In der Regel verbirgt unser Butler seine Gefühle hinter einem neutralen Gesichtsausdruck, doch jetzt ist seine Aufregung unübersehbar.

«Lady Vee, die Villa der Fortinis brennt.»

Als Lily und ich zur Verandatür laufen, sehen wir schon die Flammen hinter den Fenstern im Obergeschoss des Nachbaranwesens. Plötzlich gibt es einen lauten Knall, als wäre eine Bombe detoniert, und ein Teil des Dachs bricht in sich zusammen. Das Feuer schießt in die Höhe.

«Meine Schwester ist vielleicht noch dadrin», murmelt Wesley.

Er rennt nach draußen, wir folgen ihm. Lily bleibt ihm dicht auf den Fersen, als er an der Grundstücksmauer entlang auf das brennende Gebäude zuhetzt. Ich brauche länger, um über die Mauer zu kommen, und bleibe dabei auch noch mit meinem Seidenkleid hängen, aber Wesley ist nicht aufzuhalten. Vergeblich versucht er, eine der Türen aufzureißen, dann schleudert er einen Ziegelstein durchs Fenster und klettert ins Haus. Bis zu diesem Moment habe ich Wesley immer für einen Kontrollfreak gehalten, nicht unbedingt für den Typ Mann, der in ein Inferno hineinläuft. Dass er auch Soldat gewesen ist, hatte ich völlig vergessen.

Lily hilft bereits den Leuten von der freiwilligen Feuerwehr, die sich mit dem Löschschlauch abmühen, während der Brand immer heftiger wütet. Die Luft vibriert vom Geräusch herabstürzender Holzbalken, und das Knistern und Prasseln ist ohrenbetäubend. Beißender Rauch dringt mir in die Atemwege und verursacht einen sauren Geschmack im Mund, meine Augen tränen. Es ist schrecklich, hier so machtlos zusehen zu müssen, aber ich kann kaum etwas tun. Der Löschschlauch ist jetzt auf die Flammenzungen gerichtet, die aus dem Dach des Gebäudes schlagen, doch das Wasser richtet fast nichts aus. Immer wieder flaut das Feuer kurz ab, nur um sich, rasender noch als zuvor, von neuem zu erheben. Hinter den Fenstern im Erdgeschoss taucht Wesleys Gestalt auf. Er läuft von Zimmer zu Zimmer. Es war verrückt von ihm, ins Haus zu klettern, doch alles, was ich tun kann, ist zuschauen.

Als ich ein paar Meter zurücktrete, dringt plötzlich ein neues Geräusch an mein Ohr, rau und unpassend. Da lacht jemand aus vollem Halse. Unversehens ist Lily zurück an meiner Seite. Das Lachen ist schrill und außer Kontrolle, wie das Lachen eines Kindes, voller Übermut, bevor es dann vor lauter Erschöpfung anfängt zu weinen. Das Feuer spuckt Rauchböen aus, die meine Sicht verschwimmen lassen. Als die Luft wieder klarer wird, sehe ich ein Stück von uns entfernt eine Gestalt am Boden. Die Kleidung ist zerfetzt, das Gesicht mit Asche verschmiert, die auch die Haare verklebt, dennoch erkenne ich Tommy Rothmore sofort. Er sitzt halb verdeckt von hochgewachsenen Pflanzen im Schneidersitz am Boden und starrt verzückt in die Feuersbrunst. Lily und ich gehen auf ihn zu, und sein hämisches Gelächter wird greller. In seinen Augen flackert der Blick eines Geisteskranken. Ich bin mir nicht sicher, ob er auch nur einen von uns beiden erkennt. Lily geht neben ihrem Freund in die Hocke, doch der heftet den Blick auf mein Gesicht.

«Vorsicht, es brennt!», brüllt er. «Ihr schönes Kleid wird noch Feuer fangen.»

Lily spricht mit besänftigender Stimme auf ihn ein, doch Tommy ist nicht mehr zu erreichen. Sein Hemd hat Löcher, durch die man verbrannte Haut sehen kann, seine Augenbrauen sind versengt. Auf seinem Schoß liegt etwas, um das er beschützend die Arme geschlungen hat, und für den Bruchteil einer Sekunde glaube ich, es wäre ein Säugling. Als ich neben ihm niederknie, schlägt mir der Gestank nach Alkohol entgegen, Ausdünstungen unverdünnten Whiskys.

«Komm mit uns, Tommy», sagt Lily. «Deine Verbrennungen müssen behandelt werden.»

«Mir tut nichts mehr weh, Gott sei Dank.» Er deutet auf die Flammen, und ein erneuter Schwall Gelächter bricht aus ihm hervor. «Das Fegefeuer der Eitelkeiten.»

«Bitte steh auf, lass uns gehen», sagt sie. «Wir kümmern uns um dich, das verspreche ich dir.»

Er schüttelt heftig den Kopf. «Ich weiß, wo Amanda ist. Wenn ich die Augen schließe, sehe ich die Stelle genau vor mir.»

Ich versuche, seinen Blick einzufangen. «Was willst du damit sagen, mein Junge?»

Um ihn herum liegen Benzinkanister und Terpentinflaschen im Gras, halb verborgen im Gewirr aus Gezweig und Gestrüpp, aber in diesem Moment ist mir völlig egal, ob er es war, der das Haus seiner Exfreundin in Brand gesteckt hat, und Lily, deren Arm schützend um Tommys Schultern liegt, denkt ganz sicher genauso. Als Tommy den Mund wieder aufmacht, ist sein Blick milder geworden.

«Weine nicht, Lily. Sie mag es nicht, wenn die Menschen unglücklich sind.»

«Wer mag das nicht, Tommy?»

«Na, Amanda natürlich.» Wieder bricht er in Gelächter aus, als hätten wir etwas ganz Offenkundiges übersehen, dann, plötzlich, springt er auf. Die wilde Fröhlichkeit auf seinem Gesicht ist der Angst gewichen. «Sie ist hier, genau hier. Macht euch nicht die Mühe, woanders zu suchen.»

Ich bin viel zu verblüfft, um zu bemerken, dass er mir jetzt etwas in die Hände drückt, bevor er hastig zwischen den Bäumen davonstolpert. Die schmale Gestalt sieht aus wie eine Vogelscheuche, das versengte Hemd flattert im Wind. Lily läuft ihm nach, doch er schubst sie beiseite und rennt dann so schnell davon, dass er nicht mehr einzuholen ist. Inzwischen schlagen die Flammen über dem ganzen Haus zusammen, Menschen laufen mit Eimern voller Wasser aus dem Swimmingpool über den Rasen, als könnten sie die Feuersbrunst mit solch armseligen Tropfen aufhalten. Gott sei Dank ist die Villa von Steinterrassen umgeben, die das Feuer eingrenzen und es nicht auf die Bäume übergreifen lassen, sonst wäre auch unser Haus in Gefahr. Noch immer tanzen Flammen aus den Fenstern im ersten Stock, und vom Dach rutschen die Ziegel in einer endlosen Kaskade herunter. Von den benachbarten Villen sind Leute herbeigelaufen, um zu sehen, ob sie helfen können, oder um zu beobachten, wie das Gebäude bis auf die Grundfesten niederbrennt. Auch Jose ist darunter. Unser junger Gärtner steht etwas abseits von den übrigen Schaulustigen, die das Feuer wie gebannt betrachten. Aber ich bin zu weit weg, um seinen Gesichtsausdruck deuten zu können.

Lily ist wieder den Feuerwehrleuten zu Hilfe geeilt, aber ich fühle mich außerstande, sie zu unterstützen. Mir will einfach nicht mehr aus dem Kopf, mit welcher Glut in der Stimme Tommy behauptet hat, Amanda sei hier, genau hier. Hat er etwa ihre Leiche im Garten vergraben oder ins Haus gebracht, bevor er die Villa in Brand steckte?

Ich lasse den Blick erneut über die Menschenmenge gleiten, kann aber Wesley nirgends entdecken. Voller Panik drücke ich den Gegenstand, den Tommy mir gegeben hat, fester an mich. Es ist ein Stück toter Koralle, genau wie das, das vor Lilys Tür lag, doch in die trockene Oberfläche ist ein anderes Muster geritzt. Jemand hat ein Messer oder Skalpell benutzt, um ein Paar gekreuzte Pfeile hineinzukerben.

15

Als Nile bei den Fortinis ankommt, ist die Villa bereits unrettbar verloren. Das ganze Gebäude brennt lichterloh, und die Jungs von der freiwilligen Feuerwehr können nur wenig ausrichten. Das Riesenhaus lässt den Feuerwehrwagen aussehen wie ein Spielzeugauto, und der Wasserstrahl bleibt nahezu wirkungslos. Noch immer stehen etwa zwei Dutzend Menschen mit im Licht der Flammen dämonisch aufleuchtenden Gesichtern auf dem Rasen herum. Nile geht durch die Menge und weist die Leute an, den Garten zu räumen, bevor die Mauern einstürzen. Wenn sich alle weiter so dicht ums Feuer drängen, wird es noch Verletzte geben. Andererseits versteht er die Faszination der Menschen. Das Schauspiel vor ihren Augen ist pures Drama, besonders auf einer Insel, auf der die Tage im immergleichen Rhythmus dahinplätschern, unter einem friedlichen Himmel und bei überwiegend ruhiger See. Zu alldem bilden die Flammen, die alles vernichten, was sich ihnen in den Weg stellt, einen schaurigen Kontrast.

Während Nile dabei ist, die Schaulustigen nach Hause zu schicken, bemerkt er einen Mann, der mit geschlossenen Augen am Boden liegt und nach Luft ringt. Er tritt näher und sieht, dass es sich um Wesley Gilbert handelt, Lady Blakes Butler, der bereits von ihr und Lily versorgt wird.

«Was ist passiert, Lady Vee?»

«Der Narr ist ins Haus gelaufen, bevor ihn jemand davon abhalten konnte.»

«Seine Schwester Sheba hat den Alarm ausgelöst», sagt Nile. «Ihr geht es gut, ich habe sie eben erst gesehen.»

Gilbert setzt sich mühsam auf, sein Atem geht rasselnd und rau. «Wo ist sie?»

«Gleich dort drüben.» Nile zeigt auf eine Frau am anderen Ende der Menge.

«Gott sei Dank», murmelt Gilbert.

Zu mehr fehlt ihm die Kraft, und nach wie vor schnappt er angestrengt nach Luft. Nile kennt Lady Blakes Butler schon seit seiner Kindheit. Wesley Gilberts Ernsthaftigkeit und die militärische Vergangenheit ließen ihn immer streng wirken, doch heute Abend zeigt sich, wie angreifbar auch er ist, selbst wenn er nun schon wieder versucht, sich hochzurappeln und auf wackligen Beinen zu stehen. Jemand muss den Arzt gerufen haben, denn plötzlich läuft Dr. Pakefield mit seinem Arztkoffer in den Armen auf sie zu. Er nötigt Gilbert, sich wieder zu setzen und auszuruhen, bis die Atmung sich nach und nach stabilisiert hat.

Während Lily noch dabei ist, den angeschlagenen Butler aufzumuntern, bleibt Lady Veronica dicht an Niles Seite. Sie wirkt hier vollkommen fehl am Platz, ihr helles Kleid lässt sie im Schein des heftig wütenden Feuers beinahe aussehen wie einen Geist.

«Tommy Rothmore war hier, gerade eben noch, und hat irgendwas von Amanda erzählt», sagt sie. «Lily und ich haben versucht, ihm zu helfen, aber er ist weggerannt.»

Nile folgt ihr tiefer hinein in den Garten, weg von dem brennenden Gebäude. Mit aufmerksamem Blick betrachtet er das Dutzend auf dem Erdboden herumliegender Benzinkanister und lauscht konzentriert Lady Veronicas Bericht, demzufolge der junge Mann betrunken vor sich hin brabbelte und angesichts des Feuers von immer neuen Lachanfällen geschüttelt wurde. Womöglich hat Tommy die Benzinkanister im Garten versteckt, gewartet, bis der letzte Angestellte gegangen war, und dann das Haus in Brand gesetzt. Ein Ausbildungsvideo der Londoner Feuerwehr hat Nile sehr deutlich vor Augen geführt, dass ein Gebäude innerhalb von wenigen Minuten Feuer fangen kann. Möbel und Vorhänge verbrennen sekundenschnell, die Farbe wird von den Wänden gesengt, und den Bewohnern bleibt kaum noch Zeit, zu entkommen. Eine Villa wie die der Fortinis, die auf einem Gerüst aus Holz basiert, brennt in weniger als zwanzig Minuten zu einem verkohlten Gerippe nieder.

«Der Junge ist völlig verwirrt», fährt Lady Vee fort. «Er meinte, wir sollten Amanda gleich hier suchen, auf dem Grundstück. Dann hat er mir dieses Stück Koralle in die Hand gedrückt und lief davon.»

«Das sieht genauso aus wie das, das ich in Amandas Zimmer gefunden habe.»

«In unserer Villa lag auch so eins, am Morgen nach meiner Ankunft.»

«Das muss ich unbedingt sehen, Lady Vee.»

Nile nimmt die Koralle in die Hand, sie ist leicht wie ein Schwamm, unterscheidet sich aber von dem Stück, das er auf Amanda Fortinis Bett gefunden hat. Die hier ist kleiner und wurde mit einer scharfen Klinge vom Riff abgetrennt. In Anbetracht ihrer knochentrockenen Oberfläche scheint es kaum vorstellbar, dass diese Koralle sich einmal leuchtend bunt in den Unterströmungen des Meeres gewiegt haben soll. Aber warum hat Tommy Rothmore in beide Stücke zwei sich kreuzende Pfeile gekerbt? Es sieht aus wie ein Voodoo-Symbol, und das erinnert Nile an Mama Toulaines Warnung. Wenn Tommy tatsächlich für das Verschwinden seiner Exfreundin verantwortlich ist, verwendet er diese Korallen vielleicht als eine Art Visitenkarten, aus Gründen, die nur er allein kennt. Nile bittet Lady Vee, zu ihrer eigenen Sicherheit in ihre Villa zurückzukehren, und verspricht, sie und Lily auf dem Laufenden zu halten. Rothmores Geschenk behält er. Lady Vee verabschiedet sich mit sichtlichem Bedauern.

Tommy Rothmore steckt wirklich in Schwierigkeiten, überlegt der Detective, der junge Mann hat Lady Blake gegenüber ja geradezu ein Geständnis abgelegt. Das Grundstück abzusuchen, wird allerdings eine Mammutaufgabe. Amanda Fortinis Leiche könnte hier überall liegen, unter den niedergegangenen Trümmern oder in einem flachen Grab im Unterholz. Für eine solche Suche bräuchte er mehr Beamte und eine geeignete Ausrüstung, mit der sich schwere Lasten heben ließen. Aber es kann Tage dauern, bis Leute und Gerätschaften hier eintreffen.

In der Hoffnung, Tommy in seinem Gartenhaus zu finden, macht Nile sich auf den Weg zur hoch auf dem Hügel gelegenen Villa der Rothmores, aber dort ist niemand. Auch wenn die Insel nur wenige Meilen breit ist, bietet sie doch unzählige Möglichkeiten, sich zu verstecken, und vielleicht hat Tommy ja auch bei einem Freund Unterschlupf gefunden. Langsam kehrt der Detective zurück nach Lovell und bleibt unterwegs immer wieder stehen, um einen Blick auf die Grundstücke der unbewohnten Villen zu werfen. Doch erst als er beim Haus des Arztes angelangt ist, entdeckt er an einer Gartenmauer etwas Interessantes: einen Stapel Blechkanister für Diesel, die gleichen Kanister wie die im Garten der Fortinis. Nile macht gerade ein paar Schritte auf das Haus zu, als ihm plötzlich Dr. Pakefield in schnellem Tempo entgegenkommt. Der Arzt bleibt erst stehen, als er Nile im Halbdunkel bemerkt.

«Sie haben mir vielleicht einen Schrecken eingejagt, Detective Nile. Wollten Sie mich sprechen?»

«Tut mir leid, dass ich so spät noch vorbeikomme. Ich sah, dass bei Ihnen noch Licht brennt, und wollte mich erkundigen, ob außer Wesley Gilbert noch jemand durch den Brand verletzt wurde.»

«Das einzige echte Opfer ist das Haus selbst.»

«Gut zu wissen. Wollten Sie noch einen Spaziergang machen?»

«Ja, vor der Nachtruhe gehe ich immer gern noch ein paar Schritte. Dann kann ich besser einschlafen.»

«Wissen Sie, weshalb hier neben dem Eingang so viele Dieselkanister stehen?»

Der Arzt schaut ihn mit ausdrucksloser Miene an. «Die gehören Dr. Bunbury, sind wahrscheinlich für sein Boot.»

«Haben Sie das auch schon mal benutzt?»

«Warum sollte ich ganz allein damit herumfahren? Meinen Kindern würde das natürlich gefallen, aber die sind ja nicht hier.»

«Wissen Sie überhaupt, wo es liegt?»

«Ja, im Bootshaus der Villa, unten am Strand. Macht es Ihnen etwas aus, wenn ich meinen Spaziergang jetzt fortsetze? Ich muss morgen früh raus.»

Nile lässt ihn ziehen. Mitternacht ist längst vorbei, und der Arzt scheint erleichtert, entkommen zu sein. Seine schmale Gestalt entfernt sich so schnell, dass es fast schon aussieht, als wollte er sich für einen Sprint warm laufen. Aus einer Eingebung heraus geht Nile hinunter zum Strand, um sich Dr. Bunburys Motorboot einmal anzuschauen. In dem

Bootshaus aus Holz gibt es keine Lampe, doch im Schein des Mondlichts entdeckt der Detective etwas, das sein Interesse weckt. Das Boot ist älter als die anderen, die er sich angesehen hat, dennoch ist die Glasfaserhülle makellos. Jeder auf der Insel weiß, dass das Boot Dr. Bunburys ganzer Stolz ist. Erst als Nile mit der Hand über den Bug fährt, erspürt er mit den Fingerspitzen einen tiefen Kratzer im Lack. Natürlich ist das kein Beweis, dass Dr. Pakefield an dem Morgen, an dem Amanda Fortini zuletzt gesehen wurde, mit dem Motorboot in der Britannia Bay war, aber vor kurzem benutzt wurde es definitiv. Der Eigentümer hätte jede noch so kleine Beschädigung sofort ausgebessert, anstatt sie den Blicken aller auszusetzen.

16

Montag, 16. September 2002

Ich kann den Rauch schon riechen, bevor ich um acht Uhr morgens die Vorhänge öffne. Die Sonne steht bereits hoch am Himmel, und die Villa der Fortinis bietet ein Bild der Zerstörung. Die Außenmauern sind schwarz vor Ruß. Nur der Schornstein des Hauptkamins ist heil geblieben. Aufrecht steht er da wie ein Soldat auf dem Schlachtfeld, umgeben von toten Kameraden. Ich muss wieder an Tommy Rothmore denken, dessen gestriges Verhalten mir schwer auf der Seele liegt, sein manisches Gelächter hallt noch immer in meinen Ohren wider.

Als ich auf die Terrasse hinaustrete, ist Lily schon dort und starrt auf die Ruinen.

«Das will mir einfach nicht in den Kopf, Vee. Erst verschwindet Amanda, dann geht ihr Haus in Flammen auf. Wer in aller Welt kann sie nur so hassen?»

«Tommy war gestern Nacht sehr verstört. Bevor er weggelaufen ist, hatte ich das Gefühl, er schämt sich für etwas.»

Die Angst in Lilys Augen verrät mir, dass sie glaubt, Tommy müsse etwas mit der Sache zu tun haben, aber sie ist zu erschüttert, um den Gedanken in Worte zu fassen. Manchmal vergesse ich das Trauma, das Lily als Kind durchmachen musste, so selbständig ist sie geworden. Nach dem Tod ihrer Mutter gehörte die Villa der Fortinis zu den wenigen Orten, wo sie sich sicher fühlte. Jetzt ist das Haus abgebrannt, und Lilys beste Freundin wird nach wie vor vermisst. Schon möglich, dass Tommy gestern Nacht versucht hat, seine Taten zu gestehen, trotzdem lenke ich das Gespräch jetzt lieber auf ein weniger gefährliches Thema.

«Wesley hat einen hohen Preis bezahlt für seine Tapferkeit. Diesen ganzen Rauch einzuatmen, das war alles andere als gesund.»

«Er ist unbesiegbar, Vee. Ihn kann nichts in die Knie zwingen.»

«So siehst du ihn also?»

Sie antwortet lächelnd. «Als ich noch klein war, war er oft furchtbar streng, aber immer mit einem Augenzwinkern. Hoffentlich erholt er sich schnell.»

«Das hoffe ich auch. Nach dem Frühstück sehe ich mal nach ihm. Er ist tatsächlich zur Arbeit gekommen, obwohl ich ihm gesagt hatte, er solle sich ausruhen.»

«Siehst du, was ich meine? Dieser Mann ist nicht kleinzukriegen.» Doch ihre Fröhlichkeit erleidet gleich wieder Schiffbruch. «Ich wünschte, mir würde einfallen, wie ich Amanda und Tommy helfen kann. Ich komme mir so nutzlos vor.»

«Solomon hat versprochen, uns auf dem Laufenden zu halten. Er wird uns sicher sagen, wie wir ihm helfen können», erwidere ich. «Bitte hör auf, die ganze Zeit auf und ab zu tigern, Liebes. Du läufst dir noch deine Espadrilles durch.»

Ungeachtet der dramatischen Geschehnisse der vergangenen Nacht hat Wesley das Frühstück, das das Hausmädchen nun bringt, mit seinem üblichen Gespür fürs Detail angerichtet. Es gibt aufgeschnittene Bananen und geraspelte Kokosnuss, Brioches, hausgemachte Marmeladen und eine

Platte mit dem ausgezeichneten Ziegenkäse der Insel. Aber Lily scheint sich nur für die Stempelkanne Kaffee zu interessieren. Erst jetzt fällt mir das Stück Koralle wieder ein, das ich oben im Korridor gefunden hatte, und ich hole es wieder aus dem Blumentopf.

«Das lag gestern Morgen vor deinem Zimmer, Lily. Hast du es dorthin gelegt?»

«Warum sollte ich tote Koralle mit ins Haus bringen?»

«Ich nahm an, du wolltest mir zeigen, in was für einem schlechten Zustand das Riff ist.»

«Das weißt du doch schon längst, Vee. Du und Jasper, ihr seid die größten Geldgeber meiner Stiftung. Sieh mal, da hat jemand ein Muster reingeritzt. Ist das ein Spinnennetz, was meinst du?»

«Da könntest du recht haben», sage ich und fahre noch einmal mit dem Finger darüber. «Mehr Kopfzerbrechen bereitet mir allerdings die Frage, wer es dort hingelegt hat. Ich habe Jose nachts im Garten gesehen.»

«Darüber sollten wir mit Detective Nile sprechen. Habe ich dir eigentlich schon erzählt, dass Keith Belmont erwägt, mir eine große Summe Geld zu spenden? Sein Anwalt hat mir einen fünfzehnseitigen Vertrag zum Lesen geschickt, in dem es nur darum geht, welche Rolle Keith in der Stiftung spielen könnte.»

«Überleg es dir gut, bevor du das Geld annimmst, Liebes. Keith ist mit allen Wassern gewaschen. Wie läuft es denn mit deinen Korallenablegern?»

«Achtzig Prozent sind angewachsen», berichtet sie. «Sollte der Sturm allerdings weiter in unsere Richtung wandern, könnte er alles zunichtemachen und die Ableger, die noch nicht richtig angewachsen sind, wieder abreißen.»

«Den Hurrikan habe ich ja beinahe vergessen. Das Meer sieht so friedlich aus.»

«Dem Wetterbericht zufolge kommt er immer näher. Und vor einem Sturm herrscht doch immer Ruhe, nicht wahr?»

Mit Erleichterung höre ich, dass sie heute vorhat, Wartungsarbeiten an ihrem Kutter vorzunehmen und nicht aufs Meer hinauszufahren. Später will sie zurück zur Villa, um an ihrer Bewerbung um Fördergelder bei der Oceanographic Society zu arbeiten. Während sie mir auseinandersetzt, dass eine Förderung für ein weiteres Jahr ihr gestatten würde, mehr Taucher für den Wiederaufbau des Riffs einzustellen, sieht sie zum ersten Mal an diesem Tag wirklich gelöst aus. Erst als sie die Aufmerksamkeit wieder auf die vergangene Nacht richtet, kehrt die Anspannung in ihr Gesicht zurück.

«Ich glaube, Tommy gibt mir die Schuld dafür, dass die Beziehung zu Amanda kaputtgegangen ist, aus welchem Grund auch immer. Und Sacha benimmt sich auch so komisch. Als der Sommer anfing, hatten wir alle noch so viel Spaß miteinander, aber jetzt ist unsere Clique irgendwie auseinandergebrochen.»

«Sollte Tommy dir heute begegnen, bleib auf Abstand zu ihm, hörst du? Und ruf sofort Solomon Nile an.»

«Ich glaube zwar nicht, dass Tommy irgendwem etwas zuleide tun könnte, aber natürlich mache ich, worum du mich bittest. Offensichtlich ist er zurzeit nicht ganz bei Sinnen.»

«Hast du Solomons Handynummer?»

Lily schenkt sich noch etwas Kaffee nach. «Er hat sie mir gegeben, als er mich auf meinem Boot besucht hat.»

«Er sieht gut aus, findest du nicht? Ohne seine Brille wäre er bestimmt der Schwarm aller Frauen.»

Lilys Blick wird kühl. «Ich halte nicht Ausschau nach einem Mann, ich möchte nur, dass Amanda gefunden wird.»

«Warum bleibst du heute nicht ganz hier bei mir? Am Kutter kannst du auch morgen noch weiterarbeiten.»

«Wenn ich nur hier rumsitze, drehe ich durch, und der Motor muss wirklich mal überholt werden. Die *Revival* muss seetüchtig sein, damit ich die nächsten Ableger noch vor der Korallenlaiche ansiedeln kann.»

Sie drückt mir einen Kuss auf die Wange und verschwindet im Haus. Als kleines Mädchen war sie sehr anhänglich, aber sie kann auch enorm eigensinnig sein. Im Grunde bewundere ich ihre Hartnäckigkeit, auch wenn es mir lieber gewesen wäre, sie heute wohlbehalten an meiner Seite zu wissen.

Ich räume das Frühstücksgeschirr zusammen und bringe es hinunter in die Küche im Souterrain, wo Wesley gerade Weingläser poliert. Als er sieht, dass ich ein Tablett mit Geschirr trage, springt er entsetzt auf.

«Was machen Sie denn da, Lady Vee? Das ist Aufgabe des Hausmädchens», sagt er und reißt es mir aus den Händen.

Ich hocke mich auf einen Stuhl zu ihm an den Tisch. «Sie haben mir gestern einen ganz schönen Schrecken eingejagt.»

Wesley fährt fort, die Gläser auf Hochglanz zu polieren. «Kein Grund zur Sorge. Alles ist in bester Ordnung.»

«Es hätte uns alle fürchterlich getroffen, wenn Sie verletzt worden wären.»

«Ich war zu keinem Zeitpunkt in ernsthafter Gefahr.» Seine Stimme ist jetzt einen Hauch sanfter geworden.

«Immerhin haben Sie so viel Rauch eingeatmet, dass Sie ohnmächtig geworden sind.»

«Der Arzt hat mich für völlig gesund erklärt. In der Armee habe ich entschieden Schlimmeres erlebt.»

«Sehr wenige Menschen würden in ein brennendes Gebäude rennen, um jemanden zu retten. Für mich sind Sie ein Held. Nehmen Sie sich doch bitte ein paar Tage frei, um sich vollständig zu erholen.»

«Und wer kümmert sich dann um Sie?» Er lässt das Glas sinken und wendet mir das Gesicht zu. «Ich hatte keine Wahl gestern Nacht. Meine Schwester hat drei Kinder, die alle noch zur Schule gehen. Sie ist immer die Letzte, die die Villa der Fortinis verlässt.»

Verblüfft blinzele ich ihn an. So viel Persönliches hat er bisher noch nie erzählt. Ich wünschte, er würde öfter einmal so aus der Deckung kommen, doch sein Bedürfnis nach Privatsphäre umhüllt ihn wie ein Schutzschirm. Er gibt praktisch nichts von seinem Leben preis, dabei kennt er von meinem jedes noch so kleine Detail.

«Ich kann von Glück reden, dass Sie dem Eden House vorstehen, Wesley. Ich danke es Ihnen nicht oft genug.»

Das ringt ihm tatsächlich ein Lächeln ab. «Einmal im Jahr ist völlig ausreichend.»

«Sie sind unersetzlich.»

«Schon gut, Lady Vee. Ich mache doch hier nur meine Arbeit», sagt er und strafft sich wieder.

«Darf ich Ihnen eine Frage zu Amanda Fortini stellen?»

«Bitte.»

«Ich habe das Gefühl, dass sie Sie verärgert hat. Gibt es dafür einen Grund?»

Schweigend ordnet er seine Gedanken. «Ich erwarte nicht von Ihren Gästen, dass sie mich wie ihresgleichen behandeln. Sie und Lord Blake sind da anders als viele andere. Miss Fortini schaut jedoch immer an mir vorbei. Wenn ich ihr etwas zu trinken bringe, behandelt sie mich wie Luft.

Ich wette, dass sie nach all den Jahren nicht einmal weiß, wie ich heiße.»

Sein Ärger erhöht förmlich die Raumtemperatur. «Das ist wirklich ein empörendes Verhalten», sage ich. «Es tut mir leid, Wesley, das wusste ich nicht.»

«Ihre Kinder und Miss Lily behandeln mich stets mit Respekt. Sie haben ihnen höfliches, kultiviertes Benehmen beigebracht. Doch nun, falls es Ihnen nichts ausmacht, muss ich die Gläser fertig polieren und das Silber auch.»

Als ich wieder in die Halle komme, klingelt das Telefon. Es ist Giovanna Fortini, mit einer vor Angst schrillen und von Weinkrämpfen geschüttelten Stimme. Dass ihre Ferienvilla bis auf die Grundfesten abgebrannt ist, scheint ihr nicht das Geringste auszumachen. Das Haus verloren zu haben, ist belanglos im Vergleich zu der Tatsache, dass ihre Tochter vermisst wird. Ich versichere ihr, dass die Polizei überall nach Amanda sucht. Dass die hiesige Einheit nur aus einem einzigen Detective besteht, sage ich ihr allerdings nicht. Ihr macht vor allem zu schaffen, dass sie nicht selbst herkommen und nach Amanda suchen kann, weil die Flughäfen geschlossen und alle Fährverbindungen gestrichen sind. Aber daran wird sich so schnell nichts ändern, solange uns Sturm Cristobal im Tanz zu einer Musik, die niemand hören kann, immer näher und näher kommt.

17

DS Nile hat eine Bekanntmachung herausgegeben, die der lokale Radiosender nun überall auf den Kleinen Antillen sendet. Sie wird jede Stunde wiederholt und informiert die Einwohner von Mustique über Amanda Fortinis Verschwinden, verbunden mit der Bitte, sich sofort zu melden, falls sie die Vermisste oder Tommy Rothmore gesehen haben sollten. Inzwischen ist es zehn Uhr vormittags, doch bislang hat noch niemand auf den Aufruf reagiert. Beim Blick durch die offen stehende Tür seines Büros fällt ihm auf, dass die Layton-Brüder gar nicht da sind. Vielleicht sind sie zur Abwechslung ja mal dienstlich unterwegs, aber da sie ihr Kommen und Gehen nie begründen, wird das wohl ein Geheimnis bleiben.

Er beschließt, das Revier wieder zu verlassen, um weiter nach Tommy Rothmore zu suchen, doch gerade als er das Gebäude absperren will, läutet sein Handy. Ein Anruf aus Keith Belmonts Villa. Jemand meldet, dass vergangene Nacht dort eingebrochen und eine Person dabei beobachtet worden sei, wie sie vom Grundstück flüchtete. Die Nachricht lässt Nile mit den Zähnen knirschen. Er hat große Lust, in den Hörer zu brüllen, dass Kleinkriminalität momentan seine geringste Sorge sei. Schließlich werde eine junge Frau vermisst, und möglicherweise laufe auf der Insel ein Mörder herum. Aber das verkneift er sich. Sollte er sich weigern, dem Einbruch nachzugehen, beschwert Belmont sich womöglich bei seinen Vorgesetzten auf St. Vincent.

Mit dem Strandbuggy ist Nile in zehn Minuten bei Belmonts Villa, die hinter einer drei Meter hohen Mauer verborgen liegt. Während er über die Gegensprechanlage seine Ankunft meldet, mustert er das Namensschild am Eingang. Das Haus heißt Blue Heaven, nach Belmonts Band. Nile ist nicht unbedingt ein Fan von Hard Rock, doch vor dreißig Jahren war Blue Heaven enorm erfolgreich, und die Fans sind der Band bis zu ihrer Auflösung im vergangenen Jahr stets treu geblieben. Belmonts Privatleben hat beinahe für ebenso viel Aufmerksamkeit gesorgt wie seine Musik, seine letzte Ehe mit einem achtzehnjährigen Mädchen machte überall Schlagzeilen. Nile hat irgendwo gelesen, dass die letzte Welttournee von Blue Heaven über fünfhundert Millionen Dollar eingespielt hat, obwohl die Bandmitglieder in jeder freien Minute miteinander gestritten haben sollen. An jeglichem anderen Tag hätte ein Besuch in Belmonts Villa wohl seine natürliche Neugier gereizt, heute aber stimmt einfach das Timing nicht. Ärgerlich und voller Ungeduld wartet er darauf, dass die Metalltür aufspringt und ihm Zugang zum Reich des Rockstars gewährt.

Eigentlich hat er einen protzigen Palast erwartet, voll teurem Plunder und mit einem Pool von olympischen Ausmaßen, doch tatsächlich ist Belmonts Haus ein architektonisches Wunder aus klaren Linien und blankem Stahl. Selbst der Garten um das Gebäude ist minimalistisch angelegt: eine Fläche aus weißem Kies mit einigen wenigen Skulpturen und Kakteen, die verstreut auf den hellen Steinen stehen.

Auf dem Weg zum Eingang begegnet ihm nicht ein einziger Hausangestellter, und die Haustür ist nur angelehnt. Im Inneren des Hauses hängt eine E-Gitarre an der Wand, eine Fender Stratocaster, wie Nile vermutet. Ansonsten weist nichts darauf hin, dass hier der weltberühmte Bandleader von Blue Heaven wohnt. Nile tritt näher heran, um das Instrument zu bewundern. Es sieht arg mitgenommen aus, voller Kratzer und Schrammen und ein paar Stickern, die von den Städten künden, die die Band im Sturm erobert hat.

«Sie müssen Musiker sein, so kundig, wie Sie sich meine Lieblingsgitarre ansehen. Die habe ich vor vierzig Jahren bei einem Pfandleiher in Nashville gekauft.»

Nile wirbelt herum und sieht sich einem mageren Mann Mitte fünfzig gegenüber. Belmont trägt ein schwarzes T-Shirt, ausgebleichte Levis-Jeans und Birkenstocks, das graue Haar hat er zu einem Pferdeschwanz gebunden. Abgesehen von dem weltbekannten Gesicht, das aussieht, als wäre es aus einer Felswand gemeißelt worden, deutet nichts auf Keith Belmonts Berühmtheit hin. Der Mann scheint entschlossen, einen gebührenden Abstand zu wahren, jedenfalls macht er sich nicht die Mühe, auch nur einen Schritt näher zu kommen.

«Was für ein Instrument spielen Sie?», fragt er jetzt.

«Schlagzeug, ist allerdings schon lange her.»

«Das verlernt man nicht. Danke, dass Sie hier sind. Ich wollte den Schaden melden, bevor ich wieder aufräume. Kann ich Ihnen etwas anbieten? Einen Saft oder Eistee?»

«Ein Glas Wasser wäre toll, danke.»

Nile ist überrascht, als Belmont ihn in die Küche führt und ihm höchstselbst ein Glas Wasser einschenkt. Aus der Nähe wird sichtbar, dass der Musiker nicht versucht hat, die Spuren der Zeit aus seinem Gesicht zu tilgen, es ist von Narben gezeichnet wie seine Gitarre und voller Falten, die sich tief in die Haut gegraben haben. Falls der Einbruch ihn erschreckt oder verstört haben sollte, ist ihm davon nichts anzumerken.

«Leben Sie das ganze Jahr über hier, Mr. Belmont?»

«Keine Förmlichkeiten, bitte. Keith reicht völlig.» Er lässt sich auf einen Küchenstuhl fallen und bedeutet Nile, es ihm gleichzutun. «Ich bin jetzt seit sechs Monaten hier, abgesehen von ein paar Abstechern nach England. Ich war total durch den Wind nach einer echt brutalen Scheidung, aber um so was zu verstehen, sind Sie noch zu jung.»

«Ich bin alt genug, um zu wissen, dass Trennungen immer schwer sind.»

Belmont reibt sich den Nacken, als wollte er eine Anspannung wegmassieren. «Ich sage mir immer wieder, dass heiraten eine miese Idee ist, und trotzdem ist mir das jetzt schon dreimal passiert.»

«Vielleicht ist vier ja Ihre Glückszahl.»

«Keine Chance, dass ich in die Falle noch mal tappe.»

Nile trinkt das Glas Wasser aus und stellt es auf die Arbeitsplatte. Dieses Gespräch ist einigermaßen bizarr: Keith Belmont, der im Madison Square Garden und in der Albert Hall vor Hunderttausenden von Fans gespielt hat, erzählt ihm gerade Details aus seinem Privatleben? Noch vermag Nile nicht zu entscheiden, ob diese Offenheit ehrlich ist oder nur eine weitere geschickte Selbstdarstellung.

«Kann ich den Schaden einmal begutachten, bitte?»

Der Musiker führt ihn ins Wohnzimmer, wo es nach Alkohol stinkt. Auf dem Boden liegt ein umgekipptes Barschränkchen, umgeben von lauter zerbrochenen Flaschen. Die zweiflügelige Terrassentür wurde mit einem Vorschlaghammer eingeschlagen, der noch immer draußen auf den Steinfliesen liegt, inmitten eines Sees aus Glassplittern. Die Gemälde an der Wand wurden zerschlitzt, ein Breitwandfernseher liegt zertrümmert auf dem Fußboden, und auch die Möbel haben etwas abgekriegt. Aus einem ramponierten Sofa quillt das Füllmaterial hervor.

«Wurde viel gestohlen?»

«Rein gar nichts, soweit ich feststellen konnte. Er hat alles kurz und klein geschlagen und sich dann vom Acker gemacht. Zumindest glaube ich, dass es nur ein einziger Kerl war. Ich hab ihn kurz gesehen, als er über die hintere Mauer geklettert ist.»

«Und Ihre Angestellten haben nichts gehört?»

«Ich beschäftige nur einen Assistenten. Der ist von Montag bis Freitag, in der Zeit zwischen zwölf Uhr mittags bis fünf Uhr nachmittags hier. An den Wochenenden versorge ich mich selbst.»

«Dann waren Sie es, der mich vorhin angerufen hat? Ich dachte, Sie hätten mehrere Hausangestellte.»

«Ein ganzes Gefolge, meinen Sie?» Belmont lacht schnarrend, seine Stimme hat plötzlich einen bitteren Unterton. «So ein Scheiß ist nichts für mich. Letztendlich komme ich nur durch das Alleinsein zur Ruhe.»

«Wissen Sie, um wie viel Uhr der Einbruch passiert ist?»

«Letzte Nacht, so um drei. Normalerweise habe ich einen tiefen Schlaf, aber gestern hat mich ein Geräusch geweckt. Ich hab mir schnell was übergezogen und bin nach unten gerannt. Dem Kerl blieb gar keine Zeit, was zu klauen. Danach bin ich zurück ins Bett und habe durchgeschlafen bis zum Morgen.»

Nile starrt ihn an. «Ein Einbrecher verwüstet Ihr Wohnzimmer, und Sie gehen einfach wieder schlafen?»

«Ich hab schon Schlimmeres durchgemacht.»

«Sind Sie sicher, dass Sie nur eine Person gesehen haben?»

«Ja und auch das nur ganz flüchtig. Der Schaden, den er

angerichtet hat, ist nichts im Vergleich zu manchen Hotelzimmern, die ich zerlegt habe. Als ich noch jung war, hab ich für mein Leben gern alles kurz und klein geschlagen, und vielleicht wollte der ja auch nicht mehr als das.»

«Haben Sie was dagegen, wenn ich mich draußen mal umsehe?»

«Tun Sie sich keinen Zwang an.»

Nile stakst über die Glasscherben, um zu sehen, wie der Eindringling entkommen ist. Auch hier ist die weiß getünchte Mauer mindestens drei Meter hoch. Wer immer also Belmonts Wohnzimmer verwüstet hat, muss ziemlich sportlich sein. Auf einem der Steine sind Abriebspuren zurückgeblieben, vermutlich weil es schnell gehen musste, als der Hausherr die Treppe runterkam. Belmonts Reaktion allerdings will Nile einfach nicht in den Kopf. Selbst der coolste Mensch auf Erden wäre nach einem solchen Einbruch doch viel zu aufgewühlt, um gleich wieder schlafenzugehen, zumal der Einbrecher jederzeit hätte wiederkommen können.

Als Keith Belmont Nile zu sich heranwinkt, glaubt der Detective, noch mehr über den Einbruch zu erfahren, doch stattdessen führt ihn der Musiker in ein Aufnahmestudio, dessen Stirnwand mit einer Sammlung Schallplatten in Gold und Platin bedeckt ist – das erste Anzeichen von persönlicher Eitelkeit.

«Ich bin nur froh, dass er die nicht geklaut hat. Das hätte mich wirklich getroffen, auch wenn ich das damals alles für selbstverständlich gehalten habe.»

«Das war doch ein Riesenerfolg.»

«Schon, aber man ist immer nur so gut wie das nächste Album. Ende des Jahres will ich ein paar Solonummern aufnehmen.» Belmonts Miene bleibt emotionslos. «Geben Sie mir einen Rhythmus vor, ja?»

«Ich sollte mich langsam wieder auf den Weg machen.»

«Lassen Sie mich nicht betteln. Das dauert doch nur eine Minute, höchstens.»

Nile spürt, dass jede weitere Weigerung ihn nur noch mehr Zeit kosten würde, trotzdem ist ihm unbehaglich zumute. Es ist so lange her, dass er ein Paar Stöcke in der Hand gehalten hat, dass sie sich ganz fremd anfühlen. Zunächst schlägt er nur einen zögerlichen Beat, doch dann tauchen aus der Erinnerung ein paar Takte Reggae auf, gefolgt von einem langen Trommelwirbel.

Da verzieht sich Belmonts Gesicht endlich doch zu einem Lächeln. «Wo haben Sie sich eigentlich die ganze Zeit über versteckt? Auf der Suche nach einem guten Drummer hab ich die ganze verdammte Insel auf den Kopf gestellt. Kommen Sie Sonntagabend vorbei, da jamme ich hier mit ein paar Jungs, und genug Bier gibt's auch.»

«Ich fürchte, da muss ich arbeiten, Mr. Belmont …»

«… Keith. Mensch, ich brauche Sie. Reden Sie sich jetzt bloß nicht raus.»

«Sie haben doch bestimmt schon gehört, dass Amanda Fortini vermisst wird. Das hält mich ziemlich auf Trab.»

Der Musiker sieht ihn durchdringend an. «Die Kleine ist wirklich süß. Ich hab gestern Abend den Rauch über ihrer Villa gesehen.»

«Kennen Sie sie denn gut?»

«Sie kommt einmal in der Woche zum Yoga rüber, und hin und wieder spielen wir zusammen Tennis. Wissen Sie denn schon, was passiert ist?»

«Ich muss dringend mit ihrem Exfreund reden.»

«Tommy Rothmore ist zurzeit ganz schön von der Rolle. Ich hab ihn auch eingeladen, zum Yoga, aber das hat er nicht ausgehalten. Der Junge kann keine fünf Minuten stillsitzen.»

«Wenn Sie ihn sehen sollten, rufen Sie mich bitte sofort an. Und für Ihre Versicherung schreibe ich Ihnen einen Bericht.»

Die beiden Männer kehren ins Wohnzimmer zurück, wo Nile plötzlich etwas auf dem Fußboden entdeckt, das er vorher übersehen hatte. Ein Stück Koralle, genau wie die beiden anderen. Als er in die Hocke geht, um es näher zu begutachten, sieht er, dass das eingekerbte Muster diesmal anders ist. Hier wurde nur ein einfaches U in die Oberfläche geritzt.

«Gehört das Ihnen?»

Belmont geht neben ihm in die Knie. «Das ist eine Koralle, stammt aber nicht aus meiner Sammlung. Das Zeug fasziniert mich. Ich hab tauchen gelernt, um sie aus nächster Nähe betrachten zu können. Und ich sammle Einzelstücke aus der ganzen Welt, aber nur aus nachhaltiger Ernte.»

«Wie kommt's, dass Sie sich so dafür interessieren?»

«Korallen sind auf diesem Planeten einzigartig. Sie können sich aus einer einzigen Zelle komplett neu bilden, es gibt Tausende Untergruppen, und sie können einige der schlimmsten Gifte, die wir ins Meer kippen, aufspalten.» Angewidert schüttelt er den Kopf. «Das Stück da hat irgendein Idiot rausgehackt, mit 'ner verdammten Machete.»

«Sie besitzen doch eine Bayliner XR7, nicht wahr? Ich habe Ihr Motorboot im Hafen gesehen.»

«Und was hat das hiermit zu tun?»

«Wahrscheinlich nichts, aber benutzen Sie es manchmal, um zum Riff hinauszufahren?»

«Inzwischen nehme ich meistens ein Kajak, wenn ich schnorcheln gehen will. Damit hört endlich auch Lily Calders ständiges Genörgel auf, von wegen, ich würde zur Vergrößerung des Ozonlochs beitragen.»

«Wann sind Sie zuletzt mit dem Motorboot draußen gewesen?»

«Das ist Wochen her. Warum?»

«Freitagmorgen wurde ein Boot wie das Ihre in der Britannia Bay beobachtet, zur selben Zeit, als Amanda Fortini dort zuletzt beim Baden gesehen wurde.»

«Freitagmorgen war ich hier, allein. Spätes Aufstehen zählt zu meinen schlechten Angewohnheiten.»

Keith Belmonts Miene bleibt unergründlich, als Nile jetzt die Koralle einsammelt. Er wiederholt noch einmal seine Einladung zur Jamsession am Sonntagabend, aber Nile will ihm nichts versprechen. Stattdessen empfiehlt er Belmont, seine Villa abzusichern und in Erwägung zu ziehen, bei einem Freund oder im Firefly Unterschlupf zu suchen, bis der Übeltäter gefasst ist. Erst nachdem sich die Metalltüren mit einem Klicken wieder hinter ihm geschlossen haben, wird Nile bewusst, dass der Musiker nur ein einziges Mal eine echte Gefühlsregung gezeigt hat: als er über die Korallen sprach. Immerhin hat ihre Unterhaltung ergeben, dass Belmont gut genug tauchen kann, um die Korallen zu ernten, die bislang in Zusammenhang mit Amandas Verschwinden gefunden wurden.

18

Als Jasper heute Morgen anruft, ist er ungewöhnlich entspannt. Es tut ihm immer gut, eine Aufgabe zu haben, die ihn beschäftigt, und momentan hat er alle Hände voll damit zu tun, die Kostüme für unsere Partygäste zu beschaffen und für die Aufbewahrung am Flughafen zu sorgen. Sobald die Sturmwarnung aufgehoben wird, werden die Kostüme nach Mustique herübergeflogen. Meine größte Sorge besteht darin, dass Amandas Verschwinden Lilys Fest überschattet, Jasper aber scheint froh über die Abwechslung zu sein, die die Partyvorbereitungen bieten.

«Lieber mache ich mir einen Kopf um die Party, als mit diesem elenden Architekten reden zu müssen.»

«Du wirst ihn schon noch überzeugen, Liebling.»

«Da würde ich nicht drauf wetten, er hört einfach nie zu.» Bei dieser Antwort bebt seine Stimme wieder.

«Bitte lass es nicht zu nah an dich ran.»

Jaspers seelische Verfassung ist seit Jahren fragil. Ich tue mein Bestes, ihn von jeglichem Stress abzuschirmen, aber das ist nun mal nicht immer möglich. In meinen sieben Lebensjahrzehnten habe ich eine Menge wertvoller Lektionen gelernt – manche waren unangenehm, andere nützlich. Zu den nützlichen gehört, dass körperliche Bewegung mich davon abhält, mir zu viele Sorgen um meinen Mann zu machen. Also verordne ich mir nach unserem Gespräch dreißig Bahnen im Pool. Es kostet anfangs Überwindung, aber dann ist es ein wahrer Genuss. Das Feuer der vergangenen Nacht und Jaspers Gemütsschwankungen rücken in weite Ferne, während ich mich auf dem Rücken treiben lasse, die Kolibris über mir bewundere und meinem eigenen ruhigen Atem lausche.

Als ich meine Bahnen fast fertig absolviert habe, erscheint Phillip auf der Terrasse. Er möchte mir unbedingt bei den Planungen helfen, wo wir unsere Gäste unterbringen sollen, wer in seinem Haus, wer bei uns und wer in den beiden Hotels der Insel schlafen soll. In der Hose mit dem hüfthohen Bund und dem gestärkten weißen Hemd sieht er aus, als wäre er einem Stück von Noël Coward entsprungen.

«Komm doch auch rein!», rufe ich ihm zu.

«Das geht nicht, mein Arzt würde ausflippen.»

«Spielverderber!»

«Wenn ich jetzt ins Wasser gehe, macht das alles nur schlimmer.» Phillip tippt sich ans Ohr, dann bedeutet er mir weiterzumachen, und ich schwimme noch eine Bahn. Als ich aus dem Pool steige, glänzt meine Haut. Eine halbe Stunde im Wasser, und die Widrigkeiten des Lebens sind vergessen, vorerst jedenfalls. Ich wickle mir ein Handtuch um und gehe zu Phillip hinüber.

«Du hast ausgesehen wie eine Wassernymphe, die durch die Wellen gleitet», teilt er mir mit.

«Heutzutage wohl eher wie ein Krokodil.»

«Unsinn, ich würde immer noch am liebsten mit dir durchbrennen.» Mein alter Freund lächelt, aber ich kann sehen, dass er besorgt ist.

«Was ist los, mein Lieber? Seit ich wieder hier bin, bist du nicht mehr der Alte.»

«Ich hätte dir eher davon erzählen sollen.» Er zögert kurz. «Letzte Woche kam Tommy bei mir vorbei, völlig aufgelöst wegen der Trennung von Amanda. Ich hätte ihm besser zuhören sollen. Auch wenn ich nicht direkt gesagt habe, dass andere Mütter auch schöne Töchter hätten, bin ich ihm gegenüber doch viel zu gleichgültig gewesen.»

«Vielleicht leidet er ja schon seit Ewigkeiten unter Depressionen, und dass Amanda ihn verlassen hat, war nur der Tropfen, der das Fass zum Überlaufen brachte.»

«Aber das hätte ich doch erkennen müssen.» Wieder lässt Phillip seinen Blick auf mir ruhen. «Glaubst du, er hat ihr etwas angetan?»

«Was immer auch geschehen ist, du bist nicht schuld daran.»

«So leicht solltest du mich nicht davonkommen lassen.» Er legt seine Hand auf meine. «Der Junge kam zu mir, weil er Rat suchte, aber ich habe mit den Jahren einfach nichts dazugelernt. Zurückweisung ist für mich immer noch so verletzend wie damals in meiner Teenagerzeit. Ich wünschte, ich hätte ihn ein wenig getröstet, aber ich habe ja selbst Mühe, mich nicht völlig aus der Bahn werfen zu lassen.»

«Sei nicht so hart zu dir selbst. Ich kann mir überhaupt nicht vorstellen, dass du gemein zu anderen Menschen sein könntest. Du hast Jasper und mich all die Jahre über so wunderbar unterstützt.»

«Ach, Vee, du bist so ein Schatz. Wenn du zu einer Zeit in deinem Leben zurückkehren könntest, welche wäre das?»

«Als die Kinder noch klein waren, glaube ich. Und du?»

«Gleich nach der Schauspielschule, als ich noch nichts verdiente und auf unbekannten Bühnen spielte. Letzte Nacht habe ich geträumt, ich wäre wieder in einem winzigen Theater und hätte eine Rolle in *Der Kirschgarten*. Das war herrlich.»

«Wie wunderbar, ich habe dich als gutaussehenden jungen Helden genau vor Augen.»

Ich gebe Phillip ein Küsschen auf die Wange und lasse ihn bei einem Pfefferminztee auf der Terrasse sitzen, während ich hinaufgehe, um mich anzukleiden. Gegen die Hitze auf Mustique wähle ich immer helle Farben, und heute Vormittag entscheide ich mich für eine weiße Leinenhose, dazu eine hellblaue Hemdbluse und eine Kette mit Achatkugeln. Mein Freund reagiert begeistert auf meine Erscheinung, als wäre es eine Todsünde, die Zügel der Eleganz auch mal schleifen zu lassen. Aber die Verwüstung auf dem Anwesen der Fortinis wirft dunkle Schatten über unser Geplauder. Noch immer hängt der Geruch nach verbranntem Holz in der Luft, und es fällt schwer zu glauben, dass ein so prächtiges Gebäude nun in Schutt und Asche liegt. Ich bemühe mich ganz bewusst, mich auf Lilys Party zu konzentrieren, anstatt mich über etwas aufzuregen, was ich ohnehin nicht ändern kann.

«Es kommen so um die hundertfünfzig Leute. Die Hälfte davon fliegt mit Privatflugzeugen ein.»

«Du setzt mal wieder Himmel und Hölle in Bewegung, nicht wahr?», meint Phillip und kneift die Augen zusammen.

«Gott sei Dank kommen nächste Woche Josephine und Georgia, um uns zu helfen. Jede von ihnen kann zwanzig Personen in ihrer Villa aufnehmen, das Firefly hat Platz für vierzehn und das Cotton House noch mal für dreißig. Bestimmt können wir den Rest großzügig auf die Villen unserer Freunde verteilen, denkst du nicht auch?»

Schließlich sprechen wir über ein Empfangskomitee am Flughafen und darüber, das Gebäude dort mit Sternen und Planeten des Nachthimmels zu dekorieren, damit das Motto der Party gleich bei der Landung unserer Gäste zu erkennen ist, als plötzlich jemand über den Rasen auf uns zugelaufen kommt. Jose Gomez packt mit grimmig entschlossener Miene mein Handgelenk und zerrt mich vom Stuhl. Er schleppt mich zu den Stufen, die hinunter zum Strand führen, als wollte er mir unbedingt etwas zeigen.

«Was machst du hier, Jose? Heute ist dein freier Tag.»

Ein kehliger Laut entringt sich seinem Mund, doch er hört nicht auf, mich in Richtung der Stufen zu ziehen, bis Phillip mir zu Hilfe kommt.

«Schluss damit, und zwar sofort!», befiehlt er dem Gärtner. «Was in aller Welt ist denn los?»

Mit panischem Gesichtsausdruck weicht der Junge zurück, während nun auch Wesley auftaucht.

«Geh nach Hause, Jose», schnauzt unser Butler ihn an, und ich werde endlich freigelassen. «Darüber unterhalten wir uns morgen noch.»

«Was ist denn bloß los mit ihm?», fragt Phillip. «Letzte Woche hat er genau dasselbe mit mir gemacht, als ich beim Frühstück saß.»

Jose huscht bereits wieder zwischen den Bäumen davon. Ich weiß noch immer nicht, wer in unsere Villa eingebrochen ist, um die tote Koralle vor Lilys Zimmer zu legen, doch Jose verhält sich so eigenartig, dass unwillkürlich der Verdacht in mir aufkeimt, er könnte etwas damit zu tun haben. Immerhin hatte er reichlich Gelegenheit, Amanda auf dem Nachbargrundstück zu beobachten, und außerdem weiß ich, dass er Phillip und mich verfolgt hat. Während Wesley und Phillip das Verhalten des jungen Gärtners besprechen, bleibt mein Blick erneut an der Villa der Fortinis hängen. Das verkohlte Grundgerüst des Hauses wirkt finsterer denn je, meine Erinnerungen an Partys am Pool und Tänze im verwilderten Garten sind zu Staub und Asche zerfallen.

«Ich rufe lieber mal Solomon an», sage ich zu Phillip.

«Gute Idee, wir müssen dieser Sache auf den Grund gehen.»

Rasch laufe ich ins Haus, um unseren Detective auf dem Handy anzurufen, doch er geht nicht dran.

19

Bis Nile Lady Vees Nachricht bezüglich des befremdlichen Verhaltens ihres Gärtners abhört, ist es bereits weit nach elf, aber er ist nun mal der einzige Polizeibeamte der Insel. Auch jetzt kann er sie nicht sofort zurückrufen. Bevor er sich wieder mit Eden House befassen kann, muss er sich um ein dringlicheres Problem kümmern. Jenseits von Old Plantation Bay wurde ein offenbar in Seenot geratenes Fischerboot gesichtet, doch der Marinerettungsdienst in St. Vincent sieht sich angesichts des heraufziehenden Sturms außerstande, eine Rettungsaktion zu starten. Diese neuerliche Unterbrechung seiner Suche nach Amanda geht Nile furchtbar gegen den Strich, aber ignorieren kann er die Sache natürlich nicht. Wenn er nicht schnell handelt, tragen die Strömungen das Boot aufs offene Meer hinaus. Als er unten am Hafen ankommt, kann er vom Anlegesteg aus nicht einmal mehr die Silhouette des Fischerboots sehen, vielleicht wurde es ja schon einige Meilen von der Insel abgetrieben.

Dreimal muss er den Zündschlüssel im Schloss drehen, bis der Motor des Polizeiboots zum Leben erwacht. Als er endlich lostuckert, durchquert plötzlich ein großes Motorboot mit Höchstgeschwindigkeit die Bucht und löst schnelle kleine Wellen aus. Am Bug steht der Name *Aqua Dream*. Nile spürt, wie sich vor lauter Ärger sein Nacken versteift. Trotz seiner Überzeugung, dass die geheimnisvolle Yacht etwas mit Amanda Fortinis Verschwinden zu tun hat, sind ihm die Hände gebunden, weil sein Chef ihm keinen Durchsuchungsbeschluss ausstellt. Er beschleunigt die Fahrt und sucht mit den Augen den Horizont ab, doch noch immer ist kein abgetriebenes Boot in Sicht. Nur das Motorboot rast noch einmal zurück durch die Bucht. Offenbar will Kellerman ihm seine Freiheit regelrecht unter die Nase reiben und ihn verhöhnen.

Es dauert eine halbe Stunde, bis Nile das hilflos in der Flut treibende Fischerboot entdeckt. Es ist genauso eins wie das, mit dem sein Vater immer hinausgefahren ist, ein selbstgebautes Dingi, knallgelb, ohne jeden Sonnenschutz und mit nur einem kleinen Außenbordmotor. Noch heute erzählt Hosea von der Zeit, als die Fischer nur so viel fingen, wie sie zum Essen brauchten, plus ein paar Fische zusätzlich für die Nachbarn, und den Rest lebendig ins Meer zurückwarfen. Heutzutage operieren die Trawler von St. Vincent aus, schaufeln jeden Tag tonnenweise Fisch aus dem Wasser und lassen für die klitzekleine Flotte aus Lovell nur ein paar armselige Reste übrig. Die Erleichterung des alten Mannes in dem Boot ist unverkennbar, mit beiden Händen winkt er ihm zur Begrüßung zu. Es ist Claude Boulez, einer der besten Freunde seines Vaters, aber das macht Niles Ärger nicht kleiner. Er würde sich zehnmal lieber um die Suche nach Amanda Fortini und ihrem durchgedrehten Exfreund kümmern als um in Seenot geratene Fischer. Boulez trägt nur ein Paar ausgefranster Shorts, sonst nichts, nicht einmal einen Hut, um sich vor der Sonne zu schützen.

«Was ist denn los, Papa? Konnten Sie sich nicht von einem anderen Fischerboot in den Heimathafen schleppen lassen?»

Boulez winkt ihn näher heran, und Nile sieht, dass der Alte einen ertragreichen Vormittag hatte. Der Korb zu seinen Füßen ist bis zum Rand gefüllt mit Flundern, gelbschwänzigen Schnappern und Husarenfischen. Eigentlich sollte er vor Freude ganz aus dem Häuschen sein, aber danach sieht er nicht im Geringsten aus.

«Du schaust dir besser mal an, was mir den Motor kaputt gemacht hat.»

«Warum? Wenn Sie erst wieder im Hafen sind, können Sie ihn doch reparieren.»

Der alte Mann funkelt ihn an. «Komm jetzt sofort an Bord, Solomon.»

Nile brummelt unwillig, folgt Boulez' Aufforderung jedoch. In Lovell wird den Kindern noch Respekt beigebracht, und die Alten haben das Sagen. Wenn ein Älterer aus dem Ort etwas von ihm verlangt, muss er dem Folge leisten, daran ändert auch sein Polizeiabzeichen nichts. Also bindet Nile die beiden Boote mit dem Haltetau zusammen und steigt in das Dingi. Aus der Nähe sind Papa Boulez' Jahre deutlich zu erkennen. Auf der Brust des Alten kräuseln sich weiße Haare, seine Augen werden langsam trübe und er hat kaum noch Fleisch auf den Rippen.

«Was ist denn los, Papa?»

Boulez schüttelt den Kopf. «Ich hab die Sturmvögel hier zusammen tauchen gesehen und gedacht, sie hätten einen Schwarm Zackenbarsche gefunden, deshalb bin ich schnell hergefahren.»

«Und was haben Sie gefunden?»

«Ich konnte es nicht an Bord hieven. So viel Kraft hab ich nicht mehr, um so was Großes im Netz per Hand einzuholen.»

«Ein Riffhai?»

«Es bringt Unglück, auf See über so was zu reden.» Der Alte schließt die Augen. «Schau's dir selbst an.»

Nile macht einen Schritt an dem alten Mann vorbei, wodurch das Boot wie betrunken auf den Wellen schaukelt. Die Sonne brennt ihm im Nacken. Schwitzend hievt er das Netz Stück für Stück aus dem Wasser, wobei ein halbes Dutzend Schnapperfische zu seinen Füßen landet. Als endlich erkennbar wird, was da so schwer im Netz hängt, beginnt sein Herz zu rasen. Das Erste, was er sieht, ist ein menschlicher Fuß, verheddert im Fischernetz. Nile holt tief Luft und zerrt mit aller Kraft, bis die Leiche eines Mannes mit dem Gesicht nach unten in den Bootsrumpf plumpst. Der Tote trägt ein zerfetztes blaues Hemd und Jeans, am Handgelenk hängt noch eine Rolex. Als Nile die Leiche umdreht, wird ihm kurz schwindlig: Tommy Rothmores Gesicht ist kaum mehr zu erkennen. Eins seiner hellgrünen Augen wurde aus der Höhle gerissen, die Haut ist mit Schnitten übersät. Nile wendet den Blick ab und starrt einen Moment lang auf den Horizont, um die aufsteigende Übelkeit niederzukämpfen.

Papa Boulez ist indessen auf die Knie gesunken und spricht ein Gebet über der Leiche. Nile wünscht sich, er könnte diesen Glauben noch teilen, doch der heutige Tag schenkt ihm nur wenige Zeichen für die Existenz eines göttlichen Wesens. Um sie herum gibt es nichts als das erbarmungslose Meer, während Mustique langsam außer Sicht gerät. Als Nile sich ostwärts wendet, bleibt sein Blick an der *Aqua Dream* hängen, die so nah bei ihnen vor Anker liegt, dass er jedes einzelne Bullauge ausmachen kann. In ihrem Schatten ist Amanda Fortini verschwunden, und jetzt wurde die Leiche ihres Exfreundes aus demselben Streifen Meer gezogen. Plötzlich ertönt grelles Gekreische über ihren Köpfen. Die Vögel versammeln sich wieder am Himmel, direkt über Rothmores Leiche, von der sie sich ein wahres Festmahl versprechen.

ZWEITER TEIL

Wettervorhersage für die Tropen

National Hurricane Center, Miami, Florida

Montag, 16. September 2002

Nordatlantik und Karibisches Meer

Das National Hurricane Center warnt vor dem tropischen Wirbelsturm Cristobal, der sich derzeit über der Mitte Kubas befindet und Schäden an Land und Liegenschaften anrichtet. Windgeschwindigkeit neunzig Meilen pro Stunde, es werden Sturmfluten vorhergesagt.

Der Zyklon bewegt sich Richtung Süden, gegenwärtige Risikostufe: moderat

20

Gerade als Phillip für ein Mittagsschläfchen nach Hause gegangen ist, ruft Jasper wieder an. Noch bevor ich auch nur «Hallo» sagen kann, höre ich schon die Verzweiflung in seiner Stimme.

«Diese elenden Bauarbeiter sind langsam wie die Schnecken. Ich brauche dich hier, Vee. Alles geht in die Binsen.»

«Hier auf Mustique auch. Amanda wird immer noch vermisst, und Tommy Rothmore ist auch nicht aufzufinden. Amanda wurde seit drei Tagen nicht mehr gesehen, und jetzt scheint es, als hätte Tommy die Villa ihrer Eltern niedergebrannt.»

«Gott der Allmächtige, ist das dein Ernst? Der Knabe ist doch Milliardär, oder?»

«Und was hat das damit zu tun?»

«Dem liegt doch die ganze Welt zu Füßen.»

Je mehr ich ihm von den Ermittlungen erzähle, desto mehr weicht Jaspers Frustration der Neugier. Das ist eine der Stärken meines Mannes: Er gerät zwar leicht aus der Fassung, fängt sich aber auch schnell wieder. Jetzt verlangt er, alles im Detail zu erfahren, als wäre er Hercule Poirot, und ich bin erleichtert, dass seine Stimme bei unserer Verabschiedung wieder gefasst klingt.

Sekunden später klingelt das Telefon erneut. Ich höre im Hintergrund die Möwen kreischen. Solomon Nile bittet mich in nüchternem Ton um einen Gefallen. Der einzige Krankenwagen der Insel soll zum Old Plantation Harbour geschickt werden. Dann, bei seiner nächsten Anweisung, spüre ich sofort, dass etwas Ernstes passiert sein muss.

«Und bitte bringen Sie Dr. Pakefield mit, Lady Vee.»

Bei dieser Bitte wird mir das Herz schwer. Der düstere Klang von Niles Stimme lässt mich vermuten, dass er eine Leiche gefunden hat. Es kostet mich zehn Minuten, die Sprechstundenhilfe der Klinik davon zu überzeugen, dass die Dienste des Arztes dringend benötigt werden, auch wenn er gerade Hausbesuche macht, doch am Ende hat mein energischer Ton den gewünschten Effekt. Als ich mit dem Buggy vorfahre, wartet Dr. Pakefield schon draußen vor der Klinik. Seit dem Brand der Villa der Fortinis habe ich ihn nicht mehr gesehen. Er grüßt höflich, macht aber einen erschöpften Eindruck, als plagten ihn private Sorgen. Jetzt ist allerdings nicht der rechte Zeitpunkt, sich Gedanken über seine Gemütsverfassung zu machen. Gemeinsam räumen wir den Krankenwagen leer, stapeln Schachteln voll Arzneien und Verbandsmaterial im kleinen Empfangsbereich der Klinik. Dass der Krankenwagen zugleich als Lieferwagen dient und oft vom Arzt selbst gesteuert wird, gehört zu den Absonderlichkeiten des Lebens hier auf der Insel. Meine Bitte, direkt zum Old Plantation Harbour zu fahren, scheint Pakefield zu überraschen. Da der Versuch, auf einer der schlechtesten Straßen der Insel schnell zu fahren, rasch mit einer gebrochenen Radachse enden würde, kommen wir nicht besonders flott voran. Keiner von uns macht sich die Mühe, ein Gespräch anzufangen. Uns ist beiden klar, dass die dringliche Anforderung eines Krankenwagens selten etwas Gutes bedeutet.

Als wir bei der Anlegestelle ankommen, steht Solomon in einem alten Fischerboot und spricht mit Claude Boulez. Ich kenne den Fischer schon seit Jahren, da er unsere Villa mit seinem Fang beliefert und Wesley regelmäßig Hummer oder Schwertfischsteaks verkauft. Normalerweise lächelt Boulez mich strahlend an, heute jedoch murmelt er mir kaum einen Gruß zu, bevor er hastig verschwindet.

«Was ist denn passiert, Solomon?», frage ich. «Geht's um Amanda?»

«Wir sprechen uns in der Klinik, Lady Vee.»

Er wechselt ein paar gedämpfte Worte mit Dr. Pakefield, und als sie nun aus dem Rumpf des Bootes ein unförmiges, in eine Persenning gehülltes Paket hieven, fühle ich meine Ängste bestätigt. Die Umrisse deuten unzweifelhaft auf einen menschlichen Körper hin. Ich setze mich wieder auf den Beifahrersitz und halte mich am Armaturenbrett fest wie an einer Rettungsdecke. Auf der Rückfahrt spricht keiner der beiden Männer ein Wort, und als sie die Leiche in die Klinik tragen, kann ich nur danebenstehen und zusehen.

«Bitte warten Sie draußen», weist Solomon mich an. «Das wollen Sie bestimmt nicht sehen.»

«Sie brauchen jemanden, der das Opfer identifizieren kann.»

«Das sollte ein Verwandter oder nächster Angehöriger sein.»

Ich blicke fest zu ihm hoch. «Ich betrachte jeden auf dieser Insel als Teil meiner Familie. Ich kann doch jetzt nicht einfach gehen.»

Nile seufzt hörbar auf, dann gewährt er mir Zutritt zu dem Untersuchungsraum, in dem das Gesicht des Toten bereits freigelegt wurde. Es ist ein Glück, dass ich an der Wand stehe, gegen die ich mich jetzt lehnen muss, um mich auf den Beinen halten zu können. Normalerweise bin ich nicht sehr empfindlich, doch die Verletzungen des jungen Mannes werden mich wohl noch wochenlang in meinen Albträumen verfolgen. Tommy Rothmores aschblondes Haar erkenne ich sofort, sein Gesicht allerdings ist völlig zerstört. Selbst unser stets so beherrschter Vertretungsarzt wirkt bewegt in Anbetracht der Brutalität, mit der das Leben dieses jungen Mannes endete.

Während der Arzt die restliche Persenning entfernt, macht Solomon Fotos mit seinem Handy. Tommy trägt zerrissene Jeans und ein vollkommen zerfetztes blaues Hemd. Seine Gestalt ist so schmal, er sieht beinahe aus wie ein Junge, nicht wie ein Mann. Nun müssen die Rothmores das Leiden und die Verzweiflung durchmachen, die es bedeutet, ein Kind zu verlieren, und mir bricht es das Herz für sie. Seit seinem verstörenden Auftritt letzte Nacht habe ich befürchtet, Tommy könnte sich das Leben nehmen.

Dr. Pakefield zieht sich jetzt einen weißen Kittel an und streift sich OP-Handschuhe über, um die Leiche zu untersuchen, während Nile über der Krankenwagenliege aufragt wie ein in die Enge getriebener Riese.

«Wann haben Sie ihn gefunden?», fragt der Arzt.

«Ein Fischerboot hat ihn vor etwa zwei Stunden aus dem Meer gezogen.»

«Wenn die Sturmgefahr vorbei ist, muss natürlich noch ein Gerichtsmediziner von St. Vincent herkommen, aber ich kann bereits sagen, dass er ertrunken ist. Die Lungen sind voll Wasser. Das wäre nicht der Fall, wenn er schon tot war, als er ins Wasser geworfen wurde. Tote können nicht atmen.»

«Er muss irgendwo festgehangen haben», erwidert Nile. «Da ist ein Seil um seinen Knöchel.»

Der Vertretungsarzt sieht sich die Füße der Leiche noch einmal genauer an. Ich spüre, wie sich mein Atem beschleunigt, als er die Hosenbeine aufschlitzt und nach oben krempelt. Jemand hat ein Seil um Tommys rechten Knöchel geknotet, das lose Ende ist ausgefranst, und die Waden des Toten sind mit Schnitten und Kratzern übersät. Tommy ist auf so schreckliche Weise zu Tode gekommen, dass ich es kaum schaffe, ihn anzusehen, ohne zurückzuweichen. Aus einer seiner Wunden ragen ein paar kreideweiße Spitzen hervor, lang und dünn wie verstümmelte Finger.

«Sieht aus, als hätte man ihn irgendwo dicht am Meeresgrund angebunden», sage ich. «Diese Spitzen in den Schnittwunden, das sind doch Splitter von toten Korallen, oder nicht?»

Nile nickt zustimmend. «Ich nehme einen als Beweisstück mit.»

«Da liegt zu viel Geröll im Meer herum, um beweisen zu können, wie er sich die Wunden zugezogen hat», meint der Arzt. «Einstweilen müssen wir die Leiche jedenfalls hier aufbewahren. Im Gebäude gibt es einen Leichenkühlraum.»

Schweigend sehe ich zu, wie Nile einen Korallensplitter in ein Plastikröhrchen steckt und dann dem Arzt hilft, den Toten in einen Leichensack zu heben. Dabei kippt Tommys Kopf zur Seite, als wollte er unbedingt noch eine letzte Erklärung abgeben. Sein verbliebenes Auge starrt mich an, so als würde er mich anflehen, seinen Mörder zu finden, und mit zitternden Händen verspreche ich ihm innerlich, mein Bestes zu tun. Dann zieht Dr. Pakefield den Reißverschluss des Leichensacks zu, und das kurze Leben des jungen Mannes ist endgültig vorbei. Seine Leiche wird nach nebenan geschoben, wo der Arzt eine Schublade aus der Wand zieht. Die beiden Männer gehen sehr respektvoll mit Tommys Leiche um, trotzdem fühlt es sich an, als ließen wir ihn jetzt im

Stich. Ab nun weist nichts mehr darauf hin, dass er einmal gelebt hat, abgesehen von der Zahl eins auf der Metallschublade und einem Schwall kalter Luft.

Ich verabschiede mich umgehend von Solomon und dem Arzt. Neuigkeiten verbreiten sich auf dieser kleinen Insel so furchtbar schnell, und ich möchte, dass Lily es von mir erfährt und nicht aus irgendeiner anderen Quelle. Solomon wünscht zwar, dass Tommys Tod nicht öffentlich bekannt wird, bevor die Eltern informiert werden konnten, doch die Chancen, dass das gelingt, sind so gering, dass ich rasch in den Buggy klettere und mich so schnell wie möglich auf den Weg zurück zum Eden House mache.

21

Seit er als Kind von seinem Vater mitgenommen wurde, um sich von seiner Mutter zu verabschieden, hat Nile eine Aversion gegen den Geruch von Krankenhäusern. Auch wenn er die Erinnerung daran verdrängt hat, ist ihm dieser Gestank nach Medikamenten und Desinfektionsmitteln immer noch zuwider. Der Klinikflur heute riecht genau wie damals. Nile wünschte, Dr. Bunbury wäre schon zurück aus dem Urlaub. Dr. Pakefields Verschlossenheit macht es schwer, ihm eindeutige Aussagen zu entlocken. Der Arzt sieht so bleich und fahl aus, als wäre er in letzter Zeit viel zu wenig an der frischen Luft gewesen. Zudem wirkt er ständig angespannt, aber Nile kann ja niemanden verhaften, bloß weil er ihm verdächtig erscheint.

«Könnten wir bitte noch kurz in Ihrem Sprechzimmer miteinander reden, Doktor? Ich bräuchte da nur noch ein paar Auskünfte von Ihnen.»

Dr. Pakefield führt Nile den Flur hinab und bringt sich mit ernster Miene hinter seinem Schreibtisch in Stellung, ganz als müsste er nun eine tödliche Diagnose mitteilen.

«Ich wollte Ihnen ohnehin etwas erzählen, das mich beunruhigt», sagt er leise. «Tommy war letzte Woche hier bei mir, er klagte über Angstzustände, Schlaflosigkeit und zwanghafte Grübeleien. Ich habe ihm ein schwaches Antidepressivum verschrieben und riet ihm, sich psychologische Hilfe zu suchen, aber womöglich habe ich etwas übersehen.»

«Was wollen Sie damit sagen?»

«Bei einer kleinen Zahl von Patienten können psychoaktive Substanzen ein wahnhaftes Verhalten hervorrufen. Das klingt jetzt vielleicht abwegig, aber es wäre doch möglich, dass er Selbstmord begangen hat, oder?»

«Und das Seil um seinen Knöchel? Seine Füße und Knöchel sehen aus, als hätte er sie sich beim verzweifelten Versuch freizukommen, am Riff zerschrammt und zerkratzt.»

«Tommy könnte sich trotzdem selbst das Leben genommen haben. Selbstmörder füllen sich manchmal die Taschen mit Steinen. Er könnte sich ein Gewicht ans Bein gebunden haben und dann aus einem Boot gesprungen sein. Ein Dingi kann von der Unterströmung meilenweit abgetrieben werden.»

«Das ist ziemlich unwahrscheinlich, Doktor. Ein solches Boot hätten wir inzwischen gefunden.»

«Was für eine Erleichterung. Der Gedanke, er könnte sich aufgrund seines verstörten Zustands selbst etwas angetan haben, wäre einfach furchtbar gewesen.»

Die Stimmung des Arztes scheint sich mit einem Mal zu heben, sein finsterer Blick wird freundlicher.

«Darf ich fragen, was Sie auf die Kleinen Antillen gebracht hat, Doktor?»

«Nun, ich habe meine Ausbildung in Londons größtem Lehrkrankenhaus gemacht, wo ich noch einige Jahre als Assistenzarzt blieb, bis ich dann Lust auf eine Veränderung bekam.»

«Sie haben eine leitende Position aufgegeben, um hier stellvertretender Allgemeinarzt zu werden?»

«Meine Frau und ich wollten, dass unsere Kinder etwas von der Welt sehen.» Dr. Pakefield blinzelt hektisch. «Aber inwiefern ist meine berufliche Laufbahn relevant für den Tod von Tommy Rothmore?»

«Bitte verzeihen Sie, überhaupt nicht, natürlich. Ich war nur neugierig.»

«Das verstehe ich, trotzdem sollte ich jetzt langsam den Gerichtsmediziner anrufen und meinen Bericht schreiben.»

Den Kopf voll mit all den neuen Informationen verlässt Nile das Sprechzimmer. Der Gedanke, Tommy könnte ein Gewicht an seinem Körper befestigt haben, um seinen Tod zu beschleunigen, erscheint widernatürlich, ganz gleich, in welchem Gemütszustand der junge Mann gewesen sein mochte. Doch als er seinen Chef in St. Vincent per Telefon informiert, schließt sich DI Black Dr. Pakefields Theorie an. Er wirkt erleichtert, dass der Arzt ihm damit eine glaubwürdige Geschichte für die Presse und die beiden Familien liefert: Tommy Rothmore hat seine Ex aus Rache für sein gebrochenes Herz ermordet und sich anschließend umgebracht. Zwar wurde Amanda Fortinis Leiche noch nicht gefunden, aber alle wissen, wie wütend Tommy nach der Trennung war. Vermutlich hat er sie getötet und ihre Leiche im Meer entsorgt, bevor er Selbstmord beging.

«Der Arzt klingt nach einem klugen Mann, Nile. Sorgen Sie dafür, dass er das genau so in seinen Bericht schreibt.»

«Das sind reine Vermutungen, Sir. Dr. Pakefield und ich sind uns einig, dass jemand den betrunkenen Rothmore entführt und dann irgendwo angebunden haben muss, damit er ertrinkt. Die Leiche sieht aus, als hätte man sie durchs ganze Riff gezerrt. In Tommys Wunden haben wir Splitter von Korallen gefunden.»

DI Black schnaubt höhnisch. «Auf Mustique wurde noch nie jemand ermordet, Nile. Sie rufen jetzt die Eltern an und geben die tragischen Umstände danach an die Öffentlichkeit. Mr. Thomas Rothmore hat sich das Leben genommen, und

Miss Amanda Fortini wird vermisst und ist mutmaßlich tot. Daraus können die Leute auf der Insel dann ihre eigenen Schlüsse ziehen, und der Fall ist damit abgeschlossen.»

«Tommys Leiche wurde unweit der Stelle gefunden, wo die *Aqua Dream* vor Anker liegt. Ich brauche immer noch dringend einen Durchsuchungsbeschluss, Sir.»

«Vergessen Sie's», erwidert Black. «Der Geschäftsführer der Aqua Dream Ltd. hat gute Verbindungen nach ganz oben, die Besatzung genießt in unseren Gewässern diplomatische Immunität. Halten Sie sich von der Yacht fern, verstanden? Ich erwarte, dass Sie meinem Befehl Folge leisten. Wenn Sie noch einmal an Bord gehen, werden Sie gefeuert. Geben Sie die Geschichte mit dem Selbstmord noch heute an die Radiostationen raus, Nile. Und gehen Sie von Tür zu Tür. Die Menschen auf der Insel müssen wissen, dass es vorbei ist und kein Grund zur Panik besteht.»

Der Detective schiebt sein Handy zurück in die Hosentasche und schaut frustriert und wütend hinüber zu der Megayacht am Horizont. Er nimmt einen Pfad hinter der Klinik, der in ein dichtes Wäldchen führt, ein Überbleibsel des tropischen Urwalds, der Mustique einst bedeckte. Eingetaucht in grünes Licht bahnt er sich einen Weg durch das Dickicht, wo es rasch kühler wird. Auf einem umgestürzten Baumstumpf lässt er sich nieder und blinzelt ins spätnachmittägliche Sonnenlicht, das durch die Bananenstauden fällt. Während er sich die Namen der Bäume ins Gedächtnis ruft, die sein Vater ihm beigebracht hat, als er noch ein kleiner Junge war, wird er langsam ruhiger: Weihrauch, Färbermaulbeere, Honigbeere und Schwarze Brustbeere. Er ist froh, hier die Düfte des Dschungels einzuatmen und nicht mehr die giftigen Chemiedünste der Klinik. Kolibris und Königstyrannen fliegen über ihn hinweg, und in einiger Entfernung hört er den Ruf einer Palmenkrähe. Die Schönheit der Insel ist unverändert. Gerade als er sich wieder auf den Weg machen will, raschelt plötzlich etwas im Unterholz. Instinktiv springt er auf und läuft dem Geräusch nach, schließlich hat Lily erzählt, dass sie verfolgt worden sei. Aber wer auch immer ihn beobachtet hat, ist schnell und geschickt. Oben in den Bäumen schreien die Vögel, aufgeschreckt durch die jähe Unruhe, aber weit und breit ist keine Menschenseele in Sicht.

Unsicher, wie er seine Ermittlungen jetzt weiterführen soll, taucht Nile wieder aus dem Wäldchen auf. Er sollte seinem Bauchgefühl folgen und seinem Instinkt trauen. Dafür, dass er das in Großbritannien nicht getan hat, wird er sich ewig schuldig fühlen. Also befolgt er zwar die Anweisung seines Chefs, die Nachricht von Rothmores Tod und dem ungeklärten Verschwinden von Amanda Fortini per Radiosender verbreiten zu lassen, doch solange er die Wahrheit nicht kennt, wird er sicher nicht von Tür zu Tür gehen. Nachdenklich blättert er die Aufzeichnungen in seinem Notizblock durch. Sacha Milburn war als Einzige auf Mustique mit den beiden befreundet und später zerstritten. Erst überwarf sie sich mit Amanda, dann brachte sie Tommy Rothmore mit dem Vorschlag, sich an den Geistlichen der Insel zu wenden, gegen sich auf. Um deshalb ihren Exfreund umzubringen, müsste Milburn schon ziemlich gestört sein, aber immerhin kam sie Nile aufgewühlt und nervös vor.

Wo sie wohnt, weiß er. Die Stargazer Villa der Milburns befindet sich ganz in der Nähe von Lovell. Damals, auf seinem Schulweg den Strand entlang, hat er das Gebäude jeden Tag bewundert. Die Villa ragt direkt aus dem Hügel heraus und sieht aus, als würde sie durch irgendeinen meisterlichen

Zaubertrick in der Luft schweben. Nile nimmt sich Zeit für den Spaziergang dorthin. Schließlich ist es zu spät, Tommy Rothmore zu retten, und der gleiche Täter hat vermutlich auch Amanda Fortini umgebracht. Alles, was er jetzt noch tun kann, ist, herauszufinden, warum das geschah, und zu beweisen, dass sein selbstgefälliger Chef unrecht hat.

Der Weg zur Stargazer Villa schlängelt sich den Hügel hinauf, nur ein schmales Geländer bewahrt die Besucher vor einem Sturz in dreißig Meter Tiefe. Nile ist erleichtert, als er oben auf der Terrasse ankommt. Diese ist von einer hüfthohen Wand aus Glas umgeben, sodass die betrunkenen Partygäste den Ausblick auf die Küste bewundern können, ohne Gefahr zu laufen, die Felswand hinabzustürzen. In jeder der vier Ecken der Terrasse steht ein riesiges Teleskop, und ein Mosaik am Boden des Pools stellt die Sternzeichen dar. Die Fenster im ersten Stock des Hauses sind offen, und Nile sieht helle Vorhänge flattern. In einem Glas auf dem Terrassentisch schmelzen Eiswürfel vor sich hin. Daneben liegen das rote Notizbuch und der Stift, dieselben Sachen, die Sacha Milburn bei ihrer letzten Begegnung dabeihatte. Gut möglich, dass in dem Buch entscheidende Informationen stehen, doch Nile widersteht dem Impuls, es rasch durchzublättern.

Als die junge Frau schließlich aufkreuzt, scheint sie sich unbehaglich zu fühlen. Auch heute trägt sie wieder düstere Farben, in denen sie völlig unscheinbar aussieht. Ihre roten Haare bräuchten dringend einen Kamm.

«Ich hab Sie von oben gesehen», beginnt sie. «Ist was passiert?»

«Haben Sie heute schon Radio gehört, Miss Milburn?»

Sie schüttelt den Kopf. «Ich habe den ganzen Vormittag über geschrieben.»

«Ich fürchte, es gibt schlechte Neuigkeiten. Vor ein paar Stunden wurde Tommy Rothmore aufgefunden, er ist tot.»

Nile beobachtet Sacha Milburns Reaktion und ist überrascht über ihre Gefasstheit. Ohne den Blick zu senken, blinzelt sie die Tränen fort, aber als sie wieder das Wort an ihn richtet, klingt ihre Stimme brüchig.

«Ich wusste, dass etwas Furchtbares geschehen würde. Vor ein paar Tagen habe ich sogar darüber geschrieben.»

«Möglicherweise hat er Selbstmord begangen.»

«Das glaube ich nicht. Tommy war kein Feigling. Als wir das letzte Mal miteinander sprachen, hat er mir versichert, dass ihn die Trennung von Amanda nicht kaputtmachen wird.»

«Im Firefly haben Sie etwas gesagt, Miss Milburn, das mir nicht mehr aus dem Kopf will. Sie sagten, es wäre allseits bekannt, dass Amanda Fortini sich nachts in Lovell herumgetrieben hat. War das wirklich so?»

Sie runzelt die Stirn. «Ich habe sie doch selbst gesehen. Irgendjemand muss ja im Auge behalten, was auf der Insel so vor sich geht.»

«Das ist aber mein Job, Miss Milburn.»

«Ich beobachte die Insel schon das ganze Jahr über. Man könnte mich das Gewissen von Mustique nennen. Ich hab gesehen, wie sie nach Lovell gegangen ist und sich vorher mit einem Kerl am Strand getroffen hat.»

«Sie spionieren den Leuten hinterher?»

«Ich beobachte lediglich, was passiert.» Trotzig blickt sie ihm ins Gesicht. «Die Teleskope sind nicht nur zum Sternegucken da, man kann damit auch gut Leute beobachten. Ich behalte alles im Auge und führe Buch darüber.»

«Sie sagten doch, Sie würden ein Kinderbuch schreiben.»

«Nennen wir's eine Parabel von Gut und Böse. Manche Menschen begegnen den anderen ohne Respekt, Detective, sie brechen Gesetze und lügen. Auch mir wurde übel mitgespielt. Aber dafür interessieren Sie sich wohl nicht, was?»

«Was wollen Sie damit andeuten, Miss Milburn?»

«Einige Inselbewohner waren den ganzen Sommer über freundlich zu mir, Mama Toulaine oder Dex Adebayo zum Beispiel, aber es gibt auch welche, denen die Gefühle anderer vollkommen egal sind.»

«Miss Milburn, ich ermittle hier wegen eines konkreten Verbrechens. Was bedeutet, dass ich einen Mörder suche, nicht aber, dass ich das Verhalten unschuldiger Leute überwache oder ihnen gar hinterherspioniere.»

Sie lacht leise. «Ich beobachte unter anderem diese große Yacht da draußen in der Bucht, die *Aqua Dream*.»

«Und was haben Sie gesehen?»

«Die Besatzung kommt fast jeden Abend an Land. Sie trinken was in einer Bar in Lovell, dabei dürfen sie ohne Einladung überhaupt nicht auf die Insel.»

«Klingt, als würde Ihnen das Ausspionieren Spaß machen.»

Sie lächelt schmallippig. «Menschen faszinieren mich eben, vor allem solche wie Tommy und Amanda.»

«Soll heißen?»

«Die Schönen. Als Kind war mir gar nicht klar, wie groß der Unterschied zwischen ihnen und mir ist, aber heute sehe ich es. Sie gleiten mit einer solchen Leichtigkeit durchs Leben.» Nun klingt sie wehmütig.

«Jetzt nicht mehr», entgegnet Nile knapp. «Darf ich mal durch eins Ihrer Teleskope schauen?»

«Nur zu.»

Er wählt das Teleskop mit Blick auf den Ortsrand von

Lovell, wo Dingis auf dem Sand gestrandet sind wie bunte Fischschwärme. Die Vergrößerung ist so stark, dass Nile den Namen jedes einzelnen Boots lesen und erkennen kann, wo die Außenfarbe absplittert. Als eine Einheimische mit einer Tasche voller Gemüse vorbeikommt, kann er die Perlen sehen, die sie sich ins Haar geflochten hat. Die Detailgenauigkeit erschreckt ihn. Diese Teleskope stehen bereits seit dem Bau der Villa hier. Gut möglich, dass die Milburns ihn schon auf seinem täglichen Schulweg beobachtet haben. Vor allem aber hat Sacha die Privatsphäre der Menschen hier verletzt. Während er durchs Teleskop schaut, spricht er weiter.

«Wann war Amanda in Lovell?»

«Dienstag und Donnerstag letzte Woche, jeweils am späten Nachmittag. Ich hab's in meinem Buch notiert. Sie hat sich mit einem Kerl am Strand getroffen, und zusammen sind sie dann um die Landspitze geschlendert.»

«Wissen Sie, wer das war?»

«Er arbeitet in Basil's Bar. Seinen Nachnamen hab ich vergessen, aber mit Vornamen heißt er Lyron.»

Nile fährt ruckartig hoch, vom Schauen durchs Teleskop sieht er kurzzeitig alles verschwommen. «Sind Sie sicher?»

«Absolut, den hab ich schon oft gesehen. An dem Abend, als Tommy so betrunken war, war er ganz schön grob zu ihm, bis Dex Tommy nach Hause gebracht hat.»

«Warum haben Sie mir das nicht schon früher erzählt?»

«Ich hielt es nicht für wichtig», sagt sie ausweichend.

«Das könnte alles ändern. Danke, dass Sie sich die Zeit genommen haben, Miss Milburn.»

Nile stolpert die Stufen hinunter zum Strand, dann übernimmt sein Instinkt wieder die Führung. Er läuft los, rennt über den Sand in Richtung Britannia Bay.

22

Lily steht noch immer unter Schock. Um ihr mitzuteilen, dass Tommy tot ist, habe ich sie angerufen und gebeten, zurück in die Villa zu kommen, und seither hat sie kaum ein Wort gesagt. Sie musste schon zu viele Verluste in ihrem Leben verkraften, aber es gibt nichts, womit ich ihr diesen Kummer ersparen könnte. Es ist bereits früh am Abend, und die Sonne neigt sich dem Horizont entgegen. Ich bemühe mich nach wie vor, ruhig zu wirken, obwohl mich das Bild von Tommys entstelltem Gesicht nicht mehr loslässt. Es macht mir große Angst, dass gleich zwei von Lilys Freunden etwas Schreckliches zugestoßen ist, weil das womöglich heißt, dass Lily selbst auch in Gefahr ist. Ich bin immer noch nicht dahintergekommen, wie jemand in unsere Villa gelangen konnte, um dieses Stück Koralle vor ihr Zimmer zu legen, und dass Lily so hartnäckig auf ihrer Unabhängigkeit besteht, macht sie angreifbar. Sie ist so daran gewöhnt, selbst auf sich aufzupassen, dass jeder Versuch, sie zu beschützen, sie nur noch sturer werden lässt, und so dreht sich unser Gespräch im Kreis.

«Erzähl's mir noch mal in allen Einzelheiten, Vee. Das ergibt einfach keinen Sinn.»

«Es ist, wie ich es dir gesagt habe, Liebes. Ein Fischer hat Tommys Leiche in seinem Schleppnetz gefunden. Er war barfuß, und um seinen Knöchel war ein Seil gebunden. Die Unterschenkel waren mit Schrammen und Schnitten übersät, und in den Wunden steckten weiße Korallensplitter. Sie sahen aus wie zu spitzen Stacheln zurechtgeschnitzte Stücke Kreide.»

Nun hebt Lily schließlich doch den Kopf. «Diese weißen Kalknadeln stammen von einer Korallenart, die man die Tote Mannshand nennt. Nach der Kalzifizierung sind sie rasiermesserscharf. Beim Ansiedeln von Ablegern an den toten Stellen des Riffs habe ich mich selbst schon daran geschnitten.»

«Was willst du damit sagen, Lily?»

«Ich vermute, dass Tommys Leiche mit diesem Seil um den Knöchel irgendwo am Korallenriff festgebunden wurde.»

«Einen Zusammenhang mit den Korallen sehe ich auch, aber warum sollte jemand etwas so Abwegiges tun?»

«Vielleicht hat er dasselbe mit Amanda gemacht, ich muss sie unbedingt suchen.» Lily ist bleich vor Erschöpfung, aber bereits wieder halb auf dem Sprung.

«Heute Abend nicht mehr, bitte. Es ist schon dunkel, und du hast den Wetterbericht im Radio gehört. Wenn er seinen Kurs beibehält, könnte Sturm Cristobal noch heute Nacht Jamaica erreichen.»

«Das heißt, er ist noch meilenweit weg, und das größte Gebiet von ausgebleichten Korallen liegt direkt vor der Küste. Ich tauche erst morgen, aber das Boot muss vorbereitet werden.»

«Dann komme ich morgen mit, und Solomon sollte uns auch begleiten.»

Wir diskutieren noch, als draußen plötzlich Schritte zu hören sind, langsame Männerschritte auf dem Kiesweg.

«Ich kann jetzt mit niemandem sprechen, Vee. Wenn du mich brauchst, ich bin unten am Hafen.»

Damit stürzt Lily davon, hinunter zum Strand. Ich hoffe, Solomon Nile begrüßen zu können, doch es ist Keith Belmont. Im Grunde stehe ich allen Menschen positiv gegenüber, solange sie nicht unhöflich sind, aber der alternde Rockstar stellt meine Geduld auf eine harte Probe. Als einer der wenigen Leute auf der Insel hat er so miserable Manieren, dass er hier einfach unangemeldet auftaucht. Trotzdem ringe ich mir ein Lächeln ab. Ich habe kürzlich ein Interview mit ihm gelesen, in dem er behauptet hat, in den Jahren auf Tour mit eintausend Groupies geschlafen und jede nur verfügbare Droge ausprobiert zu haben. Als er mir nun ein Küsschen auf die Wange drückt, muss ich mich zusammennehmen, um nicht zurückzuzucken. Keith verströmt den geballten Charme eines Gebrauchtwagenhändlers, der unbedingt ein Auto an den Mann bringen will. Aus den grauen Haaren hat er sich mit Mühe einen dünnen Pferdeschwanz zusammengeklaubt, und um den Mund haben sich die Falten tief ins Gesicht gegraben. Er blickt mich aus seinen schlammgrünen Augen an und taxiert jede meiner Regungen. Ich fürchte, meine Abneigung ist deutlich erkennbar, ganz gleich, wie sehr ich versuche, sie zu verbergen. Auf jeden Fall habe ich nicht die geringste Absicht, mit ihm über Tommy Rothmore zu sprechen, sollte er schon von dessen Tod erfahren haben.

«Ich freue mich, Sie zu sehen, Keith. Möchten Sie einen Drink?»

«Nur einen Saft, bitte. Ich hab jetzt schon seit ein paar Wochen keinen Alkohol mehr getrunken.»

Als Wesley erscheint, bitte ich ihn um einen Wodka Tonic für mich und ein Glas Saft für meinen Gast, der sich gerade neugierig umschaut und vom blühenden Hibiskus bis hin zu Lilys neben die Tür geworfenen Espadrilles alles eingehend begutachtet, als wollte er Inventur machen.

«Ist Lily da, Vee? Ich wollte kurz mal mit ihr sprechen.»

«Sie ist unterwegs, tut mir leid, aber ich war gerührt zu

hören, dass Sie darüber nachdenken, ihr Projekt zu unterstützen.»

«Sie leistet mit dem Wiederaufbau des Riffs wirklich eine großartige Arbeit, und wenn sie will, dass die Stiftung größer wird, braucht sie an der Spitze jemanden, der mehr Beachtung in der Öffentlichkeit findet. Aber bevor ich mich zu etwas verpflichte, muss sie schon ein paar Dinge ändern.»

«Ich bezweifle, dass Lily dazu bereit wäre. Sie arbeitet Tag und Nacht für das Projekt, das sie aufgebaut hat, es ist ihre Leidenschaft.»

«Schön und gut, aber ich spreche hier von Publicity. Wenn wir es das Keith-Belmont-Korallenprojekt nennen, wären die Medien sofort mit an Bord. Ich würde eine bedeutende Summe investieren, um alles in Gang zu bringen, inklusive einer Pressekampagne.» Während seiner Ansprache holt er ein Päckchen Zigaretten hervor. «Macht es Ihnen etwas aus, wenn ich rauche?»

«Fühlen Sie sich wie zu Hause. Wenn Wesley zurückkommt, bitte ich ihn, einen Aschenbecher für Sie zu bringen.»

Als Keith mit funkelnden Augen einen langen ersten Zug nimmt, verspüre ich plötzlich große Dankbarkeit dafür, dass keine von unseren Töchtern sich in das Ensemble seiner Liebschaften eingereiht hat. Dann muss ich an all die Zeit denken, die Lily dem Schreiben von Bittbriefen um Spenden opfert, Zeit, die sie viel lieber mit der Arbeit am Riff verbringen würde. Das Geld dieses Mannes würde sie vom endlosen Ausfüllen der Formulare befreien, aber ist das den Preis wert, den sie dafür bezahlen müsste?

«Warum interessieren Sie sich so für die Korallen, Keith?»

«Sogar ich habe ein Gewissen, ob Sie's glauben oder nicht. Indem ich zum Wiederaufbau des Riffs beitrage, kann ich was für unseren Planeten tun, ein Vermächtnis hinterlassen. Eine Art Ausgleich für meine ganzen Privatflüge in der Vergangenheit und für die Spritschleudern, die ich fahre.»

«Sie könnten Lilys Stiftung doch finanziell unterstützen, ohne sie gleich übernehmen zu wollen.»

«Ich bin nun mal eine Rampensau, Vee. Die zweite Reihe liegt mir nicht.» Keith' Grinsen erinnert mich an ein Krokodil in Erwartung der nächsten Mahlzeit. «Erst mal würde ich diesen alten Kahn von ihr verschrotten lassen und ein neues Boot kaufen. Der alte Kübel ist doch total verrostet, außerdem brauchen wir ein vernünftiges Navigationssystem und mehr Platz für die Taucher.»

«Die *Revival* gehörte Lilys Mutter Emily. Der Kutter ist das letzte Bindeglied zwischen ihnen.»

«Das ist wirklich rührend, aber das Riff braucht schnelle Hilfe, damit wir zur nächsten Insel übergehen und dort weitermachen können. Am besten unterschreibt Lily gleich morgen, bevor ich's mir noch mal überlege. Mein Anwalt will jetzt alles in trockenen Tüchern haben.»

«Sie ist noch dabei, das Kleingedruckte zu lesen.»

«Sie wäre verrückt, so eine Riesenspende abzulehnen.» Erneut lässt Keith seinen durchdringenden Blick über mein Gesicht wandern. «Haben Sie das mit Tommy Rothmore schon gehört?»

«Ja, habe ich. Furchtbar traurig, nicht wahr?»

«Glauben Sie, dass es was mit Amandas Verschwinden zu tun hat?»

«Ich habe keine Ahnung, dafür aber vollstes Vertrauen in unseren Detective.»

«Solomon Nile? Scheint ja ein anständiger Kerl zu sein, für den Job aber eher ungeeignet.»

«Wie kommen Sie denn darauf?»

«Gestern Nacht wurde bei mir eingebrochen. Als Nile heute da war, hatte er überhaupt keinen Plan und war außerdem ganz versessen darauf, so schnell wie möglich wieder abzuhauen.»

«Er hat alle Hände voll zu tun, Keith. Amanda Fortini wird seit Tagen vermisst.»

Der Musiker stößt die nächste Rauchwolke aus, sein Lächeln ist schmal geworden. Ich weiß nicht, ob er gekommen ist, um Lily zu bedrängen oder Klatsch zu erfahren, aber mit beidem ist er an die Falsche geraten. Ich werde nicht das kleinste Detail preisgeben, um Niles Ermittlungen nicht zu gefährden.

«Und, was haben Sie so Schönes gemacht, seit Sie wieder hier auf Mustique sind, Keith?»

Er verzieht das Gesicht, lässt sich aber notgedrungen auf den Themenwechsel ein und berichtet groß und breit, dass er jeden Tag schwimmen gehe, gesund esse und seine Seele reinige. Offenbar war er mehrere Wochen lang in einem Yoga-Retreat auf Bali und ist geläutert wieder zurückgekehrt. Seither, sagt er, gehe er Kaffee, Alkohol und Drogen aus dem Weg. Er habe sogar seinen Glauben an Gott wiedergefunden, den er in seinen stürmischeren Jahren verloren habe. Das klingt bewundernswert, und auch das große goldene Kreuz, das ihm an einer Kette um den Hals baumelt, ist mir nicht entgangen, trotzdem überzeugt mich seine Fassade nicht. Als er schließlich den wahren Grund seines Besuchs offenlegt, sieht er mich mit eiskaltem Blick an.

«Überlassen Sie Lily die Entscheidung, Vee. Ich meine es doch nur gut mit ihr.»

«Ich habe keinen Einfluss auf sie. Lily trifft ihre Entscheidungen allein.»

Keiths Reptilienlächeln schleicht sich zurück auf sein Gesicht. «Dann sorgen Sie bitte dafür, dass sie mich anruft, bevor ich mein Angebot zurückziehe.»

Er lässt die Zigarette auf die Marmorfliesen fallen und zermalmt sie mit dem Absatz. Als er endlich geht, schlägt mein Herz unangenehm schnell. Ganz egal, ob Keith Belmont einen Weg gefunden hat, sein Gewissen von welchen Sünden auch immer zu läutern, ich kann nur hoffen, dass Lily so klug ist, sein Angebot abzulehnen. Schon möglich, dass Keith als Musiker über ausreichend Charisma verfügt, um ein ganzes Stadion voll ihn anbetender Fans in Ekstase zu versetzen, doch ein Gespräch mit ihm unter vier Augen fühlt sich an wie die Begegnung mit einer Klapperschlange.

23

In Basil's Bar stößt DS Nile lediglich auf ein paar Feriengäste, die auf der Insel gestrandet sind und abwarten, dass der Sturm vorüberzieht. Den Urlaubern scheinen die verlängerten Ferien Spaß zu machen, sie schütten Cocktails in sich hinein und freuen sich über die unerwartete Freizeit. Als Nile Dexter Adebayo in einer Ecke entdeckt, ist er zunächst überrascht, wie alt Dex geworden ist. Vor ihm auf dem Tisch liegen sein Handy und einige verstreute Unterlagen, was zeigt, dass der Tauchlehrer Basil's Bar nach wie vor zu seinem Büro macht. Allerdings erinnert nur noch wenig an den unbekümmerten jungen Kerl, der Nile vor fünfzehn Jahren das Tauchen beibrachte. Dex' Blick ist leer, als hätte er jeden Lebensmut verloren. Nile begrüßt ihn mit einem Lächeln, obwohl er gerade ganz andere Sorgen hat.

«Schön, dich zu sehen, Dex. Wie läuft's denn so?»

«Alles wie gehabt, Solomon. Ich dachte, du bleibst in England und setzt deinen glänzenden Verstand irgendwo sinnvoll ein?»

«Tja, das dachte ich auch, um ehrlich zu sein, aber die Umstände haben sich geändert», erwidert Nile und setzt sich auf einen der Barhocker. «Ich hab nur eine kurze Frage an dich: Wann bist du zuletzt mit deinem Motorboot auf einer Spritztour draußen auf dem Meer gewesen?»

Dexter lacht leise. «Wenn's nur meins wäre, dann hätte ich es schon längst zu Geld gemacht, aber es gehört zur Hälfte der Bar. An den Tagen, an denen ich es nicht für Tauchfahrten brauche, wird es an Feriengäste vermietet.»

Er kramt in seinen Unterlagen und schaut auf einem Blatt Papier nach. «Zuletzt hat eine Familie aus Frankreich das Boot gemietet, übers Cotton House, vor zehn Tagen. Ich mache immer eine Notiz für die Versicherung, für den Fall, dass das Boot mal beschädigt wird.»

«Okay, Dex, danke. Wir sehen uns. Jetzt muss ich mich aber mal mit meinem Bruder unterhalten.»

Als der Detective sich umdreht, sieht er Lyron mit gelangweilter Miene einen Tisch abwischen. Er packt seinen Bruder stumm am Ellbogen und führt ihn Richtung Ausgang. Dem jungen Mann klappt die Kinnlade herunter.

«Ich kann hier nicht einfach so verschwinden, Sol. Meine Schicht geht bis Mitternacht.»

«Du kommst mit», zischt Nile.

«Warum? Geht's Dad etwa schlechter?»

Nile starrt seinen Bruder schweigend an, bis dieser ihm schließlich zum Strand hinab folgt. Auch an diesem Abend zeigt sich wieder, wie unwandelbar schön Mustique ist, was immer passieren mag. Doch heute können selbst die fliederfarbenen und goldenen Streifen, mit denen die sinkende Sonne den Himmel bemalt, Niles rot lodernde Wut nicht besänftigen.

«Du bist verhaftet», schnauzt er seinen Bruder an.

«Soll das ein Witz sein?»

«Du weißt ganz genau, weshalb ich hier bin. Ich hätte erwartet, dass mein Bruder meine Ermittlungen unterstützt, aber stattdessen verbockst du alles.»

«Ich kann dir nicht folgen.»

«Du musst nichts sagen, aber alles, was du jetzt sagst, kann vor Gericht gegen dich verwendet werden, sofern dein Fall vor Gericht kommt.»

Lyrons Grinsen verschwindet. «Was zur Hölle soll ich deiner Meinung nach denn getan haben?»

«Du wurdest am Strand mit Amanda Fortini gesehen, und das zweimal. Und mir gegenüber erwähnst du mit keinem Wort, dass du die vermisste Person kennst?»

«Wenn du ernsthaft glaubst, ich würde einer Frau was antun, hast du echt den Verstand verloren.»

Nile ignoriert den Protest. Er packt Lyron am Handgelenk und schleift ihn über den Strand hinter sich her bis zum Polizeirevier. Die beiden Laytons hocken wie immer am Empfang beim Kartenspiel. Als Lyron zum Schlag ausholt, springen sie von ihren Stühlen auf, die Rücken zur Wand. Der erste Fausthieb erwischt Nile am Unterkiefer und lässt seine Brille durch die Luft fliegen, doch im weiteren Verlauf der Rauferei trifft er Lyrons Schulter mit seinem rechten Haken. Er muss mehrmals hart zuschlagen, um den Sieg davonzutragen. Lyron macht einen erschöpften Eindruck, als Nile ihn schließlich in eine Zelle schiebt und die Tür abschließt. Trotzdem trommelt er mit den Fäusten gegen die Wand, rüttelt an den Gitterstäben und brüllt nach einem Anwalt. Nile geht ungerührt zum Empfang zurück, wo ihn die Layton-Brüder mit ganz neuem Respekt beäugen.

«Noch da, Jungs? Wollen wir gleich weitermachen?» Sie schütteln einmütig die Köpfe. «Dann lasst mich jetzt allein, wie sonst auch immer, damit ich mich um den Scheiß hier kümmern kann. Charlie, du gibst mir vorher noch die Schlüssel von deinem Motorrad. Damit komme ich auf der Insel schneller voran als mit dem Buggy. Keine Ahnung, wann du's wiederkriegst.»

Layton reicht ihm die Schlüssel ohne jeden Einwand, dann bleibt Nile allein am Empfang zurück und wartet, dass das Geschrei seines Bruders nachlässt. Zum Glück ist seine Brille nur verkratzt, nicht zerbrochen. Bis es endlich still wird auf dem Revier, ist es acht Uhr abends geworden. Nile öffnet die Tür nach nebenan und findet seinen Bruder in dessen Zelle auf der Matratze hockend, den Kopf in den Händen.

«Na, bedauerst du dich selbst?»

Lyron blickt auf. «Hast du eigentlich eine Ahnung, wie das ist, dein Bruder zu sein?»

«Wovon redest du?»

«Seit meinem allerersten Schultag bekam ich von allen Lehrern zu hören, wie begabt du doch bist. Du hast jede Prüfung mit Auszeichnung bestanden und Medaillen im Laufen und Schwimmen gewonnen. Auf der ganzen Welt gibt es nicht eine einzige Sache, die ich besser kann als du.»

«Erzähl mir doch nicht solchen Scheiß.»

«Ist doch wahr!»

«Ich dachte, du würdest mich unterstützen, wenn ich wieder hier bin. Du hattest so viel Potenzial damals als Kind.»

«Wann hast du mich denn jemals unterstützt? Nachdem du weg bist, habe ich dich jahrelang nicht mehr gesehen.»

Bei diesen Worten meldet sich Niles schlechtes Gewissen, doch er schiebt es beiseite, stellt das Aufnahmegerät auf den Boden und fängt wieder an zu sprechen.

«Hiermit nehme ich das Verhör mit meinem Bruder, Lyron Edward Nile, auf Band auf, da es keinen zweiten Beamten gibt, der unser Gespräch bezeugen kann. Lyron, ich muss dich noch einmal daran erinnern, dass alles, was du sagst, vor Gericht gegen dich verwendet werden kann.»

Als sein Bruder erneut den Kopf hebt, sieht Nile, dass er geweint hat, aber Mitgefühl kann er sich jetzt nicht erlauben.

«Erzähl mir von deinem Verhältnis zu Amanda Fortini.»

«Sie trinkt ab und zu was im Basil's, das ist alles. Ein paarmal haben wir auch miteinander geflirtet, als ich ihr und ihren Freunden die Cocktails brachte.»

«Warum wurdet ihr dann zweimal zusammen am Strand in der Old Plantation Bay gesehen, nach Einbruch der Dunkelheit?»

«Wir haben uns unterhalten, mehr nicht. Für eine Freundin habe ich sowieso keine Zeit.» Lyron blickt Nile geradewegs in die Augen, ohne zu blinzeln.

«Wo warst du, als die Villa der Fortinis in Brand gesetzt wurde?»

«Bei der Arbeit, wie immer. Kannst es dir ja von meinem Boss bestätigen lassen.»

«Das werde ich, keine Sorge. Wie kommt es, dass du den Ruf hast, mit Drogen zu dealen?»

Lyron zögert einen Sekundenbruchteil zu lang. «Wer hat dir denn den Schwachsinn erzählt?»

«Das spielt keine Rolle. Ich werde dein Zimmer durchsuchen, und zwar noch heute Abend.»

«Na toll, wo ich wohne, weißt du ja.»

Die beiden Brüder funkeln sich an, doch im Moment hat Nile die Oberhand. Schließlich ist nicht er derjenige, der hinter Gittern sitzt und an den vom Einprügeln auf die Wände zerschundenen Knöcheln lutscht.

«Lyron Nile weist beide Anschuldigungen zurück. Er bleibt vierundzwanzig Stunden in Untersuchungshaft, bis ich seine Aussagen überprüft habe.»

Nile schaltet das Aufnahmegerät mit einem heftigen Hieb

des Daumens aus und blickt dann noch einmal zu Lyron hinüber. Sein Bruder hat das Gesicht wie vorher in den Händen vergraben und weint, er ist wieder der kleine Junge, der sich viel zu leicht vom Weg abbringen lässt.

«Beruhige dich, dann kannst du jemanden anrufen. Du hast nur einen Anruf, also nutze ihn gut. Und denk dran, dass ich nur zehn Minuten brauche, bis ich zu Hause bin und dein Zimmer durchsuchen kann.»

Nile gibt seinem Bruder das Telefon und lässt ihn allein. Als er fünf Minuten später zurückkommt, weicht Lyron seinem Blick aus.

Wie betäubt macht sich Nile auf den Weg und lässt seinen Bruder mit der Sorge um seine Zukunft in der Zelle zurück. Sein Vater wird ein Weilchen brauchen, bis er sich ins Haus geschleppt hat, also verlangsamt Nile das Tempo und wählt den langen Weg durch ein Wäldchen aus Dattelpalmen. Mittlerweile bedeckt Dunkelheit die ganze Insel. Schon nach wenigen Schritten lässt sich der Detective auf einen Felsbrocken sinken und starrt in den Sand zu seinen Füßen. Er versteht die Wut seines Bruders ja. Es ist nicht leicht, auf Mustique seinen Lebensunterhalt zu bestreiten. Trotzdem war er immer davon ausgegangen, dass Lyron genug Grips hätte, um sauber zu bleiben. Aber das war wohl ein Irrtum.

Es dauert eine halbe Stunde, bis er schließlich daheim ankommt. Sein Vater steht auf einen Stock gestützt vor der Feuertonne neben dem Haus und beobachtet die herausschlagenden Flammen. Nile wartet ein Weilchen und sieht zu, wie die Asche zu Boden sinkt.

«Na, Vater, hast du dir ein Feuer gemacht?»

Hosea Niles' Gesicht wirkt älter als noch heute Morgen. Aufmerksam bewacht er die Flammen und lässt Solomon, der das lieber vermieden hätte, seine Pflicht tun. Als der Detective das Zimmer seines Bruders betritt, bekommt er erneut Gewissensbisse. Lyrons Pinnwand ist voller Familienfotos. Da hängt eins von ihm, Solomon, bei seiner Abschlussfeier, eins, auf dem die Brüder zusammen über den Strand rennen, und eins, auf dem der zweijährige Lyron auf Solomons Schultern huckepack reitet. Der Detective sieht in Lyrons Schuhe, unters Bett und in die Taschen seines Bruders, damit er den Durchsuchungsbericht noch heute Abend schreiben kann. Dann holt er das Stück Koralle, das in seinem eigenen Zimmer noch immer auf dem Fensterbrett liegt, und macht sich gleich wieder auf den Rückweg zum Revier. Er hat jetzt keine Lust, sich den Fragen seines Vaters zu stellen.

24

Keith Belmonts Besuch hinterlässt einen unangenehmen Geschmack in meinem Mund, nicht zuletzt deshalb, weil er so versessen darauf ist, sich Lilys Imperium unter den Nagel zu reißen. Bis jetzt wirkte sie eigentlich immer besonnen genug, um sich nicht von Geld beeinflussen zu lassen, noch dazu, wenn so viele Bedingungen daran geknüpft sind, aber ganz sicher bin ich trotzdem nicht. Womöglich ist die Verlockung, ihre Arbeit auf so viele Jahre hinaus weiterführen zu können, doch zu groß. Als Wesley aus dem Haus kommt, um nach mir zu sehen, teile ich ihm deshalb mit, dass ich mit dem Buggy zum Old Plantation Harbour fahren werde.

«Sollte ich Sie da nicht besser begleiten, Lady Vee?»

«Ich bin zu alt für einen Anstandswauwau, Wesley.» Der Ausdruck in den Augen unseres Butlers verrät mir, dass er von Tommy Rothmores Tod erfahren hat, aber zu diskret ist, um es zu erwähnen.

«Bestimmt würde Lord Blake Sie heute Abend lieber im Haus wissen, wo Sie in Sicherheit sind.»

«Ich kann Lily doch nicht allein heimgehen lassen.»

Wesley steht jetzt genau zwischen mir und der Tür und schneidet mir den Weg ab, als würde er mich am liebsten im Haus einsperren und dann den Schlüssel wegwerfen. Seine Fürsorge ist so erdrückend, dass es schließlich eine wahre Erleichterung ist, ihm gute Nacht zu wünschen. Auf der Terrasse schimmern die Lichter des Pools und werfen ihren Schein auf die tropischen Orchideen, die Jose so liebevoll pflegt. Es ist ein erschreckender Gedanke, dass dieses himmlische Fleckchen Erde, das Jasper und ich geschaffen haben, in Gefahr sein könnte. Für den Fall, dass Solomon unten am Hafen sein sollte, stecke ich das Stück Koralle ein, das vor der Tür zu Lilys Zimmer lag, dann eile ich zu meinem Buggy.

Ich nehme den Küstenweg Richtung Süden und fahre an Basil's Bar vorbei, wo Bluesmusik den weiten Bogen der Britannia Bay erfüllt. Dann verblassen die Lichter, und der Weg führt mich durch dichtes Gesträuch. In der Regel genieße ich solche Fahrten durch den unberührten Teil der Insel, heute Abend allerdings bin ich viel zu angespannt: Als ein Schlangenhalsvogel über mich hinwegfliegt und das Dach des Buggys streift, zucke ich vor Schreck zusammen. Die Luft ist feucht und macht das Atmen schwer. Erst als ich endlich zur Old Plantation Bay hinabfahre, wird mir wieder ein wenig leichter ums Herz. Der alte Fischkutter von Lilys Mutter, die *Revival*, zeichnet sich leuchtend in der Dunkelheit ab. An Deck liegt überall Werkzeug herum, und auf dem Steg steht Lily und schrubbt die Außenwand des Boots. Beim Klang meiner Schritte wirbelt sie herum, und erst als sie mich erkennt, zeigt sich ein Lächeln auf ihrem Gesicht.

«Mir hat wieder jemand was aufs Boot geschmiert, Vee. Derselbe Text wie beim letzten Mal: *Verschwinde von Mustique oder stirb wie die Korallen.*»

«Warum bist du nicht sofort wieder nach Hause gekommen?»

«Ich habe ein Recht, hier zu sein. Ich lasse mich nicht einschüchtern, Vee, von niemandem.»

«Trotzdem wäre es dumm von uns, unnötige Risiken einzugehen.»

Als Lily sich jetzt neben mich auf die Bank am Steg fallen lässt, merke ich, wie müde sie ist. Sie lehnt den Kopf an meine Schulter. Ich nehme ihre Hand und spüre, wie die Wut in mir hochkocht. Meine Patentochter hat es geschafft, sich trotz des schweren Starts in ihr Leben all das hier aufzubauen, und nun hat es irgendjemand auf sie abgesehen. Tommy Rothmore kann es nicht sein, schließlich lag seine Leiche bereits im Kühlraum der Klinik, als die Schmiererei hier verübt wurde. Keith Belmonts verlebte Züge tauchen vor meinem inneren Auge auf. Er könnte die Nachricht auf Lilys Boot hinterlassen haben, bevor er mich besuchte. Aber warum sollte jemand, der behauptet, ihre Arbeit für das Riff zu bewundern, eine solch giftige Drohung von sich geben?

«Hast du Solomon schon von der neuen Schmiererei erzählt?»

«Gleich morgen früh wollte ich zu ihm aufs Revier.»

«Ich werde dich begleiten. Ich lasse nicht zu, dass du dich in Gefahr begibst.»

Sie hebt den Kopf, um mir, ruhiger als eben noch, ins Gesicht zu sehen. «Tommy und ich waren gleich alt, Vee. Ich hab ihn angebetet, als wir noch klein waren, aber in den letzten Wochen haben wir uns kaum noch gesehen. Ich habe ein schlechtes Gewissen, weil ich mich nach ihrer Trennung auf Amandas Seite geschlagen habe.»

«Das hätte sich früher oder später alles geklärt, und Tommy wusste, dass er dir wichtig war. Außerdem warst du doch quasi verpflichtet, zu deiner besten Freundin zu halten.»

«Amanda muss etwas zugestoßen sein, sie würde uns niemals solche Angst um sie ausstehen lassen. Ich muss morgen unbedingt nach ihr suchen.» Lilys Blick wandert zu fernen Lichtern am Horizont.

«Ich habe vor, morgen Nachmittag eine Gedenkzeremonie in der Bamboo Church zu organisieren und abends dann eine Totenwache am Strand abzuhalten. Pater Boakye könnte die Zeremonie leiten. Solange seine Familie nicht hier ist, kann Tommy zwar nicht beerdigt werden, aber wir sollten vorher seines Lebens hier auf Mustique gedenken. Er hat eine schöne Abschiedsfeier verdient.»

«Das ist eine wunderbare Idee, Vee.»

Plötzlich muss ich an Emilys Beerdigung denken. Lily war so tapfer. Ganz ruhig hat sie in der Bamboo Church zwischen Jasper und mir gesessen und auf dem kleinen Friedhof von Mustique dabei zugesehen, wie man einen Gedenkstein für ihre Mutter niederlegte, da die Leiche ja nie gefunden wurde. Ich fürchtete lange, dieser schreckliche Verlust könnte Lily traumatisieren, aber sie ist eine Kämpfernatur, genau wie ich. Was sicher auch ein Grund dafür ist, dass ich sie so sehr ins Herz geschlossen habe. Sie stellt sich jeder Herausforderung mit unerschöpflicher Energie.

«Du musst die Arbeit deiner Mutter nicht zu Ende bringen, Lily. Das weißt du doch, nicht wahr? Auf der ganzen Welt gibt es genügend Projekte zum Schutz der Meere, die deine Hilfe gut brauchen könnten.»

Sie lächelt zittrig. «Ich bringe immer zu Ende, was ich einmal angefangen habe, und zwar aus eigener Kraft.»

«Tja, in dem Fall hast du jetzt eine neue Mitarbeiterin. Ich helfe dir, das Boot sauber zu machen.»

«In den Klamotten?» Jetzt muss sie sich doch ein Lachen verbeißen.

Allerdings hat sie recht. Mit meinem geblümten dünnen Sommerkleid und den leichten Sandalen bin ich geradezu lächerlich unzweckmäßig angezogen.

«Aber darunter trage ich meinen Badeanzug. Hast du vielleicht einen Arbeitskittel da?»

«Warte, ich suche dir was raus.»

Mit einer Shorts und einem T-Shirt voller Ölflecken taucht sie wieder auf. Prinzessin Margaret würde laut auflachen, wenn sie mich jetzt sehen könnte, wie ich, gekleidet wie ein Gassenjunge, Farbe von einem Boot schrubbe, doch die gemeinsame Arbeit bringt Lily zum Plaudern. Als sie von ihren Zielen erzählt, begreife ich langsam, weshalb Keith Belmont sich so unbedingt an dem Projekt beteiligen möchte. Wenn sich das Riff durch ihr System der Verpflanzung von Korallen wirklich erholt, könnte die Methode weltweit Anwendung finden, und Lily würde sich in der Wissenschaft einen großen Namen machen. Vielleicht will Keith ja nur seinen vergänglichen Ruhm und die Reihe gescheiterter Ehen gegen das Vermächtnis eines Wohltäters eintauschen.

«Ich bin so stolz auf dich, Lily. Das weißt du doch, oder?»

«Ohne dich und Jasper wäre ich nie so weit gekommen.»

«Das ist lieb von dir, mein Schatz, aber du machst deine Sache auch so ganz hervorragend, du brauchst unseren Beistand gar nicht.»

Wir arbeiten weiter, bis auch der letzte Rest Farbe verschwunden ist und ich meine geliehenen Klamotten zurückgeben und wieder in mein Kleid schlüpfen kann.

«Sollen wir auf dem Heimweg noch auf einen Drink ins Basil's?»

Lily schüttelt den Kopf. «Ich bin hundemüde.»

«Ich im Grunde auch. Der Besuch von Keith Belmont hat mich ziemlich erschöpft.»

«Was wollte er eigentlich genau?»

«Deine Unterschrift unter dem Vertrag. Er will deiner

Stiftung jede Menge Publicity und einen Haufen Geld geben, vorausgesetzt, dass sie künftig unter seinem Namen läuft.»

Lily grinst ironisch. «Ich gebe zu, dass ich versucht war, aber für jemanden, der dermaßen durch den Wind ist, kann ich unmöglich arbeiten. In der einen Minute spricht er davon, dass er seine Seele reinigen will, und in der nächsten baggert er schon wieder ein junges Mädchen im Firefly an.»

«Hinter wem war er denn so her?»

«Hinter jeder Frau unter fünfundzwanzig.»

Ich drehe mich um und schaue sie an. «Gehörte Amanda etwa auch dazu?»

«Sie war diesen Sommer sogar die Erste. Er hat sie zum Yoga eingeladen, und sie musste ihm ziemlich deutlich machen, dass sie nicht an ihm interessiert ist, bevor er endlich aufgehört hat, ihr Blumen zu schicken. Sacha ist wohl die Einzige, die er nicht mit einer Einladung zum Abendessen belästigt hat.»

«Hat Amandas Zurückweisung Keith denn verletzt?»

«Keine Ahnung. Er ist nicht gerade jemand, der seine wahren Gefühle offenbart.»

«Hat er auch mit dir geflirtet?»

«Er war ein paarmal mit mir tauchen. Der Kerl interessiert sich wirklich leidenschaftlich für Korallen, aber irgendwie finde ich ihn gruselig.»

Auf einmal macht es klick in meinem Kopf. «Was, wenn er derjenige ist, der hinter all dem steckt? Immerhin hat er für dich und Amanda geschwärmt. Und jetzt wird sie vermisst, und du bekommst diese schrecklichen Nachrichten.»

«Aber warum hätte er Tommy was antun sollen?»

«Komm schon, Lily, du musst doch zugeben, dass das irgendwie verdächtig aussieht, oder?»

«Ich denke, wir sollten Solomon doch heute Abend noch von der neuen Schmiererei erzählen. Ich schreibe ihm schnell eine SMS.»

Als wir im Buggy durch die Bäume zurück nach Hause fahren, bin ich froh, dass Lily nicht allein und zu Fuß unterwegs ist. Die üppige Vegetation und der modrige Gestank, der aus dem Boden aufsteigt, erinnern mich daran, dass in den dunkelsten Winkeln hier früher Voodoo-Rituale praktiziert wurden. Auch Lily scheint es ähnlich zu gehen, sie wird mit zunehmender Dunkelheit immer stiller. Ich wünschte, der Buggy hätte stärkere Scheinwerfer. Schon nach wenigen Minuten Fahrt durch die Finsternis bittet Lily mich anzuhalten.

«Ich hab's wieder gehört, Vee», flüstert sie. «Genau hier wurde ich das letzte Mal auch verfolgt.»

Ich werfe einen Blick zurück, sehe aber nur die schwarzen Umrisse der Bäume, die uns dicht umzingeln.

«Lass uns weiterfahren.» Doch schon nach wenigen Metern wird das Geräusch von Schritten immer lauter, bis ich es sogar über das leise Brummen des Buggys hinweg hören kann. Erneut bremse ich ab und rufe dann: «Zeigen Sie sich, wer immer Sie auch sind!»

Eine große Männergestalt stapft aus dem Gebüsch hervor, und ich greife nach Lilys Hand. Falls er vorhat, uns etwas anzutun, sind wir wenigstens zu zweit.

«Ich bin's doch nur, Lady Blake, auf dem Heimweg von der Arbeit.» Es ist Dexter Adebayo. Er sieht aus wie immer, korpulent und stattlich, die grauen Dreadlocks reichen ihm bis auf die Schultern, nur seine Miene erscheint mir düsterer als gestern. «Ich hab was in der Bar getrunken und wollte im Wald noch schnell eine rauchen. Wenn ich mir daheim eine anzünde, flippt meine Frau immer aus.»

«Sie haben uns einen Mordsschrecken eingejagt, Dex», sagt Lily.

«Das tut mir leid, meine Damen, aber denken Sie daran, das Einzige, was wir fürchten müssen, ist die Furcht selbst. Das hat Franklin D. Roosevelt gesagt, und Amerikas Präsidenten lügen schließlich nie, oder?» Das Gesicht des Tauchlehrers verzieht sich zu einem Lächeln. «Aber jetzt gehe ich besser nach Hause, bevor meine Frau noch die Scheidung einreicht.»

Lily wartet, bis seine Schritte verklungen sind, dann bricht sie in schallendes Gelächter aus. Sie scheint überzeugt, dass die Geräusche, die sie zuvor gehört hat, lediglich von Dexter stammten, der auf der Suche nach einem Plätzchen zum Rauchen durch die Gegend gestolpert ist, aber ich bin mir da nicht so sicher. Erst als sie ihr Handy aus der Tasche zieht, wird Lily wieder ernst.

«Solomon ist noch auf dem Revier, Vee. Er erwartet uns.»

Wir wenden und fahren wieder Richtung Süden, durch einen Dschungel aus befremdlichen Geräuschen.

25

Nile starrt auf den Computerbildschirm und wartet auf seine Besucherinnen. Er hat eine Liste mit sämtlichen Einwohnern Mustiques zusammengestellt, die für die Entführung der jungen Erben der Fortinis und Rothmores in Frage kommen. Die Logik sagt ihm, dass der Mörder männlich sein muss, gut in Form und kräftig genug, um Tommy Rothmore zu überwältigen.

«Lass mich raus, du Mistkerl!», brüllt Lyron durch die Tür, die das übrige Revier von den Zellen trennt.

Nile macht sich nicht mal die Mühe zu antworten. Er ist immer noch so enttäuscht von seinem Bruder, dass er keine Lust hat, mit ihm zu reden, selbst wenn inzwischen bewiesen ist, dass er mit dem Brand bei den Fortinis nichts zu tun hatte. Der Chef des Basil's hat bestätigt, dass Lyron in der fraglichen Zeit bei der Arbeit war. Doch Nile findet, dass sein Bruder so oder so eine Lektion verdient hat.

Er geht noch einmal die entscheidenden Details in diesem Fall durch. Die Korallen, die an den Tatorten und in den Häusern der Opfer gefunden wurden, müssen doch eine Bedeutung haben. Sie sind die einzige direkte Botschaft des Täters. Vielleicht hat DI Black ja recht, und es handelt sich um ein reines Verbrechen aus Leidenschaft: Tommy Rothmore könnte seine Exfreundin umgebracht und ihre Leiche ins Meer geworfen haben, um dann, als die Schuldgefühle unerträglich wurden, Selbstmord zu begehen. Aber diese Theorie hinterlässt ein schales Gefühl bei Nile. Außerdem wurde Lily Calders Boot erneut mit derselben Nachricht beschmiert wie schon einmal, und in Keith Belmonts Haus wurde eingebrochen, auch dort lag ein Stück Koralle. Wenn der Mörder aber schon tot ist, wer schikaniert dann die Mitglieder der High Society dieser Insel?

Als Nile einen Blick aus dem Fenster wirft, sieht er Lady Vee aus dem Buggy steigen, während Lily schon auf das Gebäude zugeht. Er kann es sich im Grunde nicht leisten, sich von Lilys Aussehen ablenken zu lassen, aber schließlich ist er auch nur ein Mensch. Aus ihren Shorts ragen endlos lange Beine, und sie scheint vollkommen uneitel. Sollte sie sich der Wirkung, die sie auf ihn hat, bewusst sein, lässt sie es sich jedenfalls nicht anmerken. Gerade als die beiden das Revier betreten, fordert Lyron vom Zellenbereich her wieder lautstark seine Freiheit. Besser, er schaut auf die Korallen auf seinem Schreibtisch herab, die er bei den Fortinis und aus Keith Belmonts Villa mitgenommen hat.

«Haben Sie jemanden verhaftet?», erkundigt sich Lady Vee.

Er zögert kurz mit der Antwort. «Meinen Bruder, Lyron. Mittlerweile bin ich mir zwar sicher, dass er nichts mit all dem zu tun hat, aber heute Nacht lasse ich ihn trotzdem nicht mehr heim. Er muss erst wieder einen kühlen Kopf bekommen.»

«Das ist bestimmt nicht leicht, weder für Sie noch für ihn.» Lily lässt ihren sanften Blick auf Nile ruhen.

«Lassen Sie sich davon nicht irritieren.»

Lady Vee legt ein weiteres Stück Koralle auf seinen Schreibtisch. «Das habe ich Sonntagmorgen vor Lilys Zimmer gefunden.»

«Das ist noch mal anders als das aus Keith Belmonts Haus.» Nile prüft die drei eingekerbten Muster: ein Spinnennetz, zwei gekreuzte Pfeile und eine nach oben gedrehte Tasse oder ein U. «Ich denke, das sind Obeah-Symbole, aber ich bin mir nicht sicher, was sie bedeuten.»

«Ich verstehe einfach nicht, weshalb der Mörder Korallen hinterlässt», murmelt Lily. «Das Riff steht am Wendepunkt. Einmal ausgebleicht, ist es für immer verloren, außer der Mensch greift ein und bringt den Wachstumsprozess wieder in Gang.»

Lady Vee behält ihre Gedanken für sich, mit gesenktem Kopf besieht sie sich die Visitenkarten des Mörders.

«Was glauben Sie, Lily? Könnte jemand von der Insel etwas gegen Ihre Arbeit am Riff haben?», fragt Nile. «Letztes Jahr haben Sie doch eine Gesetzesänderung erreicht, nicht wahr? In den Buchten dürfen die Fischer keine Schleppnetze mehr verwenden, und in bestimmten Monaten dürfen sie überhaupt nicht mehr fischen.»

«Die meisten Fischer haben das unterstützt. Das Riff sichert ihnen den Lebensunterhalt. Wenn sie es zerstören, ist auch der Fisch weg.»

«Das stimmt zwar, aber möglicherweise sind auch illegale Aktivitäten davon betroffen. Der Bewegungsspielraum der Boote ist jetzt deutlich eingeschränkt.»

Lady Vee blickt zu ihm hoch. «Ich habe das Gefühl, dass Keith Belmont etwas damit zu tun haben könnte. Er hat mir heute Abend einen Besuch abgestattet und mich ziemlich eingeschüchtert. Er warnte mich, ich solle mich aus Lilys Angelegenheiten heraushalten. Auf mich wirkt er kaltblütig genug, um jemanden umzubringen, und neuerdings ist er regelrecht besessen von Korallen.»

«Das macht ihn aber noch lange nicht zum Mörder, Lady Vee. Falls er den Einbruch in seine Villa inszeniert hat, um unschuldig auszusehen, hat er das verdammt gut gemacht. Er wirkte aufrichtig überrascht, als ich das Stück Koralle bei ihm im Wohnzimmer entdeckte.»

«Aber er könnte die Drohungen auf Lilys Boot geschmiert haben, um ihr Angst einzujagen, damit sie ihm ihre Stiftung überlässt, und außerdem ist er diesen Sommer hinter Amanda und Lily her gewesen.»

«Belmont steht auf meiner Liste der Verdächtigen, aber es gibt keinen stichhaltigen Beweis dafür, dass er Amanda oder Tommy entführt hat. Die Antwort steckt vielleicht in den Korallenstücken. Eins davon lag vor zwei Tagen vor der Tür zu Ihrem Zimmer, Lily. Lady Vee, wer besitzt alles Schlüssel zu Ihrer Villa?»

«Jasper, Lily und ich, unsere Kinder und natürlich auch unser Butler.»

Der Detective kritzelt die Namen auf seinen Notizblock. «Dann werde ich wohl mal mit Wesley sprechen müssen.»

«Er ist uns seit Jahrzehnten treu ergeben. Es wäre mir lieber, Sie würden ihn nicht behelligen.»

«Aber Wesley hat vielleicht einen Verdacht, wer einen Schlüssel zu Ihrem Haus gestohlen haben könnte.»

«Fehlt nur noch, dass Sie Phil Everard befragen.»

Nile hebt abwehrend die Hände. «Der war auf St. Lucia, als Amanda verschwand, damit können wir ihn wohl ausschließen. Der Mörder muss zur rechten Zeit am rechten Ort gewesen sein.»

Abrupt blickt Lady Vee auf, sie sieht erschrocken aus. «Ich glaube, jetzt verstehe ich es endlich. Es geht um den Ort! Mit den Korallen will er uns einen Hinweis darauf geben, wo die Leichen zu finden sind. Und davon hat er Tommy erzählt, bevor er ihn umbrachte.»

«Was meinen Sie damit, Lady Vee?», fragt Nile.

«Das eine Stück Koralle hat Tommy mir doch an dem Abend gegeben, als die Villa der Fortinis abbrannte. Er hat es mir in die Hand gedrückt und gesagt, Amanda wäre ‹genau hier›. Ich dachte, er meint damit den Garten der Fortinis, aber er sprach vom Riff.»

Plötzlich sieht auch Lily wieder hellwach aus. «Die gehört zur Familie der Geweihkorallen. Davon gibt es hier nur eine Kolonie, im Norden in der L'Ansecoy Bay, eine gefährliche Stelle. Es ist die gleiche Koralle wie die von Amandas Bett, dasselbe Muster mit den gekreuzten Pfeilen.»

Nile sieht DI Blacks skeptische Miene schon vor sich, wenn er ihm berichtet, dass Tommy Rothmores Mörder seine Opfer ertränkt und die Leichen dann unter Wasser an bestimmten Korallenbänken festbindet. Immerhin aber hat er das Seil um den Knöchel der Leiche des jungen Mannes selbst gesehen, mit eigenen Augen. Irgendjemand auf dieser Insel könnte tatsächlich so übergeschnappt sein, dass er eine einzigartige Mordserie begeht.

«Wenn das stimmt, hat unser Mörder Zugang zu einem Boot, er hat eine Taucherausrüstung und ist kräftig genug, um einen kerngesunden jungen Mann zu überwältigen», sagt er laut. «Wenn der Sturm noch eine Weile ausbleibt, gehen wir morgen früh in der L'Ansecoy Bay tauchen und suchen Amanda. Das ist die einzige Möglichkeit, diese Theorie zu untermauern.»

«Können Sie denn tauchen?», fragt Lily.

«Dex Adebayo hat es mir vor vielen Jahren beigebracht, und später in Großbritannien habe ich meinen Tauchschein gemacht, beim British Sub Aqua Club.»

«Dann können wir zusammen tauchen, im Buddy-System.»

Wieder hebt Lady Vee den Kopf. «Soll ich Phillip bitten mitzukommen? Seit dieser Ohrengeschichte hat er zwar Gleichgewichtsprobleme und ist nicht mehr der tüchtigste Seemann, dafür kann er mir an Deck helfen.»

«Eine gute Idee, Lady Vee. Dann treffen wir uns morgen früh um acht am Hafen.»

Um Mitternacht, als seine Besucherinnen längst wieder gegangen sind, hockt Nile noch immer an seinem Schreibtisch. Ihm ist klar, dass die Suche morgen durchaus ergebnislos verlaufen könnte, doch alles ist besser, als tatenlos herumzusitzen wie die Brüder Layton. Er bemüht sich, sämtliche Vorstrafen aller Bewohner von Mustique zu ermitteln, doch schon der simple Suchvorgang treibt ihn fast in den Wahnsinn. Das WLAN ist so schwach und die Bürosoftware des Vorstrafenregisters so antiquiert, dass es Stunden dauert, bis ein Ergebnis auf die einfachsten Anfragen ausgespuckt wird. Nile will gerade aufgeben, als plötzlich das Fenster über dem Schreibtisch aufspringt und einen Schwall kühler Luft hereinlässt. Die ersten Anzeichen des Sturms, gerade jetzt, wo es so wichtig wäre, dass das Wetter noch eine Weile ruhig bleibt.

Ein jähes Geräusch bringt Nile dazu, die Bürotür aufzustoßen. Sofort füllen sich seine Lungen mit beißendem Rauch. Er sieht einen Knallkörper über den Flur hüpfen und ein schmales Rinnsal Benzin in Brand setzen. Instinktiv reißt er den Feuerlöscher aus der Halterung und richtet den Schaum auf die Flammen, bevor sich das Revier in ein Inferno verwandelt wie die Villa der Fortinis. Dann rennt er nach draußen, doch da ist alles still, nur der Wind sammelt seine Kräfte. Wer immer den Molotowcocktail durch den Briefschlitz geschoben hat, war flink genug, um ungesehen wieder zu verschwinden.

Erst bei der Rückkehr ins Gebäude fährt Nile der Schreck in die Glieder. Wenn es tatsächlich der Mörder war, der das Benzin durch den Briefschlitz gegossen hat, ist die Unschuld seines Bruders endgültig erwiesen, mit ungeahntem Nachdruck. Außerdem zeigt es, dass der Mörder ihn genau im Auge hat, selbst jetzt noch, weit nach Mitternacht. Er muss an Sacha Milburns obsessive Überwachung sämtlicher Bewohner von Mustique denken. Auch wenn es abwegig erscheint, kann er sich auf einmal beinahe bildlich vorstellen, wie sie die Villa der Fortinis in Brand steckt, nachdem sie sich ihr Leben lang von Amanda übergangen fühlte und überzeugt war, diese würde Tommy schlecht behandeln – aber ist Sacha wirklich so verrückt, dass sie versuchen würde, das Polizeirevier der Insel abzufackeln?

Nile verwirft den Entschluss heimzugehen. Obwohl Lyron ihn so enttäuscht hat, kann er seinen Bruder nicht an einem Ort allein lassen, der soeben mit einer Brandbombe attackiert wurde. Also kehrt er in sein Büro zurück, schaltet den Computer aus und bemüht sich, auf seinem harten Schreibtischstuhl eine einigermaßen bequeme Schlafposition zu finden – ein hoffnungsloses Unterfangen.

26

Dienstag, 17. September 2002

Ich wache am frühen Morgen auf und frage mich als Erstes, ob ich noch ganz bei Trost bin. Gestern Abend kam es mir absolut logisch vor, Amandas Leiche am Riff zu suchen, doch jetzt, bei Tageslicht, zweifele ich an meinem Verstand. Gut möglich, dass ich alle zu einer völlig aussichtslosen Unternehmung überredet habe. Lily allerdings wirkt, als wir uns unten treffen, wild entschlossen, die Sache durchzuziehen. Ich mag gar nicht darüber nachdenken, dass sie mit Solomon an der gefährlichsten Stelle der gesamten Küste von Mustique zu der Korallenbank tauchen will, wo die Tote Mannshand wächst. Aber wenn sie sich einmal etwas in den Kopf gesetzt hat, ist sie ohnehin nicht mehr aufzuhalten.

Als wir in den Buggy steigen, spüre ich, dass das Wetter gedreht hat. Vom Meer weht ein böiger, warmer Wind heran, und die Wolken sind in ständiger Bewegung, Vorboten des aufziehenden Sturms. Doch Lily scheint die Wetterlage kein Kopfzerbrechen zu bereiten. Wir kommen an Dr. Bunburys Villa vorbei. Das zweistöckige Gebäude wirkt mit seinen weiß getünchten Backsteinen und dem neuen Lattenzaun wie frisch aus England importiert. Auf dem Rasen ist Dr. Pakefield schon beim Frühsport, in Shorts und einem T-Shirt absolviert er unter der vom Himmel niederbrennenden Sonne eine brutale Abfolge von Jump Lunges auf eine Art, die mir vorkommt wie eine Form der Selbstbestrafung. Er quält sich so hart, dass er uns nicht einmal bemerkt. Dunkle Schweißflecken zeichnen sich auf seinem T-Shirt ab.

«Ganz schön heftiges Training für so einen heißen Tag, Doktor», rufe ich ihm zu und halte an.

Der Arzt wirbelt zu uns herum. «Ich muss fit bleiben, Lady Blake. Und das ist meine einzige Möglichkeit, ich kann leider nicht schwimmen.»

«Welch ein Jammer auf einer Insel wie dieser.»

Dr. Pakefield lächelt zögerlich, wobei er seine Augen mit einer Hand vor der Sonne abschirmt.

«Ich hoffe, wir sehen Sie heute Nachmittag bei der Gedenkveranstaltung für Tommy?»

«Könnte leider sein, dass ich in der Klinik zu viel zu tun habe.»

«Bitte kommen Sie doch, es ist Tradition auf der Insel, den Verstorbenen einen schönen Abschied zu bereiten.»

«Ich versuche mein Bestes, versprochen.»

Damit wendet er sich ab, bevor ich weitersprechen kann, und lässt sich zu Boden fallen, um noch einen Satz Liegestütze an sein Training anzuhängen. Ich weiß selbst nicht, warum rätselhafte Menschen mich so faszinieren. Als ich mich aus der Entfernung noch einmal umdrehe, ist er immer noch dabei, sein qualvolles Programm zu absolvieren. Lily neben mir scheint dagegen schon ganz auf die vor uns liegende Aufgabe konzentriert.

Ich folge demselben Weg wie gestern Abend, doch heute zeigt sich die Insel von ihrer freundlichen Seite. Solange das Sonnenlicht durch die Äste flimmert und über uns die Papageien kreischen, können mir die dicht beisammenstehenden Bäume keine Angst einjagen. Bei der Britannia Bay werde ich unwillkürlich langsamer, ich wünschte, wir könnten anstelle unserer Tauchexpedition einfach zum Baden gehen. Ich mag das Gefühl von Sand zwischen den Zehen, ganz im Gegensatz zu Prinzessin Margaret, die dieses Kratzen aus vollem Herzen verabscheute. Ich musste immer Handtücher und warmes Wasser bereithalten, damit sie sich nach dem Baden die Füße waschen konnte. Zu dieser Stunde sind erst ein halbes Dutzend Menschen am Strand, sie schlendern am Ufer entlang, als wäre die Insel noch immer der sicherste Ort auf der Welt.

Solomon und Phillip erwarten uns schon auf dem Anlegesteg von Old Plantation Harbour. Solomon sieht aus, als könnte er es nicht mehr erwarten, endlich loszulegen, mein alter Freund jedoch scheint Bedenken zu hegen. Zurzeit bleibt er lieber an Land, aber ich bin erleichtert, die Verantwortung für das Steuer der *Revival* mit ihm teilen zu können, während Nile und Lily tauchen. Lily übernimmt bereits die Rolle der Kapitänin. Sie wirkt selbstbewusster und hat einen entschiedenen Ton angeschlagen.

«Vee und Phil, ihr zieht euch bitte Rettungswesten über. Wenn wir kentern, wird uns heute niemand aus dem Wasser fischen.»

In der Bucht ist das Wasser noch ruhig, doch als wir aufs offene Meer zusteuern, werden die Wellen heftiger. Phillip klammert sich verzweifelt am Boot fest, trotzdem bin ich froh, dass er dabei ist. Einer muss auf die Sicherungsleine achtgeben, sobald wir L'Ansecoy Bay erreicht haben.

«Haben Sie überhaupt einen Neoprenanzug in meiner Größe?», erkundigt sich Nile bei Lily.

«Ich war den ganzen Sommer über mit lauter knackigen Jungs von der University of the West Indies tauchen, also bitte, bedienen Sie sich.» Auf ihrem Gesicht erscheint ein breites Grinsen. «Sie dürfen bis auf zwanzig Meter Tiefe gehen, aber lösen Sie nie den Haken von der Leine. Wenn Sie ertrinken, war's das mit meiner Versicherung.»

Ich bleibe im Steuerhaus, während die *Revival* nordwärts segelt. Der Wind hat gegenüber gestern Abend etwas aufgefrischt und beschert uns eine flotte Fahrt. Die hohen Wellen werfen das Boot hin und her, und ich bin froh, einigermaßen seefest zu sein. Auch Nile, der auf dem Fischerboot seines Vaters groß geworden ist, scheint sich in seinem Element zu fühlen.

Bei ruhigem Wetter wäre die Fahrt zum nördlichsten Punkt von Mustique das reinste Vergnügen gewesen, aber jetzt quält mich der Gedanke, dass wir womöglich einen Riesenfehler begehen. Um mich abzulenken, versuche ich, mich auf die Landschaft zu konzentrieren. Als wir an der Endeavour Bay vorbeisegeln, sehe ich vor dem Wassersportzentrum ein paar Urlauber, darunter zwei Windsurfer, die unfassbar schnell sind. Im böigen Wind fliegen die roten Segel nur so über die Wellen.

Als Lily nun an der Honor Bay vorbeisteuert, kommt Point Lookout in Sicht. Wir nähern uns der Nordspitze der Insel, und die See wird rauer. Es ist Mustiques gefährlichste Stelle. In der Hurrikansaison türmen sich hier, wo das Karibische Meer auf den Atlantik trifft, oftmals riesige Brandungswellen, aber heute sind die Bedingungen durchaus beherrschbar. An einem schönen Tag kann man in der L'Ansecoy Bay wunderbar picknicken und hat einen herrlichen Blick auf Bequia und St. Vincent. Auch dieser Ort ist ein Teil der Inselgeschichte. Vor drei Jahrzehnten sank hier ein französisches Kreuzfahrtschiff namens *SS Antilles*. Besatzung und Passagiere wurden gerettet und an Land gefeiert, bevor sie von der *Queen Elizabeth* aufgenommen wurden. Die *SS Antilles* allerdings war hoffnungslos verloren. Nach mehreren Versuchen, den ausgebrannten Schiffsrumpf zu bergen, wurde er schließlich sich selbst überlassen. Sein rostiges Skelett bildet mittlerweile einen Teil des Riffs, und ich verstehe gut, dass Tauchen dort verboten ist. Die Brandungswellen werfen die *Revival* hin und her, was den Aufenthalt an Bord ungemütlich macht, selbst wenn die See heute eher spielerisch als bösartig scheint. Trotzdem steigt meine Nervosität beim Blick hinab ins dunkle Wasser. Gleich wird Lily unter der Meeresoberfläche verschwinden, bereit, auf der Suche nach ihrer Freundin jeder Gefahr zu trotzen.

27

Es ist mindestens zehn Jahre her, dass Nile zuletzt eine Tauchflasche getragen hat. Er wird sich für seine Sicherheit wohl auf sein Gedächtnis und Lilys Anweisungen verlassen müssen. Während er den Reißverschluss des geborgten Neoprenanzugs hochzieht, fällt sein Blick auf Phillip Everards attraktives Gesicht, das nach wie vor angespannt wirkt. Nur der Gang des Schauspielers scheint sich gefestigt zu haben. Er hilft, den Anker zu werfen, und stellt sich dann neben Vee, die das Ruder übernimmt.

Lily wartet, bis auch Nile vollständig ausgerüstet ist. Sie hockt auf dem Bootsrand und überprüft ein letztes Mal die Druckanzeige ihrer Atemluftflaschen.

«Die Strömung da unten ist tückisch, weshalb Sie wie gesagt nie den Haken von der Sicherungsleine lösen dürfen. Lassen Sie sich nicht von der Rippströmung erwischen, auf die Art sind schon einige Taucher ums Leben gekommen.»

«Ist schon gut, ich kenne die Bedingungen hier.»

«Na schön.» Sie schenkt ihm ein schmales Lächeln. «Wir brechen jetzt das Gesetz, Detective. Die Schifffahrtsbehörden haben das Tauchen an dieser Stelle ohne schriftliche Genehmigung unter Strafe gestellt.»

«Keine Sorge, ich werde wahrscheinlich sowieso gefeuert.»

Lilys Lächeln wird breiter, dann lässt sie sich rückwärts ins Meer fallen. Nile ist ein wenig schwindlig, als er in die Tiefe sinkt. Die Unterwasserwelt erstrahlt in türkisem Licht und sieht viel zu schön aus, um gefährlich zu sein, doch schon im nächsten Moment versuchen unsichtbare Kräfte, ihn vom Kurs abzudrängen. Er taucht in gerader Linie abwärts, wobei er Lilys Flossen immer im Blick behält und bemerkt, dass selbst die Fische mit der Strömung kämpfen. Ein Schwarm Barsche umkreist ihn, bevor sie plötzlich von einem Sog nach Norden gerissen werden. Am liebsten würde er innehalten und dieses neue Universum bestaunen, wo nichts sicher oder vorhersagbar ist. An Land fühlt sich sein Körper immer so schwerfällig und plump an, hier unten jedoch ist er wie ein Stück Treibholz, der Gnade des Meeres ausgeliefert.

Lily taucht schnell in die Tiefe, mit kräftigen, mühelos wirkenden Bewegungen. Nile wird schmerzlich bewusst, dass er mit seinem Einverständnis, hier zu tauchen, auch sie in Gefahr gebracht hat. Noch dazu, wo das Riff womöglich nicht den kleinsten Hinweis auf Amanda Fortinis Verbleib birgt. Schon kommt der havarierte Rumpf der *Antilles* in Sicht. Das Wrack ist eine Verbindung mit dem Ökosystem des Meeres eingegangen, seine Konturen wirken unter einem dicken Mantel aus Seepocken, Algen und fedrigen rosa Korallen ganz weich. Lily nimmt es bereits genauer in Augenschein, auf der Suche nach Beweisen dafür, dass hier ein Mörder gewesen sein könnte. Als Nile an ihre Seite schwimmt, formt sie mit Finger und Daumen fragend das «Okay»-Zeichen, das er erwidert. Bis jetzt sieht er nicht viel mehr als den havarierten Rumpf der *SS Antilles*, die wohlhabenden französischen Urlaubern einst puren Luxus versprach, bevor sie in der Hoffnung, ein paar Blicke auf die berühmten Bewohner der Insel zu erhaschen, zu nah an die Küste von Mustique heranfuhr.

Dann springt Nile etwas Glitzerndes am Meeresboden ins Auge, doch als er der Leine in die Tiefe folgt, findet er nur ein paar Scherben geschmolzenen Glases, die nach dem Untergang der *Antilles* von der Unterströmung glatt geschliffen wurden. Er linst durch eine Öffnung in den Rumpf hinein. Plötzlich schießt ein Schnapperfisch, zu Tode erschrocken über den unerwarteten Besucher, dicht an ihm vorbei und reißt ihm beinahe die Maske vom Gesicht. Bei einem zweiten Blick durch die Öffnung bemerkt er ein schwarzes an einem rostigen Eisenstück festgemachtes Gebilde. Er versucht, näher heranzukommen, und löst ganz mechanisch den Haken von der Sicherungsleine. Sofort verliert er jede Kontrolle über seinen Körper und wirbelt hilflos um die eigene Achse. Die Unterströmung reißt ihn mit sich, ohne dass Lily überhaupt mitbekommen hat, dass er in Not geraten ist. Verbissen kämpft er gegen die Strömung an, doch sie ist stärker, zerrt ihn fort und schleudert ihn dann zurück gegen das Wrack, mit einer Kraft und Geschwindigkeit, der er nichts entgegensetzen kann. Wenn er nicht bald irgendwo Halt findet, wird ihn die Strömung hinunter in die Tiefen des Meeres befördern. Schließlich gelingt es ihm, sich an der Ankerkette des Schiffs festzuklammern, und sein Herz beginnt, langsam wieder ein wenig ruhiger zu schlagen.

Sekundenbruchteile später ist Lily neben ihm. Außer sich über seinen fundamentalen Fehler schüttelt sie den Kopf, bevor sie seinen Gurt wieder an der Leine festhakt. Doch als er nun ins Innere des Wracks deutet und sie beide durch die Öffnung schauen, ist sein beinahe verhängnisvolles Missgeschick vergessen. Lily tippt auf ihre Armbanduhr, aber Nile ist nicht bereit, dieses mysteriöse schwarze Gebilde hier unten zurückzulassen. Er greift durch die Öffnung und bekommt es zu fassen, muss allerdings mehrere Male heftig ziehen, bis es sich löst. Als er das schwarze Ding schließlich freibekommt, wird klar, dass es ein Leichensack ist, genau wie der, in dem Tommy Rothmore jetzt im Kühlraum der Klinik liegt. Lilys Gesichtsausdruck hinter der Maske verdüstert sich.

Den Leichensack im Schlepptau schwimmen sie zurück an die Oberfläche. Das Erste, was Nile sieht, als er durchs Wasser bricht, ist Phillip Everard, der ihm die Hand entgegenstreckt, um ihm an Bord zu helfen. Der Schauspieler macht mittlerweile einen stabileren Eindruck, doch ihre Fracht scheint ihn heftig zu bestürzen.

«Ist das Amanda?», murmelt er.

«Um das herauszufinden, muss ich einen Blick hineinwerfen.»

Nile wartet, bis auch Lily sicher wieder an Bord ist. Sie ist erkennbar angespannt. Dann bittet er seine drei Helfer, einen Schritt zurückzutreten. Wenn tatsächlich eine Leiche in dem Sack sein sollte, ist nicht abzusehen, in welchem Zustand sie ist. Sein Atem geht viel zu schnell, als er den Reißverschluss des Sacks ein paar Zentimeter aufzieht und ihm ein Schwall Wasser entgegenschwappt. Dann erstarrt er, als eine Locke blonden Haars herausfließt. Der helle Goldton ist unverkennbar, aber er muss sich Gewissheit verschaffen und tiefer in den Sack hineinblicken. Amanda Fortinis Leiche hat nicht mehr das Geringste von einem reichen Partygirl. Ihre Haut ist fleckig, die blauen Augen sind milchig-trübe. Bevor Nile den Reißverschluss des Leichensacks wieder schließen kann, purzelt ein Stück Koralle auf das Deck, in das zwei gekreuzte Pfeile geritzt sind. Der Mörder muss es zur Leiche gelegt haben, um allen zu zeigen, dass er hier die Oberhand hat. Es ist Nile egal, was die Symbole bedeuten. Für ihn sind sie nichts weiter als Hohn, mit denen der Mörder sich über ihn lustig macht, in einer Sprache, die er nicht versteht. Mit knirschenden Zähnen schließt er den Sack wieder.

«Fahren wir zurück», ruft er.

Phillip Everard hat sich auf einen Sitz im Bug fallen lassen, Lady Vee hält seine Hand umklammert. Nile geht zu Lily ins Ruderhaus. Sie ist zu beschäftigt damit, das Boot durch die hohen Wellen zu steuern, um mit ihm zu sprechen, doch ihre Verzweiflung ist offensichtlich. Gerade hat sie die Leiche ihrer besten Freundin gefunden, verankert in dem Korallenriff, das sie unbedingt retten will. Tränen laufen ihr über die Wangen, doch sie versucht, sie wegzublinzeln. Nile würde sie gern trösten, aber die See ist so kabbelig, dass sie ihre volle Konzentration braucht. Also kehrt er zurück zum Bug, um DI Black anzurufen. Er muss die Nachricht von Amanda Fortinis Tod ins Handy brüllen, der Wind reißt ihm die Worte aus dem Mund, bevor sie bei seinem Gesprächspartner ankommen.

28

Als die *Revival* wieder am Old Plantation Harbour vertäut ist, sieht Phillip so erschöpft aus, dass Lily ihm anbietet, ihn nach Hause zu fahren, damit er sich ausruhen kann. Ich höre Solomon beiden für ihre Hilfe danken, doch beim Blick auf den Leichensack, der noch immer an Deck des umgebauten Kutters liegt, muss ich vor allem an Lilys Tapferkeit denken. Viele Menschen wären zusammengebrochen, wenn sie erfahren hätten, dass eine ihrer besten Freundinnen unter so furchtbaren Umständen ums Leben gekommen ist, sie aber hat uns ohne jede Klage durch raue See sicher wieder an Land gebracht. Der Verlust, den sie als Kind erlitt, hat sie vor der Zeit reifen lassen. Zum ersten Mal, seit wir wieder an Land sind, fröstelt mich. Zwar ist der Wind noch warm, aber meine Kleider sind von der Gischt durchnässt.

«Ob Sie mich wohl zur Klinik begleiten könnten, Lady Vee?», fragt Solomon mich nun. «Ich würde nachher gern meine Notizen mit Ihren Eindrücken vergleichen.»

Ich bin froh, in seine Ermittlungen eingebunden zu werden, auch wenn mir davor graut, Amandas Leiche sehen zu müssen. Mustiques einziger Krankenwagen ist bereits im Anrollen, mit Simon Pakefield am Steuer. Der Arzt wirkt so unbeteiligt wie stets, doch ist seine geistige Verfassung momentan nicht meine größte Sorge. Möglicherweise lag Amanda schon seit ihrem Verschwinden vor vier Tagen dort unten am Meeresboden, und wir benötigen präzise medizinische Angaben, um herauszufinden, wer ihr das angetan hat.

Auf der Fahrt zur Klinik spricht keiner von uns ein Wort. Das gewohnheitsmäßige Schweigen des Arztes am Steuer berührt mich unangenehm. Ich habe inzwischen begriffen, dass er selten spricht, solange er keine Tatsachen zu berichten hat, und dass er seinen Job sehr ernst nimmt. Aber ein Mediziner mit mehr Selbstvertrauen hätte zumindest versucht, etwas emotionalen Beistand zu spenden.

Nachdem die Leiche ins Klinikgebäude gebracht wurde, erzählt Nile, was passiert ist. Dr. Pakefield wirkt schockiert, bleibt aber professionell und öffnet mit einem Nicken in Solomons Richtung den Sack.

«Bitte ziehen Sie sich Handschuhe und einen Kittel über. Ich brauche Ihre Hilfe, um sie auf den Tisch zu heben.»

Von einem Haken an der Wand wählt Solomon den größten weißen Kittel aus, als plötzlich Amandas Hand aus dem Sack rutscht, als würde sie verzweifelt versuchen, ins Leben zurückzukrabbeln. Unser Detective gerät kurz ins Wanken, hat seine Gefühle jedoch sofort wieder im Griff.

«Setzen Sie sich, wenn Ihnen übel ist, Detective.»

Nile schüttelt den Kopf. «Lassen Sie's uns hinter uns bringen, mir geht's gut.»

Schon haben die beiden Männer Amandas Leiche auf den Tisch gehoben, und ich verstehe, weshalb Solomon so reagiert hat. Natürlich weiß ich nicht, ob all ihre Verletzungen auf Gewalteinwirkung zurückzuführen sind. Die blauen Flecken, die einen Großteil der Haut bedecken, mögen auch von der Zeit unter Wasser herrühren. Das Fleisch ist angeschwollen, der scharlachrote Bikini schneidet in die Oberschenkel. Amandas Gesicht hat alles Schmale, Zarte eingebüßt, und an ihrer rechten Schläfe klafft eine hässliche Wunde, die ihre Züge entstellt. Nur das Haar hat seinen Zauber behalten und schimmert nach wie vor im Ton kostbaren Goldes.

«Du Bastard», zische ich.

«Ganz meine Meinung», stimmt der Arzt mir zu. «Die Leiche sieht aus wie das Opfer eines Verkehrsunfalls, irgendetwas hat mit hoher Geschwindigkeit ihre rechte Seite gerammt. Ich kann bis hierher feststellen, dass sie eine Schädelfraktur erlitten hat, mehrere Rippenbrüche und einen Beckenbruch. Vermutlich war sie sofort tot.»

«Könnte es ein mit zu hoher Geschwindigkeit fahrendes Motorboot gewesen sein, das sie gerammt hat?», fragt Nile.

«Das würde passen, ja.»

Während wir auf Amandas Leiche hinabblicken, packt mich eine ungeheure Wut. Egal, was sie falsch gemacht hat, sie hat es jedenfalls nicht verdient, so gewaltsam ums Leben zu kommen. Die wahrscheinlichste Erklärung ist, dass sie von dem Motorboot niedergemäht wurde, das Mama Toulaine Nile zufolge in der Bucht gesehen hat. Dennoch – wer von den Menschen hier auf der Insel, Keith Belmont eingeschlossen, sollte geistig derart zerrüttet sein, jemanden so gewaltsam zu töten und die Leiche dann am Meeresboden festzubinden?

«Was gibt's zum Leichensack zu sagen?», fragt Nile.

Der Arzt blickt zu ihm hoch. «Auf der Rückseite ist das Emblem der Klinik eingeprägt, aber ich fürchte, ich kann Ihnen nicht sagen, wann der Sack hier gestohlen wurde.»

«Und warum nicht?»

«Ich bin nur die Vertretung, schon vergessen? Ich hatte keine Veranlassung, die Materialvorräte der Klinik zu überprüfen. Und abgesehen von dem Jungen der Rothmores ist hier in letzter Zeit auch niemand gestorben.»

«Und wer hätte so einen Sack aus dem Magazin stehlen können?»

Der Arzt schüttelt den Kopf. «Ich wünschte, ich könnte es Ihnen sagen, aber wir haben keine Videoüberwachung. Die Klinik steht den ganzen Tag über offen, um die Patienten zu versorgen.»

«Bestimmt können wir auch anders an diese Information kommen», schalte ich mich ein. «Außerdem sollten wir unseren Fund erst einmal für uns behalten, bis Amandas Familie davon in Kenntnis gesetzt wurde, was meinen Sie? Ich denke, wir sollten den Leuten von der Insel heute Nachmittag bei der Gedenkfeier für Tommy Rothmore mitteilen, dass Amanda nicht mehr lebt.»

«Das ist Ihre Entscheidung, Lady Blake.» Der Arzt streift sich die Handschuhe ab und wirft sie ins Waschbecken. «Das ist alles sehr bedauerlich, die Leute sind durch Tommys Tod schon erschüttert genug.»

Simon Pakefield mustert erst Solomon und dann mich, als wären wir beide des Mordes verdächtig. Während Nile dem Arzt hilft, Amandas entstellte Leiche zurück in den Sack zu legen und in den Nebenraum zu rollen, wird das Schweigen immer erdrückender. Die Männer lagern die Leiche in der Kühllade. Nur eine schmale Metallwand trennt Amanda von Tommy Rothmore. Selbst wenn sie bereits seit Wochen kein Paar mehr waren, im Tode sind die beiden Mordopfer nun wieder vereint.

Ich fühle mich zu betäubt, um zu weinen, und Solomons Miene ist vollkommen ausdruckslos, als wir auf dic Schublade starren, in der die Leiche der jungen Frau liegt. Das abgerissene Seil um Rothmores Knöchel ergibt jetzt mehr Sinn. Der Mörder hat ihn vermutlich an einer anderen Stelle des Riffs festgebunden, und die Wellen haben das Seil so lange an den Zacken der toten Korallen gerieben, bis es riss. Ich blicke auf das einzige Fenster des Kühlraums. Es ist aus Milchglas, um die Privatsphäre der Toten zu schützen, und dämpft die Mittagssonne ab zu einem stumpfen Fleck.

29

Lady Vees Reaktion beim Anblick der Leiche von Amanda Fortini hat Nile ergriffen. Auch jetzt, als sie sich etwa hundert Meter von der Klinik entfernt auf eine Bank setzen, wo sie von niemandem belauscht werden können, bleibt sie geistesgegenwärtig und resolut. Er ist beeindruckt, wie gut sie ihre persönlichen Gefühle beiseiteschieben kann, um sich ganz darauf zu konzentrieren, den beiden Opfern postum Gerechtigkeit widerfahren zu lassen.

«Auf jeden Fall ist der Mörder jemand, der tauchen kann und Geschmack an Gefahr findet», sagt sie jetzt. «Um Amandas Leiche zu verstecken, hätte es viel näherliegende Orte gegeben als die am schwersten zugängliche Bucht.»

«Und eine so geschichtsträchtige dazu. Das Wrack der *Antilles* ist unvergessen. Mein Vater erzählt noch heute davon, wie er damals rausgefahren ist, um die Passagiere in Sicherheit zu bringen.» Nile schließt kurz die Augen und versucht, sich vorzustellen, wie der Mörder zum Riff hinabtauchte, den Leichensack im Schlepptau. «Ich glaube ja immer noch, dass die *Aqua Dream* mit all dem zu tun hat.»

«Sind Sie sicher? Wir gehen so selbstverständlich von einem männlichen Täter aus, aber es könnte doch auch eine Frau gewesen sein, oder?»

«Die müsste aber schon sehr kräftig sein. Wer immer auch dahintersteckt, hat zwei gesunde junge Menschen überwältigt und die Leichen in ein Boot gezerrt, um sie zum Riff hinauszubringen.»

«Ich verstehe, was Sie meinen, aber es muss gleichzeitig jemand sein, der die Gegend hier ganz genau kennt. Mustique ist umringt von Korallen. Der Mörder nutzt die DNA der Insel, um uns Hinweise zu geben. Ich werde heute versuchen herauszufinden, was die Symbole im Einzelnen bedeuten. Und vor der Gedenkfeier für Tommy möchte ich bei Ihrem Vater vorbeischauen, Solomon, allerdings muss ich etwas früher zur Kirche, um noch mit Pater Boakye zu reden.»

Sie macht sich auf den Weg, und Nile blickt ihr hinterher. In ihrer hellen Kleidung ist sie geradezu der Inbegriff einer Engländerin in der Fremde. Damit, dass sie zu seiner engsten Verbündeten hier auf Mustique werden würde, hätte er nie gerechnet, doch ihre Lebenserfahrung und ihr Insiderwissen machen sie zur idealen Partnerin für seine Ermittlungen. Ihr stehen hier auf Mustique alle Türen offen.

Als Nile in die Klinik zurückkehrt, um mit der Teilzeit arbeitenden Krankenschwester zu sprechen, meldet sich jedoch sein Frust von neuem. Die Versicherung der jungen Frau, dass das Magazin immer verschlossen sei, überzeugt ihn nicht. Bestimmt gibt es immer wieder kurze Zeiten, zu denen der Empfang unbesetzt ist, sodass jeder, der gerade in der Klinik ist, schnell einen Leichensack stehlen und unbemerkt durch einen der Notausgänge verschwinden könnte.

Um zwei Uhr nachmittags verlässt er das Gebäude, seinen Ärger mühsam in Schach haltend. Ihm ist klar, dass sein kleiner Schwächeanfall vorhin im Untersuchungsraum darauf zurückzuführen ist, dass Amanda Fortinis Leiche so viel Ähnlichkeit mit der Leiche der jungen Frau in Oxford hatte. Erneut bleibt sein Blick an der *Aqua Dream* hängen, die wie festgeklebt am Horizont vor sich hin dümpelt. DI Black hat ihn gewarnt, er solle sich von der Yacht fernhalten, doch die Einhaltung des Protokolls konnte weder die junge Frau damals beschützen noch Amanda Fortini. Diesmal muss er sich auf seinen Instinkt verlassen, bevor noch jemand ums Leben kommt. So schnell er kann, kehrt er zum Hafen zurück. Nach ein paar Versuchen erwacht der Motor des Polizeiboots aus seinem Tiefschlaf. Das Meer ist noch unruhiger und bewegter als am Morgen. Die Wellen sind noch nicht hoch genug, um darauf zu surfen, aber der aufziehende Sturm macht sich doch langsam bemerkbar. In diesem Teil der Karibik spürt man das Wetter, das auf die Kleinen Antillen zusteuert, was Nile den perfekten Vorwand liefert.

Als das Polizeiboot sich der *Aqua Dream* nähert, ist Dan Kellerman nirgends zu sehen. Nile nutzt die Gelegenheit dazu, die Yacht einmal zu umrunden und Fotos mit dem Handy zu machen. Dabei fährt er so nahe heran, dass er die Kamera an jedem Bullauge hochhalten und das Innere der Yacht fotografieren kann. Er macht auch Bilder von dem Motorboot, das an Deck liegt. Nichts weist darauf hin, dass es kürzlich mit einem Menschen kollidiert sein könnte, doch gegen diesen riesigen Motor hätte selbst der beste Schwimmer keine Chance gehabt. Nile ist versucht, die Leiter hinaufzuklettern und ein zweites Mal an Bord zu gehen, als Dan Kellerman plötzlich wie aus dem Nichts auftaucht, außer sich vor Wut beim Anblick von Niles Kamera.

«Was zur Hölle machen Sie da?»

«Einen schönen guten Tag auch, Kapitän. Macht es Ihnen etwas aus, wenn ich zu Ihnen hochkomme?», ruft Nile mit strahlendem Lächeln zu ihm hinauf.

«Ich sagte Ihnen doch schon, dass ohne Durchsuchungsbeschluss niemand diese Yacht betritt.»

«Ich bin nur gekommen, um Ihnen Hilfe anzubieten. Hiermit erteile ich Ihnen die Erlaubnis, sich der Küste zu nähern. Suchen Sie sich eine Bucht aus, wo Sie sicher sind, wenn der Sturm uns erreicht. Sie können dort gern vor Anker gehen, bis er vorübergezogen ist.»

Der Kapitän starrt ihn an. «Haben Sie da gerade etwa Fotos gemacht?»

«Ja, allerdings. Ich bin verrückt nach allem, was mit dem Meer zu tun hat. Wussten Sie, dass letztes Jahr hier ganz in der Nähe ein Walhai gesichtet wurde?»

«Halt's Maul, du Idiot. Ich sorge dafür, dass du gefeuert wirst.»

«Wie gesagt, Kapitän, passen Sie auf sich auf. Sie können an Land kommen, wenn der Sturm Kurs auf Mustique nimmt.»

Auf der Rückfahrt in den Hafen ist Nile sehr zufrieden. Wenigstens hat er jetzt ein paar Bilder vom Inneren der Yacht. Vor dem Revier steigt er auf Charlie Laytons Motorrad und braust zurück nach Lovell.

Wesley Gilbert wohnt am höchsten Punkt des Ortes, was ihm den Blick auf Dutzende leuchtend bunt gestrichene Häuser gewährt, die sich bis zum Strand hinabziehen. Im Vergleich zu ihnen macht Wesleys Zuhause mit den düsteren dunkelblauen Mauern und dem weißen Lattenzaun einen eher strengen Eindruck, gerade recht für einen ehemaligen Soldaten.

Als Nile zu Wesleys Haus hochsteigt, glaubt er, dass Lady Vees Butler Radio hört. Durch die Tür dringen leise, melodische Flamencoklänge, die Töne sauber und rhythmisch präzise. Erst als er nahe genug ist, wird ihm sein Irrtum klar. Wesley hat eine Gitarre auf dem Schoß und spielt mit geschlossenen Augen. Nile wartet, bis das Stück zu Ende ist, bevor er sich bemerkbar macht.

«Sie haben großes Talent, Papa.»

«Ich sollte mehr üben.» Niles Besuch scheint Gilbert nicht zu beunruhigen. Er lehnt das Instrument gegen die Wand und winkt den Detective herein. «Aber bitte nenn mich noch nicht Papa. Bis zur Rente ist Wesley völlig in Ordnung.»

Nile lächelt zur Antwort, doch eine echte Entspannung lässt Wesleys Haltung einfach nicht zu. Der Butler mustert ihn wie ein Schulleiter, der sich im Kopf ein paar hübsche Strafen zurechtlegt.

«Du bist aber doch nicht nur auf ein Schwätzchen hier, Solomon, oder?»

«Ich muss wissen, was in Lady Vees Villa passiert ist. Die Verbrechen hier auf der Insel hängen offenbar irgendwie mit Lily Calders Korallenprojekt zusammen.»

«Möchtest du ein Bier, während wir uns unterhalten?»

«Das wäre prima, danke. Haben Sie heute Ihren freien Tag?»

«Lady Blake hat uns vorerst alle nach Hause geschickt. Ein paar von uns helfen nachher bei der Totenwache für Tommy Rothmore. Die meisten Hausangestellten der Insel werden dabei sein.»

Während Wesley die Getränke holt, blickt Nile sich ein bisschen um. Die Möbel sind aus einfachem dunklem Holz, die Wände geschmückt mit Gemälden, auf denen das leuchtend bunte Laub der Insel zu sehen ist, dazu Blüten der Weißen Lichtnelke. Nile erkennt die Handschrift von Mama Toulaine, allerdings hätte er nie erwartet, ihre Arbeiten im Haus von Wesley Gilbert zu finden, der jetzt zwei Flaschen Bier und eine Schale Nachos nach draußen trägt. Nile folgt ihm. Auf der Veranda setzt der Butler sich auf einen Liegestuhl und legt mit gelassener Miene die Füße aufs Geländer.

«Wie kann ich dir helfen, Solomon?»

«In diesem Sommer haben Sie Tommy Rothmore und Amanda Fortini doch bestimmt oft zu sehen bekommen. Gab es dabei irgendwelche merkwürdigen Vorkommnisse im Eden House?»

«Ich bemühe mich, nicht so genau hinzusehen. Meine Hauptaufgabe ist es, Lady und Lord Blake als Butler zu dienen, und dazu gehört unbedingte Diskretion.»

«Aber jetzt gelten andere Regeln, Wesley. Wir haben heute die Leiche von Amanda Fortini gefunden.»

Wesleys Augen werden groß. «Es tut mir leid, das zu hören. Sie war doch noch so jung, nicht wahr?»

«Ist vor ein paar Monaten dreiundzwanzig geworden.»

«Tommy und Amanda waren die jungen Erben sehr großer Vermögen. Sie bekamen den Reichtum auf dem Silbertablett serviert, und das kann, denke ich, Fluch und Segen zugleich sein.» Dabei klingt er absolut sachlich. Er stellt lediglich fest, wie die Dinge liegen, ohne sich über das Wohlstandsgefälle zu beklagen. «Nachdem die Beziehung mit Amanda zu Ende war, hat Tommy seine Besuche im Eden House allerdings eingestellt.»

«Können Sie sich vorstellen, warum ausgerechnet diese beiden zu Zielscheiben wurden?»

Wesley trinkt einen Schluck Bier. «Dieser Menschenschlag neigt zuweilen dazu, seine Umgebung auszublenden.»

«Soll heißen?»

«Natürlich sind sie viel zu gut erzogen, um mit den Fingern zu schnipsen, aber als Kellner, Koch oder Dienstmädchen ist man unsichtbar für sie. Und es gibt Leute, die es hassen, nicht beachtet zu werden.»

«Wozu auch Sie gehören?»

«Wenn ich mir das so zu Herzen nehmen würde, könnte ich meinen Job nicht machen. Nach der Armee als Butler zu arbeiten, war nicht unbedingt mein größter Wunsch, aber der Job gefällt mir.» Welsey erwidert Niles durchdringenden Blick. «Und zwar weil Lady und Lord Blake mich fair behandeln. Sie sind vielleicht nicht das reichste Paar auf Mustique, aber die anständigsten. Und das haben sie auch an Lily weitergegeben.»

Das Gespräch beginnt, Nile zu entmutigen. Er hatte sich Antworten erhofft, keine Loyalitätserklärung des Butlers. Seine nächste Frage wird die freundliche Atmosphäre wohl ruinieren, aber das kann er nun mal nicht ändern.

«Wer immer den Menschen hier das antut, hinterlässt bei ihnen Stücke von Korallen. Sofern der Täter nicht durch Wände gehen kann, muss er also Zugang zu den Häusern haben. Samstagnacht war jemand im Eden House, ohne ein Fenster eingeworfen oder eine Tür aufgebrochen zu haben. Er war im oberen Stock und hat ein Stück Koralle vor Lilys Tür gelegt. Es muss jemand gewesen sein, der einen Schlüssel hat und weiß, wie es im Haus aussieht.»

«Die Einzigen, die dafür in Betracht kommen, sind Lady Blakes Familie und ich. Wenn du mich also fragen willst, ob ich Nachschlüssel angefertigt und weitergegeben habe, kann ich nur erwidern, dass ich das schon viel früher getan hätte, wenn ich der Familie hätte schaden wollen.»

«Was ist mit Jose Gomez? Lady Vee hat ihn gegen Mitternacht in ihrem Garten gesehen.»

«Jose ist stumm, nicht dämlich. Er würde nie jemandem etwas zuleide tun.»

«Was haben Sie Samstagnacht und Sonntagfrüh gemacht, Wesley?»

«Ich wusste, dass du das früher oder später fragen wirst.» Wesley lächelt schmallippig. «Ich bin gleich nach der Arbeit zu Patti Toulaine gegangen und dort über Nacht geblieben, bis acht Uhr früh am nächsten Morgen.»

«Ich wusste, dass Sie mit Mama Toulaine befreundet sind, aber nicht, dass Sie zusammen sind.»

«Du warst lange weg, Solomon. Auch wenn Patti ihre Unabhängigkeit viel zu sehr liebt, um mit mir zusammenzuziehen, sind wir doch schon seit Jahren ein Paar.»

«Das erklärt auch die schönen Bilder, die hier hängen. Wer sonst könnte nachts ins Eden House einbrechen?»

Wesley macht ein nachdenkliches Gesicht. «Zu Lady Vees Familie kann ich wenig sagen. Mag sein, dass einer von ihnen mal unvorsichtig war, sodass jemand Gelegenheit hatte, einen Nachschlüssel zu machen.»

«Was ist mit Freunden? Sie lädt gern Leute in ihr Haus ein, oder?»

«Ja, stimmt, die Blakes veranstalten zahlreiche Dinnerpartys.»

«Und Phillip Everard? Er ist doch schon seit Jahren eng mit den Blakes befreundet.»

Nun lacht Gilbert leise auf. «Der Mann liegt Lady Vee förmlich zu Füßen und könnte keiner Fliege was zuleide tun. Die Gefühle anderer Leute sind ihm so wichtig, dass er sogar an meinen Geburtstag denkt. Letztes Jahr hat er mir eine Uhr von Cartier geschenkt. Außerdem war er doch auf St. Lucia, um Lord Blake zu helfen, als Amanda verschwand, oder?»

«Bleibt die Frage, wer sich alles einen Schlüssel geborgt haben könnte und dann unvorsichtig genug war, den irgendwo rumliegen zu lassen.»

Nile bedankt sich bei Wesley Gilbert, dann bricht er auf. Er ist froh, dass der Butler ein Alibi hat und aus der Gruppe der Verdächtigen ausscheidet, aber langsam braucht er belastbare Ergebnisse. Dass Mama Toulaine sich einen so zurückhaltenden Menschen zum Partner gewählt hat, ist interessant. Aber an diesem Nachmittag ist auch eine andere Facette von Wesleys Charakter aufgeblitzt, als er darüber sprach, wie ihn die jungen Leute, die er den ganzen Sommer über bediente, ignoriert haben. Jemand, der weniger ruhig und gelassen veranlagt ist, könnte sich von so etwas durchaus beleidigt fühlen. Dass Jose Gomez in die Gewalttaten verwickelt sein könnte, glaubt Nile bislang eigentlich nicht. Der Gärtner scheint ihm viel zu kindlich, um eine solch mörderische Wut mit sich herumzutragen. Andererseits verhält sich der Junge seit Wochen höchst seltsam.

Den Weg hinab zum Ufer zu gehen, um nach Jose zu suchen, dauert nicht lang. Das Haus der Gomez' ist eine baufällige Konstruktion, die zum Schutz vor Sturmwellen auf Holzstelzen errichtet wurde, dessen ungeachtet aber einen schwachen und ausgelieferten Eindruck macht. Einige Holzstufen, die zur Veranda hochführen, sind beschädigt, das ganze Gebäude müsste dringend renoviert werden. Nile klopft an die Tür und wartet ein Weilchen, doch es scheint niemand da zu sein.

30

Auf der Fahrt im Buggy nach Lovell bin ich immer noch recht niedergeschlagen, aber ich habe nun mal versprochen, Hosea Nile zu besuchen. Da kann ich nun keinen Rückzieher mehr machen, auch wenn meine Gedanken pausenlos um Amanda Fortinis Tod kreisen. Doch der Anblick der pastellfarbenen Häuser von Lovell, die sich um den Hügel gruppiert haben und in der karibischen Sonne hell leuchten, versetzt mich in glücklichere Zeiten zurück. Als Jasper mich vor vierzig Jahren das erste Mal hierherbrachte, lebten die Menschen noch unter gänzlich anderen Umständen, weil es weder fließend Wasser noch Strom oder eine medizinische Versorgung gab. Heute besitzt die Gemeinde eine Schule, eine Kirche und eine Bücherei. Die zahllosen Limonenbäume und Bananenstauden in den Gärten und die blühenden Geranien auf den Treppenstufen der Häuser verraten mir, dass Lovell mittlerweile aus eigener Kraft gedeiht und floriert.

Hosea Niles Haus liegt mitten im Ort, mit Blick übers Meer. Gerade hockt er mit Mama Toulaine auf der Veranda, doch als er mich sieht, steht er langsam auf. Ich gebe mir Mühe, mein Entsetzen zu verbergen: wie mager er geworden ist und wie stark seine Hände bei unserer Begrüßung zittern! Mama Toulaine hält sich im Hintergrund, aber es freut mich sehr, auch sie hier anzutreffen. In ihrem pfauenblauen, mit scharlachroten Stickereien verzierten Kleid sieht die Malerin einfach prächtig aus, ihr Auftreten ist hoheitsvoll. Sie küsst mich auf beide Wangen und nimmt den Kuchen entgegen, den ich mitgebracht habe, dann lässt sie Hosea und mich auf der Veranda allein. Als unerschrockener junger Fischer hat er Jasper und mir tagelang von seinem Boot aus die verschiedenen Buchten gezeigt. Damals war der Urwald noch so dicht, dass man einen Großteil der Küste nicht zu Fuß erreichen konnte. Seither hat Niles Vater sich sehr verändert. Mein Besuch scheint ihn enorm zu freuen, aber er kann nur langsam sprechen und ist leicht abgelenkt, sein Blick wandert immer wieder hinaus aufs Meer.

Als Mama Toulaine mit dem aufgeschnittenen, auf Tellern angerichteten Kuchen wieder zurückkehrt, folgt sie unserer Unterhaltung. Es mag Einbildung sein, aber die Malerin scheint bekümmert, obwohl die Nachricht von Amandas Tod doch noch gar nicht im Umlauf ist. Aber wer weiß, vielleicht sieht sie auch Hoseas wegen so bedrückt aus oder hat eigene Sorgen.

«Wie gefällt Solomon sein neuer Job denn so?», frage ich.

Es dauert lange, bis Hosea endlich antwortet. «Er hätte in Oxford bleiben sollen. Sein Pflichtgefühl hat ihn zurück nach Hause geführt.»

«Ein vortrefflicher Charakterzug bei einem jungen Mann. Ich hielt schon immer sehr viel von Loyalität.»

«Ich auch, Lady Blake, aber einer meiner Söhne hat zu viel davon und der andere zu wenig.»

Der alte Mann sieht so traurig aus, dass ich das Thema wechsle. Hosea hat seit jeher ein fast schon unheimliches Gespür fürs Meer, und jetzt meint er, Sturm Cristobal werde wohl noch bis zum Abend warten, bevor er sich entscheidet, welche Insel er als Nächstes angreift. Zeit genug, Fenster und

Türen zu sichern und sich auf alles gefasst zu machen. Das letzte Mal, dass ein Tropensturm ernsthaften Schaden auf Mustique angerichtet hat, ist Jahrzehnte her. In der Regel ziehen die Taifune an uns vorüber und entwurzeln Bäume und zerstören Häuser auf den Bahamas.

Hosea ist bald müde, obwohl ich erst eine halbe Stunde bei ihm bin, und seine Aussprache wird verwaschen.

«Warum gehst du nicht ins Haus und ruhst dich ein wenig aus, bevor du ganz erschöpft bist?», schlägt Mama Toulaine vor.

Als Hosea schließlich einwilligt, hilft sie ihm aus dem Stuhl. Die Parkinson-Erkrankung hat seinen einst so forschen Gang in ein zittriges Taumeln verwandelt, und ich bleibe, da ich ihr nicht assistieren kann, schweigend sitzen. Nach ein paar Minuten kehrt Mama Toulaine zurück, ihre Miene ist ernst.

«Kommen Sie denn auch zum Gedenkgottesdienst, Mama Toulaine?», erkundige ich mich.

«Natürlich, ich erweise jeder Seele, die die Grenze überschreitet, die letzte Ehre. Das ist ein Obeah-Brauch.»

«Dazu wollte ich Ihnen sowieso ein paar Fragen stellen. Obeah ist doch so eine Art Zauberei, oder?»

Sie schüttelt entschieden den Kopf. «Es ist eine Religion genau wie Ihr Christentum. Obeah wird von Tausenden Menschen auf St. Lucia praktiziert, und hier auf Mustique auch. Im Himmel ist Platz genug für einen ganzen Haufen Götter.»

«Ich wollte Sie nicht kränken, ich würde es nur gern besser verstehen.»

«Die Magie von Obeah kann für Gutes wie für Schlechtes verwendet werden, aber nur wenige Menschen verfügen wirklich über die Gabe, so wie ich.» Als sie mir ihr Gesicht nun wieder zuwendet, hat ihr Blick etwas Verstörendes bekommen. «Hosea macht sich Sorgen um seinen Sohn Lyron, deswegen ist er so müde. Er wollte nicht unhöflich sein, als er sich ins Haus zurückzog.»

«Es war so schön, ihn zu sehen, es besteht überhaupt kein Anlass für eine Entschuldigung.» Mein Blick fällt auf zwei verblasste Symbole, die in ihre Handrücken geritzt sind, genau wie die Einkerbungen auf den Korallenstücken. «Darf ich fragen, was diese Tattoos bedeuten, Mama?»

«Leben und Tod.» Mama Toulaine streckt mir ihre Hände entgegen und zeigt mir die Symbole. «Der offene Kelch steht für den Gott des Lebens, er ist das Wasser und der Wein, die niemals versiegen. Die gekreuzten Pfeile symbolisieren Ghede, den Gott des Todes. Er steht am Scheideweg zwischen dieser Welt und der nächsten, gekleidet wie ein Leichenbestatter, umringt von seinem Trupp Sargträger. Unsere Schicksale liegen in ihren Händen.»

«Das ist faszinierend. Gibt es noch mehr Obeah-Symbole?»

«Die meisten stammen aus der Natur. Wir glauben, dass Vögel spirituelle Boten sind. Wenn man eine weiße Eule sieht, wird innerhalb von drei Tagen Krankheit oder Tod über die Gemeinschaft kommen.»

«Und was bedeutet ein Spinnennetz?»

«Das ist auch ein Unglückssymbol, es steht für Unordnung und Verwirrung. Wenn man ein Spinnennetz findet, bedeutet das, dass sich einem jemand in den Weg stellt.»

«Sind die gekreuzten Pfeile sehr mächtig?»

Mama nickt langsam. «Das ist das schlimmste Zeichen von allen. Die Pfeile bedeuten, dass Ghede einen holt, wenn man einen Fehler begangen hat, und zwar unverzüglich.»

«Die jungen Leute verstehen nicht, wie eng Leben und Tod miteinander verknüpft sind, nicht wahr?»

«Sie glauben, dass sie ewig leben. Aber Sie haben doch auch Sorgen, Lady Blake. Das höre ich an Ihrer Stimme.»

«Haben wir die nicht alle?»

Sie gluckst in sich hinein. «Das zweite Gesicht kann eine Last sein.»

«Ich beneide Sie nicht darum. Es ist schon kompliziert genug, mit der Gegenwart zurechtzukommen. Gibt es viele Menschen hier, die Obeah praktizieren?»

«Dex Adebayo ist damit aufgewachsen, so wie ich, aber es gibt noch viele andere. Auch einige Villenbesitzer vertrauen auf unsere Rituale.»

In Mama Toulaines Gesicht liegt so viel Weisheit, dass ich beschließe, mich ihr anzuvertrauen, wobei ich aber allgemein bleiben muss. «Jemand fügt jungen und privilegierten Mitgliedern unserer Gemeinschaft Schaden zu und hinterlässt Obeah-Symbole.»

«Achten Sie auf die Menschen in Ihrem allernächsten Umfeld. Nehmen Sie zum Beispiel diesen Dr. Pakefield. Er ist neulich Nacht zu dieser großen Yacht hinausgefahren, die den Horizont verunstaltet wie ein finsterer Schatten.»

«Warum sollte er das tun?»

«Das müssen Sie ihn selbst fragen.» Wieder blickt Mama Toulaine mir tief in die Augen, so tief, als würde sie in meiner Seele lesen, bis sie plötzlich zurückweicht und das Lächeln aus ihrem Gesicht verschwindet.

«Was haben Sie gesehen?»

«Nichts, was ich aussprechen könnte. Wenn Sie dieses Mädchen, Ihre Patentochter, lieben, passen Sie gut auf sie auf. Haben Sie mich verstanden?»

«Laut und deutlich, Mama.»

Danach gerät unser Gespräch ins Stocken. Welches Schicksal die Malerin auch immer in meinen Augen gesehen hat, es hat sie veranlasst, sich in Schweigen zu hüllen.

31

Auf die Aufgabe, die nun als Nächstes auf dem Revier auf ihn wartet, freut Nile sich nicht gerade, aus dem Weg gehen kann er ihr aber auch nicht. Ihm bleibt nur zu hoffen, dass die kurze Inhaftierung seinen Bruder zur Besinnung gebracht hat. Lyron steht mit dem Rücken zur Wand unter dem Fenster und blickt mit ruhiger Miene durch die Gitterstäbe. Als Nile die Zellentür aufsperrt, wahrt sein Bruder ausreichend Abstand und scheint nicht geneigt, sich wieder zu prügeln. Er setzt sich auf eine Bank vor dem Revier, und der Detective hockt sich dazu. Die Brüder beobachten, wie das Meer sich langsam grau färbt.

«Ich hatte mich wirklich auf deine Heimkehr gefreut, ob du's glaubst oder nicht», brummt Lyron.

«Ich mich auch. Ich dachte, wir würden zusammen auf St. Vincent rumhängen und Ausschau nach Mädchen halten.»

«Wozu die Mühe? Auf dich fahren die nie im Leben ab.»

Unwillkürlich muss Nile grinsen. «Du kannst es dir immer noch nicht verkneifen, mich aufzuziehen, was?»

«Ich hab nun mal den Sex-Appeal und du den Grips.»

«Es wird Zeit, erwachsen zu werden, Lyron. Du bist intelligent genug, um deinen Traum zu verwirklichen und Pilot zu werden. Wenn du Geld für die Ausbildung brauchst, helfe ich dir, es aufzutreiben.»

«Zunächst mal müsste ich die Aufnahmeprüfung bestehen.» Lyron schweigt kurz, bevor er das Thema wechselt.

«Dir liegt doch was auf der Seele, Sol, oder? Haben Sie dich etwa gefeuert, da drüben in England?»

«Ich habe einen Fehler gemacht. Genau wie du. Und jetzt versuche ich, einen Weg zu finden, damit zu leben.»

Lyron mustert ihn mit ruhigem Blick. «Du denkst dabei noch an andere Dinge aus der Vergangenheit, oder?»

«Was meinst du damit, Ly?»

«Ich hab dein Leben zerstört, oder etwa nicht? Meinetwegen ist unsere Mutter gestorben.»

«Meinst du das im Ernst?»

Lyron tritt nach einem Stein auf dem Boden. «Das ist nun mal passiert, ich kann es nicht ändern.»

«Hast du das etwa die ganze Zeit mit dir rumgetragen?» Nile würde die Behauptung am liebsten kurzerhand von sich weisen, doch dann wird ihm klar, dass etwas Wahres daran ist. «Als ich sieben war, ja, da habe ich dich gehasst, aber darüber war ich schon ein Jahr später hinweg. Wie konnte ich wütend auf ein Baby sein, das gerade erst das Laufen lernt?»

Lyron setzt sich ein wenig gerader hin. «Und da bist du dir sicher?»

«Absolut.»

«Und du würdest mir helfen, wenn ich mich für die Pilotenausbildung bewerbe?»

«Klar doch. Und ich verdopple jeden Betrag, den du sparst, solange du sauber bleibst. Wenn du Geld brauchst, wende dich an mich. Okay?»

Lyron nickt langsam, dann steht er auf, aber Nile kann ihn noch nicht nach Hause begleiten. Er gibt seinem Bruder einen leichten Klaps auf die Schulter und dreht sich um, froh, dass sie die Gelegenheit hatten, die Dinge zu klären.

Während er mit Charlie Laytons Motorrad zu Lady Vees

Villa fährt, konzentriert er sich wieder auf den Fall. Dabei merkt er kaum, dass der auffrischende Wind die Bäume zum Schwanken bringt und immer wieder versucht, ihn von der Straße zu schubsen. Er hat nur noch eins im Sinn: herauszufinden, wer Amanda und Tommy umgebracht hat, damit ihr Tod nicht länger auf seinem Gewissen lastet.

Als er vor dem Eden House parkt, ist ihm ganz klamm von der feuchten Luft. Er betrachtet die ausgebrannte Nachbarvilla der Fortinis und muss daran denken, dass die Familie heute einen weit größeren Verlust erlitten hat als das Haus. Amandas Mutter ist weinend zusammengebrochen, als sie am Telefon vom Tod ihrer Tochter erfuhr. Doch auch der Anblick des Anwesens ist schrecklich, das Feuer hat nur einen Haufen Trümmer, geschmolzenes Glas und verkohlte Bäume übrig gelassen.

Dann entdeckt er Lily Calder auf Lady Vees Terrasse. Sie scheint ihre Ruhe wiedergewonnen zu haben und erhebt sich wie eine Turnerin mit einer einzigen fließenden Bewegung von der Sonnenliege. Der Blick aus ihren türkisblauen Augen ruht lange auf ihm.

«Sind Sie allein?», fragt er.

«Vee besucht Ihren Dad und fährt direkt danach zur Gedenkveranstaltung.»

«Sie hätten sie begleiten sollen. Es ist gefährlich, so allein auf der Terrasse zu liegen.»

«Ich werde heute noch genug Menschen um mich haben, den ganzen Rest des Tages lang.»

Sie setzen sich an den Gartentisch. «Geht es Ihnen gut, Lily?»

«Mehr oder weniger», antwortet sie, allerdings mit zittrigem Lächeln. «Wenn man davon absieht, dass ich gerade zwei meiner engsten Freunde aus der Kindheit verloren habe.»

«Ich sage das jetzt äußerst ungern, aber Sie könnten die Nächste sein, auf die der Mörder es abgesehen hat.»

«Was genau meinen Sie damit?»

«Nun, Sie sind die Expertin für Korallen hier auf der Insel. Er hat Morddrohungen auf Ihrem Boot hinterlassen und Menschen umgebracht, die Sie lieben. Er ist sogar nachts bei Ihnen eingebrochen, um seine Visitenkarte vor Ihre Zimmertür zu legen.»

«Aber das ergibt keinen Sinn. Ich habe hier keine Feinde.»

«Das haben Amanda und Tommy wahrscheinlich auch geglaubt.»

Jetzt fröstelt sie im Windhauch. «Sagen Sie das, um mir Angst einzujagen?»

«Ganz im Gegenteil. Ich möchte Sie beschützen.»

«Das wäre schön.» Nun wird ihr Lächeln endlich doch ein wenig breiter. «Es gibt noch so viele Riffe, die meine Hilfe benötigen. Aber Sie müssen doch jemanden in Verdacht haben, Solomon. Wer, glauben Sie, steckt hinter all dem?»

«Als Amanda das letzte Mal lebend gesehen wurde, schwamm sie auf die *Aqua Dream* zu. Ich bin nicht befugt, an Bord zu gehen, aber vor ein paar Stunden bin ich rausgefahren, um Fotos zu machen. Die zwei Besatzungsmitglieder besitzen diplomatische Immunität, deshalb kann ich sie strafrechtlich nicht belangen.»

Ungläubig schüttelt sie den Kopf. «Darf ich die Bilder mal sehen?»

Um sich die Fotos auf Niles Handy anzuschauen, setzt Lily sich neben ihn. Ein Bild zeigt das an Deck festgemachte Motorboot, das nur darauf wartet, mit Hilfe der hydraulischen

Pumpe zu Wasser gelassen zu werden. Auf anderen sieht man das Innere der Yacht. Die Kabinen, die Nile durch die Bullaugen fotografiert hat, sind überraschend schlicht für ein so teures Schiff: nur die nötigsten Möbel aus Holz, ein grauer Linoleumboden und keinerlei Luxus. In einer Kabine stapeln sich Taucherausrüstungen und Atemluftflaschen an der Wand.

«Da deutet nichts auf Entführung oder Mord hin», murmelt Lily.

«Vielleicht versenken sie die Leichen ja gleich unten am Riff, nachdem sie sie ermordet haben.»

Lily kneift die Augen zu. «Diese Bastarde könnten Amanda auf der Yacht festgehalten haben. Gott allein weiß, was sie durchmachen musste, bevor sie gestorben ist.»

«Dr. Pakefield meint, dass sie sofort tot war.»

«Ein schwacher Trost.»

«Erzählen Sie mir von ihr. Ich habe das Gefühl, dass ich da irgendwas übersehe, deshalb will ich verstehen, was sie mit Tommy verband.»

«Sie war witzig, freundlich und großzügig, allerdings fehlte ihr manchmal die Empathie.»

«Sie meinen, sie war arrogant?»

«Amanda war lebenslustig, Tommy eher zurückhaltend. Sie konnten beide ein wenig egozentrisch sein. Dabei kann man leicht mal ein Warnzeichen übersehen, nicht wahr?»

Nile schüttelt den Kopf. «Mein Boss will alle glauben machen, dass Tommy sie umgebracht und sich dann selbst ertränkt hat.»

«Um so etwas zu tun, war er viel zu gutherzig, ganz gleich, wie sehr er litt.» Lilys Blick trübt sich, und Nile beißt sich auf die Zunge. Er hat ganz vergessen, dass ihre Mutter ja damals ins Meer ging.

«Bitte verzeihen Sie, das war unsensibel von mir.»

«Normalerweise komme ich gut damit zurecht, aber unter den gegebenen Umständen wird das alles natürlich wieder aufgewühlt.»

«Ich weiß, wie sich das anfühlt. Meine Mutter ist auch früh gestorben.»

Ihr mitfühlender Blick überrascht ihn. Ganz kurz legt sie ihm die Hand auf den Arm, wie ein Schmetterling, der seine Haut streift, dann springt sie auf.

«Es ist ja schon kurz vor fünf, ich darf keinesfalls zu spät zu Tommys Gedenkfeier kommen.»

«Kann ich Sie mitnehmen?»

«Danke, ich mache mich nur schnell fertig.»

Lily eilt davon, sie nimmt zwei Stufen auf einmal. Als sie fünf Minuten später wieder auf der Terrasse erscheint, trägt sie ein kurzes schwarzes Kleid zu High Heels und verbirgt die Augen hinter einer riesigen Sonnenbrille. Eigentlich sollte sie in eine Limousine steigen dürfen, statt hinten auf ein altes Motorrad klettern zu müssen, doch ihr scheint das nichts auszumachen. Als Nile den Motor kickstartet, legt Lily ihm die Hände auf die Hüften, als wäre es das Natürlichste der Welt.

32

Auf Mustique ticken die Uhren anders. Alle Veranstaltungen beginnen später als angekündigt, selbst Gedenkgottesdienste. Ich bin eine der Ersten, die um fünf Uhr nachmittags bei der Bamboo Church eintrifft, allerdings wollte ich dem mühsam gewordenen Gespräch mit Mama Toulaine auch möglichst rasch entkommen. Ich bewundere ihre Malerei, doch ihre überirdische Aura finde ich immer ein wenig beunruhigend – als hätte sie tatsächlich einen klareren Blick auf bevorstehende Gefahren als wir alle.

Die Bamboo Church liegt von Lovell aus landeinwärts auf einer kleinen Ebene, ein Holzbau, der, obwohl er weder Buntglasfenster noch Gewölbedecken oder einen Kirchturm vorweisen kann, auf vielen Urlauberfotos zu sehen ist. Von meinem Platz aus habe ich einen hervorragenden Blick auf den Baobab, dessen gewaltiger Stamm sich meiner Kirchenbank entgegenneigt, als streckte ein Elefant seinen Rüssel aus. Dank des Klimas erreicht alles, was auf Mustique wächst, riesenhafte Ausmaße, nicht zuletzt der Tausendfüßler, der gerade über die Bank vor mir krabbelt.

Schließlich treffen die ersten Trauergäste ein. Vielleicht lässt sich ja auch der Mörder von Tommy und Amanda hier blicken, wer immer es war. Auf der Insel muss er jedenfalls noch sein, denn im Moment kommt hier niemand weg. Der Gottesdienst ist eine ideale Gelegenheit zu schauen, ob jemand sich verräterisch verhält.

Als Pater Boakye erscheint, eile ich zu ihm, um noch kurz

ein paar Worte mit ihm zu wechseln. Auch wenn er nach wie vor als Neuankömmling auf Mustique gilt, ist er inzwischen recht beliebt. Eine stets gepflegte Erscheinung mit den zu Cornrows geflochtenen Haaren und der besonnenen Miene. Auf mich macht er den Eindruck eines aufrechten Streiters für das Gute, der vor allem die Jugendlichen unter seine Fittiche nimmt. Sein freundliches Lächeln vermittelt mir immer das Gefühl, dass es für die meisten Probleme eine Lösung gibt, doch als ich ihn nun von Amanda Fortinis Tod in Kenntnis setze, wird sein Gesicht sehr ernst. Ich bitte ihn, die Nachricht zu Beginn des Gottesdienstes zu verkünden, damit wir Tommy und Amanda gemeinsam gedenken können.

«Wie kann das nur passieren, Lady Blake, an einem so friedlichen Ort wie hier?», murmelt er.

«Ich weiß es nicht, Pater, aber ich hoffe, dass es aufhört.»

«Was für eine Tragödie für die Familien. Ich werde für die beiden beten, das verspreche ich.»

Eigentlich fand ich bislang immer einen Trost darin, zur Kirche zu gehen, doch nun erscheint es mir zu wenig und zugleich zu spät, für Tommy und Amanda zu beten. Schweigend schlüpfe ich zurück in meine Bank.

Sacha Milburn huscht den Mittelgang entlang, ohne mich zu bemerken. Sie trägt ein dunkelblaues Kleid mit hohem Kragen, mit dem sie aussieht wie eine Gouvernante aus viktorianischer Zeit. Der Saum schleift über den Boden. Man sieht, dass sie geweint hat, aber ich muss trotzdem daran denken, wie merkwürdig sie sich im Firefly benommen hat. Sie war so ein süßes kleines Mädchen, ganze Sommer lang haben sie und Lily miteinander gespielt. Heute jedoch wirkt sie, als hätte sie eine zu schwere Last zu schultern und wüsste nicht, wie sie sich in der Welt der Erwachsenen zurechtfinden soll. Sie setzt sich mir gegenüber in eine Bank und betupft sich die Augen. Plötzlich stürmen alle Verluste, die ich selbst bisher zu beklagen hatte, auf mich ein. Die letzte Beerdigung, der ich beiwohnte, war die von Prinzessin Margaret. Sie hatte die Zeremonie bis ins Kleinste selbst geplant und wünschte einen Gottesdienst nur mit der Familie und den engsten Freunden in der St. George's Chapel auf Windsor Castle. Kein Außenstehender sollte Zeuge unserer Trauer werden. Ich schließe die Augen, um mich an glücklichere Ereignisse in der Bamboo Church zu erinnern, an die Hochzeiten, die hier an perfekten Sommertagen stattfanden und bei denen anstelle von Konfetti Reis über Braut und Bräutigam geworfen wurde.

Ich bin erleichtert, als Phillip zu mir stößt, der sich von seiner Seekrankheit sichtlich erholt hat. Nicht nur dass er in seinem dunklen Leinenanzug tadellos aussieht, er weiß auch immer, was mir hilft, und greift sofort nach meiner Hand.

«Ich habe gute Neuigkeiten von St. Lucia. Jaspers Projekt macht endlich Fortschritte. Eben am Telefon war er regelrecht euphorisch», wispert er mir zu.

«Gott sei Dank, ich rufe ihn heute Abend noch an.»

Ein wenig getröstet widme ich mich wieder der Beobachtung der Menschen, die nach und nach eintreffen, und schiebe Phillips Stimme in den Hintergrund. Über die Hälfte der Gäste kommt aus Lovell. Dex Adebayo taucht auf, dem auf einem seiner schreiend bunten Hawaiihemden rosa Flamingos über die Brust fliegen. In seinem Gesicht liegt allerdings weniger Heiterkeit, und seine Körpersprache wirkt fahrig. Kann es wirklich sein, dass ich ihn all die Jahre über falsch eingeschätzt habe? Vielleicht hat er mit der Zeit ja gelernt, die wohlhabenden jungen Urlauber zu hassen, denen er das Tauchen beibringt, die sich in immer neue Abenteuer stürzen können, während er auf ein und demselben Fleckchen Erde festsitzt? Auch Dr. Pakefield ist schließlich doch noch zur Gedenkfeier gekommen. Er sitzt allein in einer leeren Bank, wahrscheinlich schreckt seine ernste Miene die Leute ab. Ich darf nicht vergessen, Nile zu erzählen, dass der Arzt mitten in der Nacht einen Ausflug zur *Aqua Dream* gemacht hat, über den er offenbar den Mantel des Schweigens decken will. Könnte er die ganze in ihm brodelnde Wut gegen die jungen Leute auf der Insel gerichtet haben? Er wäre nicht der erste Arzt, der Leben nimmt, statt es zu retten.

Nachdenklich richte ich meine Aufmerksamkeit wieder auf Phillip und versuche, auch in ihm, wie in jedem anderen Mitglied der Kirchengemeinde, den Mörder zu sehen. Er ist einer meiner ältesten Freunde, und ich habe ihn gern um mich, allerdings ist er unfassbar dünnhäutig. Der Arme erleidet Höllenqualen, wenn seine Leistungen als Schauspieler einmal schlecht besprochen werden. Seine Empfindsamkeit ist Fluch und Segen zugleich. Er fühlt sich viel zu schnell in andere hinein und nimmt jede Schwingung im Raum auf wie eine zu straff gespannte Violinsaite. Außerdem weiß ich, dass er sehr mit seiner Bisexualität gekämpft hat, und seine Kindheit muss einfach grauenhaft gewesen sein. In den dreißig Jahren, die wir uns nun schon kennen, hat er immer bedingungslos zu mir gehalten. Davon abgesehen war er an dem Morgen von Amanda Fortinis Verschwinden auf St. Lucia, um Jasper zur Seite zu stehen. Weshalb ich ihn erleichtert von der Liste potenzieller Mörder streiche, die ich im Kopf mit mir herumtrage.

Während der Klavierspieler die ersten Takte einer traurigen Melodie erklingen lässt, werfe ich einen letzten Blick über die Schulter. Unsere Angestellten sind vollzählig zur Zeremonie erschienen. Wesley, der äußerst stattlich aussieht in seinem schwarzen Anzug, lenkt Jose Gomez zu einer der vorderen Reihen und setzt sich neben ihn, für den Fall, dass der junge Gärtner sich unpassend benehmen sollte. Unsere beiden Hausmädchen trotten hinterdrein. Jose macht einen sanften und freundlichen Eindruck, doch zuletzt hat er sich reichlich seltsam verhalten, und ich habe einfach keine Ahnung, warum. Als Mama Toulaine sich jetzt zu unseren Angestellten an den Rand der Kirchenbank setzt, spüre ich plötzlich ein unangenehmes Prickeln in den Händen, als wäre die Temperatur ins Bodenlose gestürzt. Mama trägt noch immer ihr leuchtend buntes Kleid und hat sich Perlen und purpurrote Federn ins Haar geflochten. Vielleicht hat die Malerin als Expertin für Obeah-Symbole ja mehr gesehen, als sie preisgibt.

Pastor Boakye steht neben dem Altar unter einem großen Holzkreuz. Er trägt ein gestärktes weißes Messgewand und verkündet nun behutsam die Nachricht von Amandas Tod. Die gesamte versammelte Gemeinde ringt hörbar nach Luft, und dann wirft ein batteriebetriebener Projektor Fotos von Tommy Rothmore auf eine Leinwand, die mich an die Kindheit des goldblonden kleinen Jungen erinnern. Man sieht Fotos, auf denen er ins Meer springt und Picknick mit Freunden macht, dann folgen Bilder von ihm in Abendgarderobe, den Arm um Amandas Schultern gelegt. Die beiden sehen sich so ähnlich, dass man sie beinahe für Bruder und Schwester halten könnte, zwei schöne, junge Erben aus reichen Familien, denen die Welt zu Füßen liegt und die scheinbar keine Feinde haben.

Phillip stupst mich an und lenkt mich kurz ab. Lily und Solomon sind mit Verspätung eingetroffen. Der Detective trägt ein dunkles Sakko über seiner Uniform, und noch nie habe ich meine Patentochter in der Gesellschaft eines Mannes so entspannt gesehen. Sie setzen sich nebeneinander auf eine der rückwärtigen Bänke. Lily braucht einen intelligenten Partner, der ihr Interesse immer wieder von neuem entfacht, und Nile ist sicher jemand, der ihren Drang nach Unabhängigkeit respektieren würde, aber ich sollte darüber keine Spekulationen anstellen. Wenn Lily sich zu etwas gedrängt fühlt, macht sie mit Sicherheit das Gegenteil.

Als Pater Boakye sich jetzt an uns wendet, kehren meine Gedanken zu den beiden Mordopfern zurück. Der Pastor ermahnt uns, neben der Trauer über ihren vorzeitigen Tod auch das Leben der beiden zu feiern. Erneut fällt mein Blick auf Dr. Pakefield, der, während wir nun alle «Amazing Grace» singen, mit zusammengepressten Lippen auf die Noten im Gesangbuch hinabstarrt. Der Arzt verhält sich so wunderlich, dass ich mir einfach nicht vorstellen kann, wo er das Selbstvertrauen herhaben sollte, jemanden zu überfallen. Die Musik lässt mich kalt, bis auf einmal ein junges Mädchen aus Lovell eine afrikanische Klage anstimmt, begleitet nur vom Vogelgezwitscher draußen. Die Reinheit ihrer Stimme durchbricht meine Gefasstheit schließlich, und ich merke, dass ich auch um Prinzessin Margaret weine und um die Toten in meiner Familie, ebenso sehr wie um Amanda und Tommy. Phillip hält noch immer meine Hand. Auch mein alter Freund kämpft mit den Tränen, wie alle hier, ausgenommen Keith Belmont. Ich habe ihn eben erst entdeckt, er sitzt in unserer Bank, ganz am Rand, die Augen hinter den dunklen Gläsern seiner Sonnenbrille verborgen. Seine Behauptung, er hätte seinen Glauben wiedergefunden, fällt mir ein und auch das hässliche Goldkreuz um seinen Hals, doch seine Körpersprache lässt mich vor Schreck erstarren. Vollkommen reglos sitzt er da, wie eine Viper, die nur darauf wartet zuzuschnappen.

33

Als die einstündige Zeremonie beendet ist, lässt Nile die langsam sich erhebenden Gemeindemitglieder nicht aus den Augen. Keith Belmont geht als Erster, der Musiker lächelt ihm knapp zu, bevor er sich verdrückt. Lily tröstet Sacha Milburn, die ihre Gefühle während des Gottesdienstes am offensten gezeigt hat. Die bizarre Gewohnheit des Rotschopfs, die Bewohner der Insel auszuspähen, sichert ihr zwar einen Platz auf Niles Liste der Verdächtigen, doch es bräuchte schon eine gewaltige Portion Phantasie, um in der unkontrolliert schluchzenden jungen Frau eine Mörderin zu sehen.

Abgesehen von Jose Gomez scheint keiner aus der Gemeinde es eilig zu haben, sich auf den Heimweg zu machen. Der junge Gärtner weicht ein paar Schritte zurück, als er merkt, dass der Detective ihn am anderen Ende der Menge erblickt hat, und verschwindet zwischen den Bäumen rund um die Kirche. Nile bleibt mit einer ganzen Reihe unbeantworteter Fragen zurück. Die Angestellten des Cotton House haben in der Zwischenzeit im Schatten des Baobabs Erfrischungen bereitgestellt, auf Lady Blakes Kosten. Der Anblick erinnert an eine vornehme Gartenparty, und abends soll es Musik, Alkohol und Tanz am Britannia Beach geben. Es ist eine alte Tradition auf Mustique, keine trostlosen Beerdigungen zu veranstalten, sondern das Leben der Gestorbenen mit einem Fest zu feiern.

Nile will gerade aus der Kirche treten, als er von Pastor Boakye aufgehalten wird.

«Kann ich kurz mit Ihnen reden, Solomon?» In seiner Stimme schwingt wie immer der weiche melodische Singsang Westafrikas mit, doch seine Miene ist angespannt.

«Aber natürlich, Pater. Wo sind wir ungestört?»

Der Pastor führt ihn zu einem einsamen von Baumfarnen beschatteten Fleckchen. Nile bemerkt, dass Boakye ungewohnt nervös ist. Seine Gesten sind fahrig, und auf der Oberlippe haben sich feine Schweißperlen angesammelt. Er holt ein Taschentuch hervor und tupft sich die Stirn ab, bevor er beginnt.

«Ich hätte Ihnen das eher erzählen sollen, aber Tommy war bei mir, Sonntagnacht, so gegen zwei.»

«Das ist die Nacht, in der die Fortini-Villa abbrannte.»

«Ja, seine Sachen waren voller Brandlöcher, und er lallte mehr, als dass er sprach. Er behauptete, jemand hätte ihn überfallen. Jemand hätte ihm Verwünschungen ins Haus gelegt, eingeritzt in Korallenstücke, die er weggeworfen hätte. Es ging ihm furchtbar schlecht, das konnte ich sehen. Er glaubte, jemand hätte ihn mit einem Obeah-Fluch belegt und er käme nie mehr zur Ruhe. Und die ganze Zeit über brabbelte er von den Korallen. Tommy sagte, sie würden sterben genau wie er.»

«Und was taten Sie?»

«Nicht genug», erwidert der Pastor und schließt die Augen. «Er sagte, er hätte Angst vorm Sterben, aber nach einer Weile schien er sich wieder zu beruhigen.»

«Hat er Ihnen auch erzählt, weshalb er solche Angst hatte?»

«Er sagte, der andere würde die Korallen hassen. Er würde wollen, dass die Korallen sterben. Ich fragte ihn, von wem er reden würde, doch er bekam kaum noch einen geraden Satz heraus.»

«Aber das ergibt keinen Sinn.»

«Ich konnte Tommy überreden, bei mir zu bleiben. In diesem aufgewühlten Zustand sollte er nicht allein sein, fand ich. Also habe ich ihm ein Bett auf dem Sofa gemacht, aber am nächsten Morgen war er verschwunden. Er hat die Vordertür offen gelassen, was mich ziemlich beunruhigt hat.»

«Wieso?»

«Die Obeah-Gesetze ähneln den alten Glaubensvorstellungen in Nigeria. Da heißt es, man solle immer eine Tür oder ein Fenster offen stehen lassen, damit böse Geister ungehindert das Haus verlassen können und nicht in der Falle sitzen. Ich hätte bis zum Morgen an seinem Bett bleiben und wachen sollen. Das hätte ihm vielleicht das Leben gerettet.»

«Sie haben keine Schuld. Wenn jemand Tommy töten wollte, hätte er das auf jeden Fall getan.»

Der Pastor blickt Nile entsetzt an. «Dann glauben Sie also nicht, dass es Selbstmord war?»

«Ich bin Detective, Pater. Solange ich keinen Beweis für etwas habe, bin ich auch nicht überzeugt.»

Mit trauervoller Miene mischt Boakye sich unter die Menge, die umso lauter wird, je reichlicher die Getränke fließen. Allein durch seine Haltung hebt er sich deutlich vom Rest seiner Gemeinde ab. Der Pastor scheint von privaten Sorgen bedrückt zu sein, über die er nicht sprechen will, doch Nile fehlt die Zeit, um sich darüber länger Gedanken zu machen. Er muss das fehlende Puzzleteil finden, nur dann kann er heute Abend mit den anderen am Strand das Leben feiern. Sein Blick fällt auf Lady Vee und Lily, und er geht zu den beiden hinüber. Angesichts seiner hünenhaften Gestalt teilt sich die Menge vor ihm wie einst das Rote Meer vor Moses.

34

Nachdem ich bereits so viele liebe Menschen verloren habe, finde ich an Totenwachen kein Gefallen mehr. Der Tod mag das Einzige im Leben sein, dem niemand entkommt, dennoch ziehe ich es vor, ihn nicht mit offenen Armen zu begrüßen. Deshalb bin ich froh, als Solomon Lily und mich bittet, ihn aufs Revier zu begleiten, das bringt mich auf andere Gedanken. Und wenn wir alle am selben Strang ziehen, kommen wir der Wahrheit auch schneller auf die Spur. Der feine goldene Rahmen von Solomons Brille blitzt in der Sonne, als er seine Bitte ausspricht, sodass er mich mehr an einen beflissenen jungen Lehrer erinnert als an einen Polizisten. Lily möchte interessanterweise lieber auf seinem alten Motorrad zum Revier gebracht werden als in meinem Buggy, und so zuckele ich allein über die Straße nach Lovell.

Im Polizeirevier empfängt uns eine Mauer aus Hitze, vermischt mit Zigarettenrauch und dem Geruch nach abgestandenem Kaffee. Wir setzen uns an den Empfang, und Solomon blickt uns eindringlich an.

«Ich würde gern mit Ihnen über die Feier heute Abend sprechen, aber vorher wäre es vielleicht gut, uns noch kurz auszutauschen. Lady Vee, haben Sie etwas Neues erfahren?»

«Dr. Pakefield wurde am späten Montagabend dabei gesehen, wie er mit dem Motorboot zur *Aqua Dream* rausgefahren ist. Womit er nicht zuletzt seinen Vertrag verletzt hat, der ihn als Arzt von Mustique dazu verpflichtet, rund um die Uhr auf der Insel zu bleiben, falls jemand krank wird. Außerdem will mir Keith Belmont nicht aus dem Kopf. In einem Augenblick wirkt er so aufrichtig und im nächsten absolut unheimlich.»

«Uns liegt nichts gegen Belmont vor, aber das mit Dr. Pakefield kläre ich so bald wie möglich. Was ist mit Ihnen, Lily, haben Sie etwas zu berichten?»

«Vielleicht sind wir ja zu sehr auf die Korallen fixiert. Vielleicht sind die hineingekerbten Symbole viel wichtiger.»

«Mama Toulaine hat mir heute erklärt, was sie bedeuten», mische ich mich ein. «Die gekreuzten Pfeile symbolisieren Ghede, die Gottheit des Todes, und der offene Kelch steht für die Gottheit des Lebens. Das Spinnennetz bedeutet, dass einem jemand in die Quere kommt.»

«Interessant», kommentiert Nile. «Das Todeszeichen wurde bei Tommy und Amanda zurückgelassen, bei Keith Belmont hingegen lag das Zeichen für Leben. Und auf der Koralle vor Ihrer Tür, Lily, war ein Spinnennetz, nicht wahr?»

«Dann bin ich unserem Mörder also in die Quere gekommen, aber immerhin besteht die Chance, dass ich am Leben bleibe», sagt sie mit zittrigem Lachen. «Gut zu wissen.»

«Es könnte also jemand aus Lovell sein, der die alten Bräuche verinnerlicht hat», überlegt Nile. «Oder aber ein Villenbesitzer, der eine falsche Fährte legen will.»

«Mama hat mir erzählt, dass Dex Adebayo an Obeah glaubt.»

«Abgesehen davon, dass seine Frau behauptet, er wäre bei ihr gewesen, als die Fortini-Villa brannte, hat Dex kein Alibi. Ich behalte ihn besser im Auge. Außerdem wissen wir immer noch nicht, wer Samstagnacht ins Eden House eingebrochen ist. Es muss jemand sein, der sich auf Ihrem Grund bestens auskennt. Was ist mit Jose Gomez, der sich seit einiger Zeit so seltsam verhält?»

Ich schüttele den Kopf. «Jose ist selber schutzbedürftig, er liebt die Gartenarbeit und war außerdem bis vor kurzem ein geradezu vorbildlicher Angestellter.»

«Aber er hat sich verändert, Lady Vee. Er hat Sie und Phillip verfolgt und Lily vielleicht auch. Und wenn ich versuche, mich ihm zu nähern, läuft er immer weg.»

Auch Lily wirkt nicht überzeugt. «Jose hat ehrenamtlich auf meinem Boot mitgearbeitet, weshalb er mir auch an den seichten Stellen des Riffs helfen durfte, mit Schnorchel und Maske. Er hat sich beim Anpflanzen der Korallen äußerst geschickt angestellt. Allerdings ist er die ganze letzte Woche nicht mehr am Hafen erschienen.»

Während Niles Ausführungen fällt mein Blick auf seinen offen daliegenden Notizblock. Dort steht eine Namensliste, angeführt von Jose, dem Keith Belmont, Simon Pakefield und Dex Adebayo folgen. Ganz unten hat Nile *Aqua Dream* hingeschmiert. Das entspricht ungefähr den Verdächtigen, die auch ich im Kopf habe. Jetzt reicht Solomon mir sein Handy und zeigt mir Fotos vom Inneren der *Aqua Dream*. Alles ist viel schlichter, als ich erwartet hätte. Solche Megayachten sind in der Regel ultramodern ausstaffiert mit einer auf Hochglanz polierten, maßgeschneiderten Inneneinrichtung und ausgefallenen Beleuchtungssystemen. Die Linoleumböden und einfachen Holzschränke der *Aqua Dream* scheinen mir für den Geschmack eines Milliardärs etwas zu bescheiden.

«Ich hätte Blattgold und Lampen aus Kristall erwartet», fasse ich meinen Eindruck in Worte.

«Ich auch, Lady Vee, aber das Wichtigste ist jetzt, für die Sicherheit von Ihnen und Lily zu sorgen. Ich möchte, dass Sie Phillip bitten, im Eden House zu wohnen, und Wesley sollte auch dort übernachten, bis die Gewalt ein Ende hat.»

«Das sollte kein Problem sein. Die beiden machen sich sowieso schon Sorgen um uns.»

«Je mehr Beschützer Sie haben, desto besser. Und nun erzählen Sie mir bitte, was für die Strandparty heute Abend geplant ist.»

«Die Leute müssen die Gelegenheit bekommen, über Tommy und Amanda zu sprechen. Ihr Verlust hat uns alle tief getroffen. Ich habe Basil's Bar beauftragt, in der Britannia Bay alles für heute Abend zu organisieren, mit Musik, Getränken und ausreichend Grillfleisch. Jeder hier auf der Insel ist eingeladen.»

«Der Mörder wird vermutlich auch kommen. Ich glaube, dass er sogar auf der Gedenkveranstaltung war, um sich an dem Schmerz zu weiden, den er verursacht hat. Wir müssen einen klaren Kopf bewahren und darauf achten, ob jemand sich merkwürdig verhält.» Nile kritzelt etwas auf seinen Block. «Außerdem, Lady Vee, müssen wir nach wie vor unbedingt herausfinden, wer alles einen Schlüssel für Ihre Villa haben könnte. Bitte denken Sie noch einmal gründlich nach. Vielleicht war ja mal jemand allein im Haus und hatte genug Zeit, Ihre Sachen zu durchsuchen.»

«Ist gut, Solomon.» Plötzlich mit ganz neuem Schwung versorgt, stehe ich hastig auf. «Jetzt muss ich mich aber darum kümmern, dass die Villa sturmsicher gemacht wird. Bemühen Sie sich nicht, ich fahre mit dem Buggy nach Hause.»

Rasch verabschiede ich mich von Lily und Solomon und eile nach draußen. Die Hitze im Gebäude war so drückend, dass ich dringend frische Luft brauche. Wir sitzen hier auf einer Insel fest, wo jemand auf widerwärtige Weise mit uns spielt. Am meisten Sorgen bereitet mir, dass der Mörder ein Stück Koralle vor Lilys Zimmer hinterlassen hat und sie damit die Nächste auf seiner Liste sein könnte. Doch obwohl ich mittlerweile mehr über die Obeah-Symbole weiß, verstehe ich die Drohung nicht so recht. Außerdem achte ich seit Amandas Verschwinden darauf, dass nachts alle Türen abgesperrt sind, auch wenn Jasper und ich uns in all den Jahren hier auf der Insel immer vollkommen sicher gefühlt haben. Da muss man schon reichlich unverfroren sein, um nachts in ein verriegeltes Haus einzudringen, nur um unheilvolle Botschaften zu hinterlassen. Wer immer das war, hat wirklich Mut oder aber so komplett den Verstand verloren, dass ihm die Gefahr, geschnappt zu werden, nichts mehr ausmacht.

35

Nile hätte eigentlich erwartet, dass Lily Lady Blake folgt, doch sie bleibt auf dem hässlichen Plastikstuhl am Empfang des Reviers sitzen und betrachtet die Bruchstücke der Korallen. Noch bevor einer von beiden wieder etwas sagen kann, klingelt sein Handy. In der Leitung ertönt der schrille Hilferuf einer Frau, dann bricht die Verbindung ab.

«Sacha Milburn ist in Gefahr.»

Als Nile aus dem Gebäude hetzt, bleibt Lily dicht hinter ihm. Auf der rasenden Motorradfahrt zur Stargazer Villa verschwimmt die Insel zu einem einzigen grünen Fleck. Bei ihrer Ankunft wirkt alles friedlich, auf der Terrasse wachen nach wie vor die Teleskope auf ihren erhöhten Sockeln. Erst als sie die letzte Treppenstufe erreicht haben, sieht Nile im Wasser des Swimmingpools einen rosa Farbklecks und einen dunklen Schatten auf dem Grund.

Lily hat die Schuhe zuerst abgestreift, schon ist sie im Pool und zieht Sacha Milburn zurück an die Wasseroberfläche. Während der Detective den leblosen Körper auf die Marmorterrasse zerrt, versucht er, seine Panik zu bezwingen. Sachas Haut fühlt sich kalt an. Er legt sie auf den Rücken und beginnt mit der Herzdruckmassage, bis ihr ein Schwall Wasser aus dem Mund bricht. Dann fühlt er mit zwei Fingern an ihrer Kehle nach, doch der Puls ist kaum noch spürbar.

«Nicht du auch noch», murmelt er verzweifelt.

Er spürt förmlich, wie sie ihm entgleitet. Die junge Frau ist unnatürlich bleich, von ihrem Hinterkopf tropft Blut, die langen Haare kleben ihr am Rücken. Während er ihr mit übereinandergelegten Händen in regelmäßigen Abständen auf den Brustkorb drückt, versucht Lily, Sachas Atemwege frei zu halten. Nile ruft alles aus dem Erste-Hilfe-Training ab, das er bei seinem Eintritt in den Polizeidienst absolviert hat, aber vielleicht ist es diesmal schon zu spät. Das Blut sickert weiter aus Sachas Kopfwunde, und ihr Kiefer hängt schlaff herab, doch dann, plötzlich, kämpft ihr Körper sich mit einem Aufbäumen zurück ins Leben. Sie hustet Wasser aus, während Lily ihr den Kopf hält, und Nile merkt, wie ihm die Anspannung langsam aus den Schultern weicht. Er hat diese Woche bereits zwei Leichen gefunden. Ein weiteres Mordopfer hätte er sich nie verzeihen können.

Dr. Pakefield, den er nun auf dem Handy anruft, hört ihm zunächst nur schweigend zu und gibt am Ende ein paar knappe Anweisungen, bevor er auflegt, aber Lily ist ohnehin schon dabei, ein Handtuch auf Sachas heftig blutende Wunde zu pressen. Im Versuch zu entschlüsseln, was passiert ist, lässt Nile den Blick über die Terrasse wandern. Auf einem Tisch unweit des Pools liegt Sachas roter Füller neben einem Glas Saft, das Notizheft allerdings fehlt. Offenbar hatte sie versucht, nach der Rückkehr vom Gedenkgottesdienst ihre Trauer durch Schreiben zu bewältigen, und der Mörder wollte das Heft an sich bringen, weil es belastende Informationen enthält. Die Blutflecken auf dem Marmorboden machen deutlich, wie die Sache abgelaufen sein muss. Den Spuren zufolge wurde Sacha auf der Terrasse überfallen, während sie in ihr Heft schrieb. Sie muss mit dem Telefon in der Hand aufs Haus zugelaufen sein und Nile angerufen haben, bevor sie ins Wasser geschubst wurde. Das Gerät liegt immer noch am Grund des Pools. Der Mörder glaubte wohl, die Sache wäre damit erledigt, und er muss gewusst haben, dass er vor den Hausangestellten sicher ist, weil die noch bei der Bamboo Church waren und Lady Vees Gastfreundschaft nach dem Gedenkgottesdienst für Tommy Rothmore genossen.

Als Nile erneut neben Sacha in die Knie geht, kommt diese gerade langsam wieder zu Bewusstsein. «Konnten Sie sehen, wer Sie überfallen hat?»

«Er kam von hinten.» Ihre Stimme ist kaum mehr als ein Flüstern, und nun schließt sie die Augen wieder, als wollte sie nur noch schlafen.

«Du musst wach bleiben, Sacha», sagt Lily leise. «Dr. Pakefield ist schon unterwegs.»

«Nicht Pakefield, bitte. Ich will ihn nie wiedersehen.» Unter den halb geschlossenen Lidern quellen Tränen hervor.

«Sie brauchen keine Angst mehr zu haben», versucht Nile sie zu beruhigen. «Es ist alles in Ordnung, Sie sind jetzt in Sicherheit.»

Im nächsten Moment trifft Dr. Pakefield ein, mit ernster, feierlicher Miene und noch immer in dem dunklen Anzug, den er bei der Gedenkveranstaltung trug. Er sieht harmlos und unscheinbar aus, dennoch gerät Sacha bei seinem Anblick aus der Fassung und windet sich verzweifelt, als er näher herantritt.

«Hände weg!», schreit sie, dann verliert sie plötzlich wieder das Bewusstsein.

«Machen Sie sich darüber keine Gedanken. Kopfverletzungen können Halluzinationen hervorrufen», sagt der Arzt. «Bitte helfen Sie mir, sie in den Krankenwagen zu bringen.»

Die junge Frau schwebt zwischen Bewusstlosigkeit und Wachzustand. Lily klettert zu ihr in den Wagen und lässt

Nile allein auf der Terrasse zurück. Auf seinem weißen Hemd prangen Blutflecken, die Hose ist nass vom Chlorwasser, und dann hat Lily auch noch ihre Sandalen vergessen. Das Bedürfnis, ihrer alten Freundin beizustehen, war so groß, dass sie barfuß und klatschnass in den Krankenwagen gestiegen ist. Als er daran denkt, wie Lily in voller Montur in den Pool getaucht ist, macht sich ein Lächeln der Bewunderung auf Niles Gesicht breit. Dann wird ihm bewusst, dass Sacha dem Tod nur knapp von der Schippe gesprungen ist. Dass sie noch lebt, verdankt sie einer Mischung aus Glück und gutem Teamwork.

Er will gerade zurück zum Revier fahren, als auf den Stufen zur Villa eine vertraute Gestalt auftaucht: mit grauen Dreadlocks, einem schreiend bunten Hemd und in verwaschenen Jeans. In Sachen Kleidungsstil ist Dexter Adebayo ganz wie früher, aber Mimik und Gestik lassen jede Lässigkeit vermissen. Während Nile auf ihn zugeht, behält Dex seine Sonnenbrille auf und schaut sich suchend auf der Terrasse um, bevor er ihn begrüßt.

«Wo ist Sacha? Ist was passiert?»

«Sie wurde überfallen. Der Krankenwagen bringt sie gerade in die Klinik.»

Nile beobachtet interessiert, wie Dex reagiert. Adebayo wirkt erschrocken und gleichzeitig bemüht, seine Nervosität unter Kontrolle zu bekommen. Der glänzende Schweißfilm auf seinem Gesicht und die hektischen Handbewegungen deuten darauf hin, dass er zu viel getrunken hat.

«Was machst du eigentlich hier, Dex?»

«Sacha hat mich gebeten zu kommen, ohne einen bestimmten Grund zu nennen. Wir sind befreundet, und ich weiß, dass es ihr momentan nicht besonders gut geht. Ich glaube, sie hatte eine Schwäche für Tommy Rothmore, und der ist jetzt tot.» Adebayo macht einen schlurfenden Schritt zurück und versucht, sich Niles bohrendem Blick zu entziehen.

«Du bist ziemlich nervös heute, Dex.»

«Dieser Gedenkgottesdienst hat mich echt mitgenommen. Ich bin von St. Lucia hierhergezogen, um in Ruhe und Frieden zu leben, ohne all die Gewalt.»

«Was weißt du eigentlich alles über die Korallen? Immerhin tauchst du doch. Du siehst sie jeden Tag.»

Adebayo nickt. «Seit meiner Kindheit weiß ich, wie wichtig sie sind. Mein Vater war Fischer genau wie deiner. Er hat mir beigebracht, dass die Korallen alles Leben im Meer sichern. Wenn sie sterben, müssen wir hungern.»

«Du bist mit dem Glauben an Obeah aufgewachsen, nicht wahr?»

«Das bedeutet mir längst nichts mehr. Alter Voodoo-Kram, der schon ewig nicht mehr funktioniert.»

«Was ist mit diesem Motorboot, das du dir mit dem Basil's teilst? Fährst du manchmal frühmorgens damit raus, um allein zu tauchen? Damals warst du immer ganz verrückt danach.»

«Jede Tauchfahrt muss sich selbst finanzieren, allein fahre ich nie raus», erwidert Dexter, während sein Blick zu Boden wandert. «Bitte grüß Sacha von mir. Ich habe die junge Dame wirklich gern.»

Damit macht Adebayo sich aus dem Staub, und Nile bleibt allein auf der Terrasse zurück, wo das Filtersystem des Pools bereits den rosa Klecks aus dem Wasser filtert, als wäre überhaupt nichts geschehen. Der Detective sucht die Terrasse nach der Visitenkarte des Mörders ab, kann aber nichts finden, bis er die Treppe zum Strand hinabsteigt. Neben einer der oberen Stufen liegt ein weggeworfenes Stück Koralle, genauso eins wie bei den beiden Ermordeten und bei Belmont und Lily. Er macht ein Foto von den beiden Pfeilen, die in die fahle Oberfläche geritzt wurden, aber dann packt ihn unvermittelt die kalte Wut. Die Spielchen des Mörders widern ihn auf einmal so an, dass er die Koralle hinunter auf den Strand schleudert. Vielleicht war es ja Dexter Adebayo, der Sacha im Wissen, dass sie allein sein würde, überfallen hat und dann noch einmal zurückgekehrt ist, um sich an seinem Erfolg zu ergötzen und seine Visitenkarte zu hinterlassen. Dieser Fall zwingt Nile einen bestürzenden Blick auf die Menschen auf, die er sein ganzes Leben lang gernhatte und denen er vertraute: Plötzlich sehen alle aus wie Mörder.

36

Beim Betreten der Küche stelle ich fest, dass Wesley wirklich an alles denkt. Im Kühlschrank stehen Platten mit Salat, Pastete und Käse, als würden Lily und ich ohne seine meisterlichen Zubereitungen verhungern. Aber der Gedanke daran, dass jemand mein Ersatzschlüsselbund für Eden House an sich genommen haben könnte, raubt mir die nötige Ruhe für eine Mahlzeit. Ich gehe von Zimmer zu Zimmer und überprüfe jedes Fenster und jede Tür, doch die Schlösser sind alle intakt. Die Schlüssel liegen in einer alten Zigarrenkiste in meiner Schreibtischschublade, genau so, wie ich sie hineingelegt habe. Ich lasse sie in meine Tasche gleiten.

Draußen sieht weiterhin alles friedlich und idyllisch aus, aber der nahende Sturm macht sich immer deutlicher bemerkbar. Ein heißer Wind fegt durch den Garten, reißt Blütenblätter von den Orchideen und bringt die jungen Bananenstauden zum Schwanken. Den jüngsten Meldungen des Wetterberichts zufolge soll Sturm Cristobal im Laufe der Nacht hier ankommen. Die Chance, dass er haarscharf an uns vorbeischrammt, ist ebenso groß wie die, dass er die Insel verwüstet, deren Verwundbarkeit mir noch nie so klar vor Augen stand. Mustique ist nur ein korallenfarbener Punkt im Meer, gefangen zwischen Karibik und Atlantik, und der Gnade widerstreitender Kräfte ausgeliefert.

In Gedanken noch immer beim Sturm, rufe ich auf gut Glück Jaspers Hotel an, wahrscheinlich ist er gar nicht da. Als er dann aber sofort abhebt, bin ich erleichtert.

«Was für eine Überraschung, Vee. Das ist das erste Mal in vierzig Jahren, dass du mich anrufst.» Die Freude in seiner Stimme teilt sich mir selbst durch die Telefonleitung mit.

«Das ist maßlos übertrieben. Ich wollte nur wissen, wie es dir geht.»

«Tatsächlich könnte ich vor Freude tanzen. Stell dir vor, die Auftragnehmer hören ausnahmsweise mal auf mich, und die zweite Lieferung Marmor ist von ausgezeichneter Qualität.»

«Gut gemacht, Liebling.»

Es herrscht kurz Schweigen, dann fragt er: «Was ist los, Vee? Du klingst niedergeschlagen.»

«Schlimme Neuigkeiten, fürchte ich. Heute Morgen haben wir Amandas Leiche gefunden. Für heute Abend habe ich eine Totenwache organisiert, für sie und Tommy, aber eigentlich würde ich am liebsten ins Bett gehen und weinen.»

«Dann hast du mich angerufen, weil du moralischen Beistand brauchst?»

«Irgendwie so, ja.»

«Hör zu, mein Schatz, du musst gut auf dich aufpassen und auf Lily auch. Ich mache mir Sorgen um euch. Ihr zwei seid mir tausendmal wichtiger als diese dummen Villen hier.»

«Du bist wirklich der merkwürdigste Mensch, den ich kenne. Erst treibst du mich tagelang mit deinen Nöten um das Bauprojekt in den Wahnsinn, und dann auf einmal sagst du etwas so unfassbar Liebes.»

«Ich meine es ernst, Vee. Ohne dich wäre mein Leben die Hölle.»

Jasper spricht selten über seine Gefühle, als fürchtete er, damit sein Gesicht zu verlieren, weshalb seine Worte, noch lange nachdem ich den Hörer aufgelegt habe, in mir nachhallen. Auch wenn mein Mann manchmal rücksichtslos sein kann, hat er jetzt doch genau das Richtige gesagt, und binnen weniger Augenblicke geht es mir schon wieder viel besser, sodass ich mich, ohne Phillip vorher anzurufen, nun mit dem Buggy auf den Weg zu meinem Freund mache. Ich habe ein schlechtes Gewissen, weil ich mich nach dem Gottesdienst in der Kirche nicht mal von ihm verabschiedet und ihn einfach allein gelassen habe. Es ist bloß eine kurze Fahrt, doch mit dem heraufziehenden Sturm steigt die Luftfeuchtigkeit, und schnell kleben mir die Kleider an der Haut.

Obwohl der Wind die Blüten von den Bäumen fegt und violette Blütenblätter über das ganze Grundstück verstreut sind, sieht Phillips Villa, als ich nun davor parke, überaus einladend aus. Jacaranda ist eins der kleinsten Häuser auf Mustique, aber ich mag seinen leicht schrulligen Stil. Der Swimmingpool sieht aus wie eine tropische Quelle, und drumherum liegen Platten mit versteinerten Korallen, zwischen denen Wiesenblumen wachsen. Mein alter Freund sitzt daneben und starrt auf die Wasseroberfläche, als könnte er dort die Antworten auf die unergründlichsten Geheimnisse des Lebens finden. Den Armani-Anzug vom Gedenkgottesdienst für Tommy Rothmore hat er mittlerweile abgelegt und trägt nun Shorts und ein weißes Leinenhemd, das seine Bräune gut zur Geltung bringt. Trotzdem – irgendetwas stimmt nicht, das spüre ich sofort. Er bekommt überhaupt nicht mit, dass ich jetzt über den Rasen auf ihn zugehe, und als er schließlich aufblickt, sieht er völlig verstört aus.

«Großer Gott, Vee, du hast mich zu Tode erschreckt.»

«Das tut mir leid, mein Lieber. Bekommst du wirklich so selten Besuch?»

Er ringt sich ein unsicheres Lächeln ab. «Ich bin einfach mit den Nerven am Ende, das ist alles.»

«Am besten hole ich uns beiden erst mal was zu trinken, ich weiß ja, wo du die Spirituosen stehen hast.»

«Nein, bitte geh nicht ins Haus. Ich hab alles mit Insektenspray vernebelt wegen dieser verdammten Moskitos und will nicht, dass du diese widerlichen Chemikalien einatmen musst.» Wieder wirft er einen Blick zu mir hoch. «Hat Lily dich schon erreicht? Sie hat mich gerade angerufen, aus der Klinik.»

«Was ist denn passiert?»

«Sacha Milburn wurde überfallen, eben erst. Sie hat wohl überlebt, aber ich kann das alles kaum glauben.» Seine Miene sieht gequält aus.

«Diese Ereignisse machen dir sehr zu schaffen, nicht wahr?»

«Meine Kindheit war ein einziges Kriegsgebiet, Vee. Da kommen die ganzen schlimmen Erinnerungen wieder hoch.»

«Ich wünschte, du würdest mir davon erzählen.»

«Das ist keine schöne Geschichte. Meine Eltern waren zu arm, um die Horde Kinder satt zu kriegen, die sie hatten, und wir mussten um jeden Krümel Essen und Zuneigung kämpfen. Es gab nie genug für alle, was zu brutalen Auseinandersetzungen führte.» Er lächelt schwach. «Ist es nicht komisch, dass die Vergangenheit, je älter wir werden, immer mehr Platz einnimmt, anstatt zu verblassen? Ich hätte gedacht, mit der Zeit würde es leichter werden.»

«Warst du schon mal bei einem Therapeuten?»

Er schüttelt den Kopf. «In Hollywood gibt es zu viele Seelenklempner, die deine Geheimnisse an die Presse verkaufen. Ich war nie gern Gesprächsthema, es sei denn, es ging um eine brillante schauspielerische Leistung.»

«Aber es muss doch auch diskrete Therapeuten geben, mein Lieber, wenn die Vergangenheit dich immer noch so quält. Ich verspreche dir, dass hier bald wieder Frieden herrscht.» Ich lege ihm eine Hand auf den Arm. «Wenn wir uns Angst einjagen lassen, hat der Mörder gewonnen. Würde es dir wohl etwas ausmachen, bei Lily und mir im Eden House zu wohnen, bis die Gefahr vorüber ist? Ich werde auch Wesley darum bitten. Wir würden uns sicherer fühlen, wenn ihr beide im Haus wärt.»

Sofort hellt sich seine Miene auf. «Mit dem größten Vergnügen.»

«Ich habe dir einen Satz Schlüssel mitgebracht, dann kannst du jederzeit kommen und gehen, ganz wie du willst. Lily wird hocherfreut sein, und zu viert sind wir stärker als zu zweit.»

Phillip drückt mir einen Kuss auf die Wange und eilt ins Haus. Allein am Pool sitzend, frage ich mich, warum ich ihn eigentlich nicht schon früher zu uns eingeladen habe. Den ganzen Sommer musste er hier auf sich allein gestellt verbringen, trotz seines gebrochenen Herzens. Ich erinnere mich, schon einmal von seiner elenden Kindheit auf einem heruntergekommenen Hof in Kanada gehört zu haben. Seine Eltern gaben sich wohl gegenseitig die Schuld an ihrer Armut, und Phil und seine Geschwister standen ständig zwischen den Fronten. Wenn ich bedenke, was schließlich aus ihm geworden ist, kann ich mich einer gewissen Bewunderung nicht erwehren. Und wie federnd und energisch er eben davongeeilt ist, um uns einen Drink zu holen! Mit zwei Manhattans auf einem Silbertablett kehrt er zurück, das Verhältnis Whisky zu Wermut ist genau richtig, und auch die Maraschinokirsche zum Süßen fehlt nicht. Seine tadellosen Umgangsformen werden der Freude, ihn als Gast in unserem Haus zu haben, das Sahnehäubchen aufsetzen.

«Lass uns die ganzen Sorgen für eine Weile vergessen, Phil. Ich möchte die Veranstaltung heute Abend genießen. Wir müssen nur beieinanderbleiben und die Augen offen halten. Ich habe das merkwürdige Gefühl, dass uns der Mörder direkt vor der Nase sitzt und wir nur den Wald vor lauter Bäumen nicht sehen können.»

«Dein Kampfgeist ist anbetungswürdig, Vee.» Jetzt endlich erscheint ein Grinsen auf Phillips Gesicht.

«Ich werde den Bastard finden, der das alles getan hat, glaub mir. Und wenn ich herausgefunden habe, wer es ist, sorge ich dafür, dass er für immer hinter Gitter kommt.»

«Geh aber keine Risiken ein und versprich mir eins. Hab von jetzt an immer ein Handy dabei. Ich hab noch eins übrig, das kannst du behalten. Es ist doch Wahnsinn, bei allem, was hier passiert, nicht erreichbar zu sein.»

«Nein danke, mein Lieber. Diese Dinger sind nur dazu da, uns bis aufs Blut zu quälen. Wenn ein Gespräch sich lohnt, geführt zu werden, kann es auch warten, bis ich daheim bin.»

Während Phillip mir nun erzählt, welche Vorkehrungen er gegen den Sturm getroffen und wie er Fensterläden verstärkt und Gartenmöbel ins Haus getragen hat, nippe ich an meinem perfekt gemixten Cocktail. Ich darf Phillip in seiner jetzigen labilen Verfassung nicht beunruhigen, doch der jüngste Überfall hat mich zutiefst erschüttert. Sacha Milburn ist bereits das dritte Mitglied aus Lilys Freundeskreis, das zur Zielscheibe wurde, und ich bekomme immer mehr Angst, dass Lily die Nächste ist. Umso mehr Grund, die Menschen, die ich schätze und liebe, um mich zu scharen und dafür zu sorgen, dass niemand zu Schaden kommt.

37

Um sieben Uhr abends kehrt Nile zum Revier zurück, in Gedanken immer noch bei dem Überfall auf Sacha Milburn. Er muss herausfinden, was hinter Dex Adebayos Verhalten steckt und wieso Sacha Dr. Pakefield gegenüber so abwehrend war. Zunächst aber will er unbedingt Jose Gomez finden, bevor er sich später auf den Weg zur Feier am Strand der Britannia Bay macht. Der junge Gärtner kann nicht ewig vor ihm davonlaufen. Er ist heute schon den dritten Tag in Folge nicht zur Arbeit erschienen, und seine Mutter war am Telefon äußerst verschlossen, doch jetzt ist die Zeit für Antworten gekommen.

Wieder fällt Nile auf, wie fragil das Zuhause der Familie Gomez auf seinem einsturzgefährdeten Podest am Strand doch aussieht. Papa Gomez ist Fischer, jetzt aber liegt sein kleines Boot verlassen auf dem rosafarbenen Sand. Nile ist froh zu sehen, dass die meisten Boote zum Schutz vor dem Sturm an Land gebracht wurden. Er stellt das Motorrad ab. Heute scheint jemand zu Hause zu sein. Luella Gomez ist gerade fleißig bei der Arbeit. Sie steht auf halber Höhe auf einer Leiter und nagelt Hartfaserplatten vor das Fliegengitter der Eingangstür, als könnte diese dünne Hülle ihr Heim in einem tobenden Sturm davor bewahren, dem Erdboden gleichgemacht zu werden.

Als Nile ihren Namen ruft, reagiert Luella völlig überraschend. Sie springt von der Leiter und wirft sich ihm in die Arme. Die Mutter des jungen Gärtners schluchzt, bis ihre Tränen durch den Stoff seines Hemdes dringen, und er kann nichts weiter tun, als tröstliche Worte zu murmeln. Luella ist eine schmale etwa fünfzigjährige Kreolin, die fünf Kinder geboren hat und mit einem Mann verheiratet ist, der sich entweder auf See aufhält oder in der lokalen Bar besäuft und die Probleme des Alltags ihr überlässt. Sie hat zwei Jobs, als Köchin und als Putzfrau, genau wie Niles Mutter, als sie noch lebte.

«Kommen Sie, Luella, setzen Sie sich. Was ist denn los? Erzählen Sie's mir.»

Mrs. Gomez zieht ein Taschentuch aus der Tasche ihres Hauskittels. «Entschuldigung, ich will ja gar nicht weinen, aber ich mache mir solche Sorgen!»

«Was ist denn passiert?»

«Jose ist gestern Abend nicht nach Hause gekommen, und er ist in letzter Zeit immer so aufgewühlt. Ich habe Angst, dass sie ihn irgendwann auch aus dem Meer fischen, so wie diesen Jungen in der Old Plantation Bay.»

«Ich habe ihn eben erst gesehen, in der Bamboo Church.»

«Gott sei Dank, er ist am Leben.» Mrs. Gomez bekreuzigt sich mehrmals, als würde Joses Schicksal allein von ihrem Glauben abhängen.

«Wenn er zu Hause ist, wie benimmt er sich da? In letzter Zeit ist er nämlich immer wieder Phillip Everard und Lady Blake nachgegangen, Tag und Nacht.»

«Jose war schon immer zappelig, und er ist lieber draußen als drinnen. Manchmal geht er noch um Mitternacht am Meer spazieren. Es ist schwer, ihn dazu zu bringen, wenigstens zum Schlafen im Haus zu bleiben.»

«Können Sie sich vorstellen, wieso er plötzlich Leute verfolgt?»

«Mein Sohn verehrt Lady Blake, Lily und Mister Phillip. Ich glaube, er macht sich Sorgen, dass ihnen etwas Schlimmes zustoßen könnte. Das sind die einzigen Menschen auf Mustique, die ihm eine Chance gegeben haben, weshalb er sie wohl beschützen will.»

«Er glaubt, sie könnten in Gefahr sein?»

«Einen anderen Grund kann ich mir nicht vorstellen. Er verdankt ihnen sein Leben.»

«Aber nein, Luella, diese Ehre gebührt allein Ihnen. Er hat Glück, dass Sie so gut für ihn sorgen.» Niles Worte lösen einen weiteren Strom Tränen aus. «Wenn ich ihn sehe, schicke ich ihn schnurstracks nach Hause.»

Luella legt eine Hand auf Niles Hemdmanschette. «Jose würde niemals etwas Böses tun, Solomon. Es gibt Menschen in Lovell, die haben Angst vor ihm, weil er stumm ist, aber Mama Toulaine sagt, dass er ein guter Geist ist und auf der Seite der Götter steht. Das glauben Sie doch auch, nicht wahr? Bitte sagen Sie mir, dass Sie das verstehen.»

Statt einer Antwort tätschelt Nile ihr kurz die Schulter. Luella gehört zu der kleinen Gruppe Nachbarn, die nach dem Tod seiner Mutter bei seinem Vater aufgetaucht sind und dem Witwer geholfen haben. Verschwommen erinnert er sich daran, wie sie ihn in den Schlaf gesungen und ihm etwas gekocht hat und wie sie ihn mit ihren ältesten Söhnen am Strand spielen ließ. Als er sich verabschiedet, sind Mrs. Gomez' Augen immer noch feucht. Nile will wirklich glauben, dass Jose mit der ganzen Sache nichts zu tun hat, doch nach wie vor gibt es keine Erklärung für sein merkwürdiges Verhalten.

38

Nachdem ich mein Glas ausgetrunken habe, lasse ich Phillip allein, damit er seine Sachen packen kann. Die Einladung scheint meinen alten Freund wirklich gefreut zu haben, er ist so aufgeregt wie ein kleines Kind, das auf eine Übernachtungsparty darf. Ich vergesse oft, wie heimtückisch die Einsamkeit sein kann. Jasper hält mich ständig auf Trab, er wirbelt mein Leben durcheinander wie der Tropensturm, der Mustique bedroht und eine Gefahr für jedes Schiff im Mittelatlantik darstellt. Aber der Grat zwischen Einsamkeit und Verzweiflung ist schmal.

Mir bleibt gerade noch genug Zeit, um mich ein wenig zurechtzumachen, bevor ich Lily von der Klinik abhole. Schon als ich noch klein war, brachte mir meine Mutter bei, wie man sich auf Festen amüsiert, und seither bin ich ihrem Beispiel immer gefolgt. Wähle angemessenen Schmuck und schminke dich sorgfältig, vor allem aber: Lächle. Gesellschaftliche Anlässe sollte man immer voller Vertrauen angehen. Auch wenn mein Lächeln heute Abend ein wenig unsicher ist, als ich den purpurroten Lippenstift auftrage, ist und bleibt es doch mein bester Trumpf. Dann betrachte ich mich im Spiegel: Ich trage ein zitronengelbes Kleid von Harvey Nichols, Riemchensandalen und ein großzügiges Quantum Chanel No. 5. Sollte der Mörder bei der Totenwache heute Abend auftauchen, bin ich hinter dem Schutzschild meines Make-ups jedenfalls kampfbereit. Meine Beobachtungsgabe, die ich in all den Jahren verfeinert habe, sollte mir dabei helfen zu merken, wenn sich jemand verdächtig verhält. Ich tupfe mir noch einen letzten Hauch Bronzepuder auf die Wangen, dann verriegele und versperre ich das Eden House und mache mich in meinem Buggy auf den Weg. Neben mir auf dem Beifahrersitz liegen Lilys rotes Lieblingskleid und ein Paar Sandalen.

Obwohl es noch früh am Abend ist, sind meine Nerven auf der Fahrt zur Klinik aufs Äußerste angespannt. Wenn Sacha Milburn sogar am helllichten Tag überfallen werden konnte, sind wir alle angreifbar. Als ich an den Stallungen vorbeifahre, stieben die schönen arabischen Stuten plötzlich auseinander. Der auffrischende Wind macht sie schreckhaft. Eine von ihnen bäumt sich hoch auf und galoppiert dann davon.

In der Klinik riecht es nach Medikamenten und Panik, doch heute gibt es kein Entkommen. Ich will genau wissen, was Sacha Milburn zugestoßen ist. Lily sitzt auf einer Bank vor Sachas Zimmer, die nackten Füße auf dem Linoleumboden. Sie springt auf und umarmt mich, und ich spüre, wie sehr das Erlebte sie mitgenommen hat. Die Arme hat stundenlang am Bett ihrer Freundin ausgeharrt und würde vermutlich nur zu gern auch die Nacht dort verbringen, wenn ich sie jetzt nicht mit mir nehme. Trotz der Strapazen des heutigen Tages sieht sie mit ihrer vom Sommer in den Tropen golden schimmernden Haut aus wie das blühende Leben selbst.

«Ich dachte, Sacha wäre ertrunken, Vee. Sie hat nicht mal mehr geatmet.»

«Du und Solomon, ihr habt ihr das Leben gerettet. Nur darauf kommt es an.»

In Lilys Augen glänzen Tränen. «Im Krankenwagen schien

es ihr besser zu gehen, und sie hat klar und verständlich mit mir gesprochen, aber jetzt ist sie wieder bewusstlos.»

Bevor ich ein paar Fragen stellen kann, nähert sich uns eine Krankenschwester. Mit einfühlsamer Miene teilt sie uns mit, dass Sacha noch immer ohne Bewusstsein ist. Der Verlauf einer Gehirnerschütterung sei grundsätzlich unvorhersehbar. Offenbar gibt es Patienten, die unmittelbar nach einer Kopfverletzung den Eindruck erwecken, es ginge ihnen gut, und dann doch ins Koma fallen, aufgrund der Schwellung und des zunehmenden Drucks auf das Gehirn. Die Schwester mustert uns mit gütigem Blick, bevor sie erklärt, dass Sacha mit dem Hubschrauber für eine Computertomographie nach St. Vincent gebracht werden müsse, was aber erst geschehen könne, wenn der Sturm vorübergezogen sei.

«Der Arzt hat ein paar Tests zur Überprüfung der Reflexe vorgenommen, und sie reagiert noch. Möglicherweise nimmt ihr Körper sich gerade nur die Auszeit, die er jetzt braucht, um sich zu erholen. Es ist davon auszugehen, dass sie das Bewusstsein wiedererlangt, der Arzt kann aber nicht genau sagen, wann. Sie dürfen gern zu ihr.»

Als ich Sacha dort im Krankenbett liegen sehe, das lange kastanienrote Haar auf dem Kissen ausgebreitet, die Decke dicht um den Leib gestopft, wird mir das Herz schwer. Das Zimmer selbst ist eine kleine weiße Schachtel. Instinktiv reiße ich das Fenster auf, um Luft hereinströmen und die Patientin das Vogelgezwitscher von draußen hören zu lassen.

Lily hält die Hand ihrer Freundin, was mir wieder einmal vor Augen führt, wie mitfühlend sie ist. «Schon komisch, Vee. Sie ist unmittelbar nach der Untersuchung durch Dr. Pakefield ins Koma gefallen. Gerade als ich ein paar Minuten Pause machte und er allein mit ihr im Zimmer war.»

«Das ist bestimmt nur Zufall. Die Symptome einer Kopfverletzung können mit stundenlanger Verzögerung auftreten.»

Lily sieht nicht überzeugt aus, und auch meine eigenen Gedanken wirbeln durcheinander, denn mir fällt Mama Toulaines Warnung vor dem Arzt wieder ein. Als Sachas grüne Augen sich plötzlich mit einem Ruck öffnen, schöpfe ich einen kurzen Moment lang Hoffnung. Ihr Blick ist fixiert auf etwas, das nur sie selbst sehen kann, doch dann fallen ihr die Lider wieder zu. Nun wirkt es nicht mehr friedlich, wie sie da liegt und ihre Hände in einem wahren Veitstanz über die Decke zucken.

«Warum ziehst du dich nicht um, Liebes? Ich spreche währenddessen mit Dr. Pakefield», schlage ich Lily vor.

Im Empfangsbereich suche ich Simon Pakefield vergeblich. Erst als ich den Korridor ein Stück hinabgehe, bemerke ich, dass die Tür zu seinem Ordinationszimmer nur angelehnt ist. Durch den schmalen Spalt sehe ich, wie der Doktor an seinem Schreibtisch sitzt, den Kopf in den Händen vergraben, die Finger gegen die Schläfen gepresst. In dieser Stellung verharrt er, bis ich an die Tür klopfe, was ihn ungeschickt aufspringen lässt.

«Bitte entschuldigen Sie die Störung, Doktor. Kann ich kurz mit Ihnen sprechen?»

«Falls Sie wegen Sacha hier sind, da können wir, fürchte ich, nur abwarten», brummelt er. «Eigentlich müsste sie in eine neurologische Abteilung gebracht werden. Meine Möglichkeiten, ihr zu helfen, sind begrenzt, und das ist ziemlich frustrierend.»

«Sie sehen müde aus. Geht es Ihnen gut?»

«Kein Arzt sieht seine Patienten gern leiden.»

Als ich auf seinen Schreibtisch hinabblicke, fällt mir etwas ins Auge, das ich bis dahin gar nicht bemerkt habe. Noch ein Stück Koralle, mit eingekerbtem Spinnennetz. Als ich es hochnehme, spiegeln sich erstmals wirkliche Gefühle auf dem Gesicht des Arztes, Angst vermischt mit Schuld.

«Wo haben Sie das gefunden?», frage ich.

Schon hat er seinen neutralen Gesichtsausdruck wieder aufgesetzt. «Vor Sachas Krankenzimmer, unmittelbar nachdem sie eingeliefert wurde.»

«Darf ich das mitnehmen? Solomon Nile möchte sich das sicher gern ansehen.»

«Nur zu.»

«Eine Sache noch. Sie wurden am späten Montagabend gesehen, wie Sie mit einem Motorboot zur *Aqua Dream* rausgefahren sind. Können Sie mir sagen, warum?»

Seine Lider flackern. «Das ist nicht wahr. Ich muss auf der Insel bleiben, vierundzwanzig Stunden am Tag, außer ich gebe meinem Arbeitgeber vorher Bescheid.»

«Ich habe großes Vertrauen zu der Person, die mir das mitgeteilt hat.»

«Dann hat er oder sie sich eben geirrt.» Im Bemühen, unser Gespräch zu beenden, greift er nach einem Klemmbrett. «Wenn Sie mich jetzt bitte entschuldigen würden, ich muss zurück an die Arbeit.»

Ihm ist erkennbar daran gelegen, dass ich von seinem Territorium verschwinde, und meine gute Meinung über ihn bekommt langsam Risse. «Ich mache mir Sorgen um Sacha. Der Mörder lässt solche Korallenstücke als Visitenkarte zurück und beabsichtigt vielleicht, sie noch einmal zu überfallen. Lily und ich müssen auf die Totenwache heute Abend, aber bevor wir gehen, sorge ich noch für einen Wachtposten vor Sachas Tür.»

«Aber sie ist hier vollkommen sicher.»

«Wir sollten kein Risiko eingehen. Ich möchte nicht, dass wir noch einen so jungen Menschen verlieren.»

Die Wahrheit ist, dass der Mörder jemand sein könnte, dem ich bis zu diesem Moment vertraut habe. Dr. Pakefield könnte Dr. Bunburys Boot genommen haben, um Korallen zu ernten, einschließlich des Stücks von seinem Schreibtisch. Doch sollte tatsächlich er es gewesen sein, scheint er keine Freude an seinen Gewalttaten zu finden. Die verkrampfte Haltung seiner Schultern lässt mich sein Elend deutlich erkennen, weshalb ich das Ordinationszimmer schließlich verlasse.

Lily, die kurz darauf wieder im Korridor erscheint, sieht einfach umwerfend aus in dem karminroten Kleid, das sich ihrem schlanken Körper perfekt anschmiegt. Die Mühe, sich zu schminken, hat sie sich gar nicht erst gemacht, ihre Haut leuchtet ohnehin von innen heraus. Es widerstrebt mir, ihre gerade erst gestiegene Stimmung erneut zu drücken, wo sie in den vergangenen Tagen schon so viel durchmachen musste, doch mir bleibt keine Wahl.

«Du siehst phantastisch aus, Liebes, aber könntest du vorher noch schnell Solomon anrufen? Ich möchte, dass einer von den Brüdern Layton herkommt, und zwar sofort. Der Mörder hat ein weiteres Stück Koralle hinterlassen.»

Die prompt auf Lilys Miene zurückgekehrte Anspannung steht in bizarrem Kontrast zu ihrem fröhlich leuchtenden Kleid. Bestimmt wäre der Mörder entzückt zu sehen, wie ihr kurzes Glücksgefühl sofort wieder verfliegt.

39

Als Nile Lilys Anruf entgegennimmt, hat die Strandparty bereits begonnen. Angestellte von Basil's Bar haben gerade ein Lagerfeuer auf dem Sand zum Brennen gebracht. Die von den Korallen rosa gefärbte Britannia Bay sieht noch genauso aus wie damals, als Nile ein kleiner Junge war, doch es wäre ein Fehler, sich heute Nacht von Nostalgie überwältigen zu lassen. Schnell hat er Charlie Layton entdeckt, der sich mit ein paar Männern aus Lovell das Freibier schmecken lässt. Als Nile ihm aufträgt, Sacha Milburn in der Klinik zu bewachen, setzt er sich schwerfällig in Bewegung. Zu den Hauptvorteilen der Insel gehört, dass sie so klein ist und immer alles in Reichweite liegt. Wenn Layton ein bisschen Tempo macht, ist er in zehn Minuten in der Klinik.

Nile wirft einen Blick auf die anwachsende Menschenmenge. Lady Vee scheint inzwischen zu glauben, dass Dr. Pakefield in die Verbrechen verwickelt ist, ebenso gut aber könnte der Mörder jetzt nur wenige Meter von ihm entfernt sein. Mörder sind Egoisten, sie glauben, dass nur ihr eigenes Leben zählt, und Nile hält es durchaus für möglich, dass der hiesige Übeltäter in diesem Moment mitten unter ihnen ist und frohlockt. Immerhin hat er zwei Leben ausgelöscht und ein drittes in große Gefahr gebracht und damit drei Familien ins Unglück gestürzt. Dennoch deutet jetzt und hier nichts darauf hin, dass das Inselleben von Gewalt überschattet wird. Nur die beiden großen Fotos von Tommy und Amanda, die über einer provisorischen Bar hängen und auf denen die beiden lächeln, als gäbe es keine Sorgen auf der Welt, lassen erkennen, dass es sich bei dem Fest um eine Totenwache handelt. Kellner gehen mit Tabletts herum, auf denen sie Weingläser balancieren, der Alkohol fließt bereits reichlich. Ein paar alte Freunde von Niles Vater haben es sich auf Liegestühlen bequem gemacht und genießen die Stimmung. Keith Belmont unterhält sich mit Dexter Adebayo, die beiden stehen mit ernsten Mienen unter den Feiernden und starren ins Feuer. Aus den im Sand aufgebauten Lautsprechern plärrt ein wilder Mix aus allen erdenklichen musikalischen Genres, von Calypso-Klängen über Motown-Hits bis hin zu Reggae.

Auch die wenigen noch auf der Insel verbliebenen Villenbesitzer haben sich von der Party zum Strand locken lassen. Nile entdeckt unter ihnen eine Schauspielerin, einen Theaterimpresario aus New York und einen britischen Politiker. Nach und nach werden die Gäste lockerer, die ersten Paare tanzen, und das Gelächter wird lauter. Als ein Song von Blue Heaven über den Strand schallt und Keith Belmont die Menge mit seiner krächzenden Stimme auffordert zu tanzen wie der Teufel, schließlich wisse man nie, ob es ein Morgen gebe, brandet Applaus auf. Nile könnte stundenlang dabei zusehen, wie sich die tief verankerte Lebenslust der Inselbewohner Bahn bricht, allerdings wäre die gute Gelegenheit damit verpasst.

Am anderen Ende der Menge taucht nun auch Lyrons Gesicht auf, er spricht mit einem der Angestellten von Basil's. Seit ihrer Unterhaltung wirkt Niles Bruder viel gelöster und gleicht fast schon wieder dem fröhlichen Schuljungen, an den der Detective sich noch erinnert. Nile ist froh, dass sein

Bruder heute Abend mit dabei ist, auf diese Weise kann er ein Auge auf ihn haben.

Mittlerweile ist es halb elf, immer mehr Sterne verstecken sich hinter Wolkenschleiern, und das weiche Licht lässt das Meer glänzen wie Quecksilber. Als Nile in Richtung Dünen schaut, entdeckt er Jose Gomez, der ihn von dort aus beobachtet, sich beim ersten Blickkontakt aber sofort aufrappelt und davonläuft, genau wie vorhin beim Gedenkgottesdienst. Es mag an seiner allseits bekannten Menschenscheu liegen, doch Nile glaubt weiterhin, dass sich hinter dieser Fassade auch etwas Dunkleres verbergen könnte. Er macht ein paar Schritte auf die Dünen zu, aber Gomez ist bereits verschwunden. Offenbar will er die Partygäste aus einiger Entfernung im Auge behalten. Sonst ist niemand in den Dünen, nur eine Reihe vom Wind verformter Meertraubenbüsche.

Nile schaut auf sein Handy und sieht, dass er eine SMS von Charlie Layton bekommen hat. Sacha Milburns Zustand sei ernst, aber stabil. Lady Blake habe ihn angewiesen, nicht von ihrem Bett zu weichen, bis er abgelöst werde. Nile ist klar, dass die junge Frau sich jetzt nur noch selbst retten kann. Sie muss kämpfen, um das Bewusstsein zurückzuerlangen. Wieder lässt er den Blick über die Menge schweifen. Über einhundert Menschen, die Gesichter orange im Schein des Lagerfeuers, beobachten die immer höherschlagenden Flammen. Keith Belmont wird von einer Gruppe Touristen aus Frankreich umringt, die im Firefly wohnen, und flirtet mit der jüngsten Urlauberin wie in alten Zeiten. Dem Feuer am nächsten steht Dexter Adebayo und ist noch immer so fahrig, dass der lässig entspannte Typ, der Nile damals das Tauchen beibrachte, kaum wiederzuerkennen ist. Die anderen Gäste um ihn herum plaudern und lachen, während er in die Flammen starrt.

Wesley Gilbert hat, was ihn und Mama Toulaine betrifft, offenbar die Wahrheit gesagt. Die beiden stehen nebeneinander und fühlen sich als Paar so wohl, dass sie keine Worte brauchen. Nile verharrt allein auf seinem Beobachtungsposten, bis auf einmal Lily Calder auf ihn zukommt. In der einen Hand hält sie ein Paar Sandalen, in der anderen ein Cocktailglas. Sie sieht umwerfend aus in ihrem kurzen roten Kleid, eine typische Vertreterin der feinen Gesellschaft. Nur bei näherem Hinsehen ist sie nicht mehr so leicht einzuordnen, zu viel Sorge liegt in ihrer Miene, als dass sie als echtes Partygirl durchgehen könnte.

«Sie sehen nachdenklich aus, Solomon.»

«Die ganze Zeit über beobachte ich alle so intensiv, dass ich langsam den Durchblick verliere.»

«Haben Sie das junge Mädchen bemerkt, das Keith da anbaggert? Sie sieht noch aus wie ein Kind.»

«Ich hab mir ihren Ausweis zeigen lassen, sie ist gerade achtzehn geworden. Hoffentlich trinkt sie Limonade.»

Plötzlich wird die Musik aufgedreht, und «Three Little Birds» von Bob Marley & The Wailers ertönt in einer Lautstärke, dass Nile nicht einmal mehr seine eigenen Gedanken hören kann. Er deutet aufs Meer, und Lily setzt sich in Bewegung. Noch immer rauscht das Adrenalin dieses Tages durch seinen ganzen Körper. Wäre er noch in Oxford, würde er sich nun wahrscheinlich die Laufschuhe anziehen und den Asphalt der Straßen bearbeiten, aber jetzt und hier würde er am liebsten ins Meer rennen und weit hinausschwimmen. Lily Calder scheint dasselbe zu empfinden. Sie gehen ein Stück am Ufer entlang, bis die Partymusik zu einem dumpfen mechanischen Pulsieren verhallt. Die hellen Umrisse des Halbmonds beherrschen den Nachthimmel.

«Haben Sie …?» Lily stockt. «Wollen wir uns nicht duzen? Das wäre doch viel einfacher.»

Nile ist froh, dass sie sein Gesicht nicht sieht. «Gern», bringt er heraus.

«Sehr schön! Also dann: Hast du schon etwas über den Kerl herausgefunden, der Sacha überfallen hat?», fragt Lily.

«Er muss ihr entweder von der Gedenkveranstaltung bis nach Hause gefolgt sein oder hat bei der Villa auf der Lauer gelegen und auf sie gewartet. Ich muss mich morgen noch ein bisschen tiefer durch die Vergangenheit der Leute wühlen, einschließlich derer, die wir bisher noch nicht als Verdächtige in Betracht gezogen haben. Eine anspruchsvolle Aufgabe für einen Neuling.»

Lily lässt sich auf dem Stamm einer umgestürzten Palme nieder und wartet, dass Nile sich neben sie setzt. «Wer ist bloß so verrückt, dass er meine Freunde überfällt und diese hasserfüllten Botschaften hinterlässt?»

«Das finden wir schon noch heraus, keine Sorge. Du musst jetzt allerdings wirklich gut auf dich aufpassen.»

«Ich werde nicht mehr allein auf Mums Boot arbeiten, bis das alles vorüber ist.»

«Ich wusste gar nicht, dass die *Revival* deiner Mutter gehörte.» Nile vermeidet es, Lily in die Augen zu sehen. Es ist ewig her, dass ihn eine Frau derart angezogen hat, aber jetzt ist nicht der richtige Zeitpunkt, sich von Gefühlen hinreißen zu lassen. Außerdem wirkt Lily in ihre eigene Welt versunken, sie hat den Kopf zurückgelegt und bewundert den Nachthimmel.

«Wie alt warst du, als deine Mutter starb?», fragt er sanft.

«Fünf, und du?»

«Ich war gerade sieben geworden. Ich weiß kaum noch, wie sie aussah, und vielleicht ist das ja auch ein Segen. Mein Vater erinnert sich noch viel zu gut an sie. Er hat nie wieder geheiratet.»

Die Wellen schlagen immer heftiger an den Strand, doch Lilys Blick ist ganz ruhig geworden. «Hast du dir je selbst die Schuld gegeben?»

«Was immer ich auch getan hätte, ich hätte es nicht verhindern können.»

«Ich werde nie erfahren, ob die Aufgabe, mich großzuziehen, nicht der Tropfen war, der das Fass zum Überlaufen brachte, nachdem mein Vater uns verlassen hatte. Ohne Kind hätte meine Mutter ihre Karriere weiterverfolgen können.» Lily stößt ein dumpfes Lachen aus. «Bitte entschuldige, ich werde rührselig. Eine Mischung aus Alkohol und der Tatsache, dass ich miterleben musste, wie noch eine Freundin von mir fast ums Leben gekommen ist. Ich sollte besser zurückgehen.»

Nile steht zur selben Zeit auf wie sie, und da verliert Lily das Gleichgewicht. Als sie gegen ihn taumelt, legt er ihr die Hand um die Hüfte, um sie festzuhalten. Sie stellt sich auf die Zehenspitzen und küsst ihn zu den vom Wind leicht verwehten Gitarrenklängen einer alten Calypso-Nummer auf die Wange. Nile will sie schon zurückküssen, doch sie huscht davon, zurück zu den Lichtern.

40

Es gibt kaum einen besseren Ort, um den Nachthimmel zu bewundern, als die Küste der Karibik. Um kurz vor Mitternacht hat die Party ihren Höhepunkt erreicht. Der Sturm tobt noch immer einhundert Meilen weiter nördlich, aber der vom Meer hereinkommende Wind hat deutlich aufgefrischt, was jedoch keinen meiner Gäste zu stören scheint. Alles tanzt und trinkt ausgelassen und unbekümmert. Der von Wolken eingerahmte Halbmond mit seinen weichgezeichneten silbernen Umrissen erinnert mich an ein Gemälde von John Atkinson Grimshaw. In einiger Entfernung sehe ich Phillip in einem weißen Leinenhemd und hellgrauer Hose. Er unterhält sich mit einer Angestellten aus dem Cotton House und wirkt seit unserem Gespräch vorhin viel entspannter. Die Leute vom Basil's haben den Abend ganz wunderbar organisiert, was aber keine Überraschung ist. Auf Mustique werden so oft spontane Partys geschmissen, dass sie mittlerweile in weniger als einer Stunde für Essen, Getränke und den angemessenen Sound sorgen können. Antworten auf meine Fragen allerdings konnte mir die Veranstaltung nicht geben. In den letzten paar Stunden habe ich unablässig die Leute beobachtet und nur darauf gewartet, dass jemand ein schuldbewusstes Verhalten an den Tag legt, und Lily und Solomon haben dasselbe getan. Vielleicht liegt der simple Grund dafür, dass wir den Mörder hier nicht finden, ja darin, dass wir ihn bereits haben. Dr. Pakefield ist noch in der Klinik, wo Charlie Layton Wache hält, und Keith Belmont hat sich schon vor einer

Stunde mit einem jungen Mädchen aus dem Firefly aus dem Staub gemacht. Ich habe keinen blassen Schimmer, wieso sie sich von einem Mann zum Hotel bringen lässt, der vom Alter her ihr Großvater sein könnte, aber wenn man jung ist, kann Ruhm sehr verführerisch sein. Der Gedanke, dass Keith da irgendwie mit drinsteckt, lässt mich nicht los. Als er vorhin mit dem Mädchen davonspazierte, den Arm wie eine Schlange um ihre Schultern gelegt, beehrte er mich noch mit einem selbstgefälligen Grinsen.

Das Lagerfeuer schlägt immer höhere Flammen, der Wind lässt den orangefarbenen Funkenregen himmelwärts stieben, und wieder erinnert mich alles an vergangene Zeiten. Ich wünschte, Jasper wäre hier. Sein schillerndes Gemüt kommt auf solchen Veranstaltungen immer so richtig in Fahrt, zum Amüsement aller Gäste. Ein paar der berühmtesten Persönlichkeiten haben an diesem Strand all ihre Hemmungen verloren, mitgerissen von der Freiheit auf Mustique. Ich habe schon einige bekannte Gesichter aus Film und Theater zu moralisch fragwürdigen Stelldicheins in den Dünen verschwinden sehen, was jenseits der Küsten von Mustique allerdings niemals Erwähnung findet. Die Insel ist für ihre Diskretion bekannt. Über mir blinken die Sterne und werfen zwischen den landeinwärts jagenden Wolken ihr letztes Licht auf den Strand. Ich muss mich auf die Morde an Tommy und Amanda konzentrieren. Ich muss bei klarem Verstand bleiben, wenn ich herausfinden will, warum sie getötet wurden.

In meinem Leben habe ich schon so viele Partys besucht, dass ich genau weiß, an welchem Punkt die Energie der Menge abflaut. Einige der trinkfestesten Gäste sind bereits verschwunden, darunter auch Dex Adebayo. Mittlerweile ist es ein Uhr früh, und auch wenn Van Morrison uns aus den

Lautsprechern zuruft, dass es eine herrliche Nacht für einen Tanz im Mondschein sei, wiegen sich nur noch wenige Paare im Takt. Als ich auf eine im Sand liegende Bierkiste kraxle, um eine letzte kleine Rede zu halten, wenden sich alle Gesichter mir zu.

«Vielen Dank, dass ihr alle gekommen seid, um mit uns zwei ganz besonderer Menschen zu gedenken. Tommy war zwar erst Mitte zwanzig, doch er war bereits sehr erwachsen – galant, ernsthaft und voller Liebe. Amanda feierte immer gern, doch auch sie war intelligent und eine stets loyale Freundin, vor allem meiner geliebten Lily gegenüber. Lasst uns die beiden nie vergessen. Bitte erhebt nun das Glas mit mir, um auf die zwei zu trinken. Es gibt noch jede Menge Champagner.»

Die Leute jubeln und klatschen, und Lily schenkt mir ein strahlendes Lächeln, obwohl die Party uns die erhofften Antworten schuldig geblieben ist. Ich jedenfalls habe nur die übliche Ansammlung von Freunden und Bekannten nach Kräften feiern gesehen, um die uns allen drohende Gefahr zu vergessen. Und die Urlauber aus dem Firefly und dem Cotton House, die getanzt und sich Unmengen Alkohol hinter die Binde gekippt haben. Es ist noch so warm, dass ich selbst in meinem dünnen Kleid nicht friere, trotzdem möchte ich jetzt nach Hause. Wesleys Reaktion auf meine Bitte, bei uns zu übernachten, fällt mir wieder ein, und erneut fühle ich Dankbarkeit. Als ich ihn um seinen Schutz bat, hätte er beinahe salutiert, bevor er heim zu sich eilte, um ein paar Sachen zu packen. Nie war ich froher, einen Butler wie ihn zu haben, auf dessen Loyalität immer Verlass ist.

Lily plaudert gerade mit Bekannten, doch vor einer Weile sah ich sie mit Solomon Nile im Dunkeln verschwinden. Ich hoffe, sie haben sich gut verstanden und nicht bloß über die

Ermittlungen gesprochen. Nach der langen Wache an Sacha Milburns Krankenbett kann Lily etwas Spaß und Ablenkung gebrauchen. Aber Solomon scheint ganz auf seinen Job konzentriert. Ich bin mir sicher, dass er nichts getrunken hat, ebenso wenig wie ich, um frisch und aufmerksam zu bleiben. Was in meinem Glas perlt wie Champagner, ist klarer Apfelsaft mit Sprudelwasser. Ich will keine Spaßverderberin sein, aber dieser Abend ist wohl kaum die rechte Zeit, meinen Schutzschild zu senken.

Unversehens taucht Phillip aus der Menschenmenge auf. Er nimmt mein Glas und stellt es auf einen Tisch, um mir dann den Arm um die Hüfte zu legen. «Darf ich bitten, Vee? Ich habe ihnen gesagt, sie sollen dein Lieblingslied spielen. Darauf habe ich den ganzen Abend gewartet.»

Die ersten Takte von Bryan Ferrys «Smoke Gets in Your Eyes» ertönen. Erneut brandet Jubel auf, denn Ferry ist ein gerngesehener, regelmäßiger Gast auf Mustique, dann verstummen die Gespräche. Alle treten einen Schritt zurück und schauen zu, wie Phillip einen langsamen Walzer mit mir ums Feuer tanzt. Einen Wimpernschlag lang gestatte ich mir die Vorstellung, ich wäre mit Phillip verheiratet statt mit Jasper, verbanne diesen Gedanken aber sofort wieder aus meinem Kopf.

«Wird nicht ganz leicht, dafür zu sorgen, dass alle heil nach Hause kommen», murmelt Phillip. «Ich habe ihnen gesagt, sie sollen Grüppchen bilden.»

«Ist dir denn etwas Merkwürdiges aufgefallen?»

«Dex wirkte ziemlich durch den Wind, und Keith Belmont hat ein junges Ding in seinen Bau gelockt.»

«Hoffentlich geht's der Kleinen gut.»

«Solomon will nachher noch mal bei Keith vorbeischauen.

Wir sollten die Leute jetzt nach Hause schicken, dann können wir auf deiner Terrasse noch einen Schlummertrunk nehmen.»

«Ein großartiger Plan.» Er legt mir kurz die Hände auf die Schultern, dann ist er in der Menge verschwunden. Ich möchte die Party nun langsam beenden, doch meine Kehle ist so trocken, dass ich vorher noch mein Glas vom Tisch nehme und in wenigen Schlucken austrinke.

Dann verabschiede ich mich von den Gästen, die einer nach dem anderen aufbrechen. Nach einem Viertelstündchen Geplauder überfällt mich beim Blick ins Feuer plötzlich ein merkwürdiger Schwindel. Die Flammen scheinen unkontrolliert aufzulodern, und die Kleider der Leute leuchten mit einem Mal so grell, dass ich die Augen schließen muss. Als ich sie wieder aufschlage, dreht sich alles, und meine Gedanken überschlagen sich. Hilfesuchend sehe ich mich nach Phillip oder Lily um, doch sie sind beide zu weit weg. Eine jähe Welle der Übelkeit erfasst mich, und ich flüchte instinktiv in Richtung Dünen. Hinter dem Gebüsch aus Meertrauben falle ich auf Hände und Knie und übergebe mich. In meinem Kopf wirbelt alles durcheinander, trotzdem versuche ich jetzt, mich wieder aufzurappeln, um zurück zur Party zu gelangen und mir Hilfe zu holen. Plötzlich raschelt etwas in den Büschen. Jemand packt mich von hinten an den Armen, so grob, dass bestimmt jeder einzelne Finger einen Bluterguss hinterlassen wird. Gleich darauf spüre ich einen heftigen Schmerz im Rücken, der mir den Atem raubt. Ich kann nicht einmal mehr um Hilfe rufen, und während der Mond zwischen den Büschen verschwindet, wird mir schwarz vor Augen.

DRITTER TEIL

Wettervorhersage für die Tropen

National Hurricane Center, Miami, Florida

Mittwoch, 18. September 2002

Warnung für den gesamten Schiffsverkehr:

Das National Hurricane Center warnt vor dem tropischen Wirbelsturm Cristobal, der sich derzeit nördlich von Haiti befindet.

Der Zyklon bewegt sich mit einer Geschwindigkeit von hundertzehn Meilen pro Stunde Richtung Süden auf die Kleinen Antillen zu, gegenwärtige Risikostufe: hoch

41

Mittwoch, 18. September 2002

Nile sieht zu, wie die letzten Gäste den Strand verlassen. Der Sturm scheint endlich angekommen zu sein, der Wind weht jetzt in heftigen Böen und bläht die Kleider der Leute auf wie Ballons, doch die meisten haben dennoch gute Laune, und ein paar sind so betrunken, dass sie sich beim Gutenachtsagen an ihren Freunden festhalten müssen. Es ist schon weit nach ein Uhr nachts, als die Angestellten von Basil's Bar die Eiskübel einsammeln und Tische und Böcke abbauen. Lily hilft beim Auflesen der überall im Sand herumliegenden leeren Bierflaschen. Das Feuer brennt langsam nieder, die Flammen zucken nur noch im starken Wind. Am Himmel brauen sich riesige Wolken zusammen und löschen das Licht der Sterne.

Phillip Everard scheint den Abend gut überstanden zu haben. Nile hat ihn mehrmals beim Beobachten der Partygäste gesehen, vermutlich in der Hoffnung, den Mörder zu ertappen. Doch als er jetzt auf Nile zukommt, sieht er müde aus.

«Haben Sie Lady Vee gesehen?», fragt er.

«Vor ein paar Minuten hat sie sich noch mit einem Gast aus dem Cotton House unterhalten.»

«Sie wird gerade dringend gebraucht, sie wollte noch Trinkgelder geben, bevor die Angestellten nach Hause gehen.»

Die beiden Männer lassen ihre Blicke suchend über den

Strand wandern, dann holt Nile sein Handy hervor und ruft im Eden House an, wo jedoch niemand abhebt. In Everards Augen erscheint ein panisches Flackern. Die Zuneigung des Schauspielers zu Lady Vee war von Anfang an unübersehbar, sie scheint einer der wenigen Menschen auf Mustique zu sein, denen er wirklich vertraut. Während die zwei noch überlegen, wo Lady Veronica stecken könnte, kommt aus der Dunkelheit plötzlich eine Gestalt über den Strand gerannt. Jose Gomez hat sich eine merkwürdige Zeit ausgesucht, um wieder zum Vorschein zu kommen, pünktlich zum Ende der Party. Die Haare zerzaust, die Kleider voller Sand und mit wilder Entschlossenheit in der Miene packt er Lilys Handgelenk. Ganz außer sich versucht er, sie mit sich zu zerren. Nile kann erkennen, dass er mit den Lippen Worte formt, doch keinen Ton herausbringt. Lily gibt ihr Bestes, um ihn zu beruhigen, was er jedoch gar nicht beachtet. Als Nile nun auf Lily zuläuft, verändert Gomez' Verhalten sich. Er duckt sich wie ein Kind, das erwartet, bestraft zu werden, aber der Detective wendet sich ganz freundlich an ihn.

«Was ist denn los, Jose? Deine Mutter macht sich schon Sorgen um dich.»

Nun richtet der junge Gärtner seine Aufmerksamkeit auf Nile. Mit flehentlicher Miene bedeutet er dem Detective, ihm zu folgen, dann läuft er schnell über den Sand davon. Nile bleibt ihm dicht auf den Fersen, das Licht des Halbmonds leitet ihn. Vor Lady Vees Strandbuggy bleibt Jose stehen, und Niles Sorge wächst. Lady Vee wäre keinesfalls vor Ende der Party gegangen, und ihr Gefährt hätte sie auch nicht zurückgelassen. Gomez deutet mit wilden Gesten auf den Buggy. Nile tritt näher und entdeckt ein Stück Koralle auf dem Fahrersitz, in das ein Spinnennetz geritzt wurde.

«Nicht sie auch noch», wispert er.

Gomez rennt bereits wieder davon, doch diesmal holt ihn der Detective dank seiner langen Beine schnell ein. Er packt den jungen Mann, der völlig außer Atem ist, an der Schulter.

«Wurde sie überfallen, Jose? Hat sie jemand entführt? Was hast du gesehen?»

Tränen füllen Gomez' Augen und laufen ihm über die Wangen, doch der Ausdruck in seinem Gesicht überzeugt Nile von seiner Unschuld. Joses Miene zeigt nichts als Verwirrung, als wäre die Welt der Erwachsenen ein Rätsel, das er einfach nicht lösen könne. Nile schickt ihn nach Hause. Gomez hat ihnen nun zwar klargemacht, dass Lady Vee offenbar entführt wurde, doch mehr konnte er ihnen nicht verraten. Wer immer sie verschleppt hat, muss ihm eine Todesangst eingejagt haben. Vermutlich hat der Mörder die Party von den Dünen aus beobachtet. Und Nile war so damit beschäftigt, in der Menge nach jemandem zu suchen, der sich unnatürlich verhält, dass er nicht im Traum auf den Gedanken gekommen wäre, die Gastgeberin könnte direkt vor seiner Nase entführt werden.

Als Nile zum Buggy zurückkehrt, verrät Lilys Miene nichts von ihrem Innenleben. Sie hält Phillip Everards Hand fest umklammert, spricht aber mit ruhiger Stimme.

«Vee ist entführt worden, nicht wahr? Und Jose hat es beobachtet.»

«Sieht ganz danach aus. Sie beide gehen jetzt bitte direkt zum Eden House zurück. Sperren Sie alle Türen ab und warten Sie dort auf mich.»

Everard schüttelt den Kopf. «Ich begleite Sie. Wir müssen diesen Wahnsinnigen schnappen, bevor er Vee etwas antut.»

Nile klopft auf die Pistole, die er bei sich trägt, seit er vorhin seine Uniform aus dem Revier geholt hat. «Ich bin bewaffnet, schon vergessen? Es ist mein Job, für Ihre Sicherheit zu sorgen.»

Trotz Lilys lautstarkem Protest wartet Nile, bis Everard ihr in den Buggy geholfen hat und die beiden unterwegs zum Eden House sind. Jetzt ist er ganz allein am Strand, allein mit der langsam verlöschenden Glut des Feuers und dem blassen Gesicht des Halbmonds als stummem Zeugen. Nile verspürt einen merkwürdigen Stich in den Eingeweiden: Er ist sich sicher, dass er beobachtet wird. Dasselbe Gefühl hatte er damals in Oxford, als ihm ein anderes Leben entglitt. Niemand hat ihm an dem Geschehen die Schuld gegeben, doch sein Gewissen lässt ihm seither keine Ruhe.

«Du kranker Bastard!», brüllt er in die Dunkelheit.

Als einzige Antwort hört er den Wind über sich heulen und kreischen. Der Sturm greift jetzt mit voller Wucht an. Sein Schlachtruf scheint das Urteil über den Detective zu sprechen, der nun hastig zurück ins Inselinnere eilt.

42

Die schlimmsten Albträume fallen über mich her. Ich sehe Lily ins Meer hinausschwimmen, während am Horizont eine schwarze Wolkenbank aufzieht und die Wellen über den Strand peitschen. Ich rufe nach ihr, doch meine Stimme wird vom Sturm mitgerissen. Dann verschwindet sie, und ich öffne mit flackernden Lidern die Augen. Ich sehe nichts als Dunkelheit. In meinem Mund steckt ein Fetzen Baumwolle, der Knebel sitzt so fest, dass es weh tut.

Ich spüre einen Schmerz zwischen den Schultern, den ich nicht einordnen kann, und das üble trockene Aroma von Chemikalien bei jedem Schlucken. Der Betonboden, auf dem ich liege, ist kalt und feucht, und jeder Muskel tut mir weh. Die Hand- und Fußgelenke sind so straff gefesselt, dass meine Hände und Füße schon ganz taub sind. Noch nie habe ich mich so schutzlos gefühlt wie jetzt, in erzwungener Embryonalhaltung der Gnade des Mörders ausgeliefert.

In der einen Minute habe ich noch mit Phillip getanzt, in der nächsten sah ich ihn am anderen Ende der Menge mit Lily scherzen, danach ist alles verschwommen. Mühsam reime ich mir zusammen, was passiert sein muss, und erkenne die Wahrheit: Jemand hat mir etwas ins Glas getan. Das erklärt das Karussell in meinem Kopf und diesen widerlichen Geschmack in meinem Mund und wieso meine Glieder noch immer so zittern. Ich hätte bei den Menschen bleiben sollen, die mir lieb und teuer sind, anstatt dem Bedürfnis nach Privatsphäre nachzugeben und davonzuwanken. Jetzt muss ich alles daransetzen, am Leben zu bleiben. Offenbar befinde ich mich in der Nähe eines bewohnten Anwesens. Wer immer mich hierhergeschafft hat, befürchtet, dass ich schreien könnte, denn weshalb sonst hätte er sich die Mühe gemacht, mich zu knebeln? Im Versuch, den Knebel loszuwerden, scheuere ich mit der Wange über den Boden, schürfe mir auf dem rauen Beton aber nur die Haut auf.

Ich bin fest entschlossen, mit aller Kraft um mein Leben zu kämpfen, doch meine Lage könnte kaum schlimmer sein. Ich sitze in der Falle, im Ohr ein mechanisches Brummen und den Schrei eines tropischen Vogels nach der Morgensonne.

43

Während er, nachdem das Motorrad vor dem Sand kapituliert hat, mit Lady Vees Buggy über den Strand rumpelt, geht Nile im Kopf noch einmal alle Verdächtigen durch. Er ist sich sicher, dass der Mörder noch eine persönliche Rechnung mit Lady Vee offen hat. Sein stärkster Verdacht richtet sich inzwischen gegen Keith Belmont und Dexter Adebayo. Wenn er nur wüsste, um welchen von beiden er sich zuerst kümmern muss, könnte er damit vielleicht den Mord an einer Frau verhindern, vor der er sein Leben lang Achtung hatte. Kurzerhand schlägt er den schnellsten Weg zu Keith Belmonts Villa ein, in einem Wind, der so stark geworden ist, dass die Palmen sich krümmen und biegen. Der alte Rockstar ist der einzige Mensch auf Mustique, gegen den Lady Vee offene Abneigung zeigt, und auch Nile glaubt, dass er etwas verheimlicht. Zwar hat der Musiker die Party schon früh mit dieser jungen Touristin verlassen, aber das Mädchen war womöglich bloß sein Alibi, das es ihm gestattete, noch einmal zurückzukehren und Lady Vee zu entführen.

Unter normalen Umständen würde es sich der Detective niemals erlauben, sich um zwei Uhr früh einer der Villen zu nähern, nicht einmal dann, wenn der Bewohner gerade dabei ist, eine viel zu junge Frau zu verführen. Aber im Moment verschwendet er keinen Gedanken daran, dass man sich bei seinen Vorgesetzten über ihn beschweren könnte. Er presst den Daumen so lange auf die Türklingel, bis ihn eine verschlafene Stimme über die Gegensprechanlage anschnauzt, er solle mit dem verdammten Lärm aufhören.

Als die Sicherheitstüren aufgleiten, erscheint Belmont, er trägt Boxershorts, ein schwarzes T-Shirt sowie ein bedrohliches Runzeln auf der Stirn.

«Was zur Hölle wollen Sie?»

Ehe der Musiker ihn des Grundstücks verweisen kann, macht Nile einen Schritt ins Haus. «Lady Blake wird vermisst.»

Über Keith' Gesicht huscht ein Ausdruck der Bestürzung, aber das könnte auch nur eine weitere Täuschung sein, so wie die Behauptung, er hätte sich grundlegend geändert. Der Kerl stinkt nach Alkohol und Zigaretten, und seine affektierte Körpersprache erzählt alles darüber, wie unangenehm es ihm ist, beim Rauchen und Saufen ertappt worden zu sein. Belmont stakst davon und kehrt in einen Bademantel gehüllt zurück. Unter dieser neuen Tarnschicht wirkt er bereits ein wenig entspannter. Er holt zwei Gläser Wasser, doch als Solomon sich am anderen Ende des Tisches in voller Größe vor ihm aufbaut, kehrt sein missmutiger Blick zurück.

«Wo ist denn das Mädchen aus dem Firefly?»

«Ich bin gerade noch rechtzeitig wieder zur Vernunft gekommen, dem Himmel sei Dank. Also habe ich sie zurück zu ihrem Hotel gebracht und ihr einen keuschen Gutenachtkuss gegeben. Dafür verdiene ich eigentlich eine Medaille, finden Sie nicht?»

«Und wie kam es zu diesem Sinneswandel?»

«Ich bemühe mich, ein anderer Mensch zu werden.» Plötzlich lässt Belmont den Kopf sinken. «Aber ich muss eine Sache nur ein einziges Mal ausprobieren, und schon will ich sie die ganze Zeit haben, wieder und wieder, das ist das

Problem mit Süchtigen. Menschen wie ich hören nicht auf zu essen, wenn sie satt sind, so wie alle anderen, und es ist ja auch nicht nur der Sex. Dieselben Probleme habe ich mit Kippen, Alkohol und Drogen. Selbst nach Korallen bin ich mittlerweile süchtig – aber was Lilys Projekt betrifft, da bin ich wirklich zu weit gegangen. Ich sollte mich entschuldigen.»

«Das junge Mädchen ist also in Sicherheit?»

«Wahrscheinlich liegt sie schon warm eingekuschelt in ihrem Bettchen, allerdings ist es mir nicht leichtgefallen, auf dem Pfad der Tugend zu bleiben. Es war so verdammt verlockend, sie mit zu mir zu nehmen, um morgen früh nicht allein aufwachen zu müssen.» Belmont seufzt, und Nile fragt sich, ob sich in diesem Moment endlich das wahre Wesen des Musikers offenbart. «Heute Nacht hab ich's mal wieder richtig vermasselt, aber ab morgen bin ich abstinent.»

«Um wie viel Uhr sind Sie nach Hause gekommen?»

«Vor über einer Stunde, und gefühlt hab ich mich wie ein Vollidiot. Ich habe genug Frauen das Leben versaut.» Und nun blickt Belmont Nile aus seinen blutunterlaufenen Augen endlich doch ins Gesicht. «Wissen Sie, was wirklich weh tut? Meine Kinder haben schon vor Jahren jeden Kontakt zu mir abgebrochen. Sie rufen mich nicht mal zurück.»

«Das bringt uns jetzt nicht weiter. Ich muss Lady Blake finden.»

Aber Belmont geht über Niles Einwurf hinweg. «Sind Sie denn nach gar nichts süchtig, Solomon?»

«Nach Sport vielleicht. In England war ich jeden Tag im Fitnessstudio oder beim Joggen.»

«Das zählt nicht.» Belmonts Hohnlachen klingt, als würde eine Flüssigkeit durch den Abfluss gurgeln. «Ich bin süchtig nach Alkohol und Drogen. Alles, was ich tun muss, ist, den Telefonhörer abzunehmen.»

«Und wen rufen Sie da so an?»

Belmont zögert mit der Antwort. «Nie zweimal denselben.»

«Dex Adebayo?»

Die Überraschung auf Belmonts Gesicht verrät Nile, dass er ins Schwarze getroffen hat. Das erklärt auch, wie sein Bruder in die Sache verstrickt wurde. Lyron sieht Dex bestimmt täglich.

«Sie mögen Lady Blake nicht besonders, Mr. Belmont, oder?»

«Wir kommen gut miteinander aus, aber die meisten Adligen verachten normale Leute. Sie hält sich für was Besseres, und ihr Mann ist keinen Deut besser.»

«Das sehe ich anders.»

«Von klein auf hat sie alle nur erdenklichen Privilegien genossen. Ich wusste, dass sie mir bei der Sache mit Lilys Stiftung einen Strich durch die Rechnung machen würde. Ich könnte dieses Projekt zum Schutz der Korallen über Jahre hinaus finanzieren, aber sie will nun mal nicht, dass ich es in meine dreckigen Pfoten bekomme.» In der Stimme des Musikers schwingt Bitterkeit. «Sie findet, Männer wie wir sollten in der Gosse bleiben, aus der wir kommen.»

«Lady Blake ist die großzügigste Frau auf ganz Mustique. Die Blakes haben mir meine Ausbildung bezahlt, ohne irgendwelche Bedingungen zu stellen.»

«Sie Naivling.» Belmont stellt sein Glas etwas heftiger auf dem Tisch ab, als notwendig gewesen wäre. «Sollten Sie auf die Idee kommen, mit ihrer kostbaren Patentochter auszugehen, wird die Lady Sie von der Insel jagen.»

«Das denke ich nicht», erwidert Nile, während er Belmonts Blick standhält. «Können Sie beweisen, dass Sie schon seit über einer Stunde zu Hause sind?»

«Ich habe noch ein paar E-Mails geschrieben. Da steht dabei, um wie viel Uhr sie abgeschickt wurden.»

«Wenn Sie mir dann bitte Ihren Computer zeigen würden.»

«Und ich habe telefoniert, mit Pater Boakye.»

«Warum denn das?»

«Wenn ich in Versuchung gerate, darf ich ihn anrufen, jederzeit. Der Kerl weiß, wie hart ich mit meinen Dämonen ringe. Vielleicht weil er mit seinen eigenen kämpft.»

«Wie meinen Sie das jetzt?»

«Ich weiß immer gern, mit wem ich's zu tun habe, deshalb habe ich mich über ihn im Internet schlaugemacht und ein bisschen herumtelefoniert. Wie sich herausgestellt hat, gibt es keine Belege für seine Ausbildung in einem nigerianischen Priesterseminar oder seine Arbeit in einer Kirche in Lagos, aber was soll's? Der Kerl hat mir mehr aufrichtige Freundlichkeit entgegengebracht als jeder andere hier.»

Das weckt Niles Interesse. Viele Menschen auf der Insel singen ein Loblied auf den Pastor, dabei ist er womöglich ein Betrüger. Er hätte den Lebenslauf des Burschen überprüfen sollen, anstatt ihm die Geschichte, er wäre von seinem Bischof hergeschickt worden, einfach abzukaufen.

Belmont starrt derweil auf die Tischplatte hinab. «Der Einzige, dem ich schade, bin ich selbst. Lady Blake ist ein Snob, aber das ist nicht mein Problem. Warum sollte ich jetzt auf einmal Amok laufen, nachdem sie mich ein Leben lang so herablassend behandelt hat?»

«Die Korallen bedeuten Ihnen viel, nicht wahr?»

«Sie sind wie ich, deshalb. Typische Stehaufmännchen. Einmal habe ich versehentlich eine Überdosis erwischt, und eine Lebertransplantation hatte ich auch schon. Es ist im Grunde ein Wunder, dass es mich noch gibt, und bei den Korallen ist es dasselbe. Man kann ein komplettes Riff wiederaufbauen, nur mit einigen wenigen gezielten Neuanpflanzungen.» Der Enthusiasmus in Belmonts Stimme überrascht Nile.

«Bitte zeigen Sie mir jetzt die E-Mails.»

«Sie kämpfen auch mit Dämonen, Solomon. Das steht Ihnen ins Gesicht geschrieben. Wem haben Sie auf Ihrem Weg nach oben Schaden zugefügt?»

«Zwingen Sie mich nicht dazu, Sie zu verhaften, Mr. Belmont.»

Langsam steht der Musiker auf. Niles Puls rast, auch wenn jetzt der falsche Zeitpunkt ist, sich von den Fehlern der Vergangenheit beeinflussen zu lassen. Der Sturm fegt über das Dach der Villa, sein Wehgeschrei ist hoch und schrill.

44

Es ist vollkommen dunkel hier, abgesehen von ein paar nadelfeinen Mondstrahlen, die durch die Ritzen in den Holzwänden dringen. Unmengen von Bildern gehen mir durch den Kopf. Die Kinder sind wieder klein und rennen auf mich zu, als ich sie vom Internat abhole. Sie liegen warm und lebendig in meinen Armen. Ich möchte bei ihnen bleiben, mich nur ein wenig treiben lassen, doch dann kämpfe ich mich instinktiv zurück an die Oberfläche. Mein Körper zittert noch immer von dem Zeug, das in meinem Drink war, aber mein Geist ist klar und hellwach. Ich muss nach Hause zurückkehren, um Lilys willen. Das Mädchen hat schon zu viele ihrer Lieben verloren, sie soll nicht noch ein Begräbnis miterleben müssen.

Immerhin kann ich endlich wieder klar sehen, mein Blick wird schärfer. Ich mache einen Rasenmäher aus, Eimer und Schrubber. Als ich die Augen noch einmal richtig anstrenge, sehe ich Behälter mit Salz und Chlor in Regalen stehen, und es trifft mich wie ein Schlag. Der Ort hier kommt mir deshalb so bekannt vor, weil er zu unserer Villa gehört. Ich liege im Poolhaus, wo Jose die Reinigungsutensilien aufbewahrt. Der kleine Bau ist nur hundert Meter von der Terrasse des Eden House entfernt, halb verborgen hinter Bäumen und wuchernden Hibiskussträuchern. Unwillkürlich werfe ich den Kopf in den Nacken und schreie, aber durch meinen Knebel dringt nicht mehr als ein gedämpftes Röcheln.

45

Als Nile in der Klinik eintrifft, sitzt Charlie Layton auf seinem Posten vor Sacha Milburns Krankenzimmer. Der Wachmann scheint inzwischen begriffen zu haben, wie wichtig seine Aufgabe ist. Seine Haltung ist kerzengerade, sein Blick fest auf die Zimmertür gerichtet, er ist bereit, jeden Fremden am Eintreten zu hindern. Dass Nile sich bei ihm bedankt, freut ihn, als wäre er ein Vertrauensschüler, der von seinem Lieblingslehrer gelobt wird. Sacha allerdings ist weiterhin bewusstlos, die roten Locken breiten sich übers ganze Kissen aus. Es vergehen zehn Minuten, dann rauscht Dr. Pakefield in die Klinik, er wirkt fahrig und verwirrt.

«Wo waren Sie, Dr. Pakefield?», fragt Nile.

«Draußen, um frische Luft zu schnappen.»

«Mitten in einem Sturm? Wir müssen uns mal unterhalten, in Ihrem Büro, bitte.»

Im Gesicht des Arztes spiegelt sich mühsam unterdrückter Unmut, doch er bleibt stumm, bis sie sein Ordinationszimmer erreicht haben.

«Worum geht es denn? Ich muss mich um Sacha kümmern.»

«Sie haben sich kürzlich ohne Genehmigung von Ihrer Arbeitsstelle entfernt. Das nenne ich ein Pflichtversäumnis.»

«Bitte was?»

«Sie wurden gesehen, wie Sie mit einem Motorboot zur *Aqua Dream* hinausfuhren. Glaubten Sie wirklich, die ganze Insel läge in tiefem Schlaf? Ich habe Zeugen, Dr. Pakefield. Sie können es mir also genauso gut auch sofort erklären.»

Der Arzt lässt sich auf seinen Stuhl fallen, seine ganze Energie ist plötzlich verpufft. «Ich bekam am späten Montagabend einen Anruf von einem Besatzungsmitglied der *Aqua Dream*. Der Mann sagte, sie bräuchten dringend einen Arzt.»

«Ihren Vertragsbedingungen zufolge müssen Sie immer auf Mustique bleiben, außer Sie erhalten eine Genehmigung zum Verlassen der Insel.»

«Er war verzweifelt.» Der Arzt lässt den Blick zur Tür wandern, als hätte er vor zu fliehen.

«Wie viel haben die Ihnen bezahlt?»

«Es klang wirklich nach einem Notfall. Der Kerl wusste, dass ich damit gegen meinen Vertrag verstieß. Dafür wollte er mich entschädigen. Ich hatte überhaupt kein Honorar erwartet.»

Niles kräftiger Oberkörper wirft seinen Schatten über den Schreibtisch. «Reden Sie weiter, oder wollen Sie Ihre Approbation verlieren?»

«Da sind nur zwei Seeleute auf der Yacht. Einer hatte sich beim Tauchen eine Schnittwunde am Bein zugezogen. Die Wunde hatte sich infiziert und musste genäht werden. Ich habe ihn behandelt und die Yacht danach sofort wieder verlassen. Ich war gerade mal eine halbe Stunde an Bord.»

«Wie viel haben Sie dafür bekommen?»

Der Arzt blinzelt heftig. «Der Kapitän hat mir einen Umschlag mit dreitausend Dollar in die Hand gedrückt.»

«Ein hübsches Sümmchen für die Versorgung einer Schnittwunde, wenn das wirklich alles ist, was Sie dort gemacht haben. Was haben Sie an Bord sonst noch gesehen?»

«Nur diesen Mann Mitte dreißig mit der eitrigen Wunde. Ich hatte das Gefühl, dass die beiden sich langweilen. Sie wollten bloß noch zu ihrem nächsten Ziel aufbrechen und dann nach Hause segeln. Offenbar sind sie schon monatelang auf See.»

«Und warum hat Sacha Milburn Angst vor Ihnen? Sie geriet ja völlig außer sich, als Sie nach dem Überfall kamen.»

«Ich habe Ihnen doch schon gesagt, dass Kopfwunden Halluzinationen hervorrufen können.»

«Wenn Sie mir nicht die Wahrheit erzählen, muss ich Sie verhaften.»

Dr. Pakefield sackt noch ein Stück tiefer in sich zusammen. «In meiner Ehe kriselt es», wispert er. «Meine Frau ist mit den Kindern zurück nach England gezogen. Einmal war ich unten im Firefly, um meine Sorgen zu ertränken, und Sacha war auch da. Am Ende landeten wir miteinander im Bett, nur dieses eine Mal. Ich hab's sofort bereut, weil ich die Beziehung zu meiner Frau retten will. Am Morgen danach war ich wohl nicht gerade überschäumend vor Glück. Das alles war wirklich ein dummer Fehler.»

«Dann hat Sacha also allen Grund, Sie dafür zu hassen, dass Sie sie zurückgewiesen haben, und für eine Scheidung bräuchten Sie jede Menge Geld. Auf Mustique verdienen Sie doppelt so viel wie auf St. Vincent, und die Schulgebühren Ihrer Kinder sind sicher horrend.» Nile blickt dem Arzt fest in die Augen. «Sie haben Zugang zu einem Boot, und Sie waren an Bord der *Aqua Dream*. Wie viel zahlen die Ihnen, damit Sie den Mund halten und nicht erzählen, was die da wirklich treiben?»

«Aber ich habe doch nichts gesehen.»

«Ich glaube, dass Sie die Bewohner von Mustique beneiden. Macht es Sie wütend, all die riesigen Villen und Swimmingpools zu sehen?»

«Wenn das so wäre, warum sollte ich dann ausgerechnet hier arbeiten wollen? Ich bin wegen der Schönheit der Insel hergekommen.»

«Sie haben gelogen, Dr. Pakefield. Wie kann ich Ihnen jetzt noch glauben? Bleiben Sie auf dem Korridor, wo Charlie Layton Sie im Auge behalten kann, und wehe, Sie krümmen Sacha Milburn auch nur ein Haar! Haben Sie verstanden?»

«Aber ich habe doch nur einem verwundeten Mann geholfen.»

«Ja klar. Zeigen Sie mir, was in Ihrer Schreibtischschublade ist, bevor wir gehen.»

Dem Arzt klappt die Kinnlade herunter. «Nur private Dinge.»

«Machen Sie sie schon auf.»

Als Erstes sticht Nile ein leuchtend rotes Notizbuch ins Auge, auf dessen Umschlag Sachas Name steht.

«Wie sind Sie da rangekommen?»

«Sacha hat es mir gegeben, damit ich darauf aufpasse.»

Nile verschwendet keine Zeit damit, eine derart dreiste Lüge zu hinterfragen. Er schüttelt nur heftig den Kopf und bedeutet dem Arzt, ihm zu folgen. Als Dr. Pakefield im Korridor Platz genommen hat, die Arme über dem gestärkten Stoff seines weißen Kittels verschränkt, kann der Detective regelrecht spüren, wie ihm die Wut aus jeder Pore dringt.

Charlie Layton ist sichtlich erfreut, mit einer weiteren Aufgabe betraut zu werden. Zwar würde Nile Dr. Pakefield lieber in einer Zelle einsperren, aber immerhin handelt es sich um den einzigen Arzt auf der Insel, und Sacha ist auf seine Hilfe angewiesen. Gerade als er aufbrechen will, wendet Layton sich noch einmal an ihn.

«Der jungen Frau geht es ziemlich schlecht», flüstert er.

«Soll ich Pater Boakye holen lassen? Wenn überhaupt jemand sie retten kann, dann er. Der Mann vollbringt Wunder.»

«Was meinen Sie damit?»

«Meine Frau hatte im Januar eine Fehlgeburt. Sie war dem Wahnsinn nahe, bis er uns einen Besuch abstattete. Der Kerl hat heilende Kräfte.»

«Ja, rufen Sie ihn an. Ich glaube zwar nicht an Wunder, aber Sacha glaubt an ihn, das könnte also tatsächlich helfen. Und ich muss sowieso mit ihm sprechen.» Nile schaut nach draußen, wo der Sturm sein Zerstörungswerk begonnen hat. Der Wind schleudert Dachziegel durch die Gegend und peitscht das fast zwei Meter hohe Pampasgras, bis es flach am Boden liegt. Nach einem Moment des Überlegens wendet er sich erneut an Charlie: «Sie wohnen doch schon Ihr ganzes Leben hier. Wenn Sie sagen müssten, wem von den Einheimischen Sie einen Mord zutrauen, wer wäre das?»

«Dex Adebayo», antwortet Layton ohne das geringste Zögern. «Ein Mann, der seine Frau verprügelt, hat keinen Funken Ehre im Leib.»

Nile erstarrt. «Dex schlägt seine Frau Cherelle?»

Laytons Miene ist ernst. «Adebayos Haus ist direkt neben unserem. Wir hören sie immer streiten. Aber wenn ich bei ihr klopfe, hat sie zu viel Angst, um etwas zu sagen.»

46

Es ist immer noch ziemlich dunkel, als ich plötzlich ein Geräusch höre. Durch das Heulen des Windes ist es kaum vernehmbar. Vielleicht nur mein eigenes pochendes Herz? Dann aber wird es langsam deutlicher: Schritte auf dem Betonboden, jemand kommt näher. Ich kann nicht sagen, ob es ein Mann ist oder eine Frau, halte die Augen jedoch offen. Was immer mir jetzt auch bevorsteht, ich muss mich dem stellen, fest und entschlossen.

Die Tür fliegt auf, Licht flutet herein und blendet mich nach so langer Zeit im Dunkeln. Jemand leuchtet mir mit einer Taschenlampe direkt ins Gesicht, dann wird eine Plastikplane über mich geworfen. Meine Hände sind immer noch auf dem Rücken gefesselt, aber wenigstens ist mein Kampfgeist zurückgekehrt. Ich habe nicht vor, wehrlos unterzugehen. Trotz der gefesselten Füße verpasse ich meinem Angreifer einen Tritt, die Strafe folgt prompt. Ich werde über die Erde vor unserem Poolhaus geschleift, wobei mein Kleid zerreißt. Die Plastikplane vor meinem Gesicht flattert auf, und ich erhasche einen Blick auf Eden House. Mein Zuhause ist ein Märchenschloss, unerreichbar geworden. Dann wird alles wieder dunkel, ich werde auf einen harten Untergrund geworfen und höre einen Motor anspringen. Ich soll wohl irgendwohin gebracht werden und versuche, wachsam zu bleiben und die aufkeimende Panik zu unterdrücken. Wir fahren Richtung Westen, auf den holprigsten Wegen der Insel. Der Mörder will bestimmt nicht gesehen werden.

Ich habe keine Ahnung, wer mich gekidnappt hat, aber wenigstens ist die Fahrt kurz. Diesmal werde ich getragen, wobei sich die Plastikplane jedoch enger um meinen Kopf wickelt und das Atmen erschwert. Was nun passiert, ist nicht zu verkennen. Ich liege im Rumpf eines Motorboots, das heftig hin und her schaukelt. Mein ganzer Körper schmerzt. Nur ein Wahnsinniger würde sich bei einem solch gewaltigen Sturm aufs Meer hinauswagen. Die Wellen donnern gegen das Boot, dann erwacht der Außenbordmotor stotternd zum Leben. Ich werde mit der Schulter gegen das kalte Fiberglas geschleudert, beiße aber die Zähne zusammen. Der Motor heult auf, die Wogen peitschen gegen den Rumpf, und im Nu hat mich das eisige Wasser von Kopf bis Fuß durchnässt.

47

Als Nile beim Eden House parkt, fällt der Regen bereits in so dicken Tropfen, dass es ihm vorkommt, als würde jemand eimerweise Wasser von den Bäumen herunterschütten. Auch die Villa leidet unter dem Sturm, die Fensterläden ächzen in den Angeln. Um die Treppen überhaupt hochzukommen, muss Nile sich mit seinem ganzen Gewicht gegen den Wind stemmen. Oben auf der Veranda sind seine Klamotten bereits pitschnass, und Sacha Milburns Notizbuch hat dasselbe Schicksal ereilt. Vom Umschlag tropft der Regen, und die Seiten kleben zusammen. Lily öffnet ihm die Tür. Lady Vees Verschwinden macht ihr erkennbar schwer zu schaffen, aber wenigstens hat sie seine Anweisung befolgt und ist nach Hause gefahren. Nachdem sie den Türriegel wieder vorgeschoben hat, führt sie ihn in die Küche, wo Phillip Everard am Tisch sitzt. Nile ist erleichtert, ihn zu sehen: Ohne ihre treuesten Verbündeten hat er keine Chance, Lady Vee jemals wieder wohlbehalten nach Hause zu bringen. Der Schauspieler springt bei seinem Eintreten auf, sichtlich begierig zu erfahren, was es Neues gibt. Doch im selben Moment kommt Wesley Gilbert durch die Hintertür herein.

«Ich habe eine Runde übers Grundstück gemacht», sagt er. «Da war jemand im Poolhaus, vor kurzem erst. Das Schloss ist aufgebrochen, und ich habe ein Stück Seil gefunden. Außerdem glaube ich, der Schuh hier gehört Lady Vee.»

Er stellt eine hochhackige Sandale auf den Tisch, und Lily nickt mit ernster Miene.

«Die gehört definitiv Vee.»

«Wir müssen uns koordinieren», sagt Nile. «Wenn Lady Vee in ihrem eigenen Poolhaus gefangen gehalten wurde, dann nur, um es uns so richtig unter die Nase zu reiben. Wir haben drei Hauptverdächtige: Dexter Adebayo, Keith Belmont und Dr. Pakefield. Dex und Keith haben die Party schon frühzeitig verlassen, und Dr. Pakefield war zur Zeit des Überfalls auf Lady Vee anscheinend nicht in der Klinik. Außerdem hatte er Sachas Tagebuch. Möglicherweise hat er die Klinik unbemerkt verlassen, Lady Vee entführt und in ein Versteck gebracht. Pater Boakye hat, wie's aussieht, zwar auch gelogen und uns nicht alles erzählt, aber unser Mörder ist er nicht. Er hätte nach dem Gedenkgottesdienst in der Bamboo Church niemals so schnell bei der Stargazer Villa sein können, um Sacha zu überwältigen. Im Übrigen glaube ich immer noch, dass die *Aqua Dream* auf irgendeine Weise in die Geschichte verwickelt ist, aber ich habe nach wie vor keine Befugnis, die Yacht zu durchsuchen.»

Wesley Gilbert äußert sich als Erster. Der militärische Hintergrund des Butlers war nie offensichtlicher als in diesem Moment. Er steht kerzengerade vor Nile, als hätte er soeben den Ruf zu den Waffen empfangen.

«Zuerst sollten wir Dexter überprüfen. Der Kerl weiß Bescheid über alles, was hier passiert.»

«Ich denke, dass er nebenher Drogen verkauft», meint Nile. «Und offenbar schlägt er seine Frau. Deshalb ist er womöglich auch labil genug, andere Menschen zu überfallen.»

Lily schüttelt den Kopf. «Er wirkt doch immer wie ein netter Kerl.»

«Was unglücklicherweise auf die meisten Mörder zutrifft.»

Nile wirft einen Blick aus dem Fenster. Draußen zerfetzt

der Sturm die Bäume, und Lady Vees Rasen ist übersät mit abgerissenen Zweigen und Blättern. Um die Lage auf dem Meer beurteilen zu können, ist es zu dunkel, aber er hört die Wellen unten auf den Strand donnern. Auch die Natur hat es auf die Sicherheit der Insel abgesehen. Erneut mustert er das Trio seiner Helfer. Lily trägt inzwischen Jeans und ein T-Shirt anstelle des roten Kleids, sieht aber trotz ihrer sorgenvollen Miene noch immer wunderschön aus.

Phillip Everard hat sich über den Tisch gebeugt und trommelt mit den Fingern einen schnellen Marsch. «Wir verlieren Zeit. Wenn wir sie nicht bald finden, bindet dieser Bastard sie am Meeresboden fest.»

«Einer muss Sachas Notizen lesen», sagt Nile. «Sie hat schon seit einiger Zeit die ganze Insel überwacht. Da steht vielleicht etwas Nützliches drin.»

«Soll ich das übernehmen?», bietet Phillip an. «Ich musste in meinem Leben schon genug miserable Drehbücher lesen.»

«Das wäre hilfreich, danke. Wesley, können Sie Haus und Garten überwachen für den Fall, dass sich da draußen noch jemand herumtreibt? Wir dürfen nicht vergessen, dass der Mörder offenbar einen Schlüssel hat. Und Lily, kannst du mich zu Dexter und seiner Frau begleiten, bitte? Wenn du dabei bist, ist ihr bestimmt wohler zumute.»

Es ist kurz vor drei, als Nile und Lily durch den strömenden Regen zum Haus der Adebayos hinunterlaufen. Der Detective will wissen, ob Dexter ein Alibi für den Nachmittag und Abend hat. Als Tauchlehrer verfügt er über alles, was für die Morde notwendig war, vom Zugang zu einem leistungsfähigen Motorboot bis hin zu detailliertem Wissen über die Gewohnheiten der Opfer. Bei seinen täglichen Besuchen im Basil's hatte er ausreichend Gelegenheit, sie zu beobachten, und auch seine Taucherfahrung macht ihn verdächtig. Dexter hat sich sehr verändert und womöglich die dunkle Seite seines Wesens lange verborgen gehalten.

Nile hämmert mit der Faust gegen die Tür. Nachdem er eine Minute lang anhaltend gelärmt hat, erscheint Adebayos Frau. Cherelle sieht älter aus, als Nile sie in Erinnerung hat, wie sie da auf der Türschwelle steht.

«Dex ist nicht da», sagt sie an Lily gewandt. «Nach der Party ist er zu irgendwem nach Hause gegangen, um dort weiterzusaufen.»

«Können wir Sie trotzdem kurz sprechen, Cherelle?», bittet Nile. «Es dauert auch nicht lange.»

Sie führt die beiden nach drinnen, wo ein ziemliches Chaos herrscht, Zeitungen liegen herum, und auf einer Bank stapelt sich die Bügelwäsche. Nichts deutet darauf hin, dass Dexter mit seinen Nebeneinkünften nennenswerte Gewinne macht. Andernfalls hätte er doch zumindest einen neuen Kühlschrank gekauft und das vorsintflutliche Modell ersetzt, das in der Ecke steht und so bedrohlich brummt, als stünde es kurz vor der Explosion.

Cherelle räumt rasch das Sofa frei, damit ihre Besucher sich setzen können, hockt sich auf einen Stuhl ihnen gegenüber und knibbelt sich den teilweise schon abgeplatzten Nagellack von den Fingern.

«Könnten Sie uns ein bisschen was darüber erzählen, womit Dex in letzter Zeit so seine Tage zugebracht hat?»

«Er arbeitet und hängt bei Basil's rum, wie sonst auch», erwidert Cherelle mit müder Stimme. «Allerdings erzählt er mir nicht viel.»

«Ich muss alles wissen, Cherelle. Bitte.» Nile lümmelt sich so entspannt auf dem Sofa, als hätte er alle Zeit der Welt. «Je eher Sie mit uns sprechen, desto eher sind wir auch wieder verschwunden, zuerst aber muss ich Sie noch etwas fragen. Hat Dex Sie schon mal geschlagen?»

Lily beugt sich vor und nimmt Cherelles Hand. «Das ist in Ordnung, Sie können offen mit uns sprechen. Wie lange geht das schon so?»

Cherelle scheint es zunächst abstreiten zu wollen, dann bröckelt ihre verschlossene Miene plötzlich. «Irgendwas ist dieses Jahr schiefgelaufen. Ich erkenne Dex kaum wieder.»

«Was genau meinen Sie damit?»

«Was immer auch Besitz von ihm ergriffen hat, ich dringe einfach nicht mehr zu ihm durch. Ich weiß nicht mehr, was ihn so in Rage bringt. Früher wurde er immer wütend, wenn ich was Bestimmtes gesagt oder getan habe, aber jetzt braucht er offenbar überhaupt keinen Grund mehr.»

Nile spürt Übelkeit in sich aufsteigen. Die Erinnerung an die Frau in Oxford steht ihm wieder klar vor Augen.

«Er darf Sie nicht misshandeln, Cherelle, aus welchem Grund auch immer. Ich kümmere mich darum, dass das nicht wieder vorkommt, aber jetzt muss ich wissen, wann und wo Sie ihn zuletzt gesehen haben. Direkt nach dem Überfall auf Sacha Milburn tauchte er dort bei der Villa auf, und heute Abend war er auf der Party unten am Strand. Haben Sie eine Ahnung, wo er jetzt stecken könnte?»

«Dex macht sich neuerdings seine eigenen Regeln.»

«Wissen Sie, ob er manchmal mit dem Motorboot zu dieser Riesenyacht rausfährt, die vor der Britannia Bay liegt?»

«Er hat der Besatzung ein paarmal Bier und Zigaretten gebracht. Sie zahlen offenbar gut, aber bei mir kommt nie was von dem Geld an.»

Ehe sie gehen, prüft Nile, ob Cherelle bei einer Freundin

oder Bekannten unterkommen kann, und gibt ihr ein paar Adressen, an die sie sich auf der Suche nach einer sicheren Unterkunft wenden soll. Noch ist es zu früh, um sagen zu können, ob Adebayo jemandem hilft, eine teuflische Mordserie zu begehen, aber möglich wäre es. Niles Schuldgefühle drängen sich erneut in den Vordergrund, ohne dass er das verhindern kann. Die schrecklichen Bilder in seinem Kopf lähmen ihn, und er muss sich am Geländer vorm Haus der Adebayos abstützen. Das Gesicht der Frau, die er im Stich gelassen hat, taucht vor ihm auf: fünfundzwanzig Jahre alt, hübsch und in Todesangst.

«Sie war kaum älter als du», murmelt er.

Lily tritt näher an ihn heran. «Wovon redest du? Dadrin ist irgendwas passiert, das dir nahegeht, stimmt's?»

«Ich dürfte diesen Job eigentlich gar nicht machen.»

«Du arbeitest seit Tagen ohne Pause, das ist alles. Erzähl mir, was los ist.»

Nile atmet schwer aus. «In meiner Zeit in Oxford wurde ich einmal zu einem frisch verheirateten Paar gerufen. Nachbarn hatten die junge Frau schreien gehört, aber beide Male, die ich dort läutete, war auch der Ehemann da. Die Frau sprach kaum ein Wort, und ich deutete ihr Schweigen nicht richtig. Dabei war deutlich zu spüren, dass der Kerl gefährlich war. Ich wollte ihn verhaften, aber mein Vorgesetzter hielt mich davon ab. Er meinte, ich sollte mich da raushalten, weil wir keine Handhabe hätten, solange sie keine Zeugenaussage macht, und sie dazu zu drängen, verstoße gegen das Gesetz. Eine Woche später ist der Mann dann komplett ausgetickt. Ich habe die Leiche seiner Frau im Kofferraum ihres Wagens gefunden, am Ende eines Feldwegs. Sie war mit Stichwunden übersät. Der Kerl hat achtzehn Jahre gekriegt, aber das macht es auch nicht besser.»

Nile fühlt Lilys warme Hand auf seinem Rücken, kann ihr aber nicht in die Augen sehen.

«Dein Chef hat eine falsche Entscheidung getroffen, Solomon. Du hast getan, was du konntest.»

«Ich habe zugelassen, dass sie stirbt. An den meisten Tagen denke ich immer noch, ich sollte den Polizeidienst besser quittieren. Ich bin auch deshalb nach Mustique gekommen, um diesbezüglich eine Entscheidung zu treffen.»

Lilys Hand ist ruhig auf Niles Rücken liegen geblieben. «Du musst dir verzeihen. Jeder hier auf Mustique sieht doch, dass du ein anständiger Kerl bist und nur Gutes tun willst. Ihr Ehemann hat sie auf dem Gewissen, nicht du.»

Und so durchdringt Lilys ruhige Zuversicht schließlich seinen Abwehrpanzer, und langsam löst der Schleier vor seinen Augen sich wieder auf.

48

Das Boot ist ein Spielball der Wellen, und ich konzentriere mich allein darauf, meine Übelkeit in den Griff zu bekommen und am Leben zu bleiben, sodass meine Panik langsam nachlässt. Wenn ich meinen Protest wenigstens herausbrüllen könnte! Aber noch immer verstopft mir dieser feuchte Stoffknebel den Mund und erschwert das Atmen. Vielleicht will der Mörder weg von der Insel, um meine Leiche im Meer zu versenken so wie die von Amanda und Tommy.

Er geht mit mir um wie mit einem Stück Schiffsladung, zerrt mich plötzlich hoch und lädt mich schwungvoll wieder ab. Bei dem unerwarteten Aufprall zuckt ein heftiger Schmerz durch meine Hüfte, doch um mögliche Verletzungen schert sich dieser Bastard nicht. Ich merke noch, wie er mich an den Füßen über den Boden schleift, als wäre ich ein Möbelstück, dann wird mir vor Qual erneut schwarz vor Augen.

Als ich wieder zu mir komme, befinde ich mich in einer neuen Lage. Ich sitze mit verbundenen Augen auf einem Stuhl. Sofort strenge ich alle übrigen Sinne an, um herauszufinden, wo ich bin, wo man mich festhält. Das Heulen des Sturmes ist jetzt unheimlich nahe gerückt. Ich kann verdorbenen Fisch riechen, oder ist das Koralle? Dieser penetrant salzige Geruch nach Verwesung hing auch in der Luft, als ich das Präsent des Mörders vor Lilys Zimmer fand.

Auf einmal nähern sich Schritte, was meinen Puls in die Höhe treibt. Jemand flucht schlecht gelaunt vor sich hin, und plötzlich geht mit lautem Knarren eine Tür auf. Zu gern würde ich meinem Kidnapper jetzt ins Gesicht sehen, kann an den Rändern meiner Augenbinde aber nur verschwommenes Licht ausmachen. Dafür nimmt mir endlich jemand den Knebel aus dem Mund. Die schwieligen Hände fühlen sich rau an auf meiner Wange. Nun löst der Unbekannte auch die Fesseln um meine Handgelenke. Welche Erleichterung, die Arme schlaff an den Seiten herunterhängen zu lassen! Meine Hände sind ganz taub.

Der Atem des Mannes stinkt nach Kaffee, Alkohol und Zigaretten. Vielleicht war er sogar unter den Partygästen, hat mich beobachtet und sich dabei auf meine Kosten betrunken.

«Damit kommen Sie nicht ungeschoren davon. Bestimmt sucht schon die ganze Insel nach mir», krächze ich mit heiserer Stimme.

Keine Antwort, abgesehen von einer letzten Geste. Der Mann reißt mir die Augenbinde weg. Als ich endlich wieder etwas erkennen kann, befinde ich mich ganz allein in einem kleinen dunklen Lagerraum und höre nur noch, wie hinter meinem Rücken eine Tür geschlossen und ein Schlüssel im Schloss gedreht wird. Die einzige verfügbare Lichtquelle ist das Licht der Sterne, das mit Unterbrechungen durch ein etwa dreißig Zentimeter großes Bullauge fällt. Ich sehe, wie meterhohe Wellen in sich zusammenkrachen und sich wieder neu formen. Das Schiff wird unablässig von einer Seite auf die andere geworfen. In dem Raum selbst ist weiter nichts als ein Eimer, eine Rolle Toilettenpapier, eine Flasche Wasser und ein Sandwich, das auf einem Teller liegt und vor sich hin trocknet. Offenbar will mein Entführer, dass ich mich erhole, und bestimmt wäre es in meinem Interesse, das dankbar anzunehmen. Aber stattdessen gehorche ich meinem Bauchgefühl und löse auch die Fesseln um meine Fußgelenke, um kampfbereit zu sein.

Während ich noch mit dem Aufknüpfen der Fußfesseln beschäftigt bin, strömt plötzlich silbernes Mondlicht in den Raum und bestätigt meine Vermutung: Ich befinde mich auf der *Aqua Dream*. Solomon hat mir die Fotos vom grauen Linoleum und den Holzmöbeln in den Kabinen gezeigt. Haben auch die anderen Opfer hier gehockt, auf der geheimnisvollen Yacht, in Erwartung ihres Schicksals? Meine Finger bewegen sich schneller, denn mir ist klar, dass dies meine letzte Chance ist.

49

Nile ist inzwischen so vollgepumpt mit Adrenalin, dass er auf der Suche nach dem Mörder am liebsten von Haus zu Haus hasten würde, doch während er noch überlegt, wohin er seine Schritte als Nächstes lenken soll, klingelt sein Handy. Es ist Charlie Layton, der berichtet, dass Pastor Boakye nicht ans Telefon geht. Eine weitere beunruhigende Information. Wer immer Lady Vee entführt hat, muss die Party die ganze Zeit beobachtet haben, um sich dann aus der Dunkelheit zu schälen und sich sein Opfer zu schnappen. Der Pastor hat sich auf der Party nicht blickenlassen. Möglicherweise hat er dem Mörder bei dessen Plan geholfen.

«Wir müssen sofort zu Pater Boakye», sagt er zu Lily. «Ich glaube, dass er uns angelogen hat.»

Sie fahren hügelabwärts nach Lovell hinein, das Haus des Pastors steht am anderen Ende der Gemeinde. Der Detective lässt sich nun von seinem Instinkt leiten. Obwohl es mitten in der Nacht ist, macht Pastor Boakye ihnen vollständig angekleidet die Tür auf. Er scheint kurz versucht zu sein davonzulaufen, bleibt dann aber wie angewurzelt stehen. Wo sollte er auch hin? Solange der Sturm tobt, kommt niemand von der Insel weg. Nile steht hinter Lily auf der Veranda, der Wind peitscht ihm den Rücken.

«Auf dem Sprung, Pater?»

«Ich muss zu einem Gemeindemitglied», nuschelt Boakye. «Da gibt es jemanden, der einsam leidet.»

«Damit meinen Sie vermutlich Keith Belmont?»

«Woher wissen Sie das?»

«Sie wurden in der kurzen Zeit, in der Sie hier sind, von allen mit offenen Armen aufgenommen. Ich wette, Sie kennen viele Geheimnisse der Villenbesitzer. Manche dieser Menschen sind so berühmt, dass Sie ein Vermögen verdienen würden, wenn Sie die Geschichten an die Medien verkaufen.»

Der Pastor blickt entgeistert drein. «So etwas würde ich nie tun. Jeder hat den Schutz Gottes verdient. Meine Aufgabe ist es, jedem zur Seite zu stehen, der mich braucht.»

Solomon blickt ihm nun direkt in die Augen. «Ihre ganze Ausbildung, die haben Sie sich nur ausgedacht, stimmt's?»

Boakye lässt die Schultern sinken, er sieht nun aus wie eine kaputte Marionette. «Ich habe auf einen Neuanfang gehofft und bin nur hier, weil ich meinem Ruf gefolgt bin.»

«Das sollten Sie uns besser erklären», faucht Nile.

«Niemand, der Armut nicht am eigenen Leib erlebt hat, kann verstehen, was sie bedeutet.» Der Pastor blickt auf seine Hände hinunter. «In Lagos leben knapp zehn Millionen Menschen, viele davon ohne Zugang zu fließendem Wasser oder sanitären Einrichtungen. So war es auch bei meiner Familie. Meine Eltern hatten kein Geld, um mich zur Schule zu schicken, doch mein Glaube hat mir stets den nötigen Halt gegeben. Als unser Pastor mir sagte, dass ich für den Kirchendienst einen Abschluss in Theologie bräuchte, gab ich die Hoffnung beinahe auf. Dabei wurde ich geboren, um Gott zu dienen.» Boakyes Gesicht glüht vor Überzeugung.

«Weshalb Sie sich ein gefälschtes Abschlusszeugnis besorgten und einen Lebenslauf erfunden haben. Wie kommt's, dass Sie sich so gut in der Bibel auskennen?»

«Das ist das einzige Buch, das meine Familie je besessen hat. Viele Passagen habe ich auswendig gelernt.»

«Früher oder später mussten Sie auffliegen.»

In Boakyes Augen schimmern Tränen. «Ich glaubte, Gott würde mich beschützen. Ich habe mein Bestes getan und hart gearbeitet, um der Gemeinde zu dienen.»

«Haben Sie Lady Blake heute Abend etwas angetan?»

«Lady Blake? Natürlich nicht. Ist ihr etwas passiert?»

«Sie wird seit heute Nacht vermisst. Und Sie haben mit Ihren Lügen womöglich einem Mörder geholfen.»

Der Pastor senkt den Kopf wie zum Gebet.

«Gehen Sie zur Klinik und bleiben Sie bis auf weiteres bei Sacha Milburn», weist Nile ihn an. «Sie glaubt an Sie und braucht Hilfe. Sollte ich aber herausfinden, dass Sie sich nicht gut um sie gekümmert haben, kann das Ihre Lage erheblich verschlimmern.»

Der Pastor presst die Hände zusammen, als hätte er eine neue Gottheit gefunden. «Bitte verraten Sie niemandem mein Geheimnis. Ich wurde für diese Arbeit geboren. Kein anderer Geistlicher könnte diese Gemeinde je so lieben wie ich.»

Nile lässt das an sich abperlen. «Sie kennen doch Dexter Adebayo. Haben Sie eine Ahnung, wo er jetzt gerade steckt?»

Boakye schüttelt den Kopf. «Ein weiterer Mensch, der darum kämpft, den rechten Weg zu finden.»

«Mir tut eher seine Frau leid», murmelt Lily.

«In manchen Nächten schläft er unter freiem Himmel, neben Basil's Bar, weil er allein sein will.»

Nile kann sich im Moment um das Schicksal des Paters keine Gedanken machen, aber als sie gehen, verfolgen Boakyes leise und inbrünstig gesprochene Gebete Lily und ihn noch ein Stück des Wegs.

50

Ich habe keine Ahnung, wie lange es dauert, bis ich meine Fußgelenke von den Fesseln befreit habe. Danach muss ich die Füße erst mal ein Weilchen hin und her drehen, um sie überhaupt wieder spüren zu können, dabei weiß ich doch, dass ich vielleicht nicht viel Zeit habe, bis der Mörder zurückkommt. Meine linke Hüfte ist so stark geschwollen, dass jede Bewegung schmerzt, aber das ist jetzt meine geringste Sorge. Hastig durchwühle ich im Halbdunkel die Wandschränke, finde aber nur Toppzeichen und Rettungswesten. Der einzig nützliche Gegenstand ist eine Harpune, die für die Jagd auf Fische in seichten Gewässern gedacht ist. Einem menschlichen Angreifer wird der kleine Pfeil kaum viel anhaben können, aber mehr Auswahl habe ich nun mal nicht. Ich denke kurz darüber nach, die Tür mit dem Stuhl und einer Holzbank zu verbarrikadieren, entscheide mich dann aber instinktiv, alles so zu lassen, wie es ist. Wenn ich wachsam bleibe, ist der Überraschungseffekt meine beste Waffe.

Der heftige Seegang macht dem Schiff immer noch schwer zu schaffen. Beim Blick aus dem Bullauge erkenne ich sofort, wo wir sind, immerhin habe ich Mustique schon Hunderte Male mit dem Boot umrundet. Die *Aqua Dream* liegt in der Honor Bay vor Anker, einem denkbar schlechten Platz, um Schutz vor einem Sturm zu suchen. Hier ist das Risiko groß, auf die im Wasser verborgenen Felsen zu getrieben zu werden. Seetang jagt büschelweise über die Wasseroberfläche wie Drachen in rasendem Flug. Aus dem tobenden Meer ragen die schartigen Zacken der Felsen, in deren Richtung die Wellen die Yacht zerren. Ich höre die Ankerkette ächzen. Wenigstens kann ich mich jetzt frei bewegen, falls die *Aqua Dream* auf Grund laufen und sinken sollte, allerdings bleiben meine Chancen gering, solange ich die Tür nicht aufbekomme. Ich schließe die Augen und denke zurück an einen brütend heißen Tag, an dem Jasper und ich zur königlichen Yacht *Britannia* hinausgeschwommen sind. Die Prinzessin erlaubte uns, an Bord zu duschen, danach tranken wir zusammen ein paar Cocktails an Deck. Es war ein fröhlicher, unbeschwerter Nachmittag, bis es Zeit wurde, zurück an den Strand zu schwimmen. Selbst jetzt weiß ich noch, wie es sich anfühlte, als ich aus dem Wasser stieg und die sonnenwarme Luft mir ins Gesicht wehte. Die kurze Erinnerung an diese glücklichen Stunden setzt neue Energien in mir frei. Ich muss hier rauskommen.

Plötzlich werde ich vom rasenden Stampfen des Meeres gegen die Wand geschleudert, gerade als ich wieder Schritte höre. Draußen haben sich Wolken vor die Sterne geschoben, und in der Kabine ist es jetzt stockdunkel. Ich kann nichts sehen außer einem Streifen Licht unter der Tür, trotzdem fühle ich mich merkwürdig ruhig. Und dann, als die Tür schließlich aufgeht, geschieht alles wie in Zeitlupe, aber ich bin im Vorteil: Meine Augen sind an die Dunkelheit gewöhnt. Sobald der Mann nah genug ist, schleudere ich ihm mit ganzer Kraft das stumpfe Ende der Harpune ins Gesicht. Er holt zum Schlag gegen mich aus, aber ich stürze mich mit solcher Wucht auf ihn, dass er das Gleichgewicht verliert. Mit einem hässlichen Krachen knallt sein Kopf gegen die Wand. Dann ist für den Bruchteil einer Sekunde alles still.

Voller Angst, dass jeden Moment ein weiteres Mitglied

der Besatzung auftaucht, halte ich den Atem an, doch außer dem grimmigen Schrei des Sturms, der das Tauwerk der Yacht rupft, als wären es Harfensaiten, ist nichts zu hören. Ich bin froh, dass der Mann, den ich umgeworfen habe, noch atmet. Ganz gleich, was passiert, ich will nicht, dass noch jemand stirbt. Es muss jemand von der Crew sein, ich habe ihn jedenfalls noch nie zuvor gesehen. Als ich auf den Gang hinaus spähe, sehe ich, dass das Glück mir hold bleibt: In der Kabinentür steckt der Schlüssel. Ich husche hinaus und drehe ihn von außen im Schloss, der verletzte Mann ist damit mein Gefangener.

Außerhalb der Kabine ist es für mich allerdings nicht weniger gefährlich. Auf Zehenspitzen husche ich den schmalen Gang entlang und versuche es bei jeder Kabinentür, doch alle sind abgesperrt. Erst die Tür zur letzten Kabine steht offen, und als nun erneut Schritte über mir ertönen, tauche ich dort unter. Von hier kann ich die Felsen deutlicher erkennen als durch das Bullauge von eben. Ich muss unbedingt herausfinden, wer mich entführt hat. Also taste ich mich durch die Dunkelheit, bis ich auf einen Schreibtisch stoße. Ich ziehe die oberste Schublade auf und fange an, sie auf der Suche nach Hinweisen zu durchwühlen.

51

Nile und Lily kehren sofort nach dem Gespräch mit Boakye ins Eden House zurück. Vielleicht hat Phillip unterdessen einen nützlichen Hinweis in Sachas Notizbuch gefunden. In der Halle kommt ihnen Wesley entgegen, aber Phillip hockt noch über Sachas Notizen gebeugt in der Küche.

«Es ist eine Art Parabel, die auf Mustique spielt», sagt er, «voll einheimischer Charaktere und lokaler Sehenswürdigkeiten. Liest sich wie ein Kinderbuch.»

«Und worum geht's?»

«Eine dunkle Macht versucht, der Insel die Schönheit zu rauben. Sie verunstaltet die Menschen, kontrolliert ihre Köpfe, tötet Bäume und Tiere und lässt den Himmel grau werden.»

«Nennt Sacha auch Namen?»

«Ich habe bislang niemanden wiedererkannt, aber manche Passagen sind aufgrund ihrer fürchterlichen Handschrift vollkommen unleserlich. Immer wieder hat sie ganze Absätze komplett durchgestrichen.»

Phillip Everard legt das Notizbuch nur zögerlich beiseite, als täte es ihm leid, keinen stichhaltigen Hinweis darin gefunden zu haben. Dann aber erklärt er sich schnell bereit, Nile zum nächsten Verdächtigen zu begleiten. Lily und Wesley bleiben im Haus zurück. Auf der Fahrt in Lady Vees Buggy zur Britannia Bay ist der Schauspieler ungewohnt schweigsam, sein Stirnrunzeln lässt erkennen, wie besorgt er ist. Er starrt, ohne zu blinzeln, voraus auf die tosenden Wellen und versucht, die aufgewühlte See einzuschätzen.

«Alles okay, Phillip?», erkundigt sich Nile.

Beim Klang seiner Stimme zuckt Everard zusammen. «Ich denke die ganze Zeit an Vee.»

«Wir finden sie, keine Sorge.»

«Ich bete zu Gott, dass Sie recht haben. Lily musste schon viel zu viele Schicksalsschläge einstecken.»

Am Strand gibt Nile Phillip ein Zeichen, ihm zu folgen. Dex Adebayo liegt schlafend in einem Liegestuhl und fährt erschrocken hoch, als Nile seinen Namen brüllt.

«Was zur Hölle soll das?», stammelt er. Sein Blick huscht von Nile zu Everard, als wollte er einschätzen, wer von beiden verrückter ist.

«Warum bist du heute Nacht nicht heimgegangen, Dex?»

«Ich kann Cherelles ewige Nörgelei nicht ertragen.»

«Die Leute erzählen, du hättest dich verändert, Dex. Du wärst reizbar geworden, verschlossen, ein ganz anderer Mensch. Was nimmst du?»

«Keine Ahnung, wovon du sprichst.»

«Komm schon, Dex. Ich habe in England genügend Junkies gesehen», sagt Nile.

Als Dex sich jetzt aufrappelt, erinnert nichts an ihm mehr an den auf der Insel so beliebten Tauchlehrer. «Ihr lasst mich besser in Ruhe, und zwar sofort, anstatt mir mit haltlosen Anschuldigungen auf die Nerven zu gehen.»

«Dabei habe ich gerade erst angefangen», sagt Nile und macht einen Schritt auf Adebayo zu.

«Du arrogantes Stück Scheiße.»

Adebayo will dem Detective einen Fausthieb verpassen, doch der weicht geschickt aus. Zum zweiten Mal in dieser Woche sieht Nile sich gezwungen, physische Gewalt anzuwenden, auch wenn das normalerweise nicht seine Art ist. Seine Rechte landet mit Wucht in Dex' Magengrube und lässt den Tauchlehrer in die Knie gehen.

«War das so schlau?», brummt Everard. «Er könnte Sie wegen Polizeigewalt verklagen.»

«Damit zieht er den Kopf auch nicht mehr aus der Schlinge. Dexter, ich verhafte dich wegen Körperverletzung und tätlicher Beleidigung. Du kommst jetzt mit.»

Es fühlt sich gut an, den Tauchlehrer abzuführen und ihm die Prügel gegen Cherelle ein wenig zurückgezahlt zu haben. Einer anderen Frau beistehen zu können, hilft Nile dabei, sich langsam von der Last der Oxford-Geschichte zu befreien. Bis zu diesem Zeitpunkt hat er nicht an Katharsis geglaubt, aber vielleicht ist ja doch was dran an dieser These.

«Phillip, Sie fahren mit Adebayo bitte zurück zum Eden House. Sperren Sie ihn in eins der Zimmer und halten Sie Wache. Ach, und sagen Sie Wesley und Lily Bescheid, sie sollen sich in der Old Plantation Bay mit mir treffen.»

52

Nile will sich schon auf den Weg zum Hafen machen, beschließt dann aber, vorher noch einmal zu telefonieren. Er stellt sich hinter die schützende Mauer von Basil's Bar und ruft, während er sich unter dem kreischenden Wind wegduckt, DI Black auf St. Vincent an. Bei der Nachricht, dass Lady Blake nach der Party zum Gedenken an die beiden Mordopfer entführt wurde, schweigt sein Boss zunächst, doch der Friede ist nur von kurzer Dauer. Nile hält das Handy ein Stück vom Ohr weg, als die Stimme seines Vorgesetzten immer lauter wird. Black teilt ihm mit, dass er ein Dummkopf sei. In Geschichte möge er sich ja vielleicht auskennen, aber als Detective sei er einfach nur lausig.

«Ich muss noch heute Nacht auf die *Aqua Dream*, Sir. Es ist zu vermuten, dass Lady Blake dort festgehalten wird.»

DI Black ist jedoch zu keinem Zugeständnis bereit. «Dass Sie mir nicht mal in die Nähe der Yacht kommen, Nile. Ich hab's Ihnen schon hundertmal gesagt. Wenn Sie sich dem widersetzen, bring ich Sie hinter Gitter.»

«Lady Blake muss da draußen auf dem Schiff sein, Sir. Wollen Sie etwa, dass sie ums Leben kommt?»

«Sie haben keine Erlaubnis dazu. Ich verbiete es Ihnen, haben Sie verstanden?»

Nile macht einen Schritt heraus aus seiner Deckung, und sofort trifft ihn der Wind mit voller Wucht. «Bitte entschuldigen Sie, das Letzte habe ich jetzt nicht mitbekommen. Der Sturm wird immer schlimmer, hören Sie das?»

«Halten Sie mich nicht zum Narren, Nile.»

«Sind Sie noch dran, Sir? Ich höre Sie nur ganz abgehackt.»

«Bleiben Sie an Land. Haben Sie verstanden?»

«Die Verbindung ist unterbrochen. Falls Sie mich noch hören: Ich versuche es später noch mal, Sir.»

Nile hat jetzt genug Zeit damit verschwendet, sinnlose Regeln zu befolgen. Er läuft durch den prasselnden Regen nach Süden. Das ist bestimmt die denkbar schlechteste Nacht für einen Ausflug mit dem Boot, aber es gibt nun mal keinen anderen Weg, die Wahrheit zu erfahren, auch wenn der Sturm die Insel beutelt wie ein boshafter Kobold. Die kleinen Fischerboote im Old Plantation Harbour, wo Wesley Gilbert und Lily schon auf dem Anlegesteg auf ihn warten, werden von den turmhohen Wellen heftig gegeneinandergeschlagen. Als Lily anbietet, mit der *Revival* zu fahren, schüttelt Nile den Kopf. Auf der *Aqua Dream* würde man den herannahenden Kutter viel eher bemerken und womöglich davonfahren. Ihre einzige Chance besteht darin, das kleine Polizeiboot zu nehmen, die Scheinwerfer auszuschalten und darauf zu hoffen, dass sie unbemerkt bleiben. Während Nile die Rettungsweste anlegt, spürt er, wie sich sein Magen zusammenzieht. Er beschließt, vor der Abfahrt noch rasch Lyron anzurufen und ihm eine Nachricht zu hinterlassen.

Die *Aqua Dream* ist nur ein ferner Schimmer am Horizont. Gerade jetzt, wo sie ihn am dringendsten bräuchten, hat der Mond sich hinter Wolken versteckt, die auch die Sterne verhüllen. Wesley Gilbert sieht entschlossen aus, Lilys Augen aber glitzern aufgeregt, als Nile den Motor startet. Ihre Abenteuerlust scheint geweckt, selbst wenn der Ernst der Lage nicht von der Hand zu weisen ist. Bei der Abfahrt muss Nile exakt den richtigen Moment abpassen und das Boot präzise steuern. Ein Fehler, und es wird zurück auf den Steg geschleudert und zu Kleinholz zerschmettert. Vielleicht hätte er sich den Glauben, in dem sein Vater so viel Trost findet, doch bewahren sollen. In diesem Augenblick hätte er jedenfalls gern einen Gott, zu dem er beten könnte, aber zu seiner Rettung wird wohl kein Schutzengel kommen. Es gelingt ihm, das Polizeiboot vom Landesteg weg ins offene Wasser zu manövrieren. Ab jetzt ist es der Gnade des Meeres ausgeliefert, wie ein Korken, der auf einen Wasserfall zutaumelt.

Sie rasen mit Höchstgeschwindigkeit auf die *Aqua Dream* zu. Lily lächelt ihn an, als Nile zu ihr hinüberblickt. Sie hat sicher schon jede Menge Stürme miterlebt. Plötzlich gibt der geschundene Motor ein Geräusch von sich, als würde ein Schlaginstrument im Orchestergraben auf den Boden krachen. Im nächsten Moment trudeln sie ohne Antrieb auf dem Wasser. Sofort dreht eine Welle das Boot um fünfundvierzig Grad auf die Steuerbordseite. Wenn sie nicht kentern wollen, müssen sie den Motor schnellstmöglich wieder zum Leben erwecken.

«Ich schau nach, ob ich's reparieren kann», ruft Lily und schlüpft durch die kleine Luke, gerade als eine weitere Welle das Boot mit voller Wucht trifft.

Auf Wesleys Gesicht zeigt sich keine Angst, und Nile begreift endlich, warum Gilbert seine Rolle als Butler so gefällt. Er ist großartig darin, alle Emotionen zu unterdrücken, selbst wenn ein Sturm sein Leben bedroht. Als er nun spricht, liegt sogar ein Anflug von Humor in seiner Stimme.

«Die See spielt einem böse Streiche. Deswegen bin ich zur Armee gegangen, Solomon.»

Nile folgt Lily unter Deck, aber dort kann er ihr nicht helfen, die Kajüte ist viel zu eng. Das Boot ist nach wie vor den Wellen ausgeliefert und wird zunehmend in die falsche Richtung gedrängt, mitten hinein ins Maul des Sturms. Es dauert eine halbe Stunde, bis Lily wieder auftaucht, die Hände ölverschmiert.

«Der Antriebsriemen ist gerissen», ruft sie. «Versuch noch mal, den Motor anzulassen, mal schauen, ob's jetzt klappt.»

Nile muss den Schlüssel zweimal drehen, dann erwacht der Motor wieder zum Leben. Aber sie haben eine Menge Zeit verloren. Er kann nur hoffen, dass die Besatzungsmitglieder der *Aqua Dream* ihr kleines Boot inmitten der hohen Wellen nicht entdeckt haben. Zwar ist die Megayacht mindestens zehnmal so groß wie das Polizeiboot, doch dem Sturm ist sie ebenso hilflos ausgeliefert. Bei jeder hohen Welle neigt sie sich gefährlich nach Steuerbord. Jetzt bemerkt Nile ein Motorboot, das an einer langen Leine hinter der *Aqua Dream* hängt. Wer weiß, wie lange es dort schon angebunden ist, jedenfalls könnte es der Sturm mit Leichtigkeit gegen die Seitenwände der Yacht schleudern.

«Soll ich das Steuer übernehmen?», brüllt Lily ihm zu, der Wind reißt ihr die Worte aus dem Mund.

Nile tritt einen Schritt zurück und überlässt ihr das Steuerrad. Auch wenn sie eigentlich nicht befugt ist, ein Polizeiboot zu steuern, ist sie doch erfahrener als er. Wesley bietet ihm an, ihn an Deck der Yacht zu begleiten, aber Nile bittet ihn, bei Lily zu bleiben. Er bereitet sich lieber allein auf sein Entermanöver vor. Das Herz schlägt ihm bis zum Hals, als das Polizeiboot auf einer gewaltigen Welle über das Deck der *Aqua Dream* hinausgehoben und sogleich wieder in die

Tiefe geschmettert wird. Er hört Lily zählen, wie sein Vater es immer getan hat, als er ihm das Segeln beibrachte. Jede siebte Welle ist größer als die anderen. Als Lily ihm zunickt, weiß er, dass sie nach dem nächsten Zyklus längsseits an die Yacht heransteuern wird.

Der Detective klammert sich an die Reling. Er weiß genau, worauf er sich eingelassen hat. Wenn er sich auch nur im Geringsten verschätzt und den falschen Moment für den Sprung auf die Yacht erwischt, landet er im Wasser und wird zwischen den beiden Booten zerquetscht. Das Meer unter ihm reißt sein Maul weit auf, bereit für seine Beute. Nile wirft einen Blick zurück zum Steuerhaus und wartet darauf, dass Lily den Daumen nach oben reckt. Wieder bricht sich eine riesige Welle über dem Bug und lässt ihn tropfnass zurück, dann springt er.

Er bekommt die unterste Stufe der Leiter nur knapp zu fassen und hievt sich hoch an Deck der *Aqua Dream*. Von jetzt an ist er auf sich allein gestellt. Lily muss das Polizeiboot mit Wesleys Hilfe in der Nähe der Yacht halten, bis er seinen Job hier erledigt hat. Gerade als er ihr noch ein Zeichen geben will, damit sie ausreichend Abstand hält, kommt die nächste Welle, hinter der das Boot verschwindet. Nile beabsichtigt, den Kapitän zu überrumpeln und die Yacht zu durchsuchen, ganz gleich, auf wie viel Widerstand er dabei stößt. Kann sein, dass er bloß eine Ladung Drogen findet, doch nach wie vor besteht die Hoffnung, dass Lady Vee noch am Leben und hier auf der Yacht ist.

Er kämpft sich vor bis zum Bug der *Aqua Dream*, doch das Steuerhaus ist leer. Neben einer Schalttafel, auf der sämtliche GPS-Sturmsignale aufleuchten, liegt eine aufgeschlagene Seekarte. Von der Besatzung scheint seltsamerweise niemand an Bord zu sein. Aber kein Mensch würde doch eine mehrere Millionen Pfund teure Yacht einem solchen Sturm ausliefern und sie allein lassen wie die berühmt gewordene *Mary Celeste*. Was also ist hier los?

53

In der obersten Schublade habe ich ein Feuerzeug gefunden, mit dem ich das kleine Büro jetzt erkunde. Es ist nur spärlich möbliert, in einer Ecke der Schreibtisch und dazu ein paar Stühle. Offenbar dient es jemandem als Rückzugsort, in einer der Schubladen klappert eine Flasche Whisky gegen ein Trinkglas. Ich muss irgendetwas finden, womit ich mich im Notfall verteidigen kann, falls das andere Besatzungsmitglied auftaucht. Solomon sagte doch, es seien zwei Leute an Bord, und der zweite Mann könnte mich jeden Moment entdecken. Aber so oder so, ich will unbedingt herausfinden, wer hinter all diesen schrecklichen Taten steckt.

Die einzige Verteidigungswaffe, die ich auf die Schnelle finden kann, ist ein Briefbeschwerer aus Metall. Zwar brauche ich beide Hände, um ihn überhaupt vom Tisch zu heben, aber immerhin ist er als Waffe wirkungsvoller als die Harpune. Am besten postiere ich mich nach der Durchsuchung des Schreibtischs hinter der Tür und wende denselben Trick an wie eben. Unvermittelt kommt mir Phillip in den Sinn, sein entsetztes Gesicht, als Solomon Nile uns bei der Durchsuchung der Villa der Rothmores ertappte. Damals blieb ich beherzt, und das muss ich auch jetzt bleiben, mehr denn je zuvor.

Ich halte das Feuerzeug höher und sehe auf einem Regal über dem Schreibtisch Bücher stehen: europäische Klassiker von Victor Hugo bis Thomas Mann. Auch verschiedene Stücke, von Ibsen, Tschechow und Pinter, was mich überrascht.

Wie viele skrupellose Mörder haben wohl ein Faible für klassische Literatur und Dramen?

Als ich mich weiter durch die Schubladen wühle, stoße ich auf einen Umschlag mit Fotos von Tommy, Amanda, Sacha und Lily als Kinder. Mir wird schlagartig speiübel. Die Bilder stammen aus meinen Fotoalben im Eden House. Jemand ist in unserem Haus herumspaziert und hat sich an meinen Privatsachen bedient. In der nächsten Schublade entdecke ich ein Buch über die alten Obeah-Symbole. Als ich es aufschlage, fällt eine Feder zu Boden. Sie ist rot, genau wie die, die Mama Toulaine sich ins Haar bindet. Doch auch wenn ihr spirituelles Gehabe mich manchmal in den Wahnsinn treibt, weigere ich mich zu glauben, dass die Malerin etwas mit den Verbrechen zu tun haben könnte. Dann finde ich ein Stückchen Schildpatt in Form einer Triangel: ein Gitarrenplektrum. Bei der Vorstellung, Keith Belmont könnte hier auf einer seiner Gitarren spielen und sich dabei einen Whisky nach dem anderen hinter die Binde kippen, gleitet es mir aus der Hand. Trotzdem: Irgendwie passt das nicht zusammen. Keith mag nicht immer der Anständigste sein, doch seine neu entdeckte Liebe zu den Geschöpfen des Meeres kam mir aufrichtig und echt vor.

Dann wandert mein Blick hoch zu einem weiteren Foto, das an die Wand gepinnt ist. Die Nahaufnahme einer Frau mit im flackernden Licht des Feuerzeugs wunderschön leuchtenden Zügen. Das letzte Mal bin ich ihr vor sechzehn Jahren begegnet. Aber wie gelangt ein Foto von Emily Calder, Lilys Mutter, fast zwei Jahrzehnte nach ihrem Tod auf die *Aqua Dream*?

54

Vom Deck der *Aqua Dream* aus kann Nile das Polizeiboot kaum noch erkennen. Es sieht aus wie eine Streichholzschachtel, die mit jeder Woge in die Höhe geschleudert wird. Lily und Wesley müssen jetzt allein zurechtkommen, die Entfernung ist zu groß für eine Verständigung durch Zeichen. Nile bleibt im Schatten des Steuerhauses, als das Motorboot, das an einem Schleppseil an der Yacht hängt, wieder in sein Sichtfeld gerät. Er kann den Namen am Bug nicht lesen, dazu ist es zu weit weg. Warum wurde es nicht an Bord geholt, zum Schutz vor dem Sturm? Aber vielleicht hatte der Schiffseigner keine Zeit mehr dazu, als das Wetter sich rasant verschlechterte.

Nile nähert sich schwankend den Bullaugen der Schiffskabinen. In seinem Kopf wirbeln die verschiedenen Theorien wild durcheinander. Obwohl sich alle Hauptverdächtigen in diesem Augenblick auf Mustique befinden, ist er sich sicher, dass es zwischen einem von ihnen und der *Aqua Dream* eine Verbindung geben muss. Durch das Tosen des Sturms hindurch hört er ganz leise das Läuten eines Telefons, und er vergisst seinen letzten Gedankengang. Vorsichtig versucht er, durch eins der Bullaugen in das Innere der Kabinen zu spähen, aber die Vorhänge sind sorgfältig zugezogen.

Nile beugt sich hinab, um vielleicht durch einen Riss im Stoff irgendetwas zu sehen, als ihn ein heftiger Stoß trifft und gegen die Reling schleudert. Er versucht noch, sich daran festzuhalten, doch mit einem wilden Gelächter im Ohr stürzt er über Bord. Die Wellen dröhnen in seinem Kopf wie ein Orchester, das jede einzelne Note falsch spielt. Den Mund voll Salzwasser, wird er von der Rettungsweste zurück an die Meeresoberfläche getragen, das Wasser ist so eisig, dass sein Verstand sich wie betäubt anfühlt. Nur unscharf erkennt er die Umrisse des winzigen Polizeiboots. Dann ist alles wieder verschwunden, und er bekommt erneut keine Luft mehr, ist wie in einer riesigen Waschmaschine gefangen. Als das Meer ihn das nächste Mal ausspuckt, hat die *Aqua Dream* sich bereits ein gutes Stück von ihm entfernt. Er gibt alles, um gegen die Wellen anzuschwimmen, doch da bricht bereits die nächste über ihm.

55

Die Ankerkette ächzt und kreischt im Kampf gegen die Angriffe des Sturms. Obwohl bis jetzt nichts darauf hinweist, bin ich mir nach wie vor sicher, dass ein zweiter Mann an Bord ist, aber vielleicht hat der ja noch gar nicht gemerkt, dass ich meinem Gefängnis entkommen bin. Beim erneuten Zünden des Feuerzeugs entdecke ich auf dem Schreibtisch eine Kassette, in der eine Schachtel Zigaretten und ein etwa handflächengroßes metallenes Behältnis liegen, das klimpert, als ich es in die Hand nehme. Als ich darin ein halbes Dutzend Projektile finde, steigt neue Angst in mir hoch. Mit zitternden Händen lasse ich sie in die Tasche meines Kleides gleiten. Wenn die Kerle, die mich hergebracht haben, schwer bewaffnet sind, stehen meine Chancen schlecht, zumal der Typ, den ich in der Kabine eingesperrt habe, offenbar wieder zu Bewusstsein gelangt ist, jedenfalls höre ich ihn nun gegen die Tür hämmern und immer lauter brüllen.

Panisch wühle ich noch einmal durch die Schubladen, kann aber nichts Nützliches mehr finden. Noch bevor ich fertig bin, fliegt die Tür auf. Rasch packe ich den Briefbeschwerer und verstecke ihn zwischen den Falten meines zerrissenen Kleides. Im vom Gang hereinströmenden Licht kann ich das Gesicht des Mannes nicht erkennen, aber sein dumpfes Gelächter geht mir durch Mark und Bein. Er knipst die Schreibtischlampe an und lässt sich in den Stuhl plumpsen. Offenbar fühlt er sich hier zu Hause.

Als er mich anspricht, vernehme ich groben Londoner

Slang von einer Stimme, die rau und heiser ist vom lebenslangen Rauchen: «Sie sind kräftiger, als ich dachte. Ich hätte nie erwartet, dass eine Lady wie Sie sich mit Händen und Füßen wehren würde.»

«Wer sind Sie?»

«Daniel Kellerman. Sie können mich Dan nennen, wenn Sie wollen.»

«Sind wir uns schon einmal begegnet?»

«Gerade erst.» Sein Lachen klingt wie Öl, das den Abfluss hinabfließt. «Sie und ich, wir verkehren nicht in denselben Kreisen. Wir waren nur vorhin auf derselben Party.»

«Sie bringen mich jetzt sofort wieder zurück an Land.»

«Das ist nicht möglich, fürchte ich.» Das Gesicht voll gespielten Mitgefühls. «Der Boss wollte Sie eigentlich nur ein wenig aufschrecken, damit Sie aufhören, weiter nach dem Mörder zu suchen. Sie hätten in der Kabine bleiben sollen, dann hätten wir Sie morgen unversehrt wieder am Strand abgesetzt. Aber jetzt sind Sie leider zu weit gegangen.»

«Die Polizei sucht sicher schon nach mir.»

«Nicht mehr.» Er zündet sich eine Zigarette an und nimmt einen tiefen Zug. Ich kann mich nicht erinnern, sein schmales Gesicht und das bis zum Kragen reichende blonde Haar auf der Party heute Nacht gesehen zu haben. «Wollen Sie nicht wissen, was mit Ihrem Polizistenfreund passiert ist?»

«Solomon Nile?»

«Tja, typischer Fall von Mann über Bord. Hat sich keine gute Nacht ausgesucht zum Schwimmen, was meinen Sie?»

Erschrocken werfe ich einen Blick aus dem Bullauge. Die Wellen toben auf und ab wie in einer Achterbahn, und die Yacht ist den Felsen inzwischen gefährlich nah. Ich muss jetzt auf Zeit spielen, bis ich einen Ausweg gefunden habe.

56

Eine unbändige Wut hält Nile über Wasser und treibt ihn voran. Die Wellen schleudern ihn in die eine Richtung, dann wieder in die andere. Er hat nur dann eine Chance, wenn er sich durch nichts von seinem Ziel abbringen lässt. Und sein Ziel ist es, zurück auf die *Aqua Dream* zu kommen, koste es, was es wolle. Er wartet auf eine Pause zwischen zwei Wellen und krault dann mit aller Kraft vorwärts, bis die nächste Woge ihn wieder zurückwirft. Seine Fortschritte sind gering, doch mit jedem neuen Versuch rücken die Positionslichter der Yacht vor ihm näher.

Während er sich durchs Wasser kämpft, spielt sein Verstand ihm Streiche. Die tote Frau aus Oxford taucht vor ihm auf, lächelt ihr scheues Lächeln und spornt ihn an zu kämpfen. Als wolle sie ihm sagen, dass er am Leben bleiben muss, weil es nicht noch einen sinnlosen Tod geben darf.

Nile darf nicht aufgeben. Er holt tief Luft und krault los, so schnell er kann. Es dauert eine Ewigkeit, bis er wieder an der Leiter ist und die unterste Metallstufe zu fassen bekommt. Er hat kaum noch die Kraft, um an Deck zu klettern. Oben angelangt, geht er hinter dem Steuerhaus der *Aqua Dream* in die Knie und bleibt sitzen, bis sein Atem sich beruhigt hat. Die Eiseskälte des Meeres ist ihm tief in die Knochen gedrungen, und obwohl die Nachtluft warm ist, fröstelt ihn. Noch immer wird die Yacht von einer Seite auf die andere geworfen, was jede Bewegung zu einer Herausforderung macht. Instinktiv greift Nile nach seiner Pistole, doch als er sie aus dem Holster zieht, ergießt sich ein Schwall Wasser aus dem Lauf. Bei seiner Ausbildung wurde nie darüber gesprochen, ob man die Waffe auch nass abfeuern kann, aber ein nützliches Accessoire ist sie allemal. Wenn die Besatzungsmitglieder unbewaffnet sind, macht die Pistole im besten Fall genügend Eindruck, damit sie sich ergeben.

Gerade als Nile sich wieder aufrappelt, fällt ein Schatten auf das Deck. Es ist ein Mann in schwarzer Kleidung, die Kapuze über den Kopf gezogen. Mit dem Rücken zu Nile bleibt er zögernd an der Reling stehen und schaut in den Sturm hinaus. Nachdem er eine lange Zeit dort gestanden hat, verschwindet er in das Innere der Yacht. Nile folgt ihm lautlos die Treppe hinab. Mit klopfendem Herzen gelangt er in einen schmalen Gang.

Der Kapuzenmann steht am Ende des Gangs vor einer der Kabinen und lauscht sichtlich angespannt den Geräuschen hinter der Tür. Es sind Stimmen. Der Mann legt beinahe sein Ohr an die Tür, als wollte er nicht ein einziges Wort verpassen.

57

Ich stehe mit dem Rücken zur Wand und halte nach wie vor den Briefbeschwerer umklammert. Meine einzige Chance, am Leben zu bleiben, besteht darin, den Kerl so lange am Reden zu halten, bis seine Wachsamkeit nachlässt.

«Das wird dem Boss gar nicht gefallen», sagt er. «Er hasst es, sich die Hände schmutzig zu machen.»

«Bitte sagen Sie mir, wer es ist. Wenn Sie mich sowieso umbringen wollen, nehme ich den Namen mit ins Grab.»

Der Mann grinst. «Vielleicht erraten Sie's ja. Er sagt ständig, er will ein neues Kapitel in seinem Leben aufschlagen und Alkohol und Drogen meiden, aber das glaube ich erst, wenn ich's sehe. Der Kerl ist ein Süchtiger. Süchtig nach allem Möglichen, sogar nach hübschen jungen Mädchen und Jungs, wenn Sie's genau wissen wollen.»

«Warum arbeiten Sie überhaupt für ihn?»

«Wir sind alte Freunde. Ich hab ihn schon vor Jahren kennengelernt, als das Leben noch leichter war.» Das Grinsen des Kerls wird breiter. «Nun, sosehr ich unser Gespräch auch genieße, Befehl ist nun mal Befehl. Kinder und alte Damen umzulegen, macht keinen Spaß, ich würde die Chose also gern hinter mich bringen.»

«Ist Ihnen denn gar nicht aufgefallen, dass wir viel zu nah an die Küste getrieben wurden? Wir werden bald auf die Felsen von Honor Bay auflaufen. Sie haben sich wirklich einen gefährlichen Platz ausgesucht, um vor Anker zu gehen.»

Der Mann wirft einen Blick durch das Bullauge nach

draußen. Ein Anflug von Panik huscht über sein Gesicht, und plötzlich ändert sich seine Körpersprache. Offenbar ist er entschlossen, das Töten nun noch schneller hinter sich zu bringen und dann die Yacht in sichere Gewässer zu steuern. Als er aufsteht, ragt etwas Glänzendes aus seiner Tasche – der silberne Griff einer Pistole. Im Versuch, mir noch eine Minute zu erkaufen, plappere ich willkürlich drauflos.

«Bitte erklären Sie mir vorher noch das mit den Korallen. Das hat mich von Anfang an gefesselt. Warum hat der Täter diese Korallenstücke bei den Opfern zurückgelassen?»

«Der Boss hasst das Projekt zum Wiederaufbau des Riffs und alle, die damit zu tun haben. Die Zeichen, die er in die Dinger gekerbt hat, sind Obeah-Symbole. Dieser Voodoo-Scheiß fasziniert ihn.» Wieder grinst Kellerman, im trüben Licht blitzt ein Goldzahn auf. «Jedenfalls hat er gegenüber diesen Korallenschützern einen Minderwertigkeitskomplex so groß wie der Grand Canyon. Wenn er hier auf Mustique fertig ist, wird von denen keiner mehr übrig sein.»

Auf einmal taucht ein Gesicht vor meinem inneren Auge auf, und ich schnappe hörbar nach Luft. Mit ungerührter Miene zieht Kellerman die Waffe aus seiner Tasche, doch da wirft eine plötzliche Welle das Schiff auf die Seite. Ich schwinge den Briefbeschwerer mit voller Wucht gegen Kellermans Unterkiefer, nutze den Moment seiner Benommenheit und entreiße ihm die Waffe.

«Setzen Sie sich wieder auf den Stuhl, Sie Idiot, und geben Sie mir die Schlüssel.»

Dabei ziele ich mit der Pistole zwischen seine Augen, auch wenn ich in meinem ganzen Leben noch nie eine Waffe abgefeuert habe. Kellerman blickt mich entgeistert an. Kurz glaube ich, auf dem Gang ein Geräusch gehört zu haben, doch als ich lausche, ist alles still. Mit der Pistole habe ich mein Selbstvertrauen wiedergewonnen, und in weniger als einer Minute habe ich den Kerl gefesselt und geknebelt, dann sperre ich auch meinen zweiten Kidnapper ein. Als ich aus der Kajüte trete, ist auf dem Gang niemand zu sehen, und unwillkürlich muss ich lächeln.

58

Nile zerrt den Kerl, den er unten im Gang von hinten überwältigt hat, an Deck. Er hat ihn bei der Kehle gepackt und presst ihm eine Hand auf den Mund. Nach der Anstrengung seines Kampfes gegen die Wellen kostet es ihn einige Mühe, den Mann in Schach zu halten. Sein Gegner dreht und windet sich und zwingt Nile schließlich dazu, die Waffe zu ziehen.

«Hier geblieben, oder ich mache davon Gebrauch», knurrt er. «Darin hab ich jede Menge Übung.»

Noch immer ist der Mann nur eine schwarze Gestalt in der Dunkelheit. Sein Gesicht wird von der Kapuze verdeckt, und ohne das Licht der Sterne kann Nile ihn nicht identifizieren. Nachdem er eben erst selbst dem Tod nur knapp entronnen ist, spürt er die Versuchung, den Abzug zu drücken, doch sein Sinn für Recht und Ordnung hält ihn davon ab. Der Mann steht jetzt still, sagt aber kein Sterbenswort.

«Warum haben Sie das getan?», will Nile wissen. «Genießen Sie Ihre letzten Minuten in Freiheit, Sie werden nie wieder einen Fuß aus dem Gefängnis kriegen.»

Der Mann tritt nach ihm, und Nile schlägt ihn mit dem Griff seiner Waffe nieder, ohne auf das wilde Schlingern der Yacht zu achten. Salzwasser überschwemmt das Deck, und der Wind, der durch das Tauwerk heult, klingt außer sich vor Wut. Nile ist es egal, ob dieser Bastard über Bord gespült wird, denn auf einmal hört er neue Schritte an Deck und dann plötzlich einen Schuss. Erschrocken wirft er sich nach vorn, im Versuch, der nächsten Kugel auszuweichen, doch das Blut zu seinen Füßen ist gar nicht seins. Sein Gegner liegt mit dem Gesicht nach unten vor ihm und stöhnt, während sich der rote Saft weiter und weiter auf dem Deck ausbreitet.

59

Der Schuss hallt noch in meinen Ohren nach, als der Kampf zehn Meter vor mir wieder aufgenommen wird. Der Kerl, den ich angeschossen habe, hat sich aufgerappelt, von seinem Arm tropft Blut. Solomon Nile ringt mit ihm, aber noch kann ich ihm nicht helfen. Die beiden Männer sind so eng ineinander verknäult, dass ich fürchte, meine nächste Kugel könnte aus Versehen Solomon treffen. Da wird ein weiterer Schuss abgefeuert, der Knall ist ohrenbetäubend, doch diesmal kam die Kugel nicht aus meiner Waffe. Solomons gewaltiger Leib sackt über seinem Gegner zusammen, der mit seiner Kraft ebenfalls am Ende ist. Sein Arm erschlafft, und ich renne hinüber und pflücke ihm die Waffe aus der Hand. Eine Sekunde später schleudere ich sie zusammen mit meiner eigenen über Bord, bevor sie noch mehr Schaden anrichten können.

Auch ohne das Gesicht des Mannes zu sehen, weiß ich genau, wer er ist. Die Zeit im Büro unter Deck hat mir schließlich genügend Hinweise geliefert, und die Erschütterung steckt mir noch immer tief in den Knochen.

Solomon richtet sich taumelnd wieder auf, sein Gegner aber bleibt am Boden, trotz der hohen Wellen, die sich unablässig über dem Deck brechen. Ich nehme ein Seil, binde ihm die Hände auf dem Rücken zusammen und lasse ihn dann an Ort und Stelle liegen. Viel wichtiger ist jetzt, dass ich mich um Solomon kümmere, der mit kraftlos herabhängenden Armen am Steuerhaus niedergesunken ist. In dem schwachen Licht kann ich nicht erkennen, wie schwer seine

Verletzung tatsächlich ist, doch ihm quillt so viel Blut aus seiner rechten Seite, dass mich die Panik packt.

«Haben Sie Schmerzen?»

Sein Blick ist verschleiert. «Wir müssen zurück nach Mustique, Lady Vee. Diese Kerle gehören ins Gefängnis.»

«Da werden sie auch bald sein. Hilfe ist schon unterwegs.»

Ich sehe zwei Boote näher kommen. Vom Polizeiboot aus winkt Lily mir wie eine Wahnsinnige zu, Wesley steht neben ihr, und zur gleichen Zeit steuert ein alter Trawler aus der Flotte der Fischereiboote von Mustique auf die Yacht zu. Möglicherweise aber sind sie zu spät. Solomon blutet jetzt so stark, dass ich spüre, wie er mir entgleitet.

«Ich werde jetzt Druck auf Ihre Wunde ausüben, Solomon. Das wird weh tun, also fluchen Sie ruhig.»

Er schnappt nach Luft, als ich meine Hände auf die offene Wunde presse. Der Druckschmerz muss kaum auszuhalten sein, doch Nile stiert nur mit glasigen Augen in die Ferne.

«Sprechen Sie mit mir, bitte. Sie dürfen jetzt nicht einschlafen.»

Seine Lippen formen sich zu einem Lächeln. «Vorhin, am Strand, da hat Lily mich geküsst.»

«Kluges Kind, meine Lily. Das wird sie wieder tun, wenn wir nur jemals wieder an Land kommen.»

«Machen Sie sich keine Sorgen, Lady Vee. Der Sturm ist vorbei. Merken Sie es denn nicht?»

Sein Gesicht wird mit einem Mal vollkommen ausdruckslos, dann sackt er mir weg.

60

Nile kämpft, er muss wach bleiben, doch auf seiner Brust lastet ein bleischweres Gewicht. Über sich gebeugt erkennt er Lady Vee, sie flüstert ihm etwas zu, das er nicht verstehen kann. Er kann nur noch die Kälte des Meeres spüren, tief in seinen Knochen. Dann erschrickt er furchtbar, als plötzlich Lyron verschwommen über ihm auftaucht und ihn mit angespannter Miene auf die Beine zerrt.

«Du musst versuchen, selbst zu gehen, Sol. Du bist zu schwer, ich kann dich nicht tragen.»

Es gelingt Nile, sich bis zur Reling zu schleppen. Das Meer scheint ruhiger geworden zu sein. Unten neben der Yacht wartet der alte Trawler seines Vaters. Lyron muss sich sofort, nachdem er seine Sprachnachricht abgehört hat, auf den Weg gemacht haben. Jemand hilft ihm hinunter in das Boot, und als er das nächste Mal zu Bewusstsein kommt, presst Lyron einen Fetzen Stoff gegen seine rechte Seite. Der Schock wird jetzt vom Schmerz verdrängt. Es fühlt sich an, als steckte ein Brandeisen in seinem Rumpf, und sein Bruder sieht aus, als hätte er fürchterliche Angst.

«Du wirst schon zurechtkommen, Ly.»

«Spar dir deine Kräfte, atme einfach, langsam und gleichmäßig.»

«Du musst dich um Dad kümmern. Sorge dafür, dass es ihm gut geht.»

«Hör sofort auf damit, Sol. Wir flicken dich schon wieder zusammen.»

Wie aus weiter Ferne bekommt Nile mit, dass sich sein Bruder und Winston Layton darauf einigen, die beiden Besatzungsmitglieder bis morgen früh an Bord der Yacht zu lassen, eingesperrt in den Kajüten. Dann verliert er erneut das Bewusstsein.

Als er die Augen das nächste Mal aufschlägt, sieht er Lady Vee, die jetzt in den Trawler herabgelassen wird. Ihre triumphierende Miene überstrahlt die Tatsache, dass ihr Kleid zerrissen und voller Blut ist. Dann erblickt er die schwarze Gestalt, die ihn angeschossen hat, und seine Neugier ist einen Moment lang stärker als seine Schmerzen. Doch noch immer verdeckt der dunkel gekleidete Mann mit der Kapuze sein Gesicht.

«Du musst dich nicht länger verstecken, Phillip!», zischt Lady Vee. «Dass du hinter alldem steckst, ist mir schon unten in der Kabine klargeworden.»

Und als nun der Mond wieder über ihnen aufscheint, reißt sie dem Mann die Kapuze vom Kopf und enthüllt Gesichtszüge, die in Hollywood einst für vollkommen gehalten wurden. Doch jetzt im Sternenlicht fehlt seinem Gesicht jegliche Farbe, und Phillip Everard besitzt nichts mehr von einem gefeierten Filmstar. Er ist nur ein alternder Mann, dessen Augen vor Zorn funkeln.

61

Erst als Lily mir im immer noch heulenden Wind aus Hoseas Trawler hilft, wird mir bewusst, wie ramponiert ich aussehe. Das Partykleid des vergangenen Abends hängt in Fetzen an mir herab, meine Unterarme sind ölverschmiert und meine nackten Füße voller Ruß und Schmutz. Beim Gedanken an Prinzessin Margaret entschlüpft mir ein Lachen. Sie stellte hohe Ansprüche an ihre Hofdamen und erwartete immer einen stilgemäßen, eleganten Auftritt. Ich dagegen sehe in der ersten Morgendämmerung aus wie eine Schiffbrüchige, die dem ersehnten Anblick der Heimat entgegenfiebert. In Lilys Augen stehen Tränen. Die letzten vierundzwanzig Stunden müssen für sie die Hölle gewesen sein. Kaum stehe ich mit beiden Füßen an Land, da schlingt sie stürmisch die Arme um mich.

«Gott sei Dank, Vee, du lebst. Ich bringe dich jetzt sofort in die Klinik.»

«Das ist nicht nötig, Liebes. Das kann bis morgen warten.»

«Sei nicht albern, du siehst grün und blau geschlagen aus. Was haben diese Monster dir angetan?»

«Nichts Ernstes.» Die Einzelheiten möchte ich ihr noch ersparen, fürs Erste hat sie genug durchgemacht.

Doch als Lily im nächsten Moment sieht, wer nach mir von Bord geht, tritt ein solch fassungsloser Blick in ihre Augen, dass mich eine kaum beherrschbare Wut packt.

«Ist das etwa …?», fragt sie entsetzt.

Ich nicke. Dieser Scharlatan hat jeden Einzelnen von

uns jahrelang an der Nase herumgeführt. Aber was wollte er damit eigentlich erreichen? Dann jedoch macht sich ein schmerzhaftes Pochen in meiner Hüfte bemerkbar, und ich schiebe die Grübelei beiseite, froh, nach Lilys Hand greifen zu können. Bald darauf kommt jemand mit einem Buggy und bringt uns zur Klinik, wo Lily einen Rollstuhl auftreibt und mich zum Eingang schiebt, aus dem gerade Wesley Gilbert tritt. Unser Butler sieht zerrupft und zerrauft aus, so wie vor ein paar Tagen, als er seine Schwester in der brennenden Villa der Fortinis gesucht hat. Diesmal aber hat er sein Leben für mich aufs Spiel gesetzt. Er geht neben mir in die Hocke, seine Stimme ist ungewöhnlich sanft.

«Ich bin froh, dass Sie Ihr Abenteuer überlebt haben, Lady Vee. Ich habe mir große Sorgen um Sie gemacht.»

Ich lege ihm eine Hand auf die Schulter. «Habe ich Ihnen eigentlich schon einmal gesagt, wie unfassbar glücklich ich mich schätze, dass ausgerechnet Sie auf mich aufpassen?»

«Vor kurzem erst», erwidert er, und seine ernsten Züge werden weicher. «Es tut immer gut, das zu hören.»

«Wie geht es Solomon?», frage ich.

«Er hat eine Menge Blut verloren, aber er lebt. Die Kugel ist glatt durch seine Flanke gegangen. Der Arzt ist gerade dabei, ihn zu versorgen.»

Bevor ich weiterfragen kann, eilt Wesley davon, um mit Niles Bruder zu sprechen. Weil es ohnehin sinnlos ist, ins Gebäude zu gehen, solange Dr. Pakefield sich um Solomon kümmert, bleiben wir noch etwas draußen sitzen, und ich kann ein wenig verschnaufen. Vielleicht täusche ich mich, aber die Wut des Sturms scheint tatsächlich ein winziges bisschen nachgelassen zu haben. Mustique war nun fast eine ganze Woche lang im Klammergriff dieses Hurrikans, seit dem Tag, an dem Amanda Fortini verschwand, auch wenn Sturm Cristobal die Insel erst gestern Abend mit voller Wucht getroffen hat. Bäume wurden entwurzelt, in einem Blumenbeet liegt ein Stück von einem Wellblechdach, der Gesang der Vögel ist verstummt. Bestimmt haben die Tiere Angst, dass der schreckliche Wind zurückkehrt, so wie ich kaum glauben kann, dass die furchtbaren Gewalttaten nun ein Ende haben werden. Lily sitzt neben mir auf einer Bank und beschirmt zum Schutz vor der aufsteigenden Morgensonne die Augen mit der Hand.

«Geh und sieh nach Solomon, Liebes. Er braucht jetzt jemanden, der ihm die Hand hält.»

Einen Moment lang versucht sie noch, Einwände vorzubringen, dann läuft sie in die Klinik. Die Erschöpfung überfällt mich wie ein Tsunami. Aufrecht im Rollstuhl sitzend, schlafe ich ein, den Abschiedsgesang des Sturms, der sich nun aufs Meer zurückzieht, als Gutenachtlied im Ohr.

62

Nile hat keine Ahnung, wie lange er geschlafen hat. Als er die Augen aufschlägt, sieht er einen Tropf, aus dem eine farblose Flüssigkeit in seinen Arm läuft. An der einen Seite verspürt er einen leichten Druck, aber kaum Schmerzen. In seinem Kopf herrscht Leere, bis Dr. Pakefield durch die Tür tritt. Der Arzt sieht immer noch totenbleich aus, als würde das durch die Jalousie gedämpfte Sonnenlicht ihm langsam das Leben aussaugen. Mit konzentriertem Blick auf seine Uhr legt er Nile zwei Finger an den Hals.

«Sie haben die Konstitution eines Ochsen, Detective Nile, aber letzte Nacht haben Sie mir trotzdem einige Probleme bereitet. Ihre Blutgruppe ist ziemlich selten. Lyron hat zwei Einheiten Blut gespendet und Keith Belmont auch. Sie verdanken den beiden Ihr Leben.»

Nile unterdrückt ein Lachen. Jetzt ist er also bis ans Ende seiner Tage der Blutsbruder des Leadsängers von Blue Heaven. Lyrons Spende allerdings überrascht ihn nicht. Mit einem Gefühl von Schuld denkt er an ihn und alle anderen, die er im Verlauf seiner Ermittlungen verdächtigt hat, während der wahre Übeltäter die ganze Zeit direkt vor seiner Nase herumspaziert ist.

«Es tut mir sehr leid, Doktor. Sie haben nichts anderes getan, als eine Vorschrift zu verletzen, um einem anderen Menschen zu helfen. Ich hätte Ihnen nicht solche Vorwürfe machen dürfen.»

«Entschuldigung angenommen», erwidert der Arzt mit

knappem Lächeln. «Morgen kommt ein Trupp Beamter von St. Vincent her, um Ihre Verhafteten ins Gefängnis von Belle Isle zu überführen. Ihr Chef ist damit einverstanden, dass Sie sich nach dieser schweren Verwundung erst mal ein oder zwei Wochen lang erholen. Er will Phillip Everard morgen Vormittag vernehmen.»

Nile versucht mühsam, sich aufzurichten, doch eine Welle aus Schmerz löst einen heftigen Schwindelanfall aus, und der Arzt legt ihm eine kühle Hand auf die Schulter.

«Ruhen Sie sich jetzt aus, sonst heilt die Wunde nicht richtig. Wenn Sie etwas brauchen, drücken Sie den Knopf.»

«Wie geht es Sacha?»

«Sie hat vergangene Nacht das Bewusstsein wiedererlangt, und ich habe mich bei ihr für mein Verhalten entschuldigt. Wenn ihr Zustand sich weiter bessert, kann sie bald wieder nach Hause.»

«Ich muss aufs Revier. Kann mich da jemand hinbringen, bitte?»

«Reden Sie keinen Unsinn.» Der Arzt nagelt ihn mit einem einzigen Blick ans Bett fest. «Die nächsten achtundvierzig Stunden bleiben Sie brav liegen. Und jetzt schlafen Sie, ich komme später noch einmal und sehe nach Ihnen.»

Nile lässt die Augen wieder zufallen. Gut möglich, dass er nur träumt, doch jetzt taucht Mama Toulaine mit einem großen Strauß Orchideen neben seinem Bett auf. In ihrem leuchtend blauen, mit gelbem Brokat verzierten Kleid sieht sie aus wie eine Königin. Ihre Miene ist sanft, während sie ihm mit den Fingerspitzen übers Gesicht streicht.

«Wie geht es dir, mein Junge?»

«Besser, Mama. Bald bin ich wieder fit.»

«Ghede steht immer noch an der Kreuzung, Solomon.

Ehe er die Insel wieder in Frieden verlässt, wird noch jemand sein Leben verlieren. Lass nicht zu, dass du es bist.»

Nachdem Mama Toulaine ihn auf die Wange geküsst hat, fällt Nile in den tiefsten Schlaf seines Lebens. Als er wieder aufwacht, taucht ein weicheres Licht als zuvor sein Zimmer in ein mattes Ockergelb. Obwohl es höllisch weh tut, setzt er sich auf. Bei jeder Bewegung schießen stechende Schmerzen durch seinen Oberkörper, die ihm die Tränen in die Augen treiben, aber er kann jetzt nicht einfach im Bett bleiben. Er ruft Lily an und will gerade mühsam aufstehen, als Lady Vee in der Tür erscheint, hell gekleidet wie üblich und elegant wie stets, nur ein paar Blutergüsse sind zu sehen.

«Wie ich hörte, haben Sie mir das Leben gerettet, Lady Vee. Sie sind die tapferste Frau auf ganz Mustique.»

Sie schenkt ihm ein liebenswürdiges Lächeln. «Sie haben mir auch das Leben gerettet. Ich bin nur froh, dass ich bei den Pfadfinderinnen Erste Hilfe gelernt habe und wusste, wie wichtig es ist, den Blutfluss zu stoppen.»

«Hätte ich nur etwas mehr Blut verloren, wäre ich jetzt nicht mehr hier.»

«Was jammerschade wäre, für uns alle», sagt sie und tritt näher. «Was für ein fürchterlicher Schlamassel, finden Sie nicht auch?»

«Wenigstens haben wir den Mörder gefunden.»

«Und was machen wir jetzt als Nächstes?»

«Mein Chef will Everard morgen verhören, und dann kommt er bis zum Prozess in Haft.»

Lady Vees Miene versteinert. «Ihr Chef kann doch nicht den ganzen Ruhm ernten, wo Sie und ich die ganze Arbeit gemacht haben. Dafür verdienen Sie eine Beförderung, und ich will Phillips Geständnis aus seinem eigenen Mund hören.»

Nile bringt ein Grinsen zustande. «Ich wusste, dass Sie es so sehen würden, Lady Vee. Lily ist gleich hier, sie kommt mit Ihrem Buggy. Dann fahren wir zusammen aufs Revier.»

«Ausgezeichnet. Ihr Bruder hat Ihnen saubere Sachen gebracht. Darf ich Ihnen in das Hemd helfen? Sie können sich hier ja wieder ins Bett legen und weiter ausruhen, nachdem wir mit Phillip gesprochen haben.»

«Dr. Pakefield sieht bestimmt nicht gern, dass ich die Klinik verlasse.»

«Na und?» Sie beugt sich über ihn und sieht ihm mit leuchtendem Blick in die Augen. «Nach der vergangenen Nacht kann uns nichts mehr aufhalten.»

Beim Anziehen schneidet eine neue Schmerzwelle durch Niles ganzen Leib, doch der Triumph in Lady Vees Stimme gibt ihm Kraft. Er konzentriert sich auf die vor ihnen liegende Aufgabe und nimmt den Schmerz kaum noch wahr.

63

Sturm Cristobal hat das Polizeigebäude mit voller Wucht erwischt. Das Dach über dem Eingang wurde fortgerissen, der Hof ist mit abgebrochenen Ästen übersät, und von einem der Bäume baumelt ein altes Fahrrad. Solomon jedoch scheint nichts davon zu bemerken, so konzentriert ist er. Morgen wird DI Black übernehmen, aber heute ist es immer noch sein Fall, und wir müssen beide wissen, weshalb Phillip solche unfassbaren Verbrechen begangen hat. Gemeinsam humpeln wir durch die Tür, während Lily im Buggy zurückbleibt.

Auf den emotionalen Schmerz, den das Wiedersehen mit Phillip in mir auslösen würde, war ich allerdings nicht vorbereitet. Immerhin kenne ich ihn jetzt seit dreißig Jahren und glaubte immer, dass er auf meine Unterstützung angewiesen sei, weil er doch so verletzlich und empfindsam schien. Dabei ist er wohl wirklich der begnadetste Schauspieler, den die Welt je gesehen hat. Er hat mich so vollkommen zum Narren gehalten, dass meine Gefühle nun Achterbahn mit mir fahren.

«Sind Sie bereit, Lady Vee?», fragt Solomon.

«Mir ging's schon mal besser, aber Gott sei Dank kann Phillip jetzt keinem von uns mehr Schaden zufügen.»

«Wir brauchen ein umfassendes Geständnis, und vielleicht erzählt er uns mehr, wenn Sie so tun, als täte er Ihnen leid. Ich zeichne alles auf, was er sagt.»

«Ich gebe mein Bestes.»

Als Solomon und ich in den Arresttrakt kommen, sitzt Phillip im Schneidersitz auf dem Boden seiner Zelle und blickt zum Dachfenster hoch. Während wir uns auf der Bank gegenüber der Zelle niederlassen, schenkt er uns keinerlei Beachtung, was mir die Gelegenheit gibt, ihn noch einmal genau anzuschauen. Teile der Geschichten, die er mir über die Jahre erzählt hat, gehen mir durch den Kopf, von seiner Kindheit in Armut bis zu den qualvollen Auflösungen seiner diversen Beziehungen, über die er mich nie ganz aufgeklärt hat. Auch die eine oder andere Rolle hat er im Laufe der Zeit verloren, wegen seiner Launen und der Neigung, mit Schauspielkollegen, die ihm angeblich die Show gestohlen hätten, regelrechte Fehden auszutragen. Warum habe ich diesen latenten Hang zur Gewalt immer übersehen?

Es herrschen ein paar Minuten Schweigen, dann spricht er schließlich.

«Nicht eine Wolke am Himmel. Dieser Blauton wird Coelinblau genannt, nicht wahr?»

«Azurblau, würde ich sagen», erwidert Solomon. «Türkis mit einer Spur Gelb.»

«Da könnten Sie recht haben.» Über Phillips Gesicht huscht ein entspanntes Lächeln. «Tut mir leid, dass Sie gestern Nacht verletzt wurden, Solomon. Solche Kollateralschäden sind immer sehr bedauerlich.»

Solomon sagt nichts. Offenbar weiß er, dass schweigen der beste Weg ist, um an Informationen zu kommen. Nur sehr wenige Menschen können diese gähnende Leere aushalten.

«Ich bin froh, dass du auch hier bist, Vee. Ich wollte schon nach dir fragen. Unsere Gespräche sind immer so tröstlich für mich.» Er dreht den Kopf ein kleines Stück, vermeidet aber weiterhin, mir in die Augen zu blicken. «Die Meinung der anderen ist mir vollkommen egal. Du warst die Einzige, die alles herausfinden konnte.»

«Die Sachen auf der Yacht haben dich verraten. Da habe ich erkannt, wie viel du vor allen verborgen hast, nicht nur die gelegentliche Zigarette, sondern auch deine Sehnsucht nach Theaterrollen. Hast du nicht auf der Bühne angefangen, mit Ibsen und Tschechow?»

«Erst Hollywood hat mich auf einen bestimmten Typ festgelegt. Ich wurde immer nur in romantischen Komödien besetzt, etwas anderes bekam ich nicht angeboten.»

«Nur wenige Menschen haben so viel Talent, dass sie so wie du einen Oscar gewinnen.»

«Du warst immer schon so freundlich. Solomon, kann ich noch ein letztes Mal allein mit Vee sprechen, bitte?»

«Ich fürchte, nein. Es muss alles aufgezeichnet werden.»

Die ganze Zeit über starrt Phillip auf das Stück Himmel oben im Fenster. Offenbar bin ich sein erwünschtes Publikum, deshalb senke ich meine Stimme jetzt zu einem Flüstern herab und spiele ihm eine längst verlorene Vertrautheit vor.

«Du lieber, armer Kerl, du musst ja wirklich schreckliche Qualen durchgemacht haben.»

«Es war unerträglich, Vee, ich hasse mich selbst für das alles.» Endlich dreht er sich um und blickt mir offen ins Gesicht. «Aber ich wusste, du würdest mich verstehen.»

Irgendwie gelingt es mir zu lächeln. «Das erklärt auch, weshalb Jose so durcheinander war, nicht wahr? Er muss dich bei etwas Beängstigendem gesehen haben oder dabei, wie du Lily auf dem Heimweg verfolgst. Der junge Mann wollte mich nur beschützen.»

Aus den Augenwinkeln sehe ich, dass Solomon offensichtlich Schmerzen hat. Sein Gesicht glänzt vor Schweiß, genau wie letzte Nacht, als ich dachte, er würde sterben. Er hat so viel Mut bewiesen, und ich würde ihm so gern helfen, ein Geständnis zu bekommen, aber es fällt mir ungeheuer schwer, meine Wut gegenüber Phillip im Griff zu behalten. Der hat sich inzwischen auf den harten Plastikstuhl in seiner Zelle gesetzt, direkt mir gegenüber, nur wenige Meter entfernt. Ich komme mir vor wie auf dem Set für einen neuen Blockbuster, in dem einem gealterten Filmstar Verbrechen angehängt wurden, die er nicht begangen hat. Ich wünschte, die Wahrheit wäre so einfach. Phillips Miene drückt so viel Jammer aus, dass ich unwillkürlich die Hand durch die Gitterstäbe strecke, und er ergreift sie sofort.

«Es tut mir so leid, Vee. Ich dachte, du wärst kurz davor, die Wahrheit aufzudecken, gescheit, wie du bist. Ich wollte dich nur so lange außer Gefecht setzen, bis ich mit der Yacht auf und davon wäre, aber jetzt ist alles verloren.»

«Ich würde gern verstehen, warum du das alles getan hast. Hat das mit deiner Vergangenheit zu tun?»

Er scheint den Tränen nahe. «Meine Familie war die reinste Hölle, aber ich kann meinen Eltern nicht die Schuld für alles geben, was bei mir schiefgelaufen ist. Ich wurde mit zu viel Düsternis in der Seele geboren. Mit fünfzehn habe ich versucht, einen meiner Brüder zu erwürgen. Mein Vater musste mich von ihm wegreißen. Sie alle hörten mir nie zu. Das machte mich so wütend, dass ich auf jeden losging, der mir in die Quere kam. Als ich schließlich eine meiner Schwestern tätlich angriff, wurde ich bei einem Onkel untergebracht, der mich beinahe jeden Tag verprügelte. Ich fing an, die Schule zu schwänzen, und ließ mich auf Drogen und kleinere Diebstähle ein.»

«Das klingt ja furchtbar.»

«Irgendwie hat sich damals in meinem Inneren ein Schalter umgelegt. Ich wollte nur noch aus dieser Familie raus, und die Schauspielerei erlaubte mir, ein anderer zu sein. Aber der Schaden war bereits angerichtet. Ich konnte spüren, dass die Leute Angst vor mir hatten, und das war ein berauschendes Gefühl der Macht. Mir war egal, auf wie vielen Menschen ich unterwegs herumtrampeln musste. Der Schmerz und die Gewalt in mir waren außer Kontrolle geraten.»

«Und ich bekam nur deine helle Seite zu sehen, nicht wahr?» Ich bleibe einen Moment still. «Hattest du ein bestimmtes Ziel mit der *Aqua Dream*?»

«Venezuela oder Ecuador. Ich wäre irgendwo in die Berge abgetaucht …» Seine Stimme verebbt, und er schweigt.

«Erzähl mir, wie es passiert ist, Phillip. Dann fühlst du dich vielleicht besser.»

Plötzlich entzieht er mir seine Hand. Er richtet sich auf seinem Stuhl auf und legt den Kopf in den Nacken, als säße er im Scheinwerferlicht.

«Am Anfang fand ich es fabelhaft hier. Damals war ich groß im Geschäft, bekam tolle Rollen und wurde auf jede Party eingeladen. Dann kam Emily Calder, und alles wurde anders. Sie war ein Prinzesschen aus New York, einfach hinreißend, und ich war sofort bis über beide Ohren in sie verliebt. Aber sie sah nur den bettelarmen Bauernburschen in mir, der ich früher war. Vom ersten Tag an rümpfte sie die Nase über mich.»

«Da irrst du dich, Emily hatte dich sehr gern.»

«Die Leute redeten nur noch über ihr Projekt zur Rettung des Korallenriffs, als gäbe es nichts anderes mehr auf der Welt. Sie war der Liebling der ganzen Insel.»

«Um Himmels willen, heißt das etwa, du hast auch Emily umgebracht? Aber wieso?»

«Ich habe sie geliebt, und sie hat mich abgewiesen. Mein Leben lang musste ich damit fertigwerden, nur zweite Wahl zu sein. Die Leute sahen über mich hinweg, weil ich nicht zu ihrer Gesellschaftsschicht gehörte, sie reduzierten mich immer nur auf meine Herkunft, und ich bekam nie die Rollen, die ich gern gehabt hätte. Deswegen hänge ich auch so an dir und Jasper. Ihr seid zwar adelig, behandelt mich aber trotzdem mit Respekt.»

Phillip fährt fort. Sein Gefühl, überall verstoßen zu werden, hätte sich mit den leidvollen Erfahrungen in seiner Kindheit gedeckt und sei schließlich der Auslöser für seinen Feldzug gewesen. Weil Emily Calder seine Avancen zurückwies, lauerte er ihr eines Abends im Garten vor ihrer Villa auf und erdrosselte sie. Er wartete, bis die ganze Insel schlief, schleppte ihre Leiche hinunter zum Meer und ließ ihren Sarong fein säuberlich zusammengelegt im Sand zurück.

«Und Amanda und Tommy?»

«Lily und ihre Freunde luden mich überallhin mit ein, bis Lily anfing, hauptberuflich an Emilys Korallenprojekt zu arbeiten. Sie weiß, dass ich nicht tauchen kann, und hat trotzdem weitergemacht, ohne Rücksicht auf mich zu nehmen. Die Jungen und Schönen beschlossen, ihre Zeit künftig auf diesem verdammten Boot zu verbringen und mich allein zu lassen. Sie wandten sich von mir ab, einer nach dem anderen.»

«Angefangen mit Amanda Fortini?»

«Nach den ersten beiden Französischstunden war sie in mich verknallt, dann wies sie mich ebenso schnell wieder ab, wie Emily es vor all den Jahren getan hatte. Sie hatte nichts anderes im Sinn, als ihre Freunde und dieses bescheuerte Korallenriff. Für mich hat sich die alte Geschichte wiederholt, und damit kam meine ganze Wut wieder hoch.»

«Was ist mit Tommy Rothmore?»

«Ich war überzeugt, er hätte die Wahrheit über mich und Amanda herausgefunden, deshalb erzählte ich ihm davon, dass ich ihre Leiche beim Riff versenkt hatte. Eigentlich wollte ich ihn schon im Gartenhaus der Fortinis kaltmachen, aber da ist er mir entkommen, und ich erwischte ihn erst wieder in der Nacht, als ich die Villa der Fortinis in Brand gesteckt habe. Auf diese Weise wurde ich Amandas Handy, ihre Kamera und die dämlichen Liebesbriefe los, die sie mir anfangs geschrieben hatte. Die Fotos von ihr an der Wand vom Gartenhaus, das war auch ich.»

«Aber wieso musstest du Sacha Milburn überfallen und ins Haus von Keith Belmont einbrechen?»

Seine Augen funkeln vor Wut. «Sacha hat die Leute ausspioniert und ständig in ihrem blöden Notizbuch rumgekritzelt. Nachdem ich die Passagen über mich rausgerissen hatte, gab ich das Buch dem Arzt, weil sie darin auch über ihren One-Night-Stand geschrieben hat. Ich habe ihm erzählt, ich hätte alles kopiert, damit er den Mund hält. Ich konnte doch nicht riskieren, dass er ausplaudert, was er auf der *Aqua Dream* gesehen hat. Und meine Freundschaft zu Keith ging in die Brüche, als er plötzlich genau wie alle anderen ganz versessen darauf wurde, die Korallen zu retten. Ich wollte ihm mit dem Einbruch bloß eine Lektion erteilen.»

«Und Dex Adebayo wolltest du auch was anhängen, nicht wahr? Wegen der Obeah-Symbole verdächtigten wir jeden, der diesen Glauben praktiziert.»

«Dex und ich sind alte Freunde. Wir haben schon seit Jahren ein paar kleine Geschäfte nebenher laufen. Aber am Ende ist jeder Mensch entbehrlich. Nachdem Dex süchtig wurde, war auf ihn kein Verlass mehr.»

«Wie kommt es, dass du noch immer so voller Hass bist, trotz deiner vielen Erfolge? Deine Kindheit liegt nun schon so lange zurück.»

«Verstehst du das denn nicht, Vee? Niemand hat mich je vorbehaltlos geliebt, von meiner Kindheit an bis heute. Sacha, Amanda und Tommy wurden alle als Millionäre geboren und sahen auf mich herab, genau wie Emily Calder, nur weil ich mich aus der Gosse hochgearbeitet habe.»

«Das ist doch Unsinn und erklärt außerdem nicht, wieso du Lily ins Visier genommen hast.»

Seine Miene wird sauertöpfisch. «Mit jedem Jahr ähnelt sie ihrer Mutter mehr – wunderschön und gedankenlos und besessen von den Korallen. Deshalb habe ich ihr diese Nachrichten auf dem Boot hinterlassen.»

«Sie hat dich geliebt wie einen Onkel und dir bedingungslos vertraut.» Ich ertrage es kaum noch, ihn anzusehen. «Woher hattest du einen Schlüssel, um das Stück Koralle vor Lilys Zimmer zu legen?»

«Weißt du denn nicht mehr, dass du Emily Calder mal einen gegeben hast, vor all den Jahren? Damit sie im Eden House wohnen konnte, wenn du nicht da warst. Seit damals hast du nie die Schlösser ausgetauscht.»

Ich erinnere mich dunkel daran, Emily bei einem Mittagessen mit Jasper und Phillip einen Schlüssel gegeben zu haben, während Lily im Pool planschte, aber das war mir längst entfallen. «Und warum hast du diese Symbole in die Korallen geschnitzt?»

«Im Obeah-Glauben wimmelt es von Göttern und Dämonen, die die menschliche Natur widerspiegeln. Wir vereinen doch alle Gutes und Böses in uns, meinst du nicht?»

Nun fragt Solomon mit ruhiger Stimme: «Dann war es also Ihr Motorboot, mit dem Amanda angefahren wurde? Wie haben Sie die Männer auf der *Aqua Dream* dazu gebracht, die Leichen draußen am Riff zu versenken?»

Phillip stößt ein selbstgefälliges Lachen aus. «Diese Idioten würden für Geld alles tun, und besonders helle sind sie auch nicht. Vergangene Nacht haben die Schwachköpfe die denkbar schlechteste Stelle gewählt, um im Sturm vor Anker zu gehen, ohne mich vorher zu Rate zu ziehen. Ich habe erledigt, was an Land zu tun war, bin in die Villen eingebrochen und habe in der Klinik geklaut, was wir so brauchten. Die beiden kümmerten sich um alles, was auf See getan werden musste, und haben auch das Knallbonbon fürs Polizeirevier fabriziert. Ich habe sie in Hollywood aufgegabelt. In der Traumfabrik laufen jede Menge gescheiterte Existenzen rum, Stuntmen, Phantasten und Typen, deren Stern gesunken ist. In alten Seifenopern und Krimis kann man ihre Gesichter noch unter den Komparsen sehen. Die beiden durften sich neue Namen aussuchen, und ich besorgte ihnen gefälschte Papiere. Eine Zeitlang ging's nur darum, gewisse Ladungen zu verschiffen, aber in den letzten beiden Wochen wurde es dann abenteuerlicher.»

«Und mit den Ladungen haben Sie auch das Geld verdient, mit dem Sie sich die *Aqua Dream* leisten konnten?»

«Gekauft habe ich sie mit meinen Gagen aus Hollywood, aber ich hab's geheim gehalten. Allerdings brauchte ich auch genügend Geld für den Unterhalt, also tat ich, was getan werden musste. Warum Nebenrollen akzeptieren, wenn ich mit einer Rauschgiftlieferung auf See zehnmal so viel verdienen kann?»

«Ziemlich ironisch für jemanden, der das Wasser hasst.»

Phillip bricht in Gelächter aus, als hätte Solomon einen erstklassigen Witz gemacht. «Ich war immer ein bisschen seefester, als ich vorgegeben habe. Wie sonst hätte ich letzte Nacht auch vor Ihnen auf der Yacht sein können?»

«Und wie gelangten Sie an diplomatische Immunität?», erkundigt sich Solomon.

«Ach, so kompliziert war das nicht, mein Freund. Ein kleines Sümmchen für Ihren Boss hat gereicht. Er hat alles für mich gemanagt und keine Fragen gestellt.»

«Das erklärt, warum er mich so unbedingt von der *Aqua Dream* fernhalten wollte.»

Phillip wendet sich wieder an mich. «Aber nichts davon ist jetzt noch von Bedeutung. Vee, bitte sag mir, dass du mir verzeihst. Das ist alles, woran mir noch liegt.»

Die Jahre unserer Freundschaft ziehen vor meinem inneren Auge vorbei, all die schöne Zeit auf Mustique bis heute. Dann wischt die Wirklichkeit meine Erinnerungen weg, wie Kreide von einer Tafel. Tränen treten mir in die Augen.

«Glaubst du wirklich, ich könnte dir jemals vergeben? Lily war fünf, als sie ihre Mutter verlor. Und nun hast du noch zwei unschuldige junge Menschen umgebracht. Solomon und Sacha wären um ein Haar gestorben, und bei der Strandparty hast du mir Drogen ins Glas getan. Du hättest zugelassen, dass diese beiden Kerle mich ermorden, ohne groß darüber nachzudenken.»

Angesichts meiner Weigerung, ihm zu verzeihen, bekommt Phillips Gesicht einen so hasserfüllten Ausdruck, dass ich heilfroh bin über die Gitterstäbe zwischen uns. Wie konnte ich diesen psychotischen Glanz in Phillips Augen nur die ganze Zeit übersehen und seinen erbärmlichen Narzissmus? Als ich gehe, höre ich meinen alten Freund schluchzen und nach mir rufen. Solomon, der mich zum Ausgang begleitet, murmelt mir ermutigende Worte ins Ohr. Auch wenn die alten Loyalitäten noch an mir zerren, gestatte ich es mir nicht zurückzublicken.

64

Montag, 23. September 2002

Solomon Nile sitzt in einem Liegestuhl auf der Veranda, während sein Vater gerade ein Nachmittagsschläfchen hält. Abgesehen von ein paar kaputten Dächern, an deren Reparatur seine Nachbarn emsig arbeiten, sieht die Insel fast wieder genauso aus wie vor Sturm Cristobal. Er würde gern mithelfen, doch seine Wunde ist auch nach drei Tagen daheim noch nicht vollständig verheilt. Selbst wenn Mustique zur Normalität zurückgekehrt zu sein scheint, mit dem strahlend blauen Meer unter einem wolkenlosen Himmel, hat sich doch so manches verändert. Lyron wird endlich erwachsen. Er hat vor, für guten Lohn als Handwerker zu arbeiten und dann seinen Traum vom Pilotenberuf weiterzuverfolgen.

Nile beobachtet ein kleines Fischerboot, das in den Hafen einläuft. Bis seine Verletzung verheilt ist, genügt es ihm vollkommen, die Schönheiten der Insel zu betrachten. Während die Einwohner von Lovell ihrem Alltag nachgehen, nippt er an einem Glas Eistee. Plötzlich sieht er Lily Calder, die in Shorts und einem weißen Top mit einem Baumwollbeutel über der Schulter den Pfad hochkommt, und hält verwundert inne. Wieder erinnert sie ihn an eine Tänzerin, mit ihren langen Beinen und dem leichtfüßigen Schritt. Eigentlich hatte er angenommen, dass ihre Wege sich nicht mehr kreuzen würden, nachdem Phillip Everard nach St. Vincent geflogen wurde, um dort auf seinen Prozess zu warten, und man auf Mustique wieder frei und unbeschwert atmen kann, doch da ist sie und nimmt direkten Kurs auf sein Haus.

Ohne auch nur hallo zu sagen, gleitet sie in den Liegestuhl neben ihm, als käme sie täglich bei ihm vorbei.

«Ich bringe Neuigkeiten aus der Außenwelt, Solomon.»

«Etwas Gutes dabei?»

«Durchaus.»

«Dann raus damit.»

«Dein Boss wurde gefeuert, weil er Schmiergelder von Phillip angenommen hat. Vee sagt, die Polizei will dich auf seine Stelle befördern, was eine beträchtliche Gehaltserhöhung mit einschließt. Im Moment sind ein paar Kollegen von dir hier auf dem Revier und kümmern sich um die Missstände, die du aufgezeigt hast. Dex Adebayo wurde wegen Drogenhandels festgenommen. Außerdem wird er wegen Körperverletzung angeklagt – Cherelle hat sich schließlich doch entschieden, Anzeige zu erstatten. Und die Kerle von der Yacht kriegen ein Verfahren wegen fahrlässiger Tötung und Entführung.»

«Und sonst? Ich sehe doch, dass du noch nicht fertig bist.»

«Dr. Pakefield darf seinen Job behalten, bis Dr. Bunbury wiederkommt. Sein einziger Fehler war es, mitten in der Nacht mit dem Motorboot raus zur *Aqua Dream* zu fahren und Geld anzunehmen, um für seine Kinder sorgen zu können. Und auch Pastor Boakye wird vielleicht begnadigt.»

«Das glaube ich nicht. Immerhin hat er seinen gesamten Lebenslauf frei erfunden.»

Lily lächelt ihm zu. «Die ganze Insel weiß, was er getan hat, um seine Familie aus der Armut zu retten und seiner Berufung zu folgen. Er hat fast sein ganzes Geld heimgeschickt, nach Lagos, und außerdem hat er große Fans hier, Keith Belmont zum Beispiel. Die halten zu ihm. Er soll ein Jahr lang das Pastoralseminar in St. Vincent besuchen, und danach wird entschieden, wo er eingesetzt wird.»

«Na, hoffentlich meint der Kerl es auch ernst.»

«Und dann ist da noch was, fürchte ich.» Jetzt setzt sie die Sonnenbrille ab, die Farbe ihrer Augen passt perfekt zum Türkis des ruhig unter ihnen liegenden Meeres. «Phillip hat letzte Nacht in seiner Zelle Selbstmord begangen.»

Nile fällt wieder ein, dass Mama Toulaine ihn gewarnt hat, es werde noch jemand ums Leben kommen, dann stößt er ein paar saftige Flüche aus. «Was zur Hölle ist da schiefgelaufen? Haben diese Idioten ihn denn nicht bewacht?»

«Seine Zelle wurde in regelmäßigen Abständen überprüft. Offenbar war er fest entschlossen. Er hat sich mit seinen eigenen Kleidern erhängt.»

Wütende Gedanken schießen Nile durch den Kopf. Everard hat also doch noch einen Weg gefunden, allein im Rampenlicht zu stehen. «Bist du deswegen hergekommen, Lily?»

«Ich wollte schon früher kommen, dachte aber, du brauchst vielleicht noch ein bisschen Zeit zum Ausruhen.»

«Bitte entschuldige, wenn das unwirsch klang.»

«Schon okay. Ich muss das alles auch noch verarbeiten. Ich kann es immer noch kaum glauben, dass zwei Menschen, mit denen ich seit meiner Kindheit jeden Sommer verbracht habe, plötzlich nicht mehr da sein sollen. Beim Gedanken an meine Mutter fühle ich mich komischerweise aber besser. Sie hatte nie vor, mich alleinzulassen, es war nicht meine Schuld. Sie war einfach nur zur falschen Zeit am falschen Ort.»

Ihr Gesicht spiegelt jetzt eine solche Traurigkeit, dass Nile ihr die Hand auf den Arm legt. «Ich bin froh, dass du da bist.»

Langsam kehrt Lilys Lächeln zurück. «Ich habe mir für den Nachmittag Vees Buggy ausgeliehen. Wenn du dich fit genug fühlst, könnten wir uns einen leeren Strand suchen und dort auf eine Decke legen. Ich hab sogar ein Picknick dabei. Ich dachte, das hält dich vielleicht vom Grübeln ab.»

«Ich grüble überhaupt nicht.»

Da bricht sie in Lachen aus. «Das ist eine glatte Lüge, und dafür habe ich Zeugen.»

«Einen Ausflug zum Strand kriege ich wohl hin.»

«Nenn es einfach ein Picknick de luxe am Meer mit Chauffeuse.»

«Damit komme ich klar.»

Nile schlüpft mit den Füßen in ein Paar alte Flipflops. Dann legt er Lily die Hand auf die Schulter, und die beiden machen sich auf zum Meer, das sich im Glanz der Nachmittagssonne wie ein Zauberteppich vor ihnen ausbreitet.

65

Samstag, 28. September 2002

In einer Stunde beginnt der Mondball. Ich gebe meinem Make-up mit etwas mehr Glitter auf den Wangenknochen den letzten Schliff und trage noch ein bisschen Farbe aus der Spraydose auf die Haare auf. Jasper und ich haben darüber nachgedacht, die Party abzusagen und Lilys Geburtstag in deutlich kleinerem Rahmen zu feiern, doch irgendwie fühlt es sich richtig an, nach vorn zu schauen. Die Rothmores sind in ihrer Villa auf Mustique, und die Fortinis sind unsere Gäste, und beide Familien haben darauf beharrt, dass wir die Party veranstalten. Zusammen mit Lilys einundzwanzigstem Geburtstag wollen wir mit dem Ball auch das Leben ihrer verstorbenen Freunde feiern. Wir alle werden heute Abend an Tommy und Amanda denken, doch Lilys Leben ist ebenso wichtig. Ich möchte, dass sie getrost und voller Zuversicht in ihrem künftigen Leben als Erwachsene voranschreitet und sich immer bewusst ist, wie viel sie unserer Familie bedeutet. Ich bin so dankbar, diesen Abend zu erleben.

Als ich vom Toilettentischchen aufstehe, betrachte ich im Spiegel mein Kostüm, das genauso aussieht, wie ich es mir vorgestellt habe. Es ist aus transparenter grauer Seide, und meine Haare sind zu einer schwungvollen Hochfrisur aufgesteckt. Auch wenn ich nicht hundertprozentig aussehe wie ein Mondstrahl, fühle ich mich doch sehr elegant und bin bereit für den Abend. Als ich nach unten komme, ist

Jasper nirgends zu entdecken, ansonsten jedoch scheint alles fertig zu sein. Das Festzelt auf unserem Rasen funkelt wie ein Raumschiff kurz vor dem Aufstieg ins All, und die Tische darin sind vollbeladen mit Köstlichkeiten und den besten Weinen aus aller Herren Länder.

Ich bleibe kurz auf der Terrasse stehen und sehe Jose Gomez zu. Er überprüft gerade die Lichterketten mit den Sternen, die, obwohl die Sonne noch ein Stück über dem Horizont hängt, sämtliche Bäume schmücken. Mit langsamen, geschmeidigen Bewegungen erledigt er seine Aufgabe, und ich bin sehr froh, dass es ihm wieder gut geht. Jasper und ich haben ihn belohnt für seine mutigen Versuche, uns alle zu beschützen und zu warnen, dass von Phillip Gefahr ausgeht. Ich hoffe, der deutliche Lohnzuschlag ist seiner Familie eine Hilfe. Alle unsere Gäste sind bereits eingetroffen, rechtzeitig zum Beginn des Mondtanzes. Aus einiger Entfernung höre ich Musik, ein paar der weltgrößten Rockstars stimmen sich darauf ein, Lily am Strand der Britannia Bay ein Ständchen zu bringen. Dieser Ball wird genauso sein wie früher, eine Welle mondäner Gäste wird von einer Villa zur nächsten schwappen und sich dann zum musikalischen Finale wieder am Strand zusammenfinden, wo es ein riesiges Feuerwerk geben wird.

Als hinter mir plötzlich schnelle Schritte ertönen, zucke ich unwillkürlich zusammen. Nach meinem Abenteuer auf See sind meine Nerven noch immer empfindlich, auch wenn meine Wunden inzwischen verheilt sind und seither eine ganze Woche verstrichen ist. Es ist Wesley, der nur für mich allein einen Drink auf einem Tablett bringt. Unser Butler trägt ein goldenes, mit funkelnden Pailletten übersätes Jackett und dazu zurückhaltendes Schwarz.

«Ein Wodka Tonic für Sie, Lady Vee, um den Abend einzuläuten.»

«Vielen Dank, das ist so aufmerksam. Übrigens sehen Sie ausgesprochen schick aus, Wesley.»

Unser Butler lächelt knapp. «Lord Blake meinte, ich solle mich als Sternschnuppe verkleiden, aber das habe ich rundheraus verweigert.»

Womit Wesley wieder geht. Er hat alles im Griff, wie üblich, seine Souveränität hat keinen Kratzer abbekommen. Langsam versammeln sich mehr und mehr Menschen auf dem Rasen. Jasper ist immer noch nicht zu sehen, doch jetzt kann ich in der Ferne sein Lachen hören und bin erleichtert, dass er heute Abend bester Laune ist und bereit, seinem Spitznamen, dem *Lord of the Dance*, alle Ehre zu machen. Und dann endlich erblicke ich am anderen Ende des Rasens Lily. Sie hat ihr Kostüm noch gar nicht an, aber das überrascht mich nicht. Seit dem Abschluss des Falles hat sie jede freie Minute zusammen mit Solomon Nile verbracht. Sie sind mit dem Kutter zu den Korallen hinausgefahren, um nachzusehen, ob Lilys Anpflanzungen den Sturm gut überstanden haben, und alle aufgetretenen Schäden auszubessern. Er hilft ihr, sich von den Verlusten, die sie erleiden musste, zu erholen. Und auch er selbst wirkt heiterer, finde ich, als hätte er eine Last abgeworfen, die er die ganze Zeit mit sich herumgetragen hat. Mein eigener Kummer ist dagegen schwerer zu ergründen. Warum macht es mir so viel aus, etwas verloren zu haben, das es in Wirklichkeit nie gab? Phillips Liebenswürdigkeit war nur eine weitere Rolle in einem Leben, das gänzlich aus Schauspielerei bestand. Die Lücke, die er hinterlassen hat, wird sich im Lauf der Zeit wieder füllen.

Ich nehme einen Schluck von meinem Drink und höre erneut Jaspers Stimme in der Menge, er klingt näher jetzt und ruft nach mir – es wäre verlockend, hier oben zu bleiben, aber ich sollte mich wirklich zu unseren Partygästen gesellen und nachsehen, was für ein Chaos er schon wieder anrichtet. Am Horizont geht die Sonne unter, und einen winzigen Moment lang habe ich das Gefühl, ich hätte jenen smaragdgrünen Blitz auf dem Wasser erspäht – aber nein. Mustique sieht so wunderschön aus, eine Heimat fern der Heimat, und mein Herz ist voller Dankbarkeit, als ich nun die Stufen hinabeile, um unsere Freunde zu begrüßen.